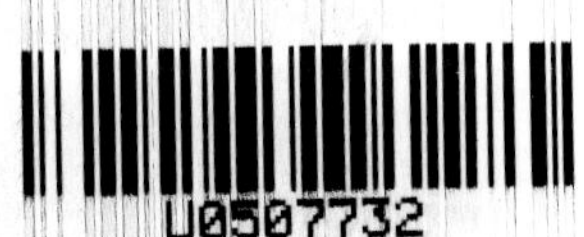
U0507732

本书为国家社会科学基金一般项目“秦汉国家建构与中国文学格局之初成”（12BZW059)及河南省社会科学基金青年项目“‘清浊’与中国文学精神的塑造”（2015CWX003）阶段性成果

古代中国研究丛书/曹胜高 主编

中古文论的致思方式

—张甲子—著—

中国社会科学出版社

图书在版编目（CIP）数据

中古文论的致思方式／张甲子著．—北京：中国社会科学出版社，2016.5
ISBN 978-7-5161-7525-5

Ⅰ.①中…　Ⅱ.①张…　Ⅲ.①中国文学—古典文学—文学理论—中古
Ⅳ.①I206.2

中国版本图书馆 CIP 数据核字（2016）第 018034 号

出 版 人　赵剑英
责任编辑　张　林
特约编辑　曹胜高
责任校对　郝阳洋
责任印制　戴　宽

出　　版　中国社会科学出版社
社　　址　北京鼓楼西大街甲 158 号
邮　　编　100720
网　　址　http://www.csspw.cn
发 行 部　010-84083685
门 市 部　010-84029450
经　　销　新华书店及其他书店

印　　刷　北京明恒达印务有限公司
装　　订　廊坊市广阳区广增装订厂
版　　次　2016 年 5 月第 1 版
印　　次　2016 年 5 月第 1 次印刷

开　　本　710×1000　1/16
印　　张　15.75
插　　页　2
字　　数　258 千字
定　　价　58.00 元

凡购买中国社会科学出版社图书，如有质量问题请与本社营销中心联系调换
电话：010-84083683

“古代中国研究丛书”编委会

“古代中国研究丛书”总序

曹胜高

求木之长者，必固其根本；欲流之远者，必浚其泉源。中华文明经历了五千年的发展，不仅积累了丰富的国家治理经验，成为我们的历史传承；也形成了许多优秀的文化传统，成为我们的精神标识。这些经验和传统，已经成为当代中国建设的历史基础和文化积淀，而且必然会成为未来中国发展的思想资源和学理支撑。

研究古代中国，一是要以历史视角观察中华文明的演进过程，更为理性地思考古代中国在国家建构、行政调适、社会整合、文化建制方面的历史经验，清晰地揭示中华文明何以如此，将之作为世界文明史的基本结论。有了准确的自我认知，便能以学术自觉推动文化自觉，广泛地参与未来全球文明的共建。二是要从学理角度辨析古代中国演进的规律性特征，概括出中华文明一以贯之的历史渊源、发展脉络、基本走向，总结出中华文化的独特创造、价值理念、鲜明特色，作为世界秩序建设的理论支撑。有了清醒的文明定位，便能以学术自信支撑文化自信，全面地主导未来世界秩序的重建。

这就需要当代的学术研究者，能以赓续中国学术的学脉为己任，以新的人文主义情怀面对一切历史经验、思想进程、文学创作，注重以新方法、新材料、新思路、新视野审视中国固有之学问，通过对中国古典文献的推陈出新，对中国优秀文化的温故知新，对中国传统学术的守正创新，以历时性的研究、共识性的成果，推动古代中国研究的不断深入。

基于上述考量，我们编辑出版“古代中国研究丛书”，意在对中国传统学术、中国基本典籍与中国优秀文化的一些重要问题、重大关切进行跨学科综合研究，选取古代中国在文学、历史、哲学以及艺术等学科发展演生的关键环节进行深入研究，不仅致力总结其“所以如此”，更要着力分析其“何以如此”，资助出版一批具有前瞻眼光、原创意识、深厚学理的研究成果。期待与同道者合作。

2015 年 12 月 8 日于长安

序

曹胜高

古代中国之思想演进，其关节有三：一为东周诸子学说之生成，其奠定了中国思想之主要命题，如性命、情志、言意、形神等，一如胎之初肇，其端万方。然此间名实之思未备，诸子未能尽他说之短长而为之辩通，常以己意度之，遂生无君父之讥、拔毛不为之讪。由此俯观秦汉之于思想史之贡献，在于秦统一文字、定律令而天下所指所称渐同，在于汉释六经、明训诂而学术话语遂通。二为魏晋玄学之辨析，绍续周秦未解之性情、汉儒推崇之礼乐，合人生之体验而论之。名实定则理可辩，诸家之论方可在同一层面进行。故魏晋之论文质、言情志、论形神、明本末、辨体用，言不游移、理不枝蔓，就事论事而能深析。三为宋明学理之综合，赓续玄学致思方式，合三教之学而大观之，以学理之思关乎人心，论天下之辩在于立身，槊深中国思想之根柢，至于心性；峻茂传统学理之枝叶，关乎人生。

魏晋思想之辨析，非思想界之自说自话，实乃中华文明理性认知之自觉。周革殷命，以人文代神文，人之主体性渐显，西周成于礼乐而东周著于典籍。诸子立论，注目于天人、人人、身心之认知，以理性观乎人文。魏晋之学，乃以学理深究经说，遂令汉之家法、师法固守成说而不思其义之弊，端然明晰。魏晋学者以学术理性辨析其立意，多重形上之辨，而少关注人生，实以不用立论、求无用之用，实以理性观乎学术。由此观察宋明理学所思所传，乃即经说立意而求知，就行事体察而自修，诚其心，明其行，以理性观乎文化。故人文理性，遂使中国思想重人本；学术理性，乃使中国逻辑能形上；文化理性，终使中国修养重人格。

魏晋之学术理性，于中国文学之创作影响甚广，于诗则重理感，于赋则求写实，于文则尚构思，于小说则求其观物载言。其最有益于中国文学进程者，在于理性观察文学创作之形态、文学演进之通变、作家才性之高下，或辑之在册，或言之成篇，或撰为专著，成为文学理论之自觉。是以后世之论文学，不能越曹丕、挚虞、陆机、萧绎、刘勰、钟嵘之论而言之。其间所涉及创作、构思、作家、文体之研究，前贤今人已广为辨析，论之多矣。

文学思想之研究，归根结底乃思想之研究，只有纳入到思想史范畴，才能理清其端绪，明晓其学理。只有依据思想变动观察，方能知其何以演进、如何演进。若以学术理性之形成观察魏晋乃至隋唐文学思想的演进，就会发现文学思想作为中国思想史的组成部分，不仅参与其进程，且促进其发展。由此观察，汉魏六朝思想史之诸多命题，如何进入到文学研究之视阈，如何成为文学观察之视角，如何推动文学认知之深化，则可进一步深究，以明文学概念之生发、文学观念之深化、文学风尚之养成，如何源自思想辨析而又滋养思想辨析，互根互生，促成文学思想之变动。

魏晋文学思想研究既多，诸多命题皆有所论，必须选取若干魏晋思想界关注的概念，因其学术讨论而渐为文学观念所接受，成为雕塑中国文学认知之刻刀，累积而成文论之新角度，进而影响后世之文学风尚。探赜幽眇，钩深致远，方能推动学术研究之深入。此既需要了解文学演进之基本走向，又能体察文学与思想的细微共振，还要能循思想之轨迹准确勾勒，非勤学、博见、洞察者不能为之。

甲子读书期间，先后进行了文献学、古代文学与思想史之学术训练。其硕士所撰《两汉铭文研究》，搜集周秦汉铭文而论之，有益清通之思；又撰《汉赋与汉代服饰》，能以汉赋所记而命汉服形制，有助博采之功；初涉魏晋文论，遂就画论、书论而观察文学风尚，有成于洞察之力。其深而思之，乃选取清浊、隐秀、自然之命题，以思想与文学互动为视角，观察思想于文学观念之影响，由此辨析文学思想之概念形成、逻辑建构和学说表达。取一勺而观沧海，因一斑而窥全豹，着力思考清浊、隐秀、自然等观念如何从思想史位移到文学史中，以思想认知启发文学风尚，由此观察中古文学理论建构的致思方式，以求中国文学研究范式之创新。

研究范式之创新，既需搜罗之力，又需明断之功，还要能寻通途于幽昧之中，方能有所建树。就其论文观之，其言隐秀，能博通古今，由先秦之言隐喻而论至宋齐复古，皆翻检古书所得一手材料，用力甚勤。清浊出于气论，见诸人物，玄虚难定，其为才性说之根本，进而成为文学高下之参照。音分清浊、字分清浊、人有清浊、文有清浊，清浊之于文学影响广矣。然自古论者少，若要明其端绪，则需细辨其资料之缠合抵牾，其言人物品鉴理而通，言审美风尚辩而深，言尚清追求细而广，笔起笔落，清浊之理论已通。中古之论自然甚夥，若能切中肯綮，于前人自然之论中别出心裁，而论自然观念于中古文学风尚之影响，最能见乎学者之功底。其能以形似言山水之构思，以体悟论诗风之变动，以法度观察唐宋诗歌之内在理路，足见其于文本体察之细、于文学感悟之深。

为文为学之要求，既重其学术规范，更重其学术功底之培植。甲子论中古文学之致思，乃其为学之初步，其间已见学术根基。若能持之以恒，不离不弃，必将有所广益。观其又随赵轶峰先生做博士后研究，关注公私观念之于中国思想及制度之作用方式，颇感欣慰。声之随响，其应也远，其必将有新的成就，余姑待其后来居上之新作。是为序。

2015 年 10 月 19 日于长安

目　录

导 论

在中古文学的发展过程中，[①] 文学观念一直是很丰富的，其对文学审美意义的认识逐步明晰，大量的创作实践也进行着多样化的尝试。相比于上古，中古涌现出崭新的文学观念，要比旧有的总量还要多得多，且不说散见于原始史料与论者随笔中难以确切计算的，只单从《文心雕龙》一书中，我们就可以梳理出十数种，它们又绝非刘勰一人的奇思妙想，其身后必然有着时代赋予的纵深背景，在肯定中切合着时人的审美需要。而对那些本就由创作者提出的文学观念，如曹丕的“气之清浊有体”、陆机的“绮靡”、谢朓的“圆美如弹丸”等，更是代表了主观上的审美理想。

研究中古文论，如果将对文学观念的解读与此时的哲学思想、社会观念、人生理想等结合起来，会挖掘出更深广的讨论空间。按照陈寅恪的说法：“依照今日训诂学之标准，凡解释一词，即是作一部文化史。”[②] 每一种文学观念里都潜藏着文化与文明的意味，牵扯到复杂且神秘的审美情感与精神世界，因此，解释它们也就是在解释历史、解释精神。这一时期绝大部分的文学观念都有对哲学的沿用或借鉴，如“言意”“象意”“自然”“形神”“阴阳”“清浊”等，即使在讨论文学的层面展开，其哲学痕迹仍宛然可见。同时，这些文学观念又以感性体悟式居多，处处浸透着当时的社会思潮、思维方式、文化传统等，如要注意与人物品鉴、门阀制度、宗教信仰的联系，借助于这些，我们才能够更全面地看出这些文学观念在处

---

① 从狭义上来讲，本书讨论时限上起曹丕代汉立国（220 年），下至隋唐嬗代（618 年），以王瑶的《中古文学史论》为先例，将魏晋南北朝及隋划为中古的核心时期。但为论述更全面，在时间断限的广义上，将其前推至两汉，下延及中唐，甚至与之有密切关联的先秦、两宋及元明史料，亦有参用。

② 陈寅恪：《与沈兼士函》，引自《沈兼士学术论文集·“鬼”字原始意义之使探》，中华书局 1986 年版，第 202 页。

于不同的语境和位置时，论述者赋予其不同角度的意义的良苦用心。

本书选取了“清浊”“隐秀”“自然”三大议题，以其为中心，使得讨论的焦点更为集中，主要关注其生成规律、体系结构与流变特点，即从思想发展脉络的钩沉中，寻绎它们的内涵变化。

其一，将“清浊”与中古士人的审美趣味、诗歌的情感基调、气象境界、艺术风貌等联系，由此说明“清”超越“浊”，或者说是先放弃了“浊”，再推得“清”获得了艺术格调。在其中，无论是儒家的清丽、道家的清虚、还是佛教的清空，莫不如此。再加上曹丕的“气之清浊有体”、陆机的“沿浊得清”、陆云的“清省”，以及在钟嵘的《诗品》中，目标一致地对“清”的明确倡导，又从选辞、描景、含情与造境等方面，强化了中古诗歌对“清”美认同的大趋势。

其二，“隐”义来自于对经之隐的发挥，刘勰在《文心雕龙》中曾罗列出十数种不同角度的命题，并逐一加以阐释，共同说明“隐”这种微妙的艺术表达原则。“秀”则是南朝诗歌审美风尚的转折点，在对秀句、秀象、秀境的主观追求中，形成了迥异于汉魏古诗的新诗风。南朝诗正是经过了“隐秀”观念的打磨，才能更为圆融地去处理诗歌情理内敛与境象外露之间的关系，并在初唐百年间的继续努力下，到“二张”时渐成兴象玲珑、句意深婉的唐音，亦步亦趋地定型为诗歌的审美共识。

其三，两晋代际的文风在“自然”观念的浸润下出现明显转变。其理论根源在于，两汉时人所论的“自然”是天人感应学说中的一部分，魏晋玄学则将其转变为“自然之理”，其来源于宇宙万物本身，人可与“自然”同构，文学艺术也是如此。在这样的意识下，东晋后玄言诗、山水诗便渐次而起。尤其是将山水作为自然现实的依靠，“形似”观念遂成为山水诗画的固定表达范式。与此同时，“自然”也被视为是一种创作精神，“自然”既是文之道，也是文之理，这体现在中古散文的发展过程中。

本书中所论的“清浊”“隐秀”“自然”，既具有原型意味，还兼有丰富的实践性品格，甚至可以再解读出美学化、伦理化、道德化等意味。中古文论承上启下，既是对先秦两汉文论的整合提升，也为隋唐之后文论的发展提供了稳定的参照。不仅如此，中古文论更是中国传统文论致思方式形成的关键时期，其超越了先秦文论片段式、缺乏主观意识的理论朦胧阶段，转而进入到有主体的审美、有整体的观照、有意会的论说中，逐渐塑造出中国传统文论的独特风致与别样情怀。

第一章

“清浊”与中古文论的意识升华

有关“清浊”的观念出现得很早。其最初与哲学关系密切，有其自身的历史渊源与逻辑演进过程，后来进入到文学观念中，有了许多复杂的含义。一是具有直觉性，“清浊”观念的内涵多来自于感悟式的判断；二是具有灵活性，尤其是独立的“清”，或多义、或组合、或引申，再作以有新意的发挥，孳生出一个庞大的命题系列。面对这样纷繁复杂的情况，我们要想对“清浊”下一个能包举一切的简明定义，几乎是不可能的。上佳之策是针对具体的情况，回答若干个“所以然”或“所当然”的质询。目前已有众多学者对此进行了多方面的阐释分析，本章试着在此基础上，进一步为之。

第一节　“清浊”观与汉晋人物品鉴论

在汉晋人物品鉴论中，“清浊”是判断一个人高下贵贱的首要依据。如郦炎《见志诗》言：“贤愚岂常类，禀性在清浊。”[①] 王充《论衡·非韩篇》亦论之：“凡人禀性也，清浊贪廉，各有操行，犹草木异质，不可复变易也。”这一依据如何形成？“清浊”何以成为人物品评的标准，并成为社会人才判定的关键？这就需要我们从本源上对“清浊”的概念加以辨析，由此审视其如何萌芽于气论，在两汉成为审视天人关系的基本视角；又如何转为对人的气质审视；以及在此过程中，“清”又是如何超越了“浊”，成为中古社会的基本命题。

---

① 《后汉书》卷80《文苑列传·郦炎传》，中华书局1965年版，第2647页。

一　上古宇宙论中的“清浊”观

“清浊”在先秦时，已经成为人类观察宇宙形态、思考物质运动的基本概念。两者对举，代表物质具有的对偶质性，是先民们在实践中的经验与总结。《国语·郑语》载史伯言“和实生物，同则不继”，[①] 谓之天地物质由他物和合演化而来，是多样性的统一；《左传·昭公三十二年》载史墨言“物生有两”，[②] 说明宇宙万物皆由相反相辅的两方面组成。这是哲学物论的思维模式，诸如大小、上下、阴阳、刚柔、动静等，概莫能外。晏婴也曾论事物之间的关系：“清浊大小，短长疾徐，哀乐刚柔，迟速高下，出入周疏，以相济也。”[③] 以食品“和羹”、音乐“和声”为例，阐释事物中两元因素相反、相济的道理，“清浊”被置于众多要素之首。再有《邓析子·无厚》：“异同之不可别，是非之不可定，白黑之不可分，清浊之不可理久矣。”[④] 如果说异同是对性状的区分，是否是对价值的界定，白黑是对形象的描述，那么“清浊”则是对事物品类的判断。

根据先秦文献进行概率统计，以“清浊”对具体物质进行状态性的描述时，绝大部分集中于对水、气这两类物质，而水与气，又恰好是在宇宙从混沌的初始状态到变易出天地万物的过程中最重要的两种介质。前者理论以《太一生水》为代表，后者理论以《淮南子》为代表。由此看来，“清浊”是宇宙生成论中至关重要的链接性命题，在以“道”为宇宙本源，以“太一”“太易”为宇宙初始的基础上，“清浊”贯穿着宇宙如何生成、如何变化的漫长历程，并将这种历程中的辩证逻辑与天人关系相结合，等同于人类的生存法则以及社会理想秩序的建构。

“清浊”最早即用之于论水，从视觉感官上看，“相彼泉水，载清载浊”“原隰既平，泉流既清”，[⑤] 水有时与污秽混杂令人厌恶，可静水又能自除污秽，使水清如鉴，所以绝大多数人都喜欢“清”而厌恶“浊”，皆希望能有如水般的品性。如《老子》第十五章言：“孰能浊以静之徐清？”

---

① 徐元诰撰，王树民、沈长云点校：《国语集解》，中华书局2002年版，第470页。

② 杨伯峻注：《春秋左传注》，中华书局1990年版，第1519页。

③ （唐）孔颖达：《春秋左传正义》卷49《昭公二十年》，（清）阮元校刻《十三经注疏》本，中华书局1980年版，第2094页。

④ 《邓析子·无厚》，张元济等辑：《四部丛刊初编·子部》，商务印书馆1936年版。

⑤ （唐）孔颖达：《诗经正义》卷15，引自（清）阮元校刻《十三经注疏》本，第495页。

元吴澄注云：“浊者，动之时也，继之以静，则徐徐而清矣。”① 老子主清去浊，正为“天得一以清”“天无以清将恐裂”，② “清”是根本，是万物动静循环的开始，将“清”的水之本性，借此推及万物之理与人生之道上。又如庄子所论“清而容物”“清白”等，亦皆以“清”为美、以“清”为真。不过，老庄讲的“清浊”只存在着简单的激浊扬清倾向，多是感性的象征手法，并不十分强调理性上的清浊之辨。

以“清浊”论水的质性，在两元分殊上一直比较模糊，这也是此条线索发展缓慢，且最终在内部出现矛盾的根本原因。水的地位上升，出现在《管子·水地篇》，以水为“万物之本原诸生之宗室”，进而“凝蹇之为人”，③ 认为万物皆依赖“水”生，并以各地不同的水性分出“清”与“浊”，“美恶贤不肖，俊之所产也”“楚之水淖弱而清，故其民轻果而贼；越之水浊重而洎，故其民愚疾而垢。……宋之水轻劲而清，故其民闲易而好正”。④ 所谓一方水土养一方人，水清则民心易。需要指出的是，《管子》中以“清浊”论水，只是其水论的一部分，“水”仍是要依附“土”而行，“水”没有上升到宇宙本源的位置，更未以“水”去追问宇宙的源头。这不过是时人从最常见、最多变的自然现象中，寻找到了自然界的普遍规律，并能适用于人生及社会而已。⑤ 归根结底，《管子·水地篇》中的水分清浊，与老庄是相似的哲学逻辑，仅算是思想上的一种譬喻，没有过多的理论建构。

当以“清浊”论水的模式试图进入到宇宙论框架中，它的缺陷很快便凸显出来。其根本原因是，“清浊”论水使用的是二元分立的方法，也就是认为水既可以为“清”，也可以为“浊”，甚至两者之间能够互转。如《太一生水》以热冷、燥湿论水的“反辅”，“四时复相辅也，是以成寒热。寒热复相辅也，是以成湿燥。湿燥复相辅也，成岁而止。”⑥《太一

① （元）吴澄著：《道德真经书》卷1，载《钦定四库全书本·子部十四·道家类》。

② （三国·魏）王弼著，楼宇烈校释：《王弼集校释·老子道德经注》，中华书局1980年版，第106页。

③ （清）黎翔凤撰，梁运华整理：《管子校注》卷14《水地篇》，中华书局2004年版，第831页。

④ 同上书。

⑤ ［美］艾兰著，张海晏译：《水之德与道之端：中国早期哲学思想的本喻》，上海人民出版社2002年版，第31—62页。

⑥ 李零：《郭店楚简校读记（增订本）》，北京大学出版社2002年版，第27页。

生水》中讲的“水”，是仅位于“太一”之下的宇宙本源，它“反辅太一”，先生出天，后生出地，再生出四时，后有“寒热”类于清，再有“燥湿”类于浊，和合相辅最后生成万物。可见，“水”是高于宇宙中任何物质的本源，是抽象性的概念。可它毕竟从具象的物质之“水”的概念上升而来，有思想的残存不可避免。所以，我们看战国乃至秦汉文献中，“水”有时仍指的是五行元素中的“水曰润下”，当水、火也被理解为具有二元对立性时，“水”到底孰清？孰浊？差不多搅和成了一笔糊涂账。因为若以阴阳为固定的衡量标准，应是阳在上、阴在下，清为阳、浊为阴。依据《尚书·洪范》“水曰润下，火曰炎上”的五行说，①水应为浊，火应为清，也就是“水之极浊便成地，火之极清便成风霆雷电日星之属”。② 但是，在《太一生水》中的“水”具有清浊两性，而在五行中的“水”却只归属于浊性。当然，此处的清、浊没有高下尊卑之分，但这类试图将阴阳与五行相配所导致的失调问题，却很难得到完满的解决。

以气之“清浊”作为思考的理据，就通顺很多。其实在逻辑体系上，论水与论气的阐释层面是一致的，在它们之上是“道”“太一”“太易”等，这些都是对宇宙源头进行的纯粹理性思考，而“水”与“气”则是从多样的自然界中，归纳出的抽离了感性直观，却仍然是实物的符号，尽管它们也是想象出来的，但这种想象并没有脱离客观存在。如上所论，以“清浊”论水难以为继，就是因为既将“水”视为抽象的宇宙本源，又同时将其视为是生成的具体物质，两个层次之间的冲突不可调和。而以“清浊”论气，这种矛盾便不复存在。有此缘由，战国至秦汉间的宇宙生成论在经过抉择后，有“清浊”之辨的“气”论开始大行其道，形成一股强大的思想洪流。

观点首见楚简《恒先》，强调“清浊”与“气”的自生：

> 有或焉有气，有气焉有有，有有焉有始，有始焉有往者。(第 1 简)
> 气是自生，恒莫生气。气是自生自作。(第 2 简)

---

① (唐) 孔颖达：《尚书正义》卷 12《洪范》，第 188 页。

② (南宋) 黎靖德编，王星贤点校：《朱子语类》卷 1《理气上·太极天地上》，中华书局 1988 年版，第 7 页。

> 生之生行，浊气生地，清气生天。气信神哉，云云相生。信盈天地，同出而异性，因生其所欲。察察天地，纷纷而（第4简）复其所欲。（第5简）①

《恒先》的观点，是认为宇宙初始是“恒先”，此词在《黄帝四经·道原》中也有，其意基本等同于“恍兮惚兮”之道，是为宇宙的起点。之后“恒先”生出气，宇宙内分出有无，将自生的“气”定位为宇宙的本源。然后“气”分了清浊，天地就出现了。这里的“清气”“浊气”自生而出，气化之初宇宙内一片混沌，清浊二气融合，“求其所生”后，二气化成天地，并充盈天地间，让天地同样具有了自生的欲望，故“复其所欲”，万物皆成。

《恒先》整合了先秦众多关于宇宙学说的话题，这也是战国末年到西汉哲学发展的大趋势，杂家辈出，意图在诸子百家曾林立天下的局面上，在经历了长期的争论后，彼此吸纳兼容，有所采撷，有所承接，从总体上综合的观点愈来愈多，从而建构出一套完整的宇宙图式。这在《淮南子·天文训》里能看得更为清晰：

> 天坠未形，冯冯翼翼，洞洞浊浊，故曰太昭。道始于虚霩，虚霩生宇宙，宇宙生气，气有涯垠。清阳者薄靡而为天，重浊者凝滞而为地。清妙之合专易，重浊之凝竭难，故天先成而地后定。天地之袭精为阴阳，阴阳之专精为四时，四时之散精为万物。②

“太昭”是宇宙原初的混沌状态，乃后有道、有宇宙，宇宙生气后，先经天营地，有天地后分阴阳，分阴阳后成四时，四时运转后有万物。《淮南子·天文训》所言的“清浊”，比之《恒先》中的“清浊”，有两点不同：

其一，《恒先》是先浊后清，先地后天，与《黄帝四经·十六经·观》中“下会于地，上会于天。……待地气之发也，乃萌者萌而孳者孳，天因而成之”的模式相近；③《天文训》则先清后浊，先天而后地，顺序

---

① 李零校定：《恒先》，引自马承源主编《上海博物馆藏战国楚竹书（三）》，上海古籍出版社2003年版，第287—293页。

② 何宁集释：《淮南子集释》卷3《天文训》，中华书局1998年版，第165—166页。

③ 国家文物局古代文献研究室：《马王堆汉墓帛书》，文物出版社1980年版，第62页。

反了过来。其强调先天后地，显然秉持的是阳主阴辅的概念。其实在后人看来，阳清、阴浊的离合是同时进行的，并无孰先孰后，孰主孰从，应该只是两套不同的系统，后世大多从《淮南子》，前者被扬弃了。

其二，《天文训》中将“清浊”与上下相配，轻清为阳，上升而为天；重浊为阴，下降而为地，开始规定了上下四方的生成机制，由此将“清浊”作为空间描述的概念。这回答了屈原在《天问》中的质疑：“上下未形，何由考之？冥昭瞢暗，谁能极之？”① 此时的“清浊”不单指“气”存有的两种状态，也是“气”中蕴含着清轻浊重，清上浊下的无处不在的力量。无论是盖天说，如《河图·括地象》言：“清浊既分，仰者为天，偃者为地”；② 或是混天说，清气所成的天在外，浊气所成的地在内，见张衡《灵宪》：“于是元气剖判，刚柔始分，清浊异位，天成于外，地定于内。天体于阳，故圆以动，地体于阴，故平以静”；③ 还是有神秘色彩的创世神话，徐整《三五历记》：“天地混沌如鸡子，盘古生其中，万八千岁，天地开辟，阳气为天，阴浊为地。”④ 亦如是描述。这也说明了以“清浊”论天地分殊，当是秦汉时通行的宇宙学说理论背景，异议甚少。

所谓“四方上下曰宇，古往今来曰宙”，宇宙生成是空间与时间的结合，如此为时空方才完整。整合“清浊”进入到时间结构，在《易纬·乾凿度》中被展现出来：

> 故曰：有太易，有太初，有太始，有太素。太易者，未见气也，太初者，气之始也。太始者，形之始也，太素者，质之始也。气形质具而未离，故曰浑沌。浑沌者，言万物相浑成，而未相离。视之不见，听之不闻，循之不得，故曰易也。易无形畔。易变而为一，一变而为七，七变而为九。九者，气变之究也，乃复变而为一。一者，形变之始。清轻者上为天，重浊者下为地。⑤

---

① （南宋）洪兴祖注：《楚辞补注》卷3，中华书局1983年版，第86页。

② ［日］安居香山、中村璋八：《纬书集成》，河北人民出版社1994年版，第1092页。

③ 《后汉书》卷100《天文上》，第3215页。

④ （唐）欧阳询撰，汪绍楹校：《艺文类聚》卷1《天部上·天》，上海古籍出版社1982年版，第2页。

⑤ ［日］安居香山、中村璋八：《纬书集成》，第11—12页。

《易纬》中所列的“四太”，乃是对宇宙生成时间阶段的划分。第一阶段为“太易”，与“太一”“恒先”“太昭”相类，漠然无气可见。第二阶段为“太初”，郑玄注：“太初者，亦忽然而自生。”[①] 自生者即为“气”，为易变之物。第三阶段的“太始”有了形。第四阶段的“太素”有了质，宇宙诸物即成。而且，宇宙化生时有一、七、九的无穷循环，这个循环在“太初”“太始”“太素”中都存在。所以，从大范围来说，宇宙由气、形、质逐级构成；从小范围来说，万物皆有气、形、质的三个层面，“清浊”蕴含在每一层面中。

但是，“清浊”之分与气变并不截然处于同一阶段。在汉儒看来，万物的形成由气推动，而气运动的方向取决于组成气的内部特性，气变时是在酝酿“清浊”，有清浊之分后方有形，形再具备着清浊，才有了质。时间结构介入清浊之辨，清浊不再局限在气论中，单指清气、浊气两种要素，而是贯穿在万物生成的各个阶段，气、形、质皆有清浊，阳轻而阴重，阳清而阴浊，演化为与阴阳类似的清性与浊性。在这其中，清、浊是被作为阳、阴的本质性要素加以审视的。

当“气”的单一性与“清浊”的对偶性得以联结，清浊就不再是静止的物质状态，又具有了动态的精神。先秦两汉诸子论万事万物，多以清浊立意来审察天地，剖分事理。如《列子·天瑞篇》：“属天清而散，属地浊而聚。”[②] 清散而浊聚，散而为阳，聚而为阴。九阳为天，九阴为地。因而，清浊可交感平衡、互补渗透，有充斥、流动、氤氲、聚散等的状态，无穷无尽方生变化。再如，《抱朴子内篇·塞难》：“浑茫剖判，清浊以陈，或升而动，或降而静，彼天地犹不知所以然也。”[③] 清浊并立，构成了天地的基本秩序和基本形态。

“清浊”并立，存留于万事万物之中，但二者属性截然不同，见《鹖冠子·泰鸿》：“自若则清，动之则浊。”[④] 清静而浊动。对自然而言，二者叛离，方可各安其事，如果清浊交浑，则秩序混乱。如《通玄经》：

---

① ［日］安居香山、中村璋八：《纬书集成》，第 11 页。

② （东晋）张湛注，杨伯峻集释：《列子集释》卷 1《天瑞篇》，中华书局 1979 年版，第 20 页。

③ （东晋）葛洪著，王明校释：《抱朴子内篇校释》卷 7《塞难》，中华书局 1980 年版，第 124 页。

④ 黄怀信校注：《鹖冠子汇校集注》，中华书局 2004 年版，第 232 页。

“以清入浊必困辱，以浊入清必覆倾。”[①] 清陷于浊不能自清，必然困顿；浊若犯清，则必然导致秩序倾覆。对人体而言，清、浊二气以胸膈分界，《黄帝内经·灵枢·阴阳清浊篇》云“清浊相干，命曰乱气”，浊气上升，清气下降，相互干犯，人的气机便难以畅通。但当二气不能平衡时，常选用清气来抑制浊气，即扬清激浊，《太平经》便提出“天地之性，清者治浊，浊者不得治清”。[②] 期望秉承天地清气，抑制重浊之气。清性远在浊性之上，有明显清尊浊卑的意识。

综而言之，“清浊”从最初简单的物质对偶质性，在宇宙生成的“气”论中获益匪浅，一步步演变为万物内在的深层存有之性。尽管从立名的角度来看，好似没什么改变，实际上，这里面有“清浊”理论螺旋式上升的进程。对偶质性的“清浊”是固定、死板的，“清”与“浊”仅位处对立面关系；而清性与浊性两者则是对立统一关系，区别对待，亦即对立；一者合一，亦即统一。正如后人所论：“两不立则一不可见，一不可见则两之用息。两体者，虚实也，动静也，聚散也，清浊也，其究一而已。”[③] 借此机会，“清浊”确立了浓厚的哲学思辨色彩，从“清浊”是万物的基始，到“清浊”是万物的性质，其中种种的特点，可以按照论者的需要任意选择与发挥。也就是这种可以在不同层次不断进行两分的思维模式，成为了秦汉哲学各家学说中不能忽视的焦点。

二　天人图式中的“清浊”论

秦汉哲学具有这样的特点：许多自然哲学的因素，迅速地被社会哲学吸收或改造，注入了抽象主观的内蕴，进而方可以推天道以明人事。我们若能以这样的视角去看待“清浊”，正恰恰好。也就是说，虽然“清浊”刚从秦汉的宇宙生成论中析出，但很快就在天人同构的关系间被紧密地构建起来。甚至可以说，以“清浊”论宇宙与以“清浊”论人，几乎同时出现在秦汉的哲学思考中。

导致这样现象的原因：一方面，从“天”的角度出发，宇宙学说中所讲的天与地，本就不是纯粹自然意义上的客观存在物，而带有“道”的意

---

① 王利器撰：《文子疏义》卷6《上德》，中华书局2002年版，第261页。

② 王明校注：《太平经合校》，中华书局1960年版，第221页。

③ （北宋）张载著，章锡琛校注：《张载集》卷1《正蒙·太和篇》，中华书局1978年版，第9页。

蕴，最后要落实到具体的人与人性上，天地论清浊，人必然也要论清浊。另一方面，从“人”的角度出发，即便各家所论“天”的含义有所区别，天命、天道、天德、天志，见解各异，但天人同构是他们共同的命题，即人如何与天同构，获得法于道、法于自然的力量。在这样的追问中，但凡与天地有关的逻辑因素，仍会反映到人与人性上。两方面互相交错的思考，造成了无论是讲天人相类，或是天人相感，还是天地人和，“清浊”无不贯穿其中。

所谓天人相类，指的是从人的形体血气，再到人的性情命理，都与天有着许多相同或相似的地方，“与天地相应，与四时相副，人参天地，故可为解。”①《黄帝内经·灵枢·邪客》中讲得很清楚，日月对双目，四时对四肢，风雨对喜怒，冬夏对寒热，阴阳对男女夫妻。② 在宇宙论的角度，四时、风雨、冬夏、阴阳，莫不与清浊密切相关。这在《春秋繁露·人副天数》中也有类似的话：

> 天德施，地德化，人德义。天气上，地气下，人气在其间。……天地之精所以生物者，莫贵于人。……人有三百六十节，偶天之数也……天地之符，阴阳之副，常设于身，身犹天也，数与之相参，故命与之相连也。③

《黄帝内经》多从形神角度论之，《春秋繁露》多从性情角度论之，后者更具神秘色彩。但需要指明的一点是，当人的性情命理与天比拟可通，那便夹杂了愈加复杂的天人相感的思想，带有深化的意味。所以，此

---

① 《黄帝内经·灵枢》卷9《刺节真邪》，引自张隐庵《中国医学大成·黄帝内经灵枢》，上海科学技术出版社1990年版，第41页。

② 《黄帝内经·灵枢·邪客》：“黄帝问于伯高曰：愿闻人之肢节以应天地奈何？伯高答曰：天圆地方，人头圆足方以应之。天有日月，人有两目；地有九州，人有九窍；天有风雨，人有喜怒；天有雷电，人有声音；天有四时，人有四肢；天有五音，人有五脏；天有六律，人有六腑；天有冬夏，人有寒热；天有十日，人有手十指；辰有十二，人有足十趾，茎垂以应之，女子不足二节，以抱人形；天有阴阳，人有夫妻；岁有三百六十五日，人有三百六十五节；地有高山，人有肩膝；地有深谷，人有腋腘；地有十二经水，人有十二经脉；地有泉脉，人有卫气；地有草蓂，人有毫毛；天有昼夜，人有卧起；天有列星，人有牙齿；地有小山，人有小节；地有山石，人有高骨；地有林木，人有募筋；地有聚邑，人有䐃肉；岁有十二月，人有十二节；地有四时不生草，人有无子。此人与天地相应者也。”

③ （西汉）董仲舒著，（清）苏舆撰，钟哲点校：《春秋繁露》卷13《人副天数》，中华书局1992年版，第354页。

处讨论的天人相类，是狭义上人的形体与天的形状同构，是大宇宙结构与身体小宇宙结构相对应的关系，反映在“清浊”论上，主要指依据清轻浊重、清升浊降的特性，论人的身体之清浊。

这具体来自于三方面的表现：其一，清在阳，浊在阴。从阴阳角度分清浊，无论是先天还是后天，清浊若不在人体的阴阳之位，即为失位，先天失位则早夭，后天失位则为病机。而清浊并存也有相胜之理，太阳之人血气清，太阴之人血气浊。这里的清浊尚无褒贬之意，单指的是人的体质不同。

其二，在后天的生长中，“受谷者浊，受气则清。”[①] 马王堆汉墓帛书有《却食谷气》，通论去谷气、留清气之法，后发展为道家辟谷，原理即不食五谷，餐风饮露，辅以药饵，得到去浊留清、清明而寿的效果。但大多数人的后天之气，还是来自于承受谷气，故此谷气也生清浊，清为营气，浊为卫气，如《灵枢·营卫生会》云：“人受其于谷，谷入于胃，以传以肺，五脏六腑皆以受气，其清者为营，浊者为卫。”[②] 营气行于血脉内，卫气行于血脉外，所分清浊是按照谷气的质地一分为二，清浊既是气的属性，也是气的功能，这就与气在人体内的循环联系了起来。

其三，气分清浊，广义的气是人气，狭义的气是血气，清往上走，浊往下走，浮而上者阳之清，降而下者阴之浊。《素问·阴阳大象论》归结为：“清阳出大窍，浊阴出下窍。”[③] 清是人萃取的精华，入于心肺脾胃，浊是代谢产物，由下体排出体外，这是正序的；反之则清浊相干，生病后有痰有湿，只能从上吐浊排湿。俗话说，某人满脸浊气，正是因为浊气上走而显于面，有气虚形怯、烦躁不安之象。以上这些，都是从医家病理学的角度，从人象的表与理推断出来，是论人之清浊最浅显的层面。

天人相感与天人相类有重合的地方，天人相感更重视天人在感情上的互动，天似乎与活生生的人一样，有喜怒哀乐的性情，“喜怒之祸，爱乐之义，不独在人，亦在于天。”[④] 当其与人感应时，也不是天单方向向人的颁布或施予，而是以性情为中介的双向往返运动。在这样的思想基础上，清浊先成为天地性情的外在表现，然后才是人之性情的外在表现。不

---

① 《黄帝内经·灵枢》卷5《阴阳清浊》，第18页。

② 《黄帝内经·灵枢》卷2《营卫生会》，第114页。

③ 郭霭春：《黄帝内经素问校注语译》，天津科学技术出版社1981年版，第30页。

④ （西汉）董仲舒著，（清）苏舆撰，钟哲点校：《春秋繁露·天辨在人》，第335页。

过，这只是董仲舒天人相感大框架下的一种逻辑建构。《春秋繁露》中并没有以“清浊”论天论人的段落，倒是有“暖清寒暑”，如《王道通三》：“夫喜怒哀乐之发，与清暖寒暑，其实一贯也。喜气为暖而当春，怒气为清而当秋，乐气为太阳而当夏，哀气为太阳而当冬。”《四时之辅》：“故以庆副暖而当春，以赏副暑而当夏，以罚副清而当秋，以刑副寒而当冬。”《如天之为》：“阴阳之气，在上天，亦在人。在人者为好恶喜怒，在天者为暖清寒暑。”当其时，“清”为秋气，主怒；当其义，人情之怒也同为清性，“天无怒气，亦何以清而冬杀就?”“人无秋气，何以立严而成功?”① 天若没有清怒之气，就不能澄清世界；人若没有清怒之气，也不能立严成功。特别指出的是，《春秋繁露》中尚未用“清浊”论人之性情，这并不能算是理论上的缺陷，只是董仲舒没有选择“清浊”的命题而已。它的积极意义是，这种试图将“性情”与“清浊”关联的趋势，已然小荷露出尖尖角，比之《黄帝内经》中主要论人身体之清浊是更高层面的，论人的精神清浊已呼之欲出。

关于身体与精神的关系，见《淮南子·原道训》：“夫形者生之舍也；气者生之充也；神者生之制也。一失位，则三者伤矣。”杨树达将“充”校订为“元”之讹。意为有充实的生气即有生命，身体是居住之所，精神是制衡力量。三者有一者亏损，都会影响到另两者。前面已经论述过的《黄帝内经》与《春秋繁露》，也有这种潜在的意识，只是还未发展到全面论述的境地。这个理论经过整个西汉一朝，直到东汉王充的《论衡》与三国魏刘邵的《人物志》中才完成。而且，这还不是孤立现象，若从哲学内部发展的脉络说，是反思中的推进、整合中的发展；若从社会外在制约的角度讲，又受到政治时局的巨大影响，当论人之术成为需要有答案的尖锐问题时，形神论、性命论、人物品鉴论皆浮出了水面。

有观点认为，王充论人时是在极力否定天对人的作用，这种看法固然有一定的合理性，但王充却绝不可能超越他所处的时代，尽管他基本上反驳了天人相类与天人相感，可还是以人秉元气为论人的基础，采用的是天、地、人三者之“和”。所谓“和”，泛指天、地、人三者和谐，有关联但不冲突，天地清浊之气和合而为人，“至德纯渥之人，禀天气多，故

① （西汉）董仲舒著，（清）苏舆撰，钟哲点校：《春秋繁露·天辨在人》，第 335 页。

能则天，自然无为；禀气薄少，不遵道德，不似天地，故曰不肖”，[①] 仍未脱离天人同构的理念框架。

天地之气和，正是清浊之气的融合，和气是具有清浊相反相成的特性及不断运动变化的物质，其化万物亦生人。这种“和”气，与《易传》所言的精气，与王充、刘邵所论的元气，都是类的概念，是气本论不同的说法。如前所论，当时间概念介入到清浊气论时，“气”先是混沌之气，分出清浊后，两者交感时生成和气、精气、元气。按照王充的说法，人禀元气而生，其所禀之气的精粗厚薄，对人的体质、气质、性格、命运等，都有着决定性的影响。

王充《论衡》集中在《逢遇篇》到《本性篇》，大致从五方面论人及人生：即气、体、性、命、遇。除了“遇”是后天遭遇的偶然事件，其他四者都与先天有关，人与人有不同的原因，即在于所秉承的元气不同，而元气之所以不同，则是由于其中清浊所和多少的差异，有的是清阳多浊阴少，有的是浊阴多清阳少；承受清气多的，其形色神气近乎清性；承受浊气多的，其形色神气近乎浊性。而刘劭在《人物志・九征》中却反言之：“盖人物之本，出乎性情。……苟有形质，犹可即而求之。”由内存的精神论人外在容颜骨相的凸显，原因是“凡有血气者，莫不含元一以为质，禀阴阳以立性，体五行而著行”，才质性情各依其类。所以说，内部实分清浊的元气，既构成人的身体，也塑造人的精神，这恰好印证了前面的观点，论人“清浊”必是身体与精神的合一。

其一，先论骨相。“骨”本义为“肉之核”，骨相是以骨为人体核心的人相，即相骨之术。其起源甚早，《荀子・非相》中已有“相人形状颜色而知其吉凶”的说法。[②] 发展到东汉，骨相已经成为论人的一种标准。其若《论衡・骨相篇》中所言：“人命禀于天，则有表候见于体。察表候以知命，犹察斗斛以知容矣。表候者，骨法之谓也。”“案骨节之法，察皮肤之理，以审人之性命，无不应者。”可从人的骨节结构与皮肤纹理中看出人的富贵贫贱之命。“非徒富贵贫贱有骨体也，而操行清浊亦有法理。贵贱贫富，命也；操行清浊，性也。非徒命有骨法，性亦有骨法。惟

① （东汉）王充著，黄晖撰，刘盼遂集解：《论衡集解》卷18《自然篇》，中华书局1990年版，第1201页。

② （清）王先谦集解：《荀子集解》卷3《非相篇》，中华书局1988年版，第72页。

知命有明相，莫知性有骨法，此见命之表证，不见性之符验也。”还可看出人的性格。对于这些，古人是深信不疑的，南朝的陶弘景为《相经》作序时，还归纳总结过：“相者，盖性命之著乎形骨，吉凶之表乎气貌，亦犹事先谋而后动，心先动而后应，表里相感，莫知所以然。且富贵寿夭，各值其数。”这些都是论骨相之理更为具体的方法。

《人物志·八观》中提出：“是故骨直气清，则休名生焉。气清力劲，则烈名生焉。”《九征》也言：“强弱之植在于骨，躁静之决在于气。”认为气清骨直，人有清气便会有傲骨，即性情刚强坚毅，能以清操行于世。具体到骨相，蔡邕《童幼胡根碑》中称：“生有嘉表，幼而克才。角犀丰盈，光润玉颜。”① 也就是通常所说的天庭饱满，额骨突出。观人骨相，犹如门外的大山，门既打开，山势自然可见。山势既幽深，必有来龙去脉；既雄伟，必有深根厚基，以此喻人之优劣高下。《九征》中还有：“气清而朗者，谓之文理。文理也者，理之本也。”有清质之人，便会有文采。蔡邕《荆州刺史度尚碑》中也言：“朗鉴出于自然，英风发乎天骨。”同样说明了人的才气可以从骨相中看出。

除此之外，由骨相还渐渐发展出清骨、神骨、骨格、风骨、秀骨清像等说，其并不是论此人的高低胖瘦，而代表的是此人的清高仪致与秀丽风姿，即如“脱谷为糠，其髓斯存”，稻谷的精华是米，米蕴藏在壳内，碾壳成糠。壳如骨，人之清如米，精华蕴含其中。清曾国藩在《冰鉴》首章即以“神骨”分清浊，思想渊源莫不于此。②

其二，后论气质。气为元气，质为质性，气聚凝为质，取滋于物以滋其质。王夫之言：“质是人之形质，范围著者生理在内。形质之内，则气充之，而盈天地间，人身以内，人身以外，无非气者，故亦无非理者。”③

① （唐）欧阳询撰，汪绍楹校：《艺文类聚》卷50《职官部六·刺史》，第50页。

② （清）曾国藩《冰鉴·神骨鉴·总论神骨》：“一身精神，具乎两目；一身骨相，具乎面部。他家兼论形骸，文人先观神骨。语云：‘脱谷为糠，其髓斯存。’神之谓也。‘山骞不崩，唯石为镇。’骨之谓也。一身精神，具乎两目；一身骨相，具乎面部。他家兼论形骸，文人先观神骨。开门见山，此为第一。”《神骨鉴·神分清浊邪正》：“文人论神，有清浊之辨。清浊易辨，邪正难辨。欲辨邪正，先观动静。文人论神，有清浊之辨。清浊易辨，邪正难辨。欲辨邪正，先观动静。静若含珠，动若木发；静若无人，动若赴的，此为澄清到底。静若萤光，动若流水，尖巧而喜淫；静若半睡，动若鹿骇，别才而深思。一为败器，一为隐流，均之托迹于清，不可不辨。”

③ （明）王夫之：《读四书大全说》卷7《论语·阳货篇》，中华书局1975年版，第465页。

每个人都同时具有外在的血肉之躯与内在的神气，合之便为气质。气与质的关系，与形神论颇为相类，气决定质，质展现气，气为质之根基，质为气之外用。

气有清浊，故人之气质亦分清浊。《论衡·气寿篇》："夫禀气渥则其体长，体强则其命长。气薄则其体弱，体弱则命短，命短则多病寿短。"《命义篇》："禀得坚强之性，则气渥厚而体坚强，坚强则寿命长，寿命长则不夭死。"从气论清浊兼备论人有气质，阴浊之气主为骨肉，浊以静而近乎地；阳清之气主为精神，清以动而近乎天。虽然气质的阴阳、厚薄、刚柔之殊，就其本质而言，并无优劣、上下、高低之分，但很明显的是，清气先验性地蕴含了更多的精神意味。见董仲舒《春秋繁露·通国身》："气之清者为精，人之清者为贤。"凸显出清尊浊卑的意识，更多的清气能让人具有更优秀的气质。由此看来，刘邵在《人物志》中采取激浊扬清的方法，单用"清"论人，特别是"气清而朗者"的清节之人，方是有德、有礼、有智之人，这已然是论人气质优劣的趋势。

其三，再论性情。郦炎《见志诗》："贤愚岂常类，禀性在清浊。"儒家讲性与天道，天道有清浊，人性亦有善恶，用气为性，性成命定，性发于内，情导于外，情便有了喜怒哀乐，进而才智贤愚有分。具体言之，人与动物之性不同，在于元气不同；人有小人君子之分，则是"小人君子，禀性异类乎？譬诸五谷皆为用，实不异而效殊者，禀气有厚泊，故性有善恶也"①。这里讲的是先天之性，清浊厚薄之气错综参差，"物何故美？清气之所生也。物何故恶？浊气之所施也。"② 人亦如此，"人之气禀，有多般样，或清或浊，或昏或明，其类不一。"如此便有了"禀得清明者，便为英爽；禀得敦厚者，便温和；禀得清高者，便贵；禀得丰厚者，便富；禀得久长者，便寿；禀得衰颓浊者，便为愚、不肖，为贫、为贱、为夭"。③

这诸多种种的不同，实际上可以归纳为人性三分的圣人、斗筲、中人。而三者并不是一成不变的，还存在着后天之性的引导，"其善者，固自善矣；其恶者，故可教告率勉，使之为善。……善渐于恶，恶化于善，

---

① （东汉）王充著，黄晖撰，刘盼遂集解：《论衡集解》卷2《率性篇》，第80页。

② （西晋）袁准：《才性论》，（唐）欧阳询撰，汪绍楹校：《艺文类聚》卷21《性命》，第386页。

③ （南宋）黎靖德编，王星贤点校：《朱子语类》卷11《学五·读书法下》，第187页。

成为性行。”[①] 所谓先天之性，由天之清浊成之；后天之性，由习之清浊成之。尽管王充也有言：“凡人禀性也，清浊贪廉，各有操行，犹草木异质，不可复变易也。”[②] 他强调圣人、斗筲之性不容易改，即孔子所言的“唯上智下愚不移”；而中人之性不是绝对的，操行清浊对其有潜移默化的作用。郑玄亦言：“变，改恶为善。变之久，则化而善也。”朱熹又以水之清浊譬喻之，说得更清楚：

> 水之清者，性之善也。流至海而不污者，气禀清明，自幼而善，圣人性之而全其天者也；流未远而已浊者，气禀偏驳之甚，自幼而恶者也；流既远而方浊者，长而见异物而迁焉，失其赤子之心者也。浊有多少，气之昏明纯驳有浅深，不可以浊者不为水，恶亦不可不谓之性也。[③]

操行为“清”为贤，做有道德清明正直之事，多据德行；操行为“浊”为愚，做渣滓浑浊偏颇之事，多据物欲。终究前者使人增加善性，保持气质清明；后者使人堕入恶性，气质卑弱甚至丧失。从这个意义上讲，清尊浊卑的思想被进一步强化了。

由此可见，由天人同构所析出的“清浊”论人，几乎涉及人性论的各个方面，尽管有些只点到为止，但分骨相、气质、性情的大致框架已初立，既有形而上的思考，也有形而下的分析，只待后人尤其是程朱理学的二程、张载、朱熹、陆九渊等继续完善；同时，又从清浊无上下高低转变为以“清”为尚，而这一点，很快就在有诸多具体事例的汉魏人物品鉴论中发扬光大，并最终将“清”确立为人物品鉴的标准，成为修身养性的至高准则。

三 人物品鉴的贵“清”倾向

汉晋人物品鉴之风以“清”为尚，诸如清士、清才、清誉、清伦、清中、清识、清悟等语词屡见不鲜，甚至连进行品评活动的“清议”与

---

① （东汉）王充著，黄晖撰，刘盼遂集解：《论衡集解》卷2《率性篇》，第68页。

② （东汉）王充著，黄晖撰，刘盼遂集解：《论衡集解》卷10《非韩篇》，第438页。

③ （南宋）黎靖德编，王星贤点校：《朱子语类》卷11《学五·读书法下》，第187页。

“清谈”，也都是以“清”为定语偏正的修饰词，这些足以代表一个时代的典型风尚。这种现象出现的主要原因，是人物品鉴对气论“清浊”中的“清”进行了有意识的抉择，并在长时间内赋予众多的道德意味和审美意蕴，让其不再与“浊”对举，而成为了可以完全独立的观念。

在人物品鉴中的“清”，是对某一个人整体精神的抽象化且审美化的描述，其中包括此人的气质、个性、习染、志趣、情操等多方面因素，即能蕴乎内充盈流转在人体间，又能著乎外以各种方式来表现。可以说，用“清”来品评人物，大致要从两个层面视之，即选官方式中的官方层面与人格推崇中的士人层面。这两个层面有相互关联的地方，毕竟古代选官制度的主体即为士人群体，官方对治国理事人才的选拔标准，所推崇的官员楷模，必然与参选人的人格性情密切相关，并一定要符合社会的审美价值取向。

汉魏时选官，官途即有“清”之名号，察举制多称“清选”，九品中正制多称“清途”。这里仍有将清、浊相对的倾向，后来便发展为清官、浊官之别，在南北朝还存此论，“其官唯论清浊，从浊官得微清，则胜于转”。[①] 最初选官所具有的“清”之意，泛指的是入仕为官的途径和方式，其核心，一是论世族高卑，一是论人才优劣。

察举制选官的基本程序是依据乡闾清议，由地方推荐“进贤使能”“经明行修”的人才入仕，士人在其中扮演着公共舆论的角色。在他们看来，只有符合了清议标准的人入仕为官，方是清选，如《后汉书·鲁恭传》记载“迁光禄勋，选举清平，京师贵戚莫能枉其正”，[②] 否则即有贿选嫌疑，与“污”“秽”“浊”连在一起。关于清选之例，见《后汉书·韦彪传》：“又谏议之职，应用公直之士，通才謇正，有补益于朝者。今或从征试辈为大夫，又御史外迁，动据州郡。并宜清选其任，责以言绩。”[③] 一般说来，清选之官多为谏官，所选之人必能“清俭足以激浊，贞正足以矫时”，[④] 有昂然的清傲之骨，绝不是那种性格柔和、唯唯诺诺的文儒。再如，《三国志·魏志·高柔传》云：“然今博士皆经明行修，一国清选。”在这里，清选之“清”是复合型的含义，既指选官过程中的

① 《隋书》卷26《百官上》，中华书局1973年版，第748页。

② 《后汉书》卷25《鲁恭传》，第878页。

③ 《后汉书》卷26《韦彪传》，第919页。

④ 《三国志》卷11《魏志·管宁传》注引《傅子》，中华书局1959年版，第358页。

清白公正，也指所选士人有廉、慎、勤、直之类的品格。

九品中正制中，“清选”演变为“清途”，其所选士人的不同，更能反映出选官制度对人物品鉴的影响。“清选”的士人点明了士人对“名”的重视，而“清途”的士人则点明了士人对“位”的看重。换句话说，清选是一种泛指，有清名之人皆能入清选，清途则特指士族名士的入仕途径。名士群体的出现，本就是人物品鉴的副产物，即使清途为选官制度加剧了弊端，但其涉及的士人范围，仍在社会的高材英儒之列。比如曹植、夏侯玄、李丰、裴秀等人，都曾任清途之官中的“黄散”，不能否认他们也是被士人所推崇的、具有清高人格的魏晋名士，较好的出身和生活环境使得他们比起普通人，更能在学问的熏陶与人格的塑造中接近“清”的气质。这并不是一种粉饰，的确是历史中存在的事实，一直持续到东晋门阀制度时。

“清选”与“清途”是从选官制度中，延展出对人格品鉴之“清”的首次定位，同时吻合着由士人群体自发且非制度化的清议，对人物品行的考察评议、对世俗人格的批判及对崇高人格的追求。针对士人的人物品鉴论，就在这个过程中慢慢摸索着。他们以“清”为重点，肯定了既要重先天出身，又要重后天品行，不足的是大多数的人物品鉴论，还尚是感悟性的只言片语，以“清”字称之有不下数十种说法，比如《后汉书》中提到的就有清德、清才、清厉、清识等，各有角度，但中心皆是由社会选拔人才的政治道德需要，转变为士人自我鉴赏的精神境界与审美需求。

《人物志》中以“行为规范”的“清节”之人居“十二业”“三才之流”之首，“是故自任之能，清节之才也。故在朝也，则冢宰之士，为国则矫直之致。”[①] 又详细地分析了“清节”之人所应具有的先天之性、后天之习，以“德行高妙，容止可法”立论，谓之道德品行出众，行为举止可为表率者，可为“师氏之任”，即“师氏掌以媺诏王，以三德教国子”。[②] 刘昞注曰：“掌以道德，教道胄子。”再注曰：“其身正，故掌天官而总百揆。”[③] 可见，刘邵以儒家的人才观为主导思想，其以中庸之道德接近圣人之材质，也是明证。分而言之，“清”为内在的气质品性，故

① （三国·魏）刘劭著，（十六国·西凉）刘昞注：《人物志》卷中《材能》，文学古籍刊行社1955年版，第23页。

② （唐）贾公彦：《周礼注疏》卷14《地官司徒·师氏》，第730页。

③ （三国·魏）刘劭著，（十六国·西凉）刘昞注：《人物志》卷中《接识》，第5页。

谓之“德行高妙”；“节”为外在的操行举止，故谓之“容止可法”，两者是知行合一的关系。

论人有“清节”，有德是首要也是最重要的条件。察举制的“四科”之首是“德行高妙，志向清白”，据《后汉书·朱穆传》言：“所辟用皆清德长者，多至公卿、州郡。”[①]《三国志·魏志·夏侯玄传》载：“吏多选清良者造职。”[②] 可见，清德在官选中所占的比例不小，以清德定官位，也多属官府要职。对这里的“德”，我们应该从广义上理解，不单单指儒家的立德、立功、立言之社会道德，即以圣人的道德规范严格约束自己，积善成名、威仪式瞻，为世人之楷模；同时也包括道家的道德论，人之德为“道”的体现。

《后汉书·周堪传》论其：“明经学，有志操，清白贞正，爱士大夫，然一毫未尝取于人，以节介气勇自行。”[③] 所谓“节”，苏洵《谥法》曰：“好廉自克曰节，谨行节度曰节。”《东观汉记》载魏霸：“性清约质朴，为政宽恕，正色而已，不求备于人。”“清白”是为人品质如水，内贞外顺；“有节”即外在行为符合仁义的行事规范。再如，《论衡·定贤篇》：“以清节自守，不降志辱身为贤乎？是则避世离俗，长沮、桀溺之类也。虽不离俗，节与离世者钧，清其身而不辅其主，守其节而不劳其民。”这乃是带有隐逸思想的“清”，以清静自守为德操，清身洁己，行无瑕玷，坚持某种政治道德的信念。还有，马融《忠经》中言：“在官惟明，莅事惟平，立身惟清。清则无欲，平则不曲，明能正俗，三者备矣，然后可以理人。”在魏晋玄学萌芽的前期，儒家之“清德”与道家之“清静”在论人唯清处产生了契合点。

清节之人的“容止可法”，乃履清高之节，为人处事有清操，“操”是操守、操行，可为士人之楷模。见《人物志·解识》：“夫清节之人以正直为度，故其历众材也能识性行之常，而或疑法术之诡。”如前所论，操行亦分清浊，士人唯有少励清操，践行清操，志节清亮、清廉正直，方可称为清节之人。如《后汉书》谓王霸“少修清节”；贺乔卿“并修清节”；范滂“少励清节”，这是比较实际的品鉴人物之法，由人之外在行

---

① 《后汉书》卷43《朱穆传》，第1474页。

② 《三国志》卷9《魏志·夏侯玄传》，第297页。

③ 《后汉书》卷79《周堪传》，第2578页。

为反向评定人之本性。“八观”亦用此理，体现为“夫清雅之美，著乎形质，察之寡失”。具体针对“夫节清之业，著于仪容，发于德行，未用而章，其道顺而有化。故其未达也，为众人之所进，既达也，为上下之所敬。其功足以激浊扬清，师范僚友。其为业也，无弊而常显，故为世之所贵”[①]。心清意正，则德言外著，以其言谈举止的高尚情操去影响社会，体忠厚之行，秉耿直之性，不拘俗尘之事，同时又能为世俗所重，清节家方获得了“清”名，也似乎成为了他们行于浊世的资本。如东汉孟尝“安仁弘义，耽乐道德，清行出俗，能干绝群”；[②] 尹勋“独持清操，不以地势尚人”；[③] 沈劲“清操著于乡邦，贞固足以干事”，[④] 所提及的清谨、清严、清正、清俭、清洁等，皆是对品行端方、介然特立的形容。

两晋后，尤以清流之士为典型代表，人物品鉴之“清”出现了更多的引申义，扬弃了多从政治伦理品评人物，转向看重人的精神壁垒，或论人之才智神采，或论人之风神气韵，或论人之仪表举止，诸如“清通简要”“清通简畅”“清蔚简令”“清易令达”“清恪简素”“清允平当”“清淳真粹”“清和平简”“清素刚严”“清亮质直”“清激慷慨”“清便宛转”“结藻清英”“气候清雅”，凡此种种，无论是对于人生或是艺术，皆通过一个“清”字，确立了最佳的尺度及崭新的见解。

一是，论人唯“清”从尚道德到尚智能。人有清正、清德，一度是东汉末士人所追求的理想人格范式，到魏晋才性论的兴起，讨论人为清气所钟，即有贤良智慧的清性，展现为有清妍之智能。这里的“清”，可以泛指聪明、才智、能力，如《世说新语·赏誉》论：“太傅有三才，刘庆孙长才，潘阳仲大才，裴景声清才，皆为东海王所昵，俱显一府。”注引《八王故事》：“刘舆才长综核，潘滔以博学为名，裴邈强力方正。”即人有聪睿智慧、明达清朗之美。

故“清”一有清敏之意，如卢谌“清敏有理思”；[⑤] 张畅“才思清敏，志节贞厉，秉心立操，早有名誉”；[⑥] 慧远庐山弟子群“皆风才照灼，

---

① （三国·魏）刘劭著，（十六国·西凉）刘昞注：《人物志》卷中《利害》，第3—4页。

② 《后汉书》卷76《循吏列传·孟尝传》，第2474页。

③ 《后汉书》卷67《党锢列传·尹勋传》，第2208页。

④ 《晋书》卷89《忠义列传·沈劲传》，中华书局1974年版，第2317页。

⑤ 《晋书》卷44《卢谌传》，第1259页。

⑥ （西晋）陆云：《荐贺循郭讷表》，（北宋）李昉编，夏剑钦，王巽斋校点：《太平御览》卷253，河北教育出版社1994年版，第382页。

志业清敏”,[①] 谓机智敏锐，清雅有风则。二有清警之意，如《三国志·魏书·崔琰传》言卢毓“清警明理，百炼不消”;[②] 王亮“少清警有才用”,[③] 谓洞彻事理；三有清悟之意，如向子期“清悟有远识”,[④] 谓有远见卓识。而在当时，最以“清才”为要的两方面：一是能清言，如何晏、王弼、郭象、殷浩等玄学家，清言的内容是辨析微言，又能通过晓畅言辞表达，如裴遐“以辩论为业，善叙名理，辞气清畅，泠然若琴瑟。闻其言者，知与不知，无不叹服”[⑤]。二是能属清文，清才与文章常被同提，如潘尼“少有清才，与岳俱以文章见知。性静退不竞，唯以勤学著述为事”;[⑥] 张翰“有清才美望，博学善属文，造次立成，辞义清新”。[⑦]

二是，“清”又从崇尚群体志向到崇尚自我真情。魏晋是重个性的时代，士人处处追求特立独行、超迈他人的表现，极力展现出一种自然而然的真情实感。据此，多用“清”来形容行为举止的不凡，肯定“越名教而任自然”的士风。如尚“清通”不拘小节，在重视志节清亮的同时，也强调为人处世的通达，《世说新语·赏誉》中言“裴楷清通”，正是对其“性宽厚，与物无忤”的总结，也是时人“外不殊俗，而内不失正”的理想人格代表；再如尚“清思”“清虚”，见阮籍《清思赋》：“夫清虚寥廓，则神物来集；飘飘恍忽，则洞幽贯冥，冰心玉质，则皦洁思存，恬淡无欲，则泰志适情。”[⑧] 人要能在“清虚”的境界中纵情率意，才能引起志趣满足和情感快适。

东晋的周伯仁曾言自己“从容廊庙，臣不如亮”，但其又云“萧条方外，亮不如臣”，原因既是“吾无所忧，直是清虚归来，滓秽日去耳”。周伯仁认为自己不受外物束缚，不像庾亮那般为仕途劳心劳力，内心所从的只为真情，因此身瘦心清，精神清明。魏晋士人所推重的，正是这种清

---

① （南朝·梁）释慧皎撰，汤用彤校注：《高僧传》卷6，中华书局1992年版，第212页。

② 《三国志》卷12《魏志·崔琰传》，第370页。

③ 《晋书》卷59《汝南王亮传》，第1591页。

④ 《晋书》卷49《向秀传》，第1374页。

⑤ （南朝·宋）刘义庆撰，（南朝·梁）刘孝标注，余嘉锡笺疏，周祖谟，余淑宜整理：《世说新语笺疏》卷上之下《文学第四》引邓粲《晋纪》，中华书局1983年版，第209页。

⑥ 《晋书》卷55《潘尼传》，第1507页。

⑦ （南朝·宋）刘义庆撰，（南朝·梁）刘孝标注：《世说新语笺疏》卷中之上《识鉴》引《文士传》，第393页。

⑧ （三国·魏）阮籍著，陈伯君校注：《阮籍集校注》，中华书局1987年版，第31页。

淳自然、淡泊坚毅的品质，或清旷、或清简、或清素，或论人“广性清淳”“清夷冲旷”“情淡平远”“清雅特立”等，无不以“清”为性情的底色，所重视的是品鉴之人的至情至性，而不必规范于礼教之内。

三是，“清”从尚实用转变为尚审美。用“清”对人物品藻进行描述时，渐无诸如德行、操守、功业、才性等具体实在的内容，相反的是，越来越多的蕴含着大量比喻的、模糊的审美观念，反倒成为衡量个人道德与人格的标尺。最突出的即论人容色之“清”，《世说新语·容止》中有大量描述，虽然士人们的长相各不一样，然而其容颜堪称为“清”，给人印象颇深。如“弘治肤清”“杜乂肤清”，意为皮肤白润光洁，如夜月之清润；再如，刘孝标注引《江左名士传》：“杜弘治清标令上，为后来之美，又面如凝脂，眼如点漆。”[①] 形容清俊疏朗的美男子。还有“王公目太尉，‘岩岩清峙，壁立千仞’”,[②] 喻指身姿挺拔。更著名的断语，则是：

> 嵇康身长七尺八寸，风姿特秀。见者叹曰：“萧萧肃肃，爽朗清举。”或云：“肃肃如松下风，高而徐引。”山公曰：“嵇叔夜之为人也，岩岩若孤松之独立；其醉也，傀俄若玉山之将崩。”[③]

“清举”描述了嵇康玉树临风的姿态，“松下风”写其傲岸清朗，“玉山”比喻其清丽高洁，透露出清爽俊逸的气质，似如风尘外物。其容色背后，乃是其精神意气，或超迈，或从容，或倨傲，却一概与道德修养和功业并无干涉。

在“清”具有人的风貌、情感、气质、品格等各种点评式内容后，“清”已然成为魏晋时人最推崇的人格理想，无论从形之容颜，还是从神之风度，都确立为人物品鉴之真谛，凝熔为名士之所以为名士的生命品格。“清”的内涵是抽象的，其外延既可与骨、气、神、韵等论人的命题结合，也可以与正、雅、淡、远等纯审美的概念结合，又能将哲理的体悟

---

① （南朝·宋）刘义庆撰，（南朝·梁）刘孝标注：《世说新语笺疏》卷下之上《容止第十四》，第620页。

② （南朝·宋）刘义庆撰，（南朝·梁）刘孝标注：《世说新语笺疏》卷中之下《赏誉第八》，第442页。

③ （南朝·宋）刘义庆撰，（南朝·梁）刘孝标注：《世说新语笺疏》卷下之上，《容止第十四》，第609页。

和直觉的感受结合起来，两者同流之，以一种只可意会不可言传的至高格调，很快便延展到文学鉴赏、艺术评论的相邻领域，独立为中国艺术的精神，这便是“清”给予后世的巨大影响。

第二节　尚“清”的思想渊源与理论演化

尚“清”意识在儒、释、道三家中，皆被推重为基本的艺术旨趣，兼具独立的理论演化路径。尽管在锻造“清”的艺术意识的过程中，儒、释、道绝不可能泾渭分明，然而三家各自具有的思想倾向，对于尚“清”意识的推动作用，仍是清晰可辨的。儒家在《乐记》中“倡和清浊”，以“和”与“清”的关系立本，平衡出文质彬彬、中和雅致的“清”之调；老庄、玄学着重对“虚”与“真”的阐释分析，确立了多种类同于清虚、清真的艺术风格；而佛家则从“色”与“空”的理念切入，努力塑造出色相透彻、无遮无隔的“清空”意境。三者在不同层面的思想飞跃，皆能把握住“清”美的整体性与浑融性，勾勒出中国文学所追求的美学品格中的多条线索，尤其为对中古诗歌意境的诞生，提供了精神的框架。

一　儒家对“清”美的拓展

目前对“清”的本义及在艺术鉴赏中使用的引申义进行研究，多从“清”自身所具有的意蕴出发。例如，以水无污泥的纯净为清、天无乌云的明澈为清、气无杂秽的透明为清，借此作为追求的美学品格。当然，这些观点可以解决“清”义中的诸多问题，并且阐释“清”义的多种来源。[①] 但是，与“浊”意义相对举的清洁、清白、清澄等，大多是对作品风格的简单概括，没有对“清”的艺术意识追本溯源，尚未深入到对“清”美的理论建构中去。

从先秦文献中看，在当时几乎可以用“清”来形容各种事物，如自然物质中的水、气、风，社会意识中的道德、伦理、志向，艺术活动中的音乐、诗歌等，时人不约而同地使用“清”作为形容词，折射出“清”已从普遍的生活经验，逐渐提升为一种价值上的判断。尤其是针对儒家思

① 韩经太：《“清”美文化原论》，《中国社会科学》2003 年第 2 期。

想体系而言，“清”与道德学说不可割裂，后来又顺理成章地延伸到对诗乐美感的分析中，其中互为渗透着“清和”“清正”“清雅”“清怨”的意识，正是“清”美观念最原初的精神实质。

儒家以乐理分析“清浊”，《大戴礼记·文王观人》：“初气主物，物生有声，声有刚有柔，有浊有清，有好有恶，咸发于声也。”① 声分清浊，有如气有清浊，是自然存在的物理属性。《左传·昭公二十年》晏婴论言：“声亦如味。……清浊、小大、短长、疾徐、哀乐、刚柔、迟速、高下、出入、迟疏，以相济也。”十对都是对举的概念，在声中以对立统一的状态存在，合之有节奏的即为音，富于表现力与感染力的即为乐。

不过，乐理中没有统一说明到底何音为清，何音为浊，但总体的规则是阴阳升降，有向上、向高倾向的即为“清”，有向下、向低的即为“浊”。例如，《周礼·冬官考工记》:“薄厚之有所震动，清浊之所由出。”这里的“薄厚”特指制作工艺上的薄钟与厚钟，薄钟声音轻高，厚钟声音浊重，以乐器材质的不同来分辨。再如，蔡邕的《月令章句》：“琴紧其弦则清，缦其弦则浊。”琴弦紧，声音又快又高，琴弦松，声音又缓又涩，这是以发出的不同音色分为清音、浊音。除此之外，还有以高音为清、低音为浊；以丝竹弦乐的音色为清、以钟鼓打击乐的音色为浊；以清越的快节奏为清、以舒缓的慢节奏为浊；以大吕为角、多占入声为清，黄钟为宫，多占平、上、入声为浊。

在有关音色、音调、音频的技术分析中，并不排斥“浊”的存在。两者各有利弊，重要的是清、浊能同声相应，同气相求，即《乐记》所言的“倡和清浊”。所谓“和”，一是清浊之音参错用之，相和为乐，如《楚辞·哀乐》“同音者相和兮”，王逸注曰：“谓清浊也。”② 二是“奋至德之光，动四气之和，以著万物之理。……故乐行而伦清，耳目聪明，血气和平。移风易俗，天下皆宁”。③ 清浊之所以能“和”，乃是因顺天地之气，体察万物之理。如若有逆反，太清、太浊都会过犹不及。《吕氏春秋·适音》有言：“太清则志危。……太浊则志下。……衷，音之适也。

---

① （清）王聘珍撰，王文锦校注：《大戴礼记解诂》卷10《文王观人》，中华书局1983年版，第190页。

② （南宋）洪兴祖补注，卞岐整理：《楚辞补注》卷13《谬谏》，凤凰出版社2007年版，第229页。

③ （唐）孔颖达：《礼记正义》卷38《乐记》，第1537页。

何谓衷？大不出钧，重不过石，小大轻重之衷也。黄钟之宫，音之本也，清浊之衷也。衷也者，适也。以适听适则和矣。乐无太，平和者是也。”“衷”与“和”同义相训，谓清浊各安其位，低昂互节，使宫羽相变，八音协畅，是由主观创造出的，与天地大美相呼应、相激荡的艺术境界。

以“清”作为独立艺术价值的评价，从“清浊为和”中脱胎而出，需要经过理论的复杂化与升华。这主要来自两个方向的推进，一是“清”具有更完美的价值判断，超越了“浊”；二是“清”与“和”两者被联系起来考察，在互通互融的过程中遮蔽掉了“浊”。

首先，在清浊对举中，清音的重要性超越了浊音，或者说，时人的审美情趣更倾向于清音，却对浊音没什么特别的关注。这从对清商、清徵、清角的论述中，即可察见。乐师师旷对晋平公解释过不同种类的“清”音：

> 平公问师旷曰：“此所谓何声也？”师旷曰：“此所谓清商也。”公曰：“清商固最悲乎？”师旷曰：“不如清徵。”公曰：“清徵可得而闻乎？”师旷曰：“不可，古之听清徵者，皆有德义之君也，今吾君德薄，不足以听。”
>
> ……平公提觞而起，为师旷寿，反坐而问曰：“音莫悲于清徵乎？”师旷曰：“不如清角。”平公曰：“清角可得而闻乎？”师旷曰：“不可。……”（《韩非子·十过》）①

清商、清徵、清角三者都选择了以“清”言乐的审美层次，舍弃了浊，这是清浊分野且“清”的艺术地位提升的标志。遍览先秦文献，单用“清”论乐之道、情志的例子并不难寻觅，而单以“浊”论之的则不见踪影。这既是艺术共性，也是艺术个性。言其共性，是“清”的价值判断得到广泛认可，清乐只是其中的一部分；言其个性，是清乐分有不同类型的特点，所谓“商”“徵”“角”是不同的调，但同样都具有“清”的风格。

“清”乐在情志表达上偏于悲怨，具有高亢激越之美。平公询问师旷的，正是清商、清徵、清角“固最悲乎”。得到的答案是，清商不如清

① 梁启雄：《韩子浅解》，中华书局 2007 年版，第 96 页。

徵，清徵不如清角，但这种“悲”的情绪，都是可以感天地动鬼神的，听之者必为得天命的德义之君。若像平公这样的僭越，势必会得到相反的结果。这是从朝廷雅乐的角度去看。同样，从民间俗乐的角度去看，“清”也代表着清怨悲感的风格，据轶文记载：“戚饭牛车下，望桓公而悲，击牛角而疾商歌曲。宁戚，卫人，商金声清，故以为曲。”① 以“清”音为主创作曲子，曲调以悲为主，“丝竹厉清声，慷慨有余哀”，② 是其显著特征。

然后，在“耳之察和也，在清浊之间”中，③ 也逐渐忽视了浊音的作用，慢慢发展为以清为和，“清”音本身便具有“和”的特质，体现出“清和”的审美理想。具体说来，儒家论“和”有二，一是“和”为社会与艺术之和，二是艺术辩证之中和。就前者而言，儒家主张音和、德和、政和，“清”音要具备着雅正庄重的品质。师旷提到的清商、清徵、清角，不仅是个人情志的传达，同时更是雅厚纯正之政道的象征，后由此渐渐发展出的相和歌辞、清商曲辞等，也都归属在雅乐之中。所以，儒家评论艺术风格有清质，是集社会道德与个人情感于一体的，这种“清”，首先要符合道德仁义的信条，其次才能肯定个人蕴含在其中的情感。也正是围绕着这个中心，温柔敦厚的清正、清雅等，成为了尚“清”的基本底色。

就后者而言，“和”在《乐论》中被加为“中和”，“和”是多元的对立统一，“中”则是在此基础上采取的居中不偏、兼容两端的态度，而“清”的意蕴也正是如此。当乐理中逐渐以“清和”替代了清浊之和，“清”本身带有了“和”的性质，即八音按照节奏合之，没有违和感。其中的关键点为“中”，能够将对立的元素恰如其分地调和。只有如此，艺术才能在多样中体现出美的极致。打个比方来说，七色光合在一起是白色，七种颜色合在一起是黑色，白、黑都是最干净纯粹的。这就是清乐在融合了多种音色音质后，仍可尚清的逻辑关系。推而言之，作为艺术旨趣的“清”不再是简单的单一性，而应理解为把多种艺术原质折中起来，

---

① （西晋）成公绥：《啸赋》，李善注引（西汉）刘向《别录》，（南朝·梁）萧统编，（唐）李善注：《文选》，中华书局1977年版，第264页。

② （西汉）苏子卿：《诗四首》，（南朝·梁）萧统编，（唐）李善注：《文选》卷29，第413页。

③ 徐元诰撰，王树民、沈长云点校：《国语集解·周语下》，第108页。

兼解以俱通，求其最佳状态与精神。所以，将清透与艳丽、清质与绮靡等貌似对立的观念结合在一起，实际上是在周济补充中，获得更美的境界。可以说，这已不再是对“清”美的阐述，而是对“清”美存在的辩证理解。

因为受到了儒家乐论中这些“清”美观念的影响，后来文论中也以“清”为尚，并拓展出许多新的命题。

首推清雅，清正、清典与之相接近。“清”“雅”是并列的关系，清与浊对，雅与俗对，即清雅特立，不拘世俗。将其推演到艺术评价中，多涉及其描写的内容。所谓的“清”，即不浊、不杂、不叫嚣、不谄媚，这与《诗经》所提倡的“思无邪”是极为接近的，不事诙谐亦不写香艳，笔下展露出的是清风穆穆，文质彬彬，完全符合儒家艺术的主流精神。或者说，儒家倡导的诗文清风带有浓重的理想色彩，不片面追求声色之美，认为那些是内容轻浮，格调低下的，而应该是像他们希望达到的怀正之士、洁己情操的清正之士的品质那般，如《文心雕龙·风骨》所言的“意气骏爽，则文风清焉”，“风清骨峻，篇体光华”，文有风骨如人有风骨。强调的一是风清，即气质清明、晴朗，“英华秀其清气”；二是骨清，即清透、清而有力，“捶字坚而难移，结响凝而不滞”。[①] 这样的“清”，是纯正的美又兼有自然的灵动。

所谓的“雅”，则是在“清”的基础上，沿袭儒家正统的端庄凝重、雍容华贵，即《文心雕龙·体性》所言的风格：“典雅者，镕式经诰，方轨儒门者也。”更注重脱去俗气的醇厚深致，是为典雅、古雅、文雅、高雅之意。《文心雕龙·颂赞》中言：“原夫颂惟典雅，辞必清铄。……揄扬以发藻，汪洋以树义。”颂赞是典型的带有儒家教化意味的文体，特点在于端丽华贵、清雅秀润，虽然在思想导向上没什么创新之处，但艺术风貌上的坚持还是可取的。再如，《诔碑》：“周乎众碑，莫非清允。其叙事也该而要，其缀采也雅而泽。清词转而不穷，巧义出而卓立。”用“清允”形容诔文、碑文的文体风格，即后四句所解释出的：叙述确切，文采雅致，用辞确切，意义卓绝。这样以雅润为本，推崇风貌温厚又意蕴深远的宏美之文，是刘勰在《文心雕龙》中一贯强调的，如论张衡的“清

---

① （南朝·梁）刘勰著，范文澜注：《文心雕龙注·风骨》，人民文学出版社1958年版，第513页。

典可味”、张载的“其才清采”，他们的诗文长于哀愁，触绪哀生，与“清”之味一脉相承。

可以说，将“清雅”合之论诗文，“清”规避了“雅”中过于凝厚的内容，乃“情深而不诡”；“雅”稳定了“清”中过于轻飘的感觉，乃“风清而不杂”,[①] 是同时对“清”与“雅”的双重超越。这是刘勰的“清雅”观，乃为儒风之雅。值得注意的是，“清雅”在南朝诗文新变的过程中，慢慢过渡到名士之雅，“清雅”被附加上了清高雅致之味。

以钟嵘《诗品》为代表，其批评鲍照“颇伤清雅之调”，乃因为鲍照的诗有“险俗”之弊，故难称之为“雅”，且其诗意象太过浓厚，气势太过凌厉，缺乏从容之美，敖器之《诗评》喻之为“如饥鹰独出，奇矫无前”，故此难称“清”。[②] 也就是说，钟嵘认为鲍照的诗既无雅之调，也无清之韵。而被肯定者有范云、丘迟、谢庄、鲍令晖、江祏五人。举例言之，“范诗清便宛转，如流风回雪。丘诗点缀映媚，似落花依草。”陈祚明又论范诗曰：“笔姿婉弱，不无秀致。而委而为嫌，如靡草当门，花随风欹，未开先员。”[③] 丘迟则“如新鸟学鸣”，如其诗，《侍宴乐游苑送张徐州应诏》:“风迟山尚响，雨息云犹积。巢空初鸟飞，荇乱新鱼戏。”《芳树》：“轻蜂掇浮颖，弱鸟隐深枝。”《玉阶春草》：“杂叶半藏蜻，丛花未隐雀。”这种“清”有如花草禽鸟的生机勃勃，也像极了《与陈伯之书》“江南草长，杂花生树，群莺乱飞”之韵致。[④] 而评谢庄的“气候清雅”，鲍令晖的“崭绝清巧”，江祏的“猗猗清润”,[⑤] 也是因其诗中皆营造了高韵古色、清淡飘逸的艺术境界。

由此看来，钟嵘与刘勰所论是有差异的，两派在后世皆有发展，刘勰的清雅观较为传统，常在复古思潮中被提倡；钟嵘的清雅观开创了新意，后世的皎然、司空图等皆在不同程度上受到了影响。

---

① （南朝·梁）刘勰著，范文澜注：《文心雕龙注·宗经》，第23页。

② 也有观点认为钟嵘评鲍照的“颇伤清雅之调”，是受到了声律论的影响。这种观念与萧子显《南齐书·文学传论》中的“发唱惊挺，操调险急，雕藻淫艳，倾炫心魂。亦犹五色之有红、紫，八音之有郑、卫”大体相同。

③ （清）陈祚明编，李金松点校：《采菽堂古诗选》卷24《梁三·范云》，上海古籍出版社2008年版，第774页。

④ （南朝·梁）萧统编，（唐）李善注：《文选》卷43，第609页。

⑤ （南朝·梁）钟嵘著，曹旭笺注：《诗品笺注》，人民文学出版社2009年版，第257、282、294页。

若说“清雅”偏重表层的艺术美感，那么由“清”乐风格拓展出的“清怨”，则更偏重于深层的审美心理，其指的是诗人将心中的情感流露在笔端，但又有所克制的“乐而不淫，哀而不伤”，思无邪而词温厚，方具备着“清”的气质。儒家“诗可以怨”的命题由来甚久，汉魏诗学中秉承的正是“怨而不怒”，代表者如《古诗十九首》的“文温以丽，意悲而远”，[①] 文辞温厚婉丽，意蕴悲怆清远，愤懑之情绝不能像飞流直下的瀑布倾泻般不可遏制。魏晋文人诗中的文士悲情，更是倡导中和精神，如班婕妤“辞旨清捷，怨深文绮；得匹妇之致”，辞藻诗旨，明快清婉，哀怨深切而文辞绮丽；左思“文典以怨，颇为清切，得讽喻之致”，[②] 皆表现为温柔敦厚，这本身既是激浊扬清精神的外化。

能将“怨”与“清”结合起来，创造艺境的突出者，乃是曹丕和沈约，但两人又有所不同，曹丕是开创者，沈约是发展者。[③] 曹丕诗风的“清怨”，多来自于其自身的文士气，所有的“怨”，是先中和了群体志向与个人性情，再抒发个人可唱、可和、可感、可触的哀怨；所有的“清”，是借清商之音与清冷凄婉的意象，营造出清幽、清雅、清丽、清厉的诗境。[④] 其塑造出的“清怨”风格，是在不经意间赋予了艺术的张力，如《芙蓉池作》《于玄武坡》《杂诗》等，色丽而雅，含而不露，本之以平易之情，出之以温柔之气。后来者如陆云的“清省”、刘琨的“清拔”、谢朓的“清韵”，分别是其某一方面的沿袭。而到了近百年后的沈约，其诗文之“清”已然是此时诗风的共性之美，如《早发定山》《江蓠生幽渚》等，清瘦可爱，气骨迩然，但因描写的并非眼前真景，而是借助于平弱的想象，然后再附加个人命运的感叹以及对人生无常的思索，抒发的清愁哀怨的深度，远不如其诗中以浅、淡、易营造出的“清”质。后来的何逊、阴铿不免落于此。若试着比较来说，曹丕一路着力于情感的怨，透之以清，更重视情感含蓄的感染力，是幽深之美；沈约一路则着力于言辞之清，含之以怨，更重视景物描写的表现力，是淡逸之美。

---

① （南朝·梁）钟嵘著，曹旭笺注：《诗品笺注》，第 45 页。

② 同上书，第 54、87 页。

③ （南朝·梁）钟嵘《诗品·梁左光禄沈约诗》：“观休文众制，五言最优。详其文体，察其余论，固知宪章鲍明远也。所以不闲于经纶，而长于清怨。”

④ 曹胜高：《曹丕“清怨”诗风的源与流》，《锦州师范学院学报》2003 年第 2 期。

二 道家对“清虚”的推重

如果说，儒家“清”美观念的发生与拓展，证明了“清”在艺术美中的重要地位，所涉及的大都是普通性、肯定性的论断。那么，道家所推重的“清虚”与“清真”，一开始就从哲学理论的高度，阐释了“清”在艺术表现力及感染力上的重要性。可以说，这是儒、道尚“清”意识的差异之处：儒家看到的是现象，故从“清浊”中提炼出“清”论；道家看到的是本质，则以“清”为道、为一，跳过了现象的摸索而直入本体。从这个角度讲，道家美学中的“清”论，更具有理性的思辨色彩。

关于道家尚“清”的艺术意识，可以追溯到老庄的哲学体系中，但其真正进入具体的创作与鉴赏，则要待到东汉末年才崭露头角。当时，以张衡为代表的抒情小赋作家群，开始在赋作中呈现出对隐逸、逍遥、抱朴守真、应物顺化等人生态度的羡慕，这些思想虽然是儒道互通的，可在此时的大量涌现，正是主观上对道家意识的强化，进而延伸为对道家美学的追求。最显著者，当是对“清”之境的向往，其最初是东汉士人对更为纯净的人生精神的选择，其如高彪《清诫》所言：“涤荡弃秽累，飘邈任自然。退修清以静，吾存玄中玄。澄心剪思虑，泰清不受尘。恍惚中有物，希微无形端。智虑赫赫尽，谷神绵绵存。”① 求的是在自然的状态之下，涤除了尘俗污秽的“清”，以及摒弃了凡世喧闹的“静”。再如，蔡邕在《琅邪王傅蔡朗碑》中言：“心栖清虚之域，行在玉石之间。”所描述的“清虚之域”与“玉石之间”，正是一种虚无飘逸的境界。后来，这些观念借助于文人的创作心态，迅速进入到艺术表现的领域内。

在道玄的思想境界下，东汉赋风出现了新的突破口。张衡的挚友崔瑗在碑文中评其文章，乃是“道德漫流，文章云浮”。② 所谓“浮”，即文风有清气向上浮动之美，从无所不用其极的华丽张扬，明显转向了“偶意共逸韵俱发”的清丽自然。例如，其在《思玄赋》中营造的神游境界，已不再是汉大赋中服务于赋体文学功能的颂赞、讽谏，而是集中反映个人所企求的人生清静的感情，其中言“双材悲于不纳兮，并咏诗而清歌”，

---

① （东汉）高彪：《清诫》，（唐）欧阳询撰，汪绍楹校：《艺文类聚》卷23《鉴诫》，第418—419页。

② （东汉）崔瑗：《河间相张平子碑》，（清）严可均辑：《全后汉文》卷45，商务印书馆第456页。

这里的“清”是清唱歌词的意思，却也是潜意识中对“清”美的推重。再如，《归田赋》以庄子的“谅天道之微昧，追渔夫以同嬉，超尘埃以遐逝，与世事乎长辞”立意，寥寥短篇中展现出一种崭新的审美观念。这种道家的审美观，不是宣之于口的张扬，而是消融于作品营造出的艺术境界中，虽然没有明确提出“清”，但对于这种情趣的感悟，已然隐约反映在其中。可以说，张衡的赋作是种标志，标志着从汉代文学审美的单一性，慢慢过渡到魏晋文学审美的多样性，除了儒家提倡的温柔敦厚，道家美学中的清、虚、真、静等，也开始拥有了自己的一席之地。

汉晋文学的变迁，表面上赋与诗在文体上走的是两条路径，但这是从个性的角度来看的；而从艺术的共性来看，对道家尚“清”意识的推重，是完全可以出入于两者之间，甚至是互相影响的。在这段时间内，当然不是所有的士人都能感受到，并在自己的作品中体现出来，不过以阮籍、嵇康为代表的竹林士人，他们对于清虚、清真、清约、清妙的体悟，的确是同时间出现在了诗与文之中，只是他们的诗作更多的在文学史中被反复强调，反而对其文，有着一叶障目的忽视。

道家文论中出现“清”，始于阮籍作《清思赋》，以“清虚”立论，将汉魏之际的思想模式，转化为诗歌的创作思维。

> 是以微妙无形，寂寞无听，然后乃可以睹窈窕而淑清……
>
> 夫清虚寥廓，则神物来集；飘遥恍忽，则洞幽贯冥；冰心玉质，则皦洁思存；恬淡无欲，则泰志适情。伊衷虑之遒好兮，又焉处而靡逞！

能到达“淑清”的高度，首先要守住“寂寞”，才能体会到大音希声、大象无形的微妙之处。而所谓“清虚寥廓”“飘遥恍忽”“冰心玉质”“恬淡无欲”等，都是由“虚心”而发出的心境，即“或隐居以求其志，或回避以全其道，或静己以镇其躁，或去危以图其安，或垢俗以动其概，或疵物以激其清”。[①] 只有排除俗念俗情，放弃具象的观察，空其所有，方能达到洞察幽冥，神思浮涌的境界。这既是阮籍所向往的人生理想境界，也同样是诗文创作时的理想状态，即以“清虚”的方式，去追求真

① 《后汉书》卷83《逸民列传》，第2755页。

正的美。

对于“虚”而言，见《庄子·人世间》:“唯道集虚，虚者，心斋也。”[①] 将“虚”抬高到与“道”一样的高度。“道”的特性是虚静、恬淡、寂寞、无为，而这正是由“致虚静，守静笃”的境界方能到达的，具体到万事万物的状态，便是“澹而静乎！漠而清乎！调而闲乎！”所谓澹、静、漠、清，都是复归于“道”的本质，即《老子》十六章所言：“夫物芸芸，各复归其根。”[②]

对于“清”而言，“清”是万物原初的具体状态，它是简单、素朴、无欲的，更是自然的。但要维护“清”的存在却实是不易，因为它易受心为物役的影响，故还是要通过“虚”的途径，即心斋坐忘的功夫。见《庄子·人间世》言：“无听之以耳而听之以心；无听之以心而听之以气。”[③] 离形去知、应物无方，排除外界的各种干扰，从而超越包罗万象的外界万物，才能体悟到深邃幽远的“清”美。

这是阮籍针对“清虚”在创作理念上的发展，将“清”与“虚”紧密地连接起来，以创作者能够进入“虚静”的思维状态为艺术创作主体的最高精神境界。其《首阳山赋》言:“且清虚以守神也，岂慷慨而言之。”[④] 道家一向是这样推崇的，只有在静观的一刹那，头脑中没有丝毫杂念，虚廓心灵且能涤荡胸怀，创作出的作品才能有清明透彻之感。嵇康在《释私论》中也言：“夫气静神虚者，心不存乎矜尚；体亮心达者，情不系于所欲。矜尚不存乎心，故能越名教而任自然；情不系于所欲，故能审贵贱而通物情。物情顺通，故大道无违；越名任心，故是非无措也。”[⑤] 唯有清虚，排除外患，精诚专注地追求、期待那种非目之可见，耳之可闻的美，展现出的情才是真实的物我之情。

在“清虚”的状态下，所谓的“泰志适情”，不论是言志还是缘情，都是以“真”为指归的。“真”的含义，同样也与“清”有共通之处。庄子强调的“真”带有超越态度，但凡人见到、听到、感觉到的一切，

① （清）郭庆藩集释，王孝鱼点校：《庄子集释》卷二中《人间世第四》，中华书局 1961 年版，第 147 页。

② （三国·魏）王弼著，楼宇烈校释：《王弼集校释·老子道德经注》，第 36 页。

③ （清）郭庆藩集释，王孝鱼点校：《庄子集释》卷二中《人世间》，第 147 页。

④ （三国·魏）阮籍著，陈伯君校注：《阮籍集校注》，第 27 页。

⑤ （西晋）嵇康：《释私论》，戴明阳校注：《嵇康集校注》卷 6，人民文学出版社 1962 年版，第 234 页。

都可能有伪饰成分，只有透过了这些现象的本质，才是本相的真，是无待的绝对。对于事物来讲，真伪的区别在于事物自然天成的本性，是否被人为地加以改变，其真为“清”，其伪为“浊”，也就是说，评判某事某物的属性是否为“清”，“真”是必要的标准之一。对于人来讲，唯能保持住内在的“真”，才可能有外露的“清”性。如《庄子·田子方》中说东郭顺子“其为人也真，人貌而天，虚缘而葆真，清而容物”。[①] 这里的“真”是“真悲无声而哀，真怒未发而威，真亲未笑而和”的精诚之至，[②]“清”是人的赤子本性，它所表示的核心，不在于忠实于事物的客观属性，而在于主观情感的率真坦诚，故其文语感动人深。

道家美学正是从对“真”的体悟中，懂得了洗汰污浊与摒弃情伪的独出胸臆之“清”，方是人的真性情的表达。联系到具体创作中，即在诗文中抒发真挚情感，“真”与“清”的缘分，是只有动了真情，才能清澈无遮地表达出来，方有“清”之情意。诗文情意若不能效法自然却纠缠迁就于人事，受庸庸碌碌的世俗影响变真为伪，那便是不堪入目的。

嵇康诗常被冠上“风清骨峻”的帽子，这固然与嵇康的人格有关，文如其人，但更重要在于“师心以谴论”，不为风雅所羁，直写胸中语，是真心驱使下的产物。这种“清”美，就像静水流深的水潭，水色清澈，深不见底。方廷珪曾在《文选集成》评之曰：“读叔夜诗，能消去胸中一切俗气，由天资高妙，故出口如脱，在魏晋另是一种手笔。”故此，或以“风清”“清切”“清发”“清远”等论之，皆喻指的是诗情的清扬，可以是意气骏爽，也可以是慷慨激昂，更可以是灵虚缥缈，但绝不是庸俗华艳、轻绮柔靡。

这种由静思求得的“清虚”创作心境，对具体创作的另一层影响，即是促进艺术想象。这在陆机的《文赋》中即有表述：

> 其始也，皆收视反听，耽思傍讯，精骛八极，心游万仞。……观古今于须臾，抚四海于一瞬。

这是潜心内索的为文之始。“讯”为求，“收视”为“不视”，即敛

① （清）郭庆藩集释，王孝鱼点校：《庄子集释》卷七下《田子方》，第702页。

② 涂光社：《庄子范畴心解》，中国社会科学出版社2003年版，第153页。

其目之所视；“反听”为“不听”，即绝其耳之所听，其意为思想守一，视听皆息，情思直驰骋于八极之外，心神常游行于万仞之高，文思自然无远不到，无高不至，须臾一瞬，玄珠在握，而这全都可以归入“清”之效能，即王士祯《师友诗传录》所谓之“翕轻清以为性者也”。[①] 唯有理解了“清”，才能通透于想象运用之妙谛。

我们仍以阮籍为例，与《咏怀诗》一样，其赋作中也充满了由艰难而无望的探寻所引发的心灵的迷惘、焦虑与矛盾，在表达中则多采用了想象手法。如《东平赋》在批判现实之后，自“重曰”以下展开神游虚境的描写，“凭虚舟以逞思兮，聊逍遥于清溟。谨玄真之谌训兮，想至人之有形”，[②] 以极为缥缈的境界和隐约的语言，表现对空虚静穆之玄境的向往和对超越现实之理想的追求。这与汉赋中的想象在本质上有很大的不同，或者说阮籍的赋比之汉赋，有了极大的精神上的提升。在道家“清虚”意识的映照下，“其期望在超世之理想，其想望为精神之境界，其追求者为玄远之绝对，而遗资生之相对”。[③]

不过，陆机对“清虚”还尚有些不同的意见，体现了不同角度的思考：

> 或清虚以婉约，每除烦而去滥，阙大羹之遗味，同朱弦之清汜。虽一唱而三叹，固既雅而不艳。

这段论述虽是在论文病，但仍反映出陆机对“清虚”创作的某些看法。五臣注曰：“文有传尚清约而质朴者，则如大羹不和五味，同朱弦之清音也。”如前之所论为构思创作论，此之所言为风格鉴赏论。方廷珪《文选集成》言：“清虚，不丽。婉约，不博。除烦，削以就简；去滥，去浮溢之辞。”这是从正面持的肯定态度，就内容而言，去粗存精，故“清”；化实为幻，故“虚”，诗文之清虚皆由题材提炼所得，故自然体现出婉顺精约之风。

---

① （清）王夫之等撰，丁福保辑录：《清诗话》，上海古籍出版社1978年版，第141—142页。

② （三国·魏）阮籍著，陈伯君校注：《阮籍集校注》，第15页。

③ 汤用彤：《魏晋玄学论稿·魏晋玄学与文学理论》，上海古籍出版社2001年版，第196页。

因陆机受制于时代的影响，对“朱弦疏越”与“大羹不和”并不感兴趣，他所认同的是曹丕的“诗赋欲丽”，并发展为“诗缘情而绮靡，赋体物而浏亮”，也就是“既雅而艳”的风格，而这的确是与尚清约质朴，如大羹之和五味，同朱弦之清泛有审美上的差异。若要分析这个问题，我们也不能苛求陆机的片面性，其作为西晋繁缛文风的典型代表，没有全面接受“清虚”文风自有他的局限性，但其认为“清虚”中容易缺乏余味，滑入质胜于文，或者是气格卑下的柔软无力，这也是有一定的道理的。更何况，风格本就应该多样化发展，绝不可能只局限在此一端。后来，刘勰在《文心雕龙》中也是认可了“清虚”在构思想象中的积极作用，但同时强调不能放弃“艳”的风格。

> 文之思也，其神远矣。故寂然凝虑，思接千载；悄焉动容，视通万里；吟咏之间，吐纳珠玉之声；眉睫之前，卷舒风云之色；其思理之致乎！故思理为妙，神与物游。神居胸臆，而志气统其关键；物沿耳目，而辞令管其枢机。枢机方通，则物无隐貌；关键将塞，则神有遁心。
>
> 是以陶钧文思，贵在虚静，疏瀹五藏，澡雪精神。……独照之匠，窥意象而运斤：此盖驭文之首术，谋篇之大端。

刘勰同陆机一样，认为构思想象不受任何时间与空间的限制，而关键在“神与物游”，即人的内心与外境相接，“纵其心思之氤氲磅礴，上下纵横，凡六合以内外，皆不得而囿之”。① 或是以心求境，或是取境赴心，只要排除杂念，便有可能忽然而会，猝然而解。虽然刘勰没有使用“清虚”这一术语，但从“虚静”乃至他的论述来看，其理路正一脉相承。唯有进入思维的“清”之境，才能进入“游”的创作状态，进而融通感情与外物，并在此基础上舒展想象的翅膀进行加工，凭虚构象，方得“意象”，构成为文之根本。

三　佛教对“清”与“空”的思辨

中古佛教美学中对“清”的认识，最开始是以“空”为出发点，又

① （清）叶燮著，霍松林校注：《原诗·内篇下》，人民文学出版社1979年版，第26页。

多以道家的“无”“虚”“真”等格义来分析，其义理中言“空”，既有真空，也有性空，更有境空，其对“空”赋予了空灵化的处理，使得诗歌在情景交融的形态和有无虚实的结构中，充盈了“清”的灵机。

佛教常言万物为“空”，道家常说万物为“虚”，“空”与“虚”是有区别的。概括来说，“空”是万物的本质，“虚”为万物呈现出的状态。吉藏的《中观论疏》记道安的本无义为:“无在万化之先，空为众形之始，故称本无，非谓虚豁之中，能生万有也。”① 佛教言“空”，与道家言“无”类似，为万物的本体，但“无”并不等于“虚豁”，因为“虚豁”是展现在外的，如庾信在《道士步虚词》中言：“有象犹虚豁，忘形本自然。”而作为“本无”的“空”则是凝结在内的。僧肇《不真空论》云：“夫至虚无生者，盖是般若玄鉴之妙趣，有物之宗极者也。”其用“至虚无生”来指称“空”，“至虚”是“万物之自虚”，将“虚”看作是万物的表层，“空”才是万物的内核。从这一点差异看过去，道家将“清”与“虚”并称，“清”多偏向于万物呈现出来的状态，即万物可为“清虚”，反之也可不为“清虚”；而佛教将“清”与“空”联系起来，“清”并不直接与万物相关，却与如何认识万物为“空”的本质有关。

六朝佛教在义理层面上，对“空”的本体作了淋漓尽致的发挥。《放光般若经》中讲有“十四种空”，《摩诃般若经》中提出“十八种空”，《光赞般若经》中有“十八种空”等，但其本根仍是万物“理贯一空”，如郗超《答傅郎诗》所言:“森森群像，妙归玄同。原始无滞，孰云质通。悟之斯朗，执焉则封。器乖吹万，理贯一空。”这里的“森森群像”指色相，这些色相也是“空”，色空不二，即支遁《妙观章》所言的“色不自有，虽色而空，故曰色即为空，色复异空”，只有用“空”的视角去看待眼前的万千色相，色相既不凝滞妨碍“空”，却又能代表“空”，故此方有“空者，不著色相之谓”的说法。竺道生《注维摩诘经·弟子品》也言：“空似有空相也。然空若有空则成有矣，非所以空也。……既顺于空，便应随无相。应无作。”换句话说，“空”不是没有色相，而是因“空”没有色相的牵绊，方得进入般若的境地。《肇论新疏》中言：“真般若者，清净如虚空。……清净者，绝相之义。”万物之“空”即为“清净”，只有离诸色相，才能得“清净”。在佛理中，“清净”即指在心理上

① 《大正藏》，日本大正一切经刊行会出版，第42册，第29页上。

远离尘世的污染，“清”带有明显的除去欲望、纯净心灵的意味。

若要能认识到这种以“空”为“清”的状态，还是要“心无”的。元康在《肇论疏》中言，心无义“谓经中言空者，但于物上不起执心，故言其空，然物是有，不曾无也”。“空”是无心于万物，在物上不生执心，《不真空论》：“是以至人通神心于无穷，穷所不能滞，极耳目于视听，声色所不能制者，岂不以其即万物之自虚，故物不能累其神明者也。”去除眼、耳、鼻、舌、身、意“六根”不净的烦恼，使心澄净明朗，自然得如清静心体，看到的色相方才是清净的“空”。也就是说，在看透到“空”的境界时，万物都已是带有着“清”的属性。而佛教中并不讲“浊”，正是因为“空”中无“浊”，而唯有“清”。由此看来，佛教以这样的逻辑联系了“空”与“清”，那就是要以直观色相、不挂我执我碍为“清”。这比之于道教以“虚静”为本，方得以“清虚”更提升一层。“虚静”还有我“执象而求”的障碍在内，而以“空”为“清”、以“清”喻“空”，则是万物本为“空”也本为“清”，只要破除一切，即是万法皆空，自性清静。

佛法义理中论证的“清”与“空”，是佛教美学尚“清”的理论支点，也是在长时间内慢慢凝聚出的审美认识精粹。这样的过程，恰好处于东晋至宋齐，玄言诗向山水诗的转关间，佛教东传且深入到士大夫阶层，影响到了艺术创作的风貌。这大致体现在三个方面：一是，高僧通过佛玄格义的结合，或在道玄的基础上进行强化与结晶，[①] 迅速地让佛理义旨为士人们所接受，《世说新语》里记载了大量的名士近佛事迹、名士对佛玄命题的讨论，即是明证。二是，高僧以其高端的文化素养，同时从事着诗画艺术的创作，并在此中践行着各种观念，如支遁的“即色”义，慧远的“禅智”论、“性空”说等，佛理中重点讨论过的“空”“色”，渐渐成为了审美意识。三是，当士人接受并理解了诸如“空”“色”之类的美感，在山水诗画的创作中，又结合了“山水有清音”的固有情趣，使得南朝山水艺术，具有更纯粹的“清”美。

支遁作《即色游玄论》，以“即色”为“空”，其意为“色不自有，虽色而空”“非色灭空，色复异空”，也就是色为有，性为空，即色是空，非色灭空。反映在艺术意识里，即是一种艺术直觉，讲究从观照自然万物

① 叶朗：《中国美学史大纲》，上海人民出版社 2005 年版，第 184—190 页。

中，体会到最根本的美。创作者目之所及的“色”，本就是“空”，如果能应目会心，直陈写之，那么描绘出来的是透彻无遮的“空”。支遁曾在其诗中写道：

有受生四渊，渊况世路永。未若观无得，德物物自静。
何以虚静间，恬智翳神颖。绝迹迁灵梯，有无无所骋。
不眴冥玄和，栖神不二境。(《不眴菩萨赞》)
体神在忘觉，有虑非理尽。色来投虚空，响朗生应轸。
托印游重冥，冥亡影迹陨。三界皆勤求，善宿独玄泯。(《善宿菩萨赞》)
玄和吐清气，挺兹命世童。登台发春咏，高兴希遐踪。
乘虚感灵觉，振纲发童蒙。外见凭寥廓，有无自冥同。
忘高故不下，萧条数仞中。因华请无著，陵虚散芙蓉。
能仁畅玄句，即色自然空。空有交映迹，冥知无照功。
神期发荃悟，豁尔自灵通。(《善思菩萨赞》)

支遁认为，只有看透大千世界的色相，才能体悟到“空”的虚、静、净、清。这四者皆是“空”带给人的外在美感，它们的意蕴相似，若以“清”为中心来看，“虚”是清气空灵，“静”是寂静清幽，“净”是干净清澈。支遁虽不直接分析“清”，但仍将“清”视为是色与空的特质，只有达到对色相的外尘不染、粗虑不起、秽欲尽除、其心无想，那才是真正进入到“空”的境地了。

对于山水艺术而言，所谓的“即色”，看山水的途径是眼睛，“目亦同应，心亦俱会，应会感神，神超理得，虽复虚求幽岩，何以加焉?”在瞬间并不加上什么分析、判断、推理，笔下是“以形写形，以色貌色”，因为这样最少受到外物的隔膜与阻碍。[①] 孙绰《游天台山赋》中言：“散以象外之说，畅以无生之篇。悟遣有之不尽，觉涉无之有间。冥色空以合迹，忽即有而得玄。……浑万象以冥观，兀同题于自然。”这段话差不多与支遁的“即色”同义，强调沉湎于山水时的态度，必要直接面对，才能体会到山水带来的色空。所以，东晋时无论是玄言诗，还是佛理诗的转

---

① （南朝·宋）宗炳著，陈传席译解，吴焯校订：《画山水序》，人民美术出版社 1985 年版，第 1—5 页。

变，最初都是在其枯燥的说理中，夹杂进对山水的描写，而对山水的描写，最开始并不特别重视其美感，而只将其视为体悟“空”的色相罢了。但这样却确立了新的审美观，将山水作为表现对象，并不与我联系，而是须臾间的直接洞察，使山水艺术摆脱了物我的束缚，如谢灵运《山居赋》所言：“析旷劫之微言，说像法之遗旨。乘此心之一豪，济彼生之万理。启善趣于南倡，归清扬于北机。”没有从“我”带来的俗、浊，只有从空、寂、静、净中透出的“清”。

东晋时以支遁为中心，曾形成过一个山水诗画的创作群体，据许理和统计，仅传世文献中记载与支遁交往的著名上层士人，就多达 35 人。[①] 释慧皎在《高僧传·支遁传》中也明确说，由于受到支遁的影响，有“王洽、刘恢、殷浩、许询、郗超、孙绰、桓彦表、王修、何充、王坦之、谢长龄、袁宏”，还包括谢安、谢万、王羲之等人，“并一代名流，皆著尘外之神”。从这些士人流传下来的山水诗作来看，其中的确有对空灵、清透之美的审美趋同。所谓“清”，是直寻山水的清美；所谓“空”，是描写山水时的无我，山水色相是本有的“空”，“空”与“清”是相互联系的，只有以“即色”为“空”观之，才能展现出“清”美；也只有“清”，方才是山水的色空相。并且，无论是“清”或是“空”，都不在于写形，而在于通神，如谢灵运《佛影铭》言：“因声成韵，即色开颜。望影知易，寻响非难。形声之外，复有可观。观远表相，就近暧景。”这就使得此时的山水诗，由清而赡、而亮、而肆、而淡，更注重突出“清”的气质与神韵。

冷风洒兰林，管籁奏清响。霄崖育灵蔼，神疏含润长。
丹沙映翠濑，芳芝曜五爽。苕苕重岫深，寥寥石室朗。

（支遁《咏怀诗》）

回壑伫兰泉，秀岭攒嘉树。蔚荟微游禽，峥嵘绝蹊路。

（支遁《咏禅思道人》）

崎岖升千寻，萧条临万亩。望山乐荣松，瞻泽哀素柳。
解衣长陵岐，婆娑清川右。泠风解烦怀，寒泉濯温手。

（支遁《八关斋诗》）

---

① ［荷兰］许理和著，李四龙译：《佛教征服中国·建康及东南佛教》，江苏人民出版社 1998 年版，第 198—211 页。

东晋诗僧笔下的自然山水，视之为何，便写之为何，几乎没有任何的修饰成分，虽然在诗美上有缺，却也不失为另一种“清”的风格。如支遁的诗，还是有很多涉及佛理，山水的描写只占诗中一半的比例，与过渡期的玄言诗类似。这种“清”的风格，首先体现在没有半点的尘俗之气，又得益于在对山水的描写时，没有丝毫的凝滞之感。这与诗人们专门锤炼的诗艺不同，他们是在“理感”中体悟的，虽然描写时用的也是形象思维，但却超乎其上，是后世依靠雕琢、提炼所不能比拟的。

在支遁之后，慧远的庐山教团作为晋宋山水诗的另一创作群体，又将尚“清”的山水艺术向前推进了一步。可以说，支遁等人只是借用了山水的描写来体悟“空”的佛理，对山水艺术的认知并不自觉。而慧远及其同好者，则有着固定的游山文咏的活动形式。他们之所以如此青睐山水，大部分原因是寄迹庐阜，一心向往佛国净土和佛国光明，与之前单纯的“集山水之娱”不尽相同。如慧远、雷次宗、张野、周续之等“清信之士”，把自然山水作为自己安身息心之处，正如慧远所云：“夫岩林希微，风水为虚，盈怀而往，犹有旷然，况圣穆乎空，以虚授人，而不清心乐尽哉。”[①] 而且，净土世界无任何秽浊，一丝不染，如萧衍形容那般：“清是表里俱净，垢秽惑累皆尽。”这点影响了对山水的审美观，《高僧传》言慧远在庐山“却负香炉之峰，傍带瀑布之壑，仍石垒基，即松栽构，清泉环阶，白云满室。复于寺内别查禅林，森树烟凝，石径苔合，凡在瞻履，皆神清而气肃焉”。登临山水，能够使人气虚神朗，他们在主观上选择了超越凡尘污浊的清境。现实生活中如此，创作的诗中也是如此，清风、兰竹、激泉、凝露、霄崖等形象比比皆是，努力营造着纤尘不染、清幽脱俗的山水胜境。

崇岩吐清气，幽岫栖神迹。希声奏群籁，响出山溜滴。（慧远《游庐山》）

霄景凭岩落，清气与时雍。……长河濯茂楚，险雨列秋松。危步临绝冥，灵壑映万重。风泉调远气，遥响多喈噰。（王乔之《奉和慧远游庐山诗》）

---

① （东晋）慧远著：《明佛论》，引自《弘明集》卷二，《四部丛刊》本。

迎旭凌绝嶝，映泫归溆浦。钻燧断山木，掩岸墐石户。……清霄扬浮烟，空林响法鼓。忘怀狎鸥鯈，摄生驯兕虎。望岭眷灵鹫，延心念净土。（谢灵运《登石室饭僧诗》）

这些诗弱化了宗教色彩，强化了文学意味，正是心灵中向往净土的内在宗教意蕴的外现。这种内心情结与艺术表现的同一性，便决定了山水诗必然会呈现出尚“清”的艺术风格，不独是诗僧，还包括以追寻净土为理想的士人们，最典型的代表即是谢灵运，[①] 以此确立了山水诗审美与佛教不可分割的关系。

六朝诗风带有的“清”美，并不取决于诗歌的题材，如所论曹丕乐府诗、东晋玄言诗、陶渊明的山水诗、晋宋山水诗等，皆能以“清”作为审美的至高旨归。其深层原因在于，六朝诗风在发展的过程中，极其宽容地融合了来自儒、释、道三家对尚“清”意识的认知、推重与提升，同时渗透进创作论与鉴赏论，不仅构成作品的多端风格，可供继续发展时加以借鉴，还由此衍生出不可胜计的、有密切关联的文学观念，逐渐支撑起中国艺术以“清”为至美的完整骨架。

第三节　清浊分野与中古诗歌的审美追求

钟嵘在《诗品序》中言：“虽然网罗今古，词人殆集。轻欲辨彰清浊，掎摭病利，凡百二十人”“余谓文制，本须讽读，不可蹇碍。但令清浊通流，口吻调利，斯为足矣”。[②] 萧纲《与湘东王书》中也提出：“文章未坠，必有英绝领袖之者，非弟而谁！每欲论之，无可与语，思吾子

---

① 1958年，美国著名汉学家马瑞志就提出了颇富创意的“山水佛教”命题，并初步讨论了中国山水诗生成的佛教文化背景。1976年日本学者志村良治则从谢灵运与庐山慧远僧团的关系出发，较为具体地论述了大谢山水诗中大乘佛教的思想基础。论文有：张国星《佛学与谢灵运的山水诗》（《学术月刊》1986年第11期），张伯伟《山水诗与佛教》（《禅与诗学》，浙江人民出版社1992年版），高华平《佛理嬗变与文风趋新：兼论晋宋山水文学兴盛的原因》（《中国社会科学》1994年第5期），李炳海《庐山净土法门与晋宋之际的山水诗画》（《江西社会科学》1996年第6期），陈道贵《从〈山居赋〉看佛教对谢客山水诗的影响》（《文史哲》1998年第2期），普慧《大乘涅盘学与谢灵运的山水诗》（《陕西师范大学学报》2000年第4期），萧驰《大乘佛教的受容与晋宋山水诗学》（《佛法与诗境》，中华书局2005年版）。

② （南朝·梁）钟嵘著，曹旭笺注：《诗品笺注》，人民文学出版社2009年版，第154、244、257、294、208页。

建，一共商榷，辨兹清浊，使如泾渭，论兹月旦，类此汝南。”[①] 可见，清浊之辨在中古文论中是衡量诗歌特质的一项重要标准。其大的趋势为“贵清贱浊”，但即便是单论“清”，也必然会存在着众多繁杂的层面，既值得分向讨论，也值得归纳思考。如明胡应麟谓：“诗最可贵者清，然有格清，有调清，有思清，有才清。……若格不清则凡，调不清则冗，思不清则俗。”[②] 这种理论上的总结，在之前必先有过长时间深厚的理论沉淀。何谓之“思清”？何谓之“才清”？何谓之“调清”？何谓之“格清”？[③] 通观这四者，它们同样具有清、浊分野的倾向，不仅从多维角度对中古诗歌所追求的风格取向进行了阐释，同时也成为推动中国诗学崇尚“清”美的推动力。

一 “气之清浊有体”与“浊”的消解

文论中以“清浊”两字论文，涉及“气”、“清浊”、作家、作品与风格的几重逻辑关系，后世常常择取所需的分支，各有说解，却因这几者可以任意配对且组合，在理论上颇有不同指向的发展，极易出现以子之矛攻子之盾的现象。我们若要解决这种迷惑，厘清中古文论中逐渐确立起的“清浊”之所指，则需要结合其所处的时代背景，从汉魏至南朝文学嬗变的大风貌中，去深入分析“清浊”的内涵与外延。之后方可沿途而下，讨论“清”“浊”对中古诗歌美学特质产生的具有正反两面的影响。

在这个问题上，曹丕是为伐木开道者。据《南齐书·陆厥传》记载，陆厥在《与沈约书》中曾评价曹丕的《典论·论文》：“自魏文属论，深以清浊为言。”肯定曹丕能别具慧眼，尤其是在几乎没有独立文论意识的汉末，可以直接在复杂的理路中找准突破口，率先揭橥“清浊”说，更加难能可贵。

其观点主要见于《典论·论文》：

> 文以气为主，气之清浊有体，不可力强而致。譬诸音乐，曲度虽

---

① （南朝·梁）萧纲：《与湘东王书》，（清）严可均辑：《全梁文》卷11，商务印书馆1999年版，第116页。

② （明）胡应麟：《诗薮·外编卷四·唐下》，上海古籍出版社1979年版，第185页。

③ “调清”主要指的是声律说中的声、律、调相协，“格清”与从南朝到初唐发展出的“诗格”相关。因内容过多、过杂，本节暂不讨论。

均，节奏同检，至于引气不齐，巧拙有素，虽在父兄，不能以移子弟。

这段话以“清浊”为中心，又关联着文气说。曹丕以“清浊”分气，显然受到了东汉中后期较为成熟的、以“清浊”为定位的人物品鉴的影响。其率先肯定“文以气为主”，说明清气、浊气之于文的重要性，而连接“气”与文的关节是作为创作主体的作家。打个比方来说，若“文气”如稳固的刀身，“清浊”则是锋利的刀刃，如果没有率先确立用“清浊”的性质来说明“气”，那么，以气为主的文，又何来有清、有浊的文学性质。人禀气而生，气分清浊，人亦分清浊，不同作家具有不同的“清浊”气质，当影响在创作过程中，作品自会分出来“清浊”。这也就是承认了文学带有“清浊”风格的不同，必先是作家主体有清、有浊的不同。

在汉魏文学转型之际，曹丕的“气”论率先突破到对作家的重视。这一点的理论意义在于，其不仅是对两汉文学局面的一种扭转，也是对短短几十年内蓬勃发展、作家纷涌而出的建安文学所作出的合理性解释，是从汉风到魏响的理论宣言。

两汉文学往往重视作品，却忽略作家。如前所论，即便东汉人物品鉴中已经形成了较为成熟的“元气”“精气”说，在王充的《论衡》、王符的《潜夫论》中，也出现了大量的以“清浊”品评人之性情的高下、才智优劣的区别等，认为这些因素限制了人在社会中的能力，故分有儒学之士与文学之士，但此时所言的文学之士，仍旧是群体性的概念，尚不能以每位作家的个性视之，强调他们具有或清或浊的独立特征。所以说，东汉古诗在没有作者留名的情况下，只能依据内容与风格的近似程度，被后人整合为五言组诗《古诗十九首》，内容不出逐臣弃妻、朋友阔别、游子他乡、死生新故几类，在其中很难找到某位诗人用某种特殊的艺术方式来表现主体个人的情感特征。即便是有名有姓如班固的《咏史诗》、秦嘉的《赠妇诗》、张衡的《怨诗》、赵壹的《疾邪诗》，也皆写时代人人具备的同有之情，即作品的情感共性，而非作家的创作个性。从这个角度来看，它们的诗学意义，在于长时间内对诗歌表现内容及艺术手法的缓慢推进，可谓是文学发展的惯性，却远非作家对自身文学素养的认知与提升。

鲁迅曾立论：“曹丕的一个时代，可说是‘文学自觉的时代。’”[①] 这个时代的“文学自觉”，或指的是文学摆脱附庸经学的地位，开始独立前行发展；或指的是文学按照自身的艺术规律，开始进行有意识的创作。这两点，都是汉魏文学中呈现出的明显现象。若从文学理论的角度再向深挖掘，出现这些现象的主要原因，则是在文学创作过程中，个性鲜明的作家之“气”，占据了主导性的地位。建安文学风貌正是在“昔魏文帝之在东宫，徐干、刘桢为友，文学相接之道并如气类”的环境下形成的。[②] 关于这种情况，范晔在《后汉书·文苑列传》中也论述道：“情志既动，篇辞为贵。抽心呈貌，非雕非蔚。殊状共体，同声异气。言观丽则，永监淫费。”因各有“异气”的不同，在作家“情志既动”“抽心呈貌”的情况下，才可能出现“篇辞为贵”的自觉审美。后沈约在《宋书·谢灵运传》中论：“子建、仲宣以气质为体，并标能擅美，独映当时。”认为“以气质为体”是建安文学变革的大标志。

曹丕在“气”的基础上，再以“清浊”分辨之，在大多数情况下，还只是概括且模糊的说法，曹丕自己也未言明“清”“浊”到底所指为何。目前有观点认为，以风格界定清浊的差异，其意近于刘勰《文心雕龙·体性》所言的“气有刚柔”，刚近于清，柔近于浊；[③] 或者具体解释为，“清”指俊爽豪迈的阳刚之气，“浊”指凝重沉郁的阴柔之气。[④] 这显然受到了气论中上升者为清，下降者为浊的启发，将清浊与阴阳结合起来。但若仔细分析之，这却在一定程度上违背了曹丕以人论文的初衷。一方面，在人物品鉴的考察层次中，基本没有为“浊”赋予过阴柔之义，尤其后来发展为浊与秽通，几乎从中性词降格成了贬义词，而“气有刚柔”中的刚柔，却并没有什么优劣之别。另一方面，人之清浊与文之清浊相通，但两类之间不能画对等号，也绝不是清质之人擅写俊爽豪迈，浊质之人擅写凝重沉郁，这在逻辑上是讲不通的。

这里面的误区，有些属于对“汉魏风骨”“慷慨悲凉”的误读，加之

---

① 鲁迅：《魏晋风度及文章与药及酒之关系》，《鲁迅全集·而已集》，人民文学出版社1981年版，第523—554页。

② 《晋书》卷48《阎瓒传》，第1355页。

③ 郭绍虞：《中国文学批评史上之神气说》《文气的辨析》，《照隅室古典文学论集》，上海古籍出版社2009年版，第46—79，15—123页。

④ 李壮鹰：《中国古代文论教程·曹丕的〈典论·论文〉》，高等教育出版社2005年版，第127—132页。

没有合理结合曹丕的文学风格所致。历来推崇的建安风骨，正是阳刚之骨与豪迈之风的最佳代言，是“慷慨以任气，磊落以使才”，也是“雅好慷慨，良由世积乱离，风衰俗怨，并志深而笔长，故梗概而多气”，[①] 其所展现出的“风清骨峻”，虽然是建安文学最突出的艺术特质，但也只是其中的一个侧面，不能由此就等同于曹丕所总论之“清”，故而这样的联系是很牵强的。更何况，曹丕的“诗有文士气，一变乃父悲壮之习矣”，其风格“便娟婉约，能移人情”，[②] 反倒是更接近于阴柔之美。所以说，简单的以刚、柔两种风格去理解“清浊”，断不是曹丕的本意。

首先，“气之清浊有体，不可力强而致。……虽在父兄，不能以移子弟”。曹丕在这里提出的“体”，指的是人与生俱来的，从体格元气到气质、精神、性格与情感的总和，即便是父子兄弟这种极亲密的血缘关系，也无法完全授受。陈琳《答东阿王笺》中也有类似观点:“此乃天然异禀，非钻仰者所庶几也。音义既远，清辞妙句，焱绝焕炳。”注曰：“言天性自然，受于异气也。”[③] 有意思的是，三曹亦不可等同视之，如《文心雕龙·时序》言：“魏武以相王之尊，雅爱词章；文帝以副君之重，妙善辞赋；陈思以公子之豪，下笔琳琅，并体貌英逸，故俊才云蒸。”又如，明王世贞所论：“曹公莽莽，古直悲凉。子恒小藻，自是乐府本色。子建天才流丽，虽誉冠千古，而实逊父兄。何以故？才太高，辞太华。”[④] 这便是最好的实例验证。

曹丕反驳时人“文人相轻”的陋俗，是针对建安作家群体而言，认为不应因先天的气质和天资而“各以所长，相轻所短”。或自视过高，“人人自谓握灵蛇之珠，家家自谓抱荆山之玉”；或视人甚低，“而好诋诃文章，掎摭利病”。[⑤] 其在《典论·论文》《与吴质书》中，还曾对建安七子逐一进行评论，既指出长处，也不隐讳缺点，证明七子之间存在差异是必然的。诗文风格各有千秋，与后天的经验学习无关。评论者对待每个

---

① （南朝·梁）刘勰著，范文澜注:《文心雕龙注·明诗》，《文心雕龙注·时序》，第66、674页。

② （清）沈德潜:《古诗源》卷五，中华书局1963年版，第107页。

③ （南朝·梁）萧统编，（唐）李善注:《文选》卷40，第565页。

④ （明）王世贞:《艺苑卮言》卷三，引自丁福保辑《历代诗话续编》，中华书局1983年版，第987页。

⑤ （三国·魏）曹植:《与杨德祖书》，《曹植集校注》卷1，人民文学出版社1984年版，第153—154页。

独立的作家个体时，应视其创作皆有自身可取之处，或拓展表现内容，或雕琢为文技巧，肯定作家风格的多样性，这才是健康的趋势。

其次，造成“引气不齐”“巧拙有素”的原因，是秉天地所得的“气”，其中自带有清与浊，在交合时有比例上的差异。尽管无论是论人，还是论文，其最终推崇的都是“清”，但在曹丕乃至中古文论较长时间的发展过程内，却没有完全否认“浊”的存在。如《论衡·率性》所论：“俱为一水，源从天涯，或浊或清，所在之势使之然也。”从源头上便有清、浊之别。再如，葛洪在《抱朴子外篇·尚博》言：“清浊参差，所禀有主，朗昧不同科，强弱各殊气。”“参差”是长短、高低、强弱的不齐。联系到曹丕的评语，其并未以“清浊”去逐一对应并区别每个创作主体之“气”，也正说明了“清浊”是综合性的概念。如“仲宣续善于辞赋，惜其体弱，不足以起其文”，[①] 认为王粲情多，并夹杂些微浊气，文风略显柔弱；再如，“应玚和而不壮。刘祯壮而不密。孔融体高气妙”。[②] 清、浊共存于某一人之中，论人气质之“和”“壮”“密”，应是清浊孰多孰少、孰强孰弱的问题，却不是绝对只有清，或者绝对只有浊的水火不容。由此说，从“气之清浊有体”这个角度出发，“清浊”是不能分而视之的。

推及论诗清浊，也应是先定位诗的风格或偏于清，或偏于浊，借此再进行评价，分析“清”“浊”如何分野，及“清”的地位何以更加地稳固，而“浊”则逐渐消解。我们以曹丕的诗歌为例：

> 子桓《论文》云：“气之清浊有体，不可力强而致。”其独至之清，从可知已。（评《善哉行·上山采薇》）
>
> 藉以此篇所命之意，假手植、粲，穷酸极苦、磔毛竖角之色，一引气而早已不禁。微风远韵，映带人心于哀乐，非子桓其孰得哉？但此已空千古。陶、韦能清其所清，而不能清其所浊，未可许以嗣响。（评《善哉行·上山采薇》）
>
> 悲愉酬酢，俱用共始。情一入熳烂，即屏去之。引气如此，那得

---

① （南朝·梁）萧统编，（唐）李善注：《文选》卷42，第591页。

② （南朝·梁）萧统编，（唐）李善注：《文选》卷52，第720页。

> 不清！（评《善哉行·朝日乐相乐》）[①]
>
> 风回云合，缭空吹远。子桓论文云“以气为主”，正谓此。故又云：“气之清浊有体，不可力强而致。”夫大气之行，于虚有力，于实无影。其清者密微独往，益非嘘呵之所得。及乎世人茫昧于斯，乃以飞沙之风、破石之雷当之。（评《杂诗·西北有浮云》）[②]

这三段评语，肯定了曹丕诗风之“独至之清”，是能发清思为文，含真情为意。诗能引气得“清”，是曹丕内心真性情的展现。其诗，无论是写家国天下的社会情感，还是写儿女情长的私人情感；无论是言志，还是缘情，或是理感，只要从心灵所出，皆是发清气为诗，端际密窅，微情动人。比之其父、其弟，曹丕诗情极为细腻，思维也灵敏许多，正如《抱朴子外篇·辞义》言：“夫才有清浊，思有修短，虽并属文，参差万品。”思致之“修”是从常见常闻之物态中，产生出清思之致。唐裴度在《寄李翱书》中也言:“故文之异，在气格之高下，思致之深浅。……人之异，在风神之清浊，心志之通塞。”为人之风神清浊与为文气格高下、思致深浅是息息相关的。曹丕能睹木而叹作《柳赋》，也能感同身受作《寡妇赋》，乐府诗中更是常拟代征父思妇之情，感物忧伤而歌以自娱，其作含清必远。

诗中这种缥缈“清”气，还要能一以贯之，避免“虽有英词丽藻，如编珠缀玉，不得为全璞之宝矣”，但倒不是“鼓气以势壮为美，势不可以不息；不息则流宕而忘返”，[③] 而是一气卷舒后的不尽之意，婉曲缠绵，言外有无穷悲感。陈祚明评之为“笔姿清俊，能转能藏，是其所优。转则变宕不恒，藏则含蕴无尽”[④]。诸如《清河作》的玄音绝唱，《黎阳作》的景情毕尽，《燕歌行》的“声欲止而情自流，绪相寻而言若绝”，[⑤]《清河见挽船士与妻别》的“无穷，其无穷，故动人不已；有度，其有度，

---

① （明）王夫之编选，李中华、李利民校点：《古诗评选》卷1，上海古籍出版社2011年版，第19、20页。

② （明）王夫之编选，李中华、李利民校点：《古诗评选》卷4，第148页。

③ （唐）李德裕：《文章论》，（清）董诰辑：《全唐文》卷709，中华书局1983年版，第7280页。

④ （清）陈祚明编，李金松点校：《采菽堂古诗选》卷5《魏一·曹丕》，第136页。

⑤ 同上书，第141页。

故含怨何踪”,[①] 莫不是“清”气通贯如此。

更重要的是，曹丕诗还有“清其所浊”的风格特质，比之独有之清更难得可贵。所谓“浊”中取“清”，是可将俗尘之事，写得清爽洌洌，唯有公子气、文士气，而无酒色气、酸腐气及庸俗气。若用“浊”来粗略代称汉魏诗的内容，一方面与诗赋酬醉、互相唱和的宫宴诗相关；一方面与述悲情、叹世事的古乐府相关。曹丕的高妙之处，就在于他既能将红尘中的觥筹交错，写出吹气若兰的感觉，“缓节安歌，灵通幽感，其口角低回，心情温悴，有汉辞未吐，气若方兰之意”;[②] 同时也能将凡世的悲喜交集，写出寂寥清冷的意境，“即如引人于张乐之野，泠风善乐，人世陵嚣之气淘汰俱尽”。[③] 可以说，建安时的其他诗人都未能及此，或有华腴，或有矫健，但却都没有如曹丕这般“洋洋清绮”的手笔。

这种“清其所浊”的特质，是清浊尚未分野时诗歌艺术达到的巅峰。之后随着诗歌愈加重视形式，这种诗中天然带来的“清”质逐渐被湮没。终中古几百年以此可推崇的，不过曹丕一人而已，其诗无论为何种体裁、何种内容、何种情感，都能涤荡清浊之间，为自己“气之清浊有体”的理论做了最好的注脚。可惜的是，因后世对其缺乏深入的理解，很快便丢掉了如此可贵的“清其所浊”，“清”“浊”被严格分开，或者说只知有清却不知有浊，诸如萧纲的《与湘东王书》、钟嵘的《诗品》、刘勰的《文心雕龙》等，都仅留下论“清”之意，以“繁浓不如简澹，直肆不如微婉，重而浊不如轻而清，实而晦不如虚而明”为基本标准评之,[④] “浊”几乎被完全剥离出去。其对于诗歌创作的影响，在于之后的陶、谢，乃至唐代的王、孟、韦、柳，皆倾向在澄淡精致、闲远自在中求得文清，却不免气格渐窄，缺乏一气呵成之力；而其对于诗论的影响，则在于凸显讨论诗歌以何种具体状态方为“清”，即才清、神清、韵清、格清及调清等，成为了诗论中的重要话题。

---

① （明）王夫之编选，李中华、李利民校点：《古诗评选》卷4，第149页。

② （明）钟惺：《古诗归》卷7，《四部丛刊》本。

③ （明）王夫之编选，李中华、李利民校点：《古诗评选》卷1，第17页。

④ （南宋）刘克庄：《跋真仁夫诗卷》，《后村先生大全集》，成都大学出版社2008年版。

二　“清丽”“清省”“清新”的递进

西晋之前，文论中几乎未有直接用“清”对诗歌艺术进行界定的先例。虽然曹丕明确提出“气之清浊有体”，“清”与“文气”“体”相关联，但上文已论，汉魏时的“清”多是从人延及文，侧重于对先天禀赋中气质的探究，却不是对具体创作过程的描述，也与诗歌呈现出的外在形式基本无涉。对理论作出贡献的，唯有陆机、陆云两兄弟，一脉以追求会意尚巧，遣言贵妍为求，是要在粗中取精，杂中得纯，从丽辞中提炼出清雅，锤炼出的诗风近于“清丽”；另一脉则以追求质实省净、语约易言为尚，直接砍掉不合适的微浊成分，得出的诗风近于“清省”。

但若从结果来看，西晋文论中所强调的“清丽”与“清省”，由此开端出的两条脉络，在中古时一直并行存在，只是有些情况下“清丽”得以被强化，有些情况下“清省”得以被强化，最终形成趋同的尚“清”合力，表现为以“清新”为要。其对“清浊”的影响主要有二：一是“浊”几乎被彻底地摒弃；二是由“清”逐渐发展出各类相近的命题，意义逐渐明朗化。不过从当时实际的创作情况来看，西晋繁缛诗风较之于整个中古诗学，反倒是离“清”最远的一个时间段。由此说来，西晋诗的创作实践与理论期待并不是严丝合缝的，在其明面上倡导的重视辞藻、言必畅尽的诗风之下，仍有很深刻的对剥繁得简、去遮得真、去浊得清的省净诗风的理性认知。

魏晋诗歌继承了从汉赋中沉淀下来的“丽”的认识，以曹丕“诗赋欲丽”为典型代表，再到陆机的“诗缘情而绮靡，赋体物而浏亮”，诗歌愈加重视才气的张扬、辞采的表现、技巧的锤炼等，这也就让诗歌从汉诗的脱口而出，过渡到了西晋才士的以诗为艺，方有了如丛彩为花的风貌。但值得注意的是，其所提倡的“丽”，当然不是毫无限制的辞藻堆砌，而是在倾情、倾度、倾色、倾声时，仍有着一定的限度。可以说，这种内在的限度，是既要重视思致上的内容，又要重视才力上的技巧，即如陆机所言“理扶质以立干，文垂条而结繁。信情貌之不差，故每变而在颜”,[①] 李善注曰：“言之文体，必须以理为本。”五臣注云：

---

① （西晋）陆机著，张少康集释：《文赋集释》，人民文学出版社2002年版，第60页。

"为文之理，必先扶持本根，乃立其干。谓先树理，次择词也。"方廷珪亦言："文以理为本，如树之有干，扶而立之，一篇之意以定；文以辞为饰，如树之有条，垂而结之，一篇以辞为达。"很显然，西晋更为重视后者，即先探求从诗歌形式的角度，如何体现出"清"与"浊"的不同。

陆机《文赋》开篇即言："夫放言遣词，良多变矣。妍蚩好恶，可得而言。"方廷珪言："妍，美；蚩，丑也。唯能得其用心，故能言文之妍蚩好恶。文有妍蚩，因而人之情有好恶。"承认辞藻存在着有好有恶、有优有劣、有清有浊的区别，这是要用心去体会的，如"或寄辞于瘁音，徒靡言而弗华。混妍蚩而成体，累良质而为瑕"的毛病。《文选》五臣注："言徒侈靡而不华丽，混同美恶，实累风雅之道，如玉石之有瑕也。"其意为，诗文既不能空美而不光华，只有奢靡的文却没有风雅的质；也不能把各类因素杂合在一起，反而让瑕疵拖累了良质。所以说，需要先分清楚"妍蚩好恶"，才是陆机"论文利害之所由"，是其创作论的法眼所在。而在此基础上：

> 或言拙而喻巧，或理朴而辞轻。或袭故而弥新，或沿浊而更清。或览之而必察，或妍之而后精。

五臣注："有袭故事而意乃新者，有因言之浊而更清也。"在高明的技巧下，能够化腐朽为神奇，沿"浊"而近"清"。这就如陆机所说的"操斧伐柯"，"清"正是以手中之斧柄为法则。如果说，"浊"是笨拙、粗俗、肤浅、假伪丑的，那么"清"就是巧妙、高雅、深刻、真善美的。不过，联系整篇《文赋》来看，陆机所言的"清""浊"并没有一定之规，我们需要因宜适变，从广义且灵活的角度去理解它们。

尽管尚不能确定《文赋》是作于陆机年轻抑或老年时，是其开始创作的口号，还是其创作经验的总结，但可以肯定的是，陆机本人正是按着"沿浊而更清"的路子为诗文，全面沿袭旧有的各种清浊文风，"收百世之阙文，采千载之遗韵"，然后加以拔高、提炼并创新的。他在《遂志赋》中肯定张衡的《思玄赋》，是"精练而和惠。欲丽前人，而优游清典，漏幽通矣”,[①] 而其自身也差不多以此为标杆践行之。从理论上讲，通过模拟学习前贤，研究体裁，认识风格，探索积累创作的经验与技巧，去其“浊”之糟粕，取其“清”之精华，也确实是创作从起步入门到登堂入室所要走过的正常环节。

陆机目前存有大量的拟古诗，虽然质量良莠不齐，但确实体现了其意图和努力，把古诗中质朴、典雅等不在同一层面上的风格，全部归结到“清丽”风格上来，即“或藻思绮合，清丽千眠。炳若缛绣，悽若繁弦”。也即是夏靖在《答陆士衡诗》中夸赞的“嘉睹嘉藻，以为清规”。藉此，我们可以想象陆机理想状态下的诗风，是除去了浑浊，又加入了精妙，借“清文以驰其丽”，最后达到清丽脱俗。

这在当时也是诗坛风尚使然。刘勰《文心雕龙·丽辞》中分析为“至魏晋群才，析句弥密，联字合趣，剖毫析厘”“丽句与深采并流，偶意共逸韵俱发”，指出了特别是在五言诗中，“丽”迅速发展成为了“清丽”“清绮”，《明诗》：“五言流调，则清丽居宗。”《定势》：“赋颂歌诗，则羽仪乎清丽。”这里所强调的“清”，正意味着彩色绚烂中透着峥嵘气象，是在雕琢思力中所营造的。

陆云在《与兄平原书》中以“雅好清省”立论，直接从“清”的角度切入：

(1) 省《述思赋》，流深情至言，实为清妙，恐故复未得为兄赋之最。兄文自为雄，非累日精拔，卒不可得言。《文赋》甚有辞，绮语颇多，文适多体便欲不清，不审兄呼尔不？……《漏赋》可谓清工。兄顿作尔多文，而新奇乃尔，真令人怖，不当复道作文。

(2) 往日论文，先辞而后情，尚絜而取不悦泽。尝忆兄道张公文子论文，实自欲得。今日便欲宗其言，兄文章之高远绝异，不可复称言。然犹皆欲微多，但清新相接，不以此为病耳。若复令小省，恐其妙欲不见，可复称极，不审兄由以为尔不？……云今意视文，乃好清省，欲无以尚，意之至此，乃出自然。

(3) 尝闻汤仲叹《九歌》。昔读《楚辞》，意不大爱之。顷日视

① （西晋）陆云：《遂志赋》，（清）严可均辑：《全晋文》卷96，商务印书馆1999年版，第1019页。

之，实自清绝滔滔，故自是识者，古今来为如此种文，此为宗矣。视《九章》，时有善语，大类是秽文，不难举意。

(4) 诲颂兄乃以为佳，甚以自慰。文章当贵经纬，如谓后颂语如漂漂，故谓如小胜耳。

(5) 张公文无他异，正自情省，无烦长作文，正尔自复佳。兄文章已显一世，亦不足复多自困苦，适欲白兄；可因今清静，尽定昔日文，但当钩除，差易为功力。

(6)《张公藏诔》自过五言诗耳。但云自不便五言诗。由己而言耳，玄泰诔自不及士祚诔，兄《丞相箴》小多，不如《女史》清约耳。

(7) 兄《园蔡诗》清工，然犹复非兄诗妙者。云诗亦唯为彼一语，如佳先已先得，便自委顿，欲更作之。昔如已身先此篇诗，了不复仿佛识有此语；此语于常言为佳。

(8) 一日视伯喈《祖德颂》，亦以述作宜褒扬祖考为先，聊复作此颂，今送之，愿兄为损益之。欲令省，而正自辄多，欲无可如省，碑文通大悦愉有似赋。①

陆云在与陆机讨论时不止一次提到“清”，也足以说明这已成为时人的共识。

其一，陆云认可陆机诗文有“清”之风格。诸如“清妙”“清利”“清美”“清绝”“清约”等都是褒义词。“妙”是知其妙而不知其所以妙，“利”是流利，“美”是优美，“绝”是独特的，“约”是凝练简约，都是“清”的各种各样的表现。而其虽不言“浊”的负面存在，但实际上是认为，任何带有负面影响的才多、才繁、才乱等因素，都是应该摒弃的“浊”。

其二，从大的角度来讲，“省”是使文章显得流畅；从小的角度来讲，“省”是删减旁芜，避免文病，但同时也要有适度原则，不能删掉表意达情的重要成分。故此，是“欲令省，而正自辄多，欲无可如省”；“然一不自减”“不当小减”，最后文章要锤炼到增一分则多，减一分则少的状态。陆云曾举例子具体说明：“兄二吊自美之。文中有‘于是’‘而

① (清) 严可均辑:《全晋文》卷102，第1074—1083页。

乃’，于转句诚佳，然得不用之益快，有故不如无。又于文句中自可不用之，便少亦常。”这些没有实际意义的语词，正是导致诗文不“清”的因素。再比如，“视《九章》时有善语。大类是秽文，不难举意”。“秽”与“浊”是近义词。语气急促，文辞繁杂，甚至有模拟的痕迹。

其三，陆云一针见血地指出了陆机“浊”之所在，即“繁”“杂”“多”、不自然等。如果说，陆机像一位热情的创作者，冲动而富于创造；那么，陆云则更像一位冷静的批评者，性格沉静而偏于反思。《机云别传》言：“云亦善属文，清新不及机，而口辨持论过之。”两人对于“清”在“清丽”“清省”有不同方向上的强化，实来源于两人气质、才力上的差异，直接影响到两人的看法。《文心雕龙·才略》中比较：“陆机才欲窥深，辞务索广，故思能入巧，而不制繁。士龙朗练，以识检乱，故能布采鲜净，敏于短篇。”这里面的“繁”“净”，分别与“浊”“清”的意思有近似之处。

其四，陆云比其兄的高明之处，在于他能把自己略微羸弱的才气转化为优点。他曾自评曰：“才不便作大文”“既自难工，又是大赋，恐交自困绝意。”刘勰在《文心雕龙·镕裁》中也讲：“至如士衡才优，而缀辞尤繁；士龙思劣，而雅好清省。”前者的优点，是可以提炼出更精致的“清”，缺点是容易混“浊”；而后者向好的方向发展，则是“清绮”“清朗”“清约”，诗文用词大都浅净，通脱易晓，没有繁冗的枝蔓和铺排的累赘。

陆云推崇张华，评论其“情省无烦长，作文正尔自复佳”“张公《女史》清约”，将其视为“清”的代表。后钟嵘《诗品》评“宋豫章太守谢瞻、晋仆射谢混、宋太尉袁淑、宋征君王微、宋征虏将军王僧达诗”条：“其源出于张华。才力苦弱，故务其清浅，殊得风流媚趣。”刘勰亦云：“张华短章，弈弈清畅。”① 更可为佐证的是，张华也曾就陆机的“才多”进行批评，谓“人之为文，常恨才少，而子更患其多”，认为正因陆机之才多，诗文雕刻求尽，描摹求细，反而使得浊气过重，掩盖住了“清”。

尽管从文学史角度看，对陆机诗文的接受要胜于陆云，但从对“清”的论述提升角度看，反倒是陆云的观点在东晋之后被发展得较多。归结原

---

① （南朝·梁）刘勰著，范文澜注：《文心雕龙注·才略》，第700页。

因，繁缛文风在西晋已然登峰造极，陆云的“清省”说，可以视为是对陆机“沿浊而更清”的反作用力。中古文学的发展，往往是两端的制约平衡，又因“清”本身具有无数强于“浊”的特质，也就让其在择优选择中被保留了下来。更何况，在渡江之后有诸多合力的作用下，特别是在玄风尚清净、静默、清虚、自然的熏陶下，东晋诗风愈加归入省净，如陶渊明的“文体省静，殆无长语，笃意真古，辞兴婉惬”，戴逵的“诗虽嫩弱，有清工之句”，谢庄的“气候清雅”，江祏的“猗猗清润”，虞羲的“奇句清拔”等。[①] 可以说，经过不懈的努力，无论是由陆机的“清丽”说延续发展，还是由陆云的“清省”说继续提升，“清”已然成为一种共识，是共有的审美趣味。

南朝诗在这样的背景下，论诗文风格之“清”出现了新倾向，“清”不再简单与“浊”分辨，而是有更高质量的要求，即归纳出“清新”“清老”，以“新”“老”来定位，而这两者却并不是完全的对立矛盾，所谓“新”，乃为新颖；所谓“老”，乃为老成。若能出新，已是对旧诗文熟稔得多，然后才能陈言务去；若是老成，也多穷而后工，推陈出新。其共有之“清”，即融合且拔高了更多的技巧，如落尽华饰的省净语辞、秀雅襟抱的情思、明净潇散的意境。

南朝诗内容尚“易”，不多涉生硬典故，而能将其自然化入诗句中，乃为“清老”；又多采用民歌谣辞入诗，有生动活泼之趣，乃为“清新”。此见于沈约的“文章当从三易说”，即“易见事，一也；易识字，二也；易诵读，三也”。[②] 元嘉三雄的诗歌，向来以雕纹纂组、华丽用事著称，却造成生拘晦涩、穿凿取新，与“清”的审美恰好相反。只有以“易”为本，方能锻造“清水出芙蓉，天然去雕饰”。[③] 二谢比较，谢灵运天机妙手，虽得风流自然之“清”，也不免落于厚重板拙；谢朓既吸收了魏晋及刘宋以来的绮丽，也能接受民歌清新明快语言的影响，运词造句，力避艰深奇险，趋向浅易明快，就像其《次韵答王巩》自言：“新诗如弹丸。”这在当时已受到沈约的认同，以“文峰振奇响”赏誉之，其诗有妙景、

---

① （南朝·梁）钟嵘著，曹旭笺注：《诗品笺注》，第154、244、257、294、303页。

② （北朝）颜之推著，王利器注：《颜氏家训集解》卷4《文章第九》，中华书局1993年版，第272页。

③ （唐）李白：《经离乱后无恩流夜郎，忆旧游，书怀赠江夏韦太守良宰》，《全唐诗》卷170，上海古籍出版社1986年版，第400页。

发情、核事、切理者，能将其浑融周匝，以圆美之态，流转之气，得奇俊幽秀。可以说，沈约是在理论上提出了近体诗之“清”的关键，而谢朓则在理论与创作中兼行之，故后世有“蓬莱文章建安骨，中间小谢又清发”，[①]“诗传谢朓清”的断语。[②]

南朝诗技法尚“巧”。近体诗不似古体诗可排句出气势，却只能在字与音律的限定下，在有限的篇幅中表情达意。这就需要琢磨技巧，以“颇学阴何苦用心”为典型代表。[③]北朝颜之推论：“何逊诗实为清巧，多形似之言。扬都每病其苦辞，饶寒贫气，不及刘孝绰之雍容也。”[④]尽管批评其诗有饶贫寒气，气格卑弱，缺乏雍容之态，但其“巧”，却实是致“清”的关键。更出众的是，何逊之“巧”不是可以耍弄的技巧，而是造语新辟，“摆脱添缀之习，清机自引，天怀独流，状景必幽，吐情必显”，[⑤]以风华自布的清韵，使后人所欲摹却远不及。在当时与之合称为“阴何”的阴铿，其尚清省，风韵不减于何，以清思运笔，顿开沈宋唐音之风。只可惜其诗歌流传太少，故理论上对其“清”的阐释，难以满足。

南朝能以“清”为集大成者，非庾信无二，明张溥在《汉魏六朝百三家集题辞》中言：“史评庾诗‘绮艳’，杜工部又称其‘清新’‘老成’，此六字者，诗家难兼，子山备之。”沈德潜评之：“子山于琢句中。复饶清气，故能拔出于流俗中。所谓轩鹤立鸡群者耶。子山诗固是一时作手，以造句能新，使事无迹。”[⑥]论其清新，是虽有秾丽之辞，但其体物的巧构性，如运用差异对比，注意物候变化，真幻相生；抒情的回环性，语句的回环性，情感的回环性；情景结构的多样性，如结句抒情，通篇直写，情景交融，[⑦]让其非有古奥板滞之气，却具朗润之感。原因即在“老”，在承袭中有突破、有创新，一方面有厚实的文学渊源，如出自汉魏之音的清怨悲苦之气，出自陶渊明自然的菊酒意象，出自梁陈近体诗的新颖技法等；另一方面，又能在连接南北文化中艰难磨合，锻造清老之

① （唐）李白：《宣州谢朓楼饯别校书叔云》，《全唐诗》卷177，第143页。

② （唐）李白：《送储邕之武昌》，《全唐诗》卷177，第144页。

③ （唐）杜甫：《解闷十二首》，《全唐诗》卷230，第569页。

④ （北朝）颜之推著，王利器注：《颜氏家训集解》卷4《文章第九》，中华书局1993年版，第298页。

⑤ （清）陈祚明编，李金松点校：《采菽堂古诗选》卷26《梁五·何逊》，第829—830页。

⑥ （清）沈德潜：《古诗源》卷14，第345页。

⑦ 徐宝余：《庾信研究》，学林出版社2002年版，第155—165页。

境。可以说，庾信是中古诗歌史上首位集大成者，尽管其未提出明确的文学理论，却在创作中不懈努力，已然借助“老成”规避掉“清新”中容易暴露的缺点，最终以“绮而有质，艳而有骨，清而不薄，新而不尖”成一家格局。①

三 初唐诗论对“清”的推崇

中古诗歌发展到东晋及南朝，对“清”的美感认同，已渗透进方方面面。尤其是在齐梁年间兴起，并由沈约、谢朓等人大力倡导的近体诗，更是在自觉创立规范时，以“清”为其中一类核心观念，定下了种种限定。实际上，这些在主观上设定的诗学规范，正是诗格的雏形。从永明体开始，延及梁陈，再至初唐，诗格中有着众多关于“清”的表述，这不仅是对具体作品及创作规律的总结，更是时人凸显出的审美观念，在很大程度上影响了此后盛、中、晚唐诗歌如何去抉择“清”美的倾向。

刘熙载在《艺概·诗概》中言：“气有清浊厚薄，格有高低雅俗。”②这种潜意识一直似草蛇灰线，伏脉在中古文论中。可以说，以曹丕为始分文气有清浊，到诗格中分格高格低，格高确实是以尚“清”为基本特征的。值得注意的是，“格”本身涵义甚多，不能一概而论，如薛雪论：“格有品格之格，体格之格。体格一定之章程，品格自然之高迈。品高虽被绿蓑青笠，如立万仞之峰，俯视一切；品低即拖绅搢笏，趋走红尘，适足以夸耀乡间而已。所以品格之格与体格之格，不可同日而语。”③体格是体制格式，主要指诗歌形式方面；品格是旨义趣尚，主要指诗歌内容方面。可以说，从南朝诗历经初唐百年在向着盛唐推进的过程中，“清”在体格之义与品格之义中均曾出现，一起强调作品内蕴要充实清气，境界清远，笔力清新，首尾贯通一气，不凝、不滞、不污。

所谓体格之清，可以理解为在诗法中，先呈现出清浊分野，后在此基础上，对“清”作出的种种界定，涉及对字、句、意等的苦思锤炼。这首先体现在声韵中，以“声辨则律清”“律应则格清”为要。

① （明）杨慎著，王仲镛笺证：《升庵诗话笺证》卷3，上海古籍出版社1987年版，第88页。

② （清）刘熙载撰，袁津琥校释：《艺概注稿》卷2《诗概》，中华书局2009年版，第396页。

③ （清）薛雪撰，杜维沫校注：《一瓢诗话》，人民文学出版社1979年版，第119—120页。

> 欲使宫羽相变，低昂互节，若前有浮声，则后须切响。一简之内，音韵尽殊；两句之中，轻重悉异。妙达此旨，始可言文。[①]

从理论上讲，永明体中并没有对清、浊作出明确规定和具体要求。当时在朦胧的状态下，认识到因字音的组合方式不同，会直接导致全诗的感觉迥异，并影响到其美感，故此要调协声律，回忌声病。而在逐渐形成的格律说中，对字的锤炼，也是要分有音、韵、律、调等多方面的。如《悉昙藏》引沈约《四声谱》言：“韵有两种，清浊各别为通韵，清浊相和为落韵。”但总体来说，“浮声”多近于清质，“切响”则多近于浊质。如此理解的原因在于，清浊分野的关键即是清轻浊重，清有上扬之向，浊有下沉之势。刘勰在《文心雕龙·声律》中言：“沈则响发而断，飞则声飏不还”，意为切响如沈，沈则响发如断；浮声如飞，飞则声飏不还。再如陆德明在《经典释文·序录》中论：“或失在浮清，或滞于沈浊。”我们对声律说中“清浊”的理解，需要综合考虑汉语各方面的因素，并要与“八病”即“平头”“上尾”“蜂腰”“鹤膝”等分析相结合。

虽然清、浊两两相对，声律说中却并不排斥任何一方，而强调的是将两者交互组合，使其具有音乐感，形成诗歌的抑扬顿挫之美。刘善经《调声》中言：“以字轻重清浊间之须稳。至如有轻重者，有轻中重，重中轻，当韵之即见。”[②] 王昌龄《论文意》亦云：“有轻，有重，有重中轻，有轻中重。有虽重浊可用者，有清轻者不可用者，事须细律之。若用重字，即以轻字拂之便快也。”[③] 大致可推测，“轻重”相当于清浊，“全轻”相当于清，“轻中重”相当于次清，“全重”相当于浊，“重中轻”相当于次浊。[④] 这样细致的分判，目的是使诗得“稳”。这种“稳”也可称为“清切”，《文心雕龙·声律》有“凡诗人综韵，率多清切”“切韵之动，势若转圆”之说，肯定了清音、浊音各安其位，方能有流美如弹

---

① 《宋书》卷67《谢灵运传》，中华书局1974年版，第1119页。

② ［日］遍照金刚撰，卢盛江校考：《文镜秘府论·天卷·调声》，中华书局2006年版，第116页。

③ ［日］遍照金刚撰，卢盛江校考：《文镜秘府论·南卷·论文意》，第1319页。

④ ［日］安然《悉昙藏》：“四声之中，各有轻重，平有轻重，轻亦轻重。”

丸的流畅之美。再如《论对》中强调：“韵而不切，烦词枉费。”[①] 只识辨清浊音，却不能灵活运用，也是无益的。所以说，对清浊的用心安排，是“五音妙其调，六律精其音，诠轻重于毫忽，韵清浊于锱珠”。[②] 从表面上看，是避免了各种病犯，如八体、十病、六犯、三疾等，又能吻合各种对例，如连绵、双声、叠韵、回文等；但从深层看来，是试图锤炼出诗之高格。即如白居易《金针诗格》中言：“一曰字欲得健；二曰字欲得清；三曰意欲得圆；四曰格欲得高。”从字清到意圆再到格高，是诸级递进的关系。

这种体格之清，后慢慢过渡为风格。见《调声》中言：“语不用合贴，须直道天真，宛媚为上。且须一切题目义，最要立文，多用其意。须令左穿右穴，不可拘检。作语不得辛苦。须整理其道，格律调其言，言无相妨。”[③] 这里的“合贴”，是不拘于死板的格律框架，能在熟练其本的情况下，自然形成“婉媚”之风。“直道天真”与钟嵘的“直寻”说相近，“观古今胜语，多非补假，皆由直寻”，但其并非一味质素，冲口而出，而是有真情真景之谓，诗能写真情真景，以婉媚出之方为上品。[④] 这与从南朝以来对隐秀浑融之境的追寻，在方向上是一致的。“至沈约、庾信，以音韵相婉附”，[⑤] 这类“清”渐趋同于清婉之味，既有言有尽而意无穷的含蕴之美，也有明朗秀丽的意象透彻之美。当然，这不单单是因为提倡字清、调谐所致，但从永明体由来的锤炼之风，确实是一股积极的推动力量，如在周隋，卢思道“词意清切，为时人所重。新野庾信遍览诸同作者，而深叹美之”，[⑥] 而在初唐年间涌现出大量诗格，如《笔札华梁》《诗评格》《诗髓脑》《唐朝新定诗格》等，也都是先探讨作诗声律之法，再促使近体诗形制的完善，进而探求诗体之风格，同样是向品格之“清”过渡的一种标志。

若要找个典型代表来说明此问题，则非上官体莫属。其诗风为“以词彩自达，工于五言诗，好以绮错婉媚为本”，[⑦] 又以讲究声律见称于世。

---

① ［日］遍照金刚撰，卢盛江校考：《文镜秘府论·东卷·论对》，第 666 页。

② ［日］遍照金刚撰，卢盛江校考：《文镜秘府论·西卷·论病》，第 887 页。

③ ［日］遍照金刚撰，卢盛江校考：《文镜秘府论·天卷·调声》，第 110 页。

④ 赵昌平：《上官体及其历史承担》，引自《文学史》创刊号，北京大学出版社 1993 年版。

⑤ 《新唐书》卷 215《宋之问传》，中华书局 1975 年版，第 5750 页。

⑥ 《隋书》卷 57《卢思道传》，第 1398 页。

⑦ 《旧唐书》卷 80《上官仪传》，中华书局 1974 年版，第 2743 页。

这在当时曾是被大力倡导的一种倾向，即在对近体诗范式的自觉建构的基础上，先接受永明体、齐梁体，但又有所发展，“婉媚绮错，巧用文字，工于兴喻”，[①] 创建唐体。上官仪在其参撰的《芳林要览》序中云：“且文之为体也，必当词与质相经，文与声相会。词义不畅，则情旨不宣；文理不清，则声节不亮。诗人因声以辑韵，沿旨以制词，理乱之所由，风雅之所在。”音韵柔顺和美、词义情思婉转与文理之“清”，本是紧密相连的，尽管其稍有贬义，有时流入辞藻繁浓，气格卑弱，不过因巧于字词运用，臻于炉火纯青之境地，为初唐诗立其范式，是必要肯定的。之后，元兢在《古今诗人秀句序》中言：“谢朓畅其清调，发以绮丽。”美学倾向与钟嵘接近，“以情绪为先，直置为本，以物色留后，绮错为末。助之以质气，润之以流华，穷之以形似，开之以振跃。或事理俱惬，词调双举，有一于此”[②]。其对“清”的认识，比钟嵘较为排斥体格之“清”有了进步。可以说，元兢能将上官仪视为接踵谢朓之人，正是站在出体格之“清”，而渐入风格之“清”的视角上。这是非常微妙的气氛转换，多凭借直觉体悟，但蕴含着词美英净、风致宛然的多重义，是初唐诗能从南朝诗中去其糟粕、取其精华，逢时代之风会给予的新阐释。把由清浊之分中清音带来的“清”美，通融到整体的诗美中，追求以精益求精的锤炼、含蓄隐曲之笔法，创造出流转浑灏的清畅。

从初唐诗格引诗中，便不难看出初唐对永明体、齐梁诗是积极接受的。尽管有陈子昂的猛烈抨击，但在当时，其势头并没有后人抬高的那么重要，反而是从沈宋近体到初唐诗格的集大成者王昌龄，仍是对如何改良齐梁诗情有独钟。如《十七势》《十四例》《八阶》《六志》《九意》中举例，收录沈约、王融、谢朓、何逊、徐陵、庾信六人诗为最，其美学倾向皆是音节流利跌宕，词句明隽圆润，得缅邈含情而迂徐曲折。在其中，“清”义的指向愈加增多，既可指选用清辞清音，也可指用词不加雕饰，自然清新，更可指诗境之清雅，浑然天成。

再如，崔融《唐朝新定诗格》中列有“十体”，其任何一种都与南朝诗风息息相关，脱不开清气之贯通。如形似体，其例诗云：“风花无定

---

① （唐）高仲武：《中兴间气集·卷上·张众甫》，傅璇琮编：《唐人选唐诗新编》，陕西人民教育出版社 1996 年版，第 467 页。

② ［日］遍照金刚撰，卢盛江校考：《文镜秘府论·南卷·集论》，第 1555 页。

影，露竹有余清。”其诗意求清。直置体，“谓直书其事，置之于句者是”，其诗法求清。飞动体，“谓词若飞腾而动是”，其诗势求清。婉转体“屈曲其词，婉转成句”，菁华体“谓得其精而忘其粗者是”，是在锤炼字句中激浊扬清。再看其举例，婉转体“泛色松烟举，凝华菊露滋”；飞动体“流波将月去，湖水带星来”；映带体“露花凝濯锦，泉月似沉珠”等，都是符合“清”美之旨的。甚至还列有专门的清切体，“谓词清而切者是。诗曰：‘寒葭凝露色，落叶动秋声。’又曰：‘猿声出峡断，月彩落江寒’”。本意指的是专为语词清切，最初强调语感上规避重浊与晦涩，进而过渡为文洁体清，给人以清冷萧瑟之感。这些都足以印证初唐以体格之“清”，影响到品格之“清”的大趋势。

确定品格之“清”为格高，倾向于清雅、高逸、闲旷，乃在中唐的皎然。其《论文意》：“夫诗工创心，以情为地，以兴为经，然后清音韵其风律，丽句增其文彩。如杨林积翠之下，翘楚幽花，时时间发。乃知斯文，味益深矣。”将清韵、清境、滋味等审美观联系在一起，自然造就出格之高。如其论“柳恽、王融、江总三子，江则理而清，王则清而丽，柳则雅而高。予知柳吴兴名屈于何，格居何上”“何水部虽谓格柔，而多清劲”，[①] 着眼点在清，有清便能“格居其上”。而这种格高，又是经过“至难至险”的苦思营构，唯有苦思，才能思清而不杂，思清方能景清，景清方能境清，戛戛独造出清格。故此，皎然尤重谢灵运诗，认为其“真于情性，尚于作用，不顾词彩，而风流自然”，[②] 乃是其通过了对清幽绝俗的物象的描绘，以寄托淡远超脱的真情怀。诗中出现的白云幽石、绿筱清涟、山水清音、水木清华，不仅仅是自然界物象的清明无滓和清秀美韶，更是表现了诗人心境的清明幽远、超凡脱俗。

可以说，皎然正处在向中唐转型的关节点。由齐梁而来、经过初唐的沉淀再至皎然推重的“清”格，其理论已然走向成熟，是诗坛一股不容忽视的力量。而在此之后，诗格中以“清”为品之最上，继续在诗论中有所发挥，如近者有晚唐司空图，远者有北宋的欧阳修、梅尧臣。故此，到胡应麟论“清”，便为格清留有一席之地，其理论溯源正在于此。

---

① ［日］遍照金刚撰，卢盛江校考：《文镜秘府论·南卷·论文意》，第1405页。

② （唐）皎然著，李壮鹰校注：《诗式校注》卷1，人民文学出版社2003年版，第42页。

第四节　中古诗歌创作对“清”美的认同

中古诗歌呈现“清”的美感特质，不仅凸显在诗歌理论上的大力提倡，独表“清丽”之质，[①] 更突出的外在表现是，从曹丕到陆云，再至陶渊明、二谢、阴何、徐庾等诗人，不论其出于何种创作倾向，皆能用力践行，以大量多姿多彩的作品，彰显着对诗歌“清”的美感认同。当然，诗歌中呈现出的“清”美，极难一言以蔽之，其中存在细微的分支数不胜数，诸如清雅、清婉、清灵、清真、清虚、清远、清秀、清瞻等，各有千秋。甚至还出现了有如清厚与清浅、清柔与清峭、清腴与清瘦等，看似是博弈对立的艺术风格。与其实际，从诗美构成的角度而言，“清”涵盖在选辞、描景、含情与造境这四个层面中，也正是多层面要素藉借彼此之间的关系，用清言，描清景，发至清，澄至清境，方才共同构成了中古诗歌的审美境界。

一　清辞的择用

所谓对清辞的择用，指的是诗人有意识地精心选择既干净无杂质，又浅近无繁冗、明亮无暗淡、通透无遮蔽之感的文字语辞入于诗，以此塑造出诗歌之至“清”的美感特质。可以说，清辞是中古诗歌尚“清”品格最先一步、也是最为具体的化身，更是诗人锤炼诗风出“浊”入“清”的重要步骤。

文人诗自《古诗十九首》起，就显示出对清辞的无限嗜爱，无论历经怎样的审美样式与演进阶段，这一点始终未变。其中最易彰显出来的，便是频繁地在诗中使用“清”这个本字，让我们很容易就能察觉得到，这里面存在着一种执着且强烈的审美趣味。

据粗略统计，喜好用“清”字的诗人大致有：

第一位是曹丕。其现存诗约四十余首，约有半数以上使用了“清”字，远胜于其父兄。尤其是作为曹魏文坛领袖，曹丕在黄初年间的诗作，有一味清老。而曹植即便在诗的总量上更多，但在锦绣黼黻中，“清”字

---

① 清陈祚明在《采菽堂古诗选》卷29《陈一·后主》中言：“六朝体以清丽兼善，故佳。丽而不清，则板；清而不丽，则俚。人以六朝为丽，吾尤赏其清也。”

的出现却甚是寥寥。这也正折射出了两人美感偏好的不同。

第二位是嵇康。其诗多处用“清”字，一用来描述琴声之清厉，二用来展现真虚之玄境。而这两点，正构成了嵇康诗如独流之清泉、空谷之幽兰的整体风貌。

第三位是陶渊明。其诗中采用的“清”字，多是意象化的存在，是心清而眼清、眼清而笔清，自然流露出的清腴本色。

第四位、第五位为谢灵运、谢朓。两人是唐音中最被推崇的范例。二谢山水诗中用“清”字频率之高，可谓俯仰可得、处处见宝，甚至在一首诗中会连用多次。例如，谢灵运在《游岭门山诗》中的“清尘”与“清思”并用；[①] 谢朓在《新治北窗和何从事诗》中将“清旷”与“清文”连对。[②] 尽管这样使用有重字、合掌之嫌，不合格律之法，但二人却皆不能舍弃对此的真心偏爱。

第六位是何逊。“清”在其手中几乎发展成了通用的形容词，如风雨之清、音声之清、器物之清、触感之清等，见《铜雀伎》：“秋风木叶落，萧瑟管弦清。”《暮秋答朱记室》：“寒潭见底清，风色极天净。”《入西塞示南府同僚》：“露清晓天冷，天曙江晃爽。”《苦热》：“卧思清露浥，坐待高兴燦。”“清”字之用，使得何逊诗锻造得“如层岩飞瀑，湓湓下垂，如缕不绝，而清光映徹，毛发可鉴。”[③]

诸位诗人之作，虽不能武断讨论互相之间具有多大的影响，但在对诗格之“清”的定性上，他们处于同一层面，自是不言而喻。不仅如此，中古诗歌中的常用字，在通感表达上也偏向干净、明快、淡泊、宁静，既有如气、如水的透明感，也有如霜、如玉的冷冽感。尤其在山水诗中，诸如“静”“深”“远”“新”“隔”“幽”“冷”等字眼反复出现，并予以相似词意的反复叠加，无疑会直接塑造出“清”的风格。例如，谢庄《北宅秘园诗》：“夕天霁晚气，轻霞澄暮阴。微风清幽幌，余日照青林。收光渐窗歇，穷园自荒深。绿池翻素景，秋槐响寒音。伊人傥同爱，弦酒

---

① 谢灵运《游岭门山诗》：“西京谁修政，龚汲称良吏。君子岂定所，清尘虑不嗣。早莅建德乡，民怀虞芮意。海岸常寥寥，空馆盈清思。协以上冬月，晨游肆所喜。千圻邈不同，万岭状皆异。威摧三山峭，瀄汩两江驶。渔舟岂安流，樵拾谢西芘。人生谁云乐，贵不屈所志。”

② 谢朓《新治北窗和何从事诗》：“国小暇日多，民淳纷务屏。辟牖期清旷，开帘候风景。泱泱日照溪，团团云去岭。岧嶢兰橑峻，骈阗石路整。池北树如浮，竹外山犹影。自来弥弦望，及君临箕颖。清文蔚且咏，微言超已领。不见城壕侧，思君朝夕顷。回舟方在辰，何以慰延颈。”

③ （清）陈祚明编，李金松点校：《采菽堂古诗选》卷26《梁五·何逊》，第830页。

共棲寻。”王夫之曾以“净极矣”为断语，[1] 只因其择词成诗乃羌无故实，皆由直寻，特别是多处使用了“清”的同音字或同义字，如“轻”“青”“素”“寒”等。可以说，若没有这些清辞的自然串联，诗感的飘逸与雅流，必然会大打折扣。能与之佐证的是，其《月赋》之美，首在于言辞的纤细简妙，许琏《六朝文洁笺注》中言：“数语无一字说月，却无一字非月，清空澈骨，穆然可味。……正不必刻镂，而冲淡之味，耐人咀嚼。”其诗与文，皆足以证明钟嵘所论谢庄的“气候清雅”“兴属闲长”，[2] 多是由辞气而生的其体闲静、其姿秀濯。

需要指出的是，这些清辞并不受限于词性。因为“清”在审美意义上本就是模糊的，尤其是以单纯词来传达意义，既可以与它的意义接近，也可以与它的用法相关，甚至还可以透露在它的字音与字形中。具体说来，若诗中所用的名词、动词及形容词能带有“清”感，其大多与其内容意蕴有关，如多写自然风物的云雨山川、花鸟木石等；形容词则更是如此，在声色顿开后，摹其声用高、凄、绝、厉；画其色用白、青、绿、碧；写其形多瘦、疏、华、绮；貌其神多秀、朗、逸、润，诸如此类的语辞显于诗，使诗风暖如轻红浅碧，冷如翡翠珊瑚，更近于阴柔之气，又绝对是不污不浊。或者说，这些是实词赋予的“清”意，虚词则多借助其用法，将介词、副词、连词甚至语气词作为语助词，如而、焉、乎、若、乃、未央、无复、何渠、何当、奈何许等，巧妙地嵌入诗中，可以松缓诗歌的节奏，使其意有转，韵有移，往往具有点石成金之效。

在中古诗歌的演进过程中，对清辞的择用是一种自觉的审美风尚，伴随汉魏、晋宋、齐梁陈等不同的阶段，并突出表现在三方面：

其一，清辞的大量涌现，说明从汉魏诗的尘世语过渡到晋诗的文士语，已然开始脱俗入雅，通过提纯口语，形成精致、细腻、优雅的诗风，杂乱、俚俗、厚硬的渣滓语辞，逐渐被涤除干净。后世多以“清厚”论《古诗十九首》的特点，“厚”是包诸所有，多有寄托，“清”是自然真实。但这组诗毕竟是经过后世有意识的选择才保留下来的，虽尚风人之致，却不可能再是完全的民间本色，与汉乐府中的相和曲、杂

---

① （明）王夫之编选，李中华、李利民校点：《古诗评选》卷5，第217页。

② （南朝·梁）钟嵘著，曹旭笺注：《诗品笺注》，第257页。

曲，如《悲歌》《艳歌行》《伤歌行》《君子行》《十五从军征》等相比，其“辞精义炳，婉而成章，始见作用之功，盖是汉之文体”，[①] 用语显然经过了用心文饰。换句话说，作为文人诗，其并非是完全的脱口而出，更不可能全部是家常话，而是已注意到了不写俗荡之语，故“清”有澄清俚俗之意。

汉魏诗的语辞多以汉乐府民歌为基础，从流俗中慢慢接近“清”。不过，这种趋势在汉魏间进度甚是缓慢。三曹中，曹操古乐府直写胸臆语，豪气有余，口气却太过淋漓，难免言辞跛扈，词语尘下，虽开拓通俗化的一脉，却失之在俗；曹植开拓典雅化的一脉，也未能走上“清”的轨道，原因在于选词太过艳丽，失之在杂。唯有曹丕，尚能“清回纯净”，诗风清透流畅。

西晋诗的语辞，则多以《诗》《骚》为基础，从其中提炼出“清”。真正践行且有影响者，体现于西晋的拟古诗中，尽管以《古诗十九首》为本，但在语辞上多取大小雅与楚骚，这就使得西晋诗具有非常强烈的文人气息。虽然傅玄太迂、左思太实、陆机太厚、潘岳太腻，但此时的语辞中，已很难再见到俚俗之话，代之以润色加工后的英华之文，如张华得其净、陆云得其平，二潘诗既清又绮，如花圃中百秀盛开。

当这种英华的言辞逐步倾向于“清”意时，西晋诗即具有了隽永之味，非一于软媚纤靡之谓。因西晋清辞是先进行雅化而后逐渐清化，故等而上者为清厚，等而下者为清浅，善者是在清新自然中富有含蓄的表现力，如张华的《情诗》，“明月曜清景，昽光照玄墀”“清风动帷帘，晨月照幽房”“兰惠缘清渠，繁华荫绿渚”，其辞华亮如皎月之光，除去了繁重鲁莽，被王夫之评为“然寄意荣丽，而萧氏父子不得侔其清；……谋篇简俊，而吴均、柳恽不能步其平”。[②] 诗风欲开启宋齐之先，甚可作为唐人之祖。再如张翰的《杂诗》、张载的《招隐》、张协的《杂诗》等，皆以通晓流畅的言辞入诗，张协的《杂诗·秋夜凉风起》中有言“清气荡暄浊”，正是“亭立其际，独以天光映拂，袚尘土而纳之春柳秋月之前，开人眉目，以获人心”。[③] 殆以此论这类诗中的用辞，再恰当不过了。

---

① （唐）皎然著，李壮鹰校注：《诗式校注》，第104页。

② （明）王夫之编选，李中华、李利民校点：《古诗评选》卷四，第167页。

③ 同上书，第180页。

即便因众多清辞之美感太过接近，尚乏跌宕势力，被讥讽为平浅流滑，却仍不能掩盖其可耐闲淡的清味。

其二，在清辞的审美取向中，有玄学清言风尚的渗透。所谓“清言”，指的是在清谈过程中，以玄学命题为议论主题，在言不尽意的指导下，中古士人特有的言谈风尚，其盛行一时且很快影响到诗文创作。据史论，阮籍好老易，善清言；殷仲堪能清言，善属文；谢举“能清言。……尝赠沈约五言诗，为约称赏”，[①] 可见清言与诗文之间的亲密关系。这种从玄学土壤中生长出来的清言，从语感的角度讲，已明显从东汉的儒缓不断转型到简于造次，言必诣理。有学者将其论为“话语转型”，[②] 认为这开拓了言辞的新美感，自有一种删繁就简、去伪存真，直视到底却能触碰心灵深处的魔力。

清言之“清”，一得之于“简”，这在《世说新语》中有大量与之相似的表述，如“清通简畅”“清辞简旨”“清蔚简令”“清易简达”等。“简”是用辞之简，也就是不用怪辞、不同琐辞，而择用清微简远的语辞来表达文意。但却不是用意之简，反之，清言是最兼具有传不尽之神的。如嵇康的《赠秀才入军》，脱去风雅陈言，“如独流之泉，临高赴下，其势一往必达，不作曲折萦回，然固澄澈可鉴”。[③]

二得之于入玄，以托意玄珠、恬淡之辞行于文中。谢万《兰亭诗》：“肆眺崇阿，寓目高林。青萝翳岫，修竹冠岑。谷流清响，条鼓鸣音。玄崿吐润，霏雾成阴。”诗无一字不谈，非一句不玄，读之确有“永夜寄岑寂，清言涤心胸”之感。[④]

三得之于修饰辞令，即如《世说新语·文学》中所记殷浩清言“既有佳致，兼辞条丰蔚，甚足以动心骇听”。[⑤] 这样对言辞的要求，若映照

---

① 《梁书》卷37《谢举传》，中华书局1975年版，第529页。

② 张沂南、林道清：《“言意之辨”·“清谈”·“隐秀”：论“清谈”在中古诗歌语言转型中的作用和意义》，《浙江师大学报（社会科学版）》，1999年第3期。

③ （清）陈祚明编，李金松点校：《采菽堂古诗选》卷4《魏四·嵇康》，第218页。

④ （唐）皎然：《奉和崔中丞使君论李侍御萼登烂柯山宿石桥寺效小谢体》，《全唐诗》卷817，第9282页。

⑤ （南朝·宋）刘义庆撰，（南朝·梁）刘孝标注：《世说新语笺疏》卷上之下《文学第四》，第218页。

在诗文中，如支道林“作七百许语，叙致精丽，才藻奇拔”，[①] 谢安“自叙其意，作万余语，才峰秀逸，既自难干，加意气凝托，萧然自得，四坐莫不厌心”。[②] “叙致”与“才峰”都是修辞要素，尤使得东晋诗文呈现出“善叙名理，辞气清畅，泠然若琴瑟”之美。[③]

陶渊明的诗多存达旨简言，用辞看似多为田园语，实为返璞归真，比雅言减一分高深，比玄言多一分韵味。四言诗《停云》《荣木》《归鸟》，为柴桑之绝调，口角清妙，简质之中，多少感慨在内，正如沈德潜所言：“清腴简远，别成一格。”[④] 诗中玄意不浅，却未坠入干枯晦涩之介，全赖用辞之直，“文体省静，殆无长语，笃意真古，辞兴婉惬。”[⑤] 词淡而意浓，是后人最难摩难学之处。其五言诗亦如此，方东树选评《游斜川》，“准平绳直无奇妙，而清真自不可及”，言其辞有清之平；评《癸卯岁十二月中作与从弟敬远》，“公善用虚字，最雅令清则，无软弱率易之病”。[⑥] 言其辞有清之巧；《文选论注》评《始作镇军参军经曲阿》“俱是真实语，绝无粉饰，有冲然之味”，言其辞有清之真。钟惺与谭元春在《古诗归》中，更是以“幽生于朴，清出于老，高本于厚，逸原于细”，论其择辞的老道、细致。可以说，尽管陶渊明的诗在当时算是异数，难进入玄言诗的系统，但对清辞的美感倾向与之是一致的，可资后世奉以楷模。

其三，南朝诗以“清”辞为重，有明显南朝乐府民歌的移植痕迹。尤其在梁陈之际，民间创作带动新的文人拟作，从而促发了文人诗创作的审美取向出现转变。中古诗歌的言辞由雅化、俗化两条线索相互伴生，如果说西晋的雅化是去民间之俗语，而将言辞提纯为“清”，那么南朝的俗化，则是得民间之浅语，而将言辞推向更高一层的明转天然与圆美流转。如《清溪小姑曲》：“日暮风吹，叶落依枝。丹心寸意，愁君未知。”寥寥

---

① （南朝·宋）刘义庆撰，（南朝·梁）刘孝标注：《世说新语笺疏》卷上之下《文学第四》，第 237 页。

② 同上书，第 273 页。

③ （南朝·宋）刘义庆撰，（南朝·梁）刘孝标注：《世说新语笺疏》卷上之下《文学第四》引邓粲《晋纪》，第 209 页。

④ （清）沈德潜撰，霍松林校注：《说诗晬语》，人民文学出版社 1979 年版，第 199 页。

⑤ （南朝·梁）钟嵘著，曹旭笺注：《诗品笺注》，第 294 页。

⑥ （清）方东树撰，汪绍楹校点：《昭昧詹言》卷 4，人民文学出版社 1961 年版，第 104—105 页。

十六字，正像萧子显在《南齐书·文学传论》中所提倡的："杂以风谣，轻唇利吻。不雅不俗，独中胸怀。"当把民歌这种读之清顺、朗朗上口的风格引入文人诗的创作中，南朝诗歌之清辞，即又多向近体推进了一步。当然，似《大子夜歌》所言的"慷慨吐清音，明转出天然"，与四声平仄、音节声律上的圆润流转关系更深，但言辞选择从文字表层、语辞意义、词汇组合等层面上，皆的确与"清"感极为协调，颇具有一种倚门妆气，扑人欲倒之美。

刘宋时的汤惠休，虽被颜延之讥讽为"委巷中歌谣耳，方当误后生"，[①] 但其在当时以民歌入诗，已然成为一股潮流。"休鲍"并称多年，[②] 鲍照之所以博得比汤惠休更高的名声，最大的原因恐怕是鲍照有更多的诗文传世，而汤惠休曾经的沙门身份，很可能限制了他在文坛上的声名，诗文当日虽多，惜俱不存，仅有《秋思引》《江南思》《杨花曲》《白纻歌》等尚还完整。换个角度说，鲍照与汤惠休非能摆在一格视之，前者是汉魏乐府入诗的集大成者，后者则独辟蹊径，方有将南朝子夜之风引入诗的首创之功。如《杨花曲三首》："葳蕤华结情，宛转风含思。掩涕守春心，折兰还自遗""江南相思引，多叹不成音。黄鹤西北去，衔我千里心。""深堤下生草，高城上入云。春人心生思，思心长为君。"而这种新变直到齐梁年间，由王融、张融、沈约、萧绎、王筠、何逊、柳恽等人相继认同后，才真正成为了一股潮流。

举例言之，王融《江皋曲》："林断山更续，洲尽江复开。云峰帝乡起，水源桐柏来。"一看便知是江南的语辞与风情。再如，谢朓《江上曲》："莲叶尚田田，淇水不可渡。愿子淹桂舟，时同千里路。"柳恽《江南曲》："汀洲采白苹，日暖江南春。洞庭有归客，潇湘逢故人。故人何不返，春华复应晚。不道新知乐，空言行路远。"用字不硬、不枯、不艳、不靡，既不见引经稽古，也不见称才辞藻，更没有诘屈聱牙的拗句，却真好似江南一湾清丽的浅水，一缕和暖的清风，微微幽香，熏人欲醉。王夫之评之为"含吐曲直，流连辉映，足为千古风流之祖"。[③] 这些诗人未必是文学史上的一流大家，但这些含吐曲直、流连辉映的小诗，足为近

① 《南史》卷34《颜延之传》，中华书局1975年版，第881页。

② 萧子显《南齐书·文学传论》称："休、鲍后起，咸亦标世。"钟嵘《诗品》亦云："惠休淫靡，情过其才，世遂匹之鲍照。"

③ （明）王夫之编选，李中华、李利民校点：《古诗评选》卷一，第62页。

体诗风流之祖。再如，萧纲的《采莲曲》:“晚日照空矶，采莲承晚晖。风起湖难度，莲多摘未稀。棹动芙蓉落，船移白鹭飞。荷丝傍绕腕，菱角远牵衣。”陈叔宝的《乌棲曲》：“陌头新花历乱生，叶里啼鸟送春情。长安游侠无数伴，白马骊珂路中满。”两位帝王的诗中并无皇家气象，反倒如豆蔻年华的女子们哼唱着的踏歌小曲。上层王公贵族对民歌清辞都接受到了这样的状态，由此可窥知南朝诗的创作风尚。

不仅写景，写物也如此，不再用沉重艳丽的字眼，赋法也毫不见踪影。王俭《春诗》：“兰生已匝苑，萍开欲半池。轻风摇杂花，细雨乱丛枝。”王夫之论之为：“二十字如一片云，因日成彩。光不在内，亦不在外，既无轮郭，亦无丝理，可以生无穷之情，而情无了寄。”① 王融《咏池上梨花》:“翻阶没细草，集水间疏萍。芳春照流雪，深夕映繁星。”《移席琴室应司徒教》：“雪崖似留月，萝径若披云。潺湲石溜写，绵峦山雨间。”这些字字切、字字活的五绝，既不同于质朴，也不同于重彩，而是灵动如飞，唐音中的秀字佳句，无不从此间荡出。若将陆凯的《赠范晔诗》：“折花逢驿使，寄与陇头人。江南无所有，聊赠一枝春。”谢朓的《玉阶怨》：“夕殿下珠帘，流萤飞复息。长夜缝罗衣，思君此何极。”孔稚圭的《游太平山》：“石险天貌分，林交日容缺。阴涧落春荣，寒岩留夏雪。”置于唐诗选中，多可以假乱真。或者说，盛唐王孟、李白，中唐大历诗人、韦柳等，莫不有意识地揣摩学习了南朝诗选辞造句的技巧，后有论“王以清奇胜，柳以清俊胜，韦以清拔胜，孟以清远胜”，② 皆以“清”为至要中心，而这“清”，最初正来自诗中别出心裁，玲珑透脱的清辞之效。

二 清景的妙赏

中古诗歌一多描景致，二多叹人生，三多蕴雅情，四多绘器物，正是题材迅速扩大的诗歌时代。然针对这四条线索一并演进的轨迹，描景写情无疑为重中之重。无论是魏及西晋的北方风景，地点以邺城、洛阳为中心，描写的是崇山峻岭与边塞重镇，诗风趋于清冷清厉；抑或是在东晋及

① （明）王夫之编选，李中华、李利民校点：《古诗评选》卷三，第116页。

② （清）胡凤丹《唐四家诗集序》，清同治九年退补斋刻本《唐四家诗集》卷首，引自陈伯海主编：《历代唐诗论评选》，河北大学出版社2003年版，第827页。

南朝的江南秀色，以金陵、江东吴越、江州庐山等地为中心，描写的是名山秀水与田野庄园，诗风趋于清幽清逸。尽管两者风格迥异，但对“清”景的欣赏一如既往，并随着诗呈性情的诉求日渐明晰，或在清虚的心境下，或在清真的情感中，作者笔下的清景愈加如白玉般盈澈、如月光般皎洁，也如胡应麟指出的，“清者，超凡脱俗之谓，非专于枯寂闲淡之谓也”，而又如“绝磵孤峰，长松怪石，竹篱茅舍，老鹤疏梅，一种清气，固自迥绝尘嚣”。[①]

诗中之“清”景，并非仅有的是表面上的南方青山绿水与曲院风荷，北方原野平丘与深夜琴鸣，其所营造出的幽静泠然，也是别有一番情致的清景，多展现出诗人怅恨、孤寂、惆怅、愁苦与期冀的心理状态。

魏晋诗中频繁出现清商奏乐、秋风萧瑟、孤鸟独飞、深夜揽衣等意象，构造出独特的清幽、清厉之美。其中善写夜景，且还是清冷的夜景。这种夜色，多会伴有浓浓的月色，再或有繁星满天。如《古诗十九首·明月皎夜光》：“明月皎夜光，促织鸣东壁。玉衡指孟冬，众星何历历。”写的是中秋时节的月色。《伤歌行》：“昭昭素明月，辉光烛我床。忧人不能寐，耿耿夜何长。”与前首相为出入，有异曲同工之妙，诗风清浑不着，但又不佻薄，思情深蕴在月中。诗人独自一人在只有明月陪伴的深夜，不免思绪翻涌，难以入眠，诗中虽未涉“清”字，但萧瑟的感觉一见便知其端绪何来。嵇康《赠秀才从军》：“闲夜肃清，朗月照轩。微风动袿，组帐高褰。”阮籍《咏怀诗》：“微风吹罗袂，明月耀清晖。”左思《杂诗》：“明月出云崖，皦皦流素光。”陆机《赴洛道中作》：“清露坠素辉，明月一何朗。”月之清白赋予了诗一种总体的氛围，显示出其特有的凉意和静谧，又在不知不觉中传达了诗人胸中的寂寥之情。

魏晋诗更善写秋景，与春景多生发暖意不同的是，秋景往往是萧瑟肃杀，秋风生哀，华落生悲的基调，从宋玉“悲哉秋之为气也，萧瑟兮草木摇落而变衰”时，[②]就笼罩在诗中。曹丕《杂诗》：“漫漫秋夜长，烈烈北风凉。……俯视清水波，仰看明月光。”依旧离不开清月。秋日本就

---

① （明）胡应麟：《诗薮·外编卷四·唐下》，上海古籍出版社1979年版，第185页。

② （战国）宋玉：《九辨》，（南朝·梁）萧统编，（唐）李善注：《文选》卷33，第470页。

有清凉之感，在诗中往往被渲染得更深。有的或许还带些轻松语气，如陈琳《游览诗》：“节运时气舒，秋风凉且清。闲居心不娱，驾言从友生。”在秋色中携友游历山川，颇开中唐刘禹锡《秋词》之爽朗气，但更多的是“常恐秋节至”，在感物时愁从中生。再如，张协《杂诗》：“秋夜凉风起，清气荡暄浊。蜻蛚吟阶下，飞蛾拂明烛。……房栊无行迹，庭草萋以绿。青苔依空墙，蜘蛛网四屋。”字句平易，少用典故，情景逐一平列展开，给人以萧疏清朗的直觉，其中的情绪舒缓散淡，喜未尽欢，思不至愁，恰如诗句中指出的那般“清气荡暄浊”，可谓之洗尽铅华呈素姿。

魏晋诗中还多摹琴音、笛声、箫调。琴、笛、萧皆为汉晋新声，与雅颂乐的钟鼓声比起来，这些乐曲音调更高亢激越，音色更为凌厉，极具穿透力与感染力。如刘伶在《北芒客舍》中所写：“何以除斯叹，付之与琴瑟。长笛响中夕，闻此消胸襟。”清声能消除心中的浊气，洗涤精神，这又在诗中锻造出一种通感现象，文辞叙写的是奏乐情形，但随之带来的乐感，却完美地融汇进入诗景诗情，成为“清”的精神内核的感会。如曹操的《善哉行》：“悲弦激新声，长笛吹清气。”曹丕的《善哉行》：“哀弦微妙，清气含芳。”左思《咏史》：“长啸激清风。”郭璞《游仙诗》：“静啸抚清弦。”或者说，诗开始突破了言辞局限，不再单纯停留于清辞或清景的表面，而能将两者巧妙地合流，创造出新颖的审美情趣。如陈琳《游览诗》：“殷怀从中发，悲感激清音。”清音与悲感相通。陆机《拟西北有高楼》：“佳人抚琴瑟，纤手清且闲。”“清”好似写的是佳人手美，但同时表达的也是音乐之美。

更具艺术感的诗作，是能将乐之清声，贯穿在诗歌整体的意境中。曹丕脍炙人口的佳作《燕歌行》：

> 秋风萧瑟天气凉，草木摇落露为霜，群燕辞归雁南翔。念君客游思断肠，慊慊思归恋故乡，何为淹留寄他方？贱妾茕茕守空房，忧来思君不敢忘，不觉泪下沾衣裳。援琴鸣弦发清商，短歌微吟不能长。明月皎皎照我床，星汉西流夜未央。牵牛织女遥相望，尔独何辜限河梁？

此诗触景起兴，“言时序迁换而行役不羁，佳人怨旷无所述也”。[①] 凛冽的秋风漫卷着大地，霜华草木、群燕飞翔皆烘托出思妇的思之肠断，又从牛郎织女的无奈，联想到人生的不得已。吴淇评之曰：“风调极其苍凉。百十二字，首尾一气不断，中间却具千曲百折，真杰构也。”[②] 这首诗本为配乐而唱的乐府，抚琴而秋声发悲，短歌而吟声难续，吟诵时自有清商曲的清越之意，正如另一首《燕歌行》自言：“展诗清歌聊自宽，乐往哀来催心肝。”诗中音调之流转，意象之清朗，乃至情致之缅邈，皆能自然而然地照应，使得精巧的构思和深婉的用意，融化在一片清怨的意境中。正如王夫之所评价的“倾情倾度、倾色倾声，古今无两”。[③] 在看似不同种类的感觉间彼此挪移转换，互相沟通与交错，凝结成诗歌内容及其气质的清美，令人回味无穷。

客观说来，魏晋诗并不擅长细致的描绘写景，毕竟还要近百年的时间，才能过渡到山水形似的时代。魏晋诗中对清景的欣赏，多来自意象的锻造与选择，除了前文所论的明月、秋景、琴瑟等，还多有孤鸟独飞、薄雾弥漫、夜起披衣、蟋蟀悲鸣等，这些都给人以游移不定的感觉，正如清感的似有似无。例如，傅玄的《杂诗》：“清风何飘飘，微月出西方。繁星依青天，列宿自成行。蝉鸣高树间，野鸟号东箱。纤云时仿佛，渥露沾我裳。”思切清古，借助抽象的想象拓展意境，深化主题，在清冷的笔锋间将人引向狭深幽远之处。

这些意象出现的重复率较高，大抵十首以上，便有语意稍同，落句尤甚。但由于此时许多诗歌仍具天成之美，清意散发其中，并不取胜于构思取巧，而在于从胸臆流出的自然天成。如曹丕的《杂诗》：

> 漫漫秋夜长，烈烈北风凉。展转不能寐，披衣起彷徨。彷徨忽已久，白露沾我裳。俯视清水波，仰看明月光。天汉回西流，三五正纵横。草虫鸣何悲，孤雁独南翔。郁郁多悲思，绵绵思故乡。愿飞安得翼，欲济河无梁。向风长叹息，断绝我中肠。

---

① （唐）吴兢：《乐府古题要解》，丁福保辑《历代诗话续编》，中华书局1983年版，第28页。

② （清）吴淇：《六朝选诗定论》卷5，广陵书社2009年版，第107页。

③ （明）王夫之编选，李中华、李利民校点：《古诗评选》卷1，第18页。

淘炼极其莹净，味深而色秀。这种“清”，不完全因于对清辞的抉择，也不因于有多么巧妙的清景意象，但贯通其中的清气却盈盈满满，甚至能“清其所浊”，把世间俗事俗情，写的不似从人世间之所得。我们从这个角度看，南朝诗仅能从狭义的山水清景中得诗之“清”，却不能从广义的引气中得诗之“清”，反倒是在诗格上略逊一筹了。

在西晋张华、张载、张协等人的诗中，已有对清丽之景的描绘，与清厉、清幽多有不同。用画的质感打比方来说，西晋之前的诗中清景近乎于北派山水画，气象萧疏，峰岩苍翠，又尤喜秋夜寒僻，烟林清旷。但当诗情逐渐脱离了以“怨”为中心，诗中对清景的描写，逐渐趋于清静优美，结境绮丽。西晋时出现的这种转变，可归因于诗人心绪的变化，故此对“清”景开始从新的角度去欣赏。如陆机《悲哉行》：“游客芳春林，春芳伤客心。和风飞清响，鲜云垂薄阴。蕙草饶淑气，时鸟多好音。翩翩鸣鸠羽，喈喈仓庚吟。”颇有《文赋》中所论“谢朝华”“启夕秀”之风，以不华之华，不秀之秀，不为繁声，不为切句，如此作诗，风骨自拔。张翰《杂诗》：“暮春和气应，白日照园林。青条若总翠，黄华如散金。”春天清气氤氲，明亮的日光笼罩林间，金黄点翠，正是春景清新的神韵所在，又自然而然勾起诗人那一缕淡淡的伤情。李白有诗评之曰：“张翰黄华句，风流五百年。”① 其族弟张协的《杂诗》亦清丽至极，诗云：“朝霞迎白日，丹气临汤谷。翳翳结繁云，森森散雨足。轻风摧劲草，凝霜竦高木。密叶日夜疏，丛林森如束。”朝阳白日，仿佛可以感到潮湿的空气在流动，绿色就弥漫在其间，与秋之墨绿不同，此是春之玲珑剔透的嫩绿，融化在景致里。

三张诗中的“清”景，既带有隐逸之风，也带有玄理。这样两条诗美的路径，在东晋时均有体现与发展。所谓隐士之风清，是在安详和平静的生活中，对身边的风景用一种慢节奏的叙述娓娓道来，仿佛世外桃源。如陶渊明《诸人共游周家墓柏下》：“今日天气佳，清吹与鸣弹。感彼柏下人，安得不为欢。清歌散新声，绿酒开芳颜。未知明日事，余襟良已殚。”诗中所写的景色与事件，都被赋予了一种与隐士生活相适应的、春日迟迟的缓慢节奏。《和郭主簿》其二：“和泽周三春，清凉素秋节。露

① （唐）李白：《金陵送张十一再游东吴》，安琪、房日晰主编：《李白全集编年注释》，巴蜀书社 1990 年版，第 892 页。

凝无游氛，天高肃景澈。陵岑耸逸峰，遥瞻皆奇绝。芳菊开林耀，青松冠岩列。”正如沈德潜所言：“陶诗胸次浩然，其中有一段渊深朴茂不可到处。”[①] 这种不可到处，即是钟嵘所言的“风华清靡”。再如，《和胡西曹示顾贼曹》：“蕤宾五月中，清朝起南飔。不驶亦不迟，飘飘吹我衣。重云蔽白日，闲雨纷微微。流目视西园，晔晔荣紫葵。”其清景是作为人生境界来展现的，而作为一种艺术精神，则表现为对和谐的景色、冲淡的气韵和简洁风格的追求。

玄言诗的清景，乃可视为是山水诗清景的前奏。如前所论，其清之根源来自本根的哲学品格。这并不如刘勰与钟嵘批评的那样，而是在一定程度上将诗与玄性相沟通，对山水诗的影响也有不少是正面的。比之汉魏诗歌的直抒胸臆，东晋诗之所以能将情愫抒发得清亮透彻，如人饮冷水般的浸凉入骨，正是他们视宇宙事理之真，等同于人生性情之真，将小我的性情之真化入大我的事理之真。如袁弘的《从征行方头山》：“峨峨太行，凌虚抗势。天岭交气，窈然无际。澄流入神，玄谷应契。四象悟心，幽人来憩。”透过玄远的诗思，飘忽散漫，无拘无束，悠悠于天地之间，得幽寂空旷的境界。这种体验在玄言诗中常有：

肆眺崇阿，寓目高林。青萝翳岫，修竹冠岑。
谷流清响，条鼓鸣音。元萼咄润，飞雾成阴。（谢万《兰亭集诗》）
庵蔼灵岳，开景神封。绵界盘趾，中天举峰。
孤楼侧挺，增岫回重。风云秀体，卉木媚容。（王叔之《游罗浮山》）
书帷停月，琴袖承飚。结芳幽谷，解佩明椒。
去德滋永，怀德滋深。行云传想，归鸿寄音。（徐孝嗣《答王俭》）

玄言诗中描写的山川风云，是万物各遂其性，脱离了普通事物的貌象声色，精彩变化之殊相在极澹处归一，诗人眼观之，即把身心融入大化之中，随物优游，物运我运，遂有从容淡漠的理性思考。这里面确有玄言诗的写景常套，但同时也隐藏着时人共同欣赏的理致清赡之美。那便是，“清”不是任何一个山水意象的特质，而是弥漫在整体的淑清幽深的山水境界中，包含有超绝尘寰的飘逸、萧散、空灵、澹远等美学特征。

---

① （清）沈德潜撰，霍松林校注：《说诗晬语》，人民文学出版社1979年版，第207页。

山水诗在精神上一脉相承，在诗之情感上偏好超然，在诗之色调上偏好清冷，对诗之整体画面，则重在渲染一种宁静、旷远，甚至微著朦胧的气氛。天高气净、明亮光泽为“清”，是为视觉，有诗如，谢瞻《九日从宋公戏马台集送孔令诗》：“轻霞冠秋日，迅商薄清穹。”谢灵运《石壁精舍还湖中作》：“昏旦变气候，山水含清晖。清晖能娱人，游子憺忘归。”庾阐《诗》：“峥嵘激清崖。”杨曦《云林与众真吟诗》：“浮景清霞杪。”感触其中的清气、清风、清露，是为触觉，有诗云，颜延之《登巴陵城楼》：“清雰霁岳阳，曾晖薄澜澳。”王僧达《答颜延年》：“崇情符远迹，清气溢素襟。”葛洪《上元夫人步玄之曲》：“渌景清飚起。”鲍照《学陶彭泽体》：“清露润绮罗。”听到山间清脆激越的声音为“清”，是为听觉，有诗曰，颜延之《和谢监灵运》：“芬馥歇兰若，清越夺琳圭。”范泰《鸾鸟》：“轩翼飏轻风，清响中天厉。”谢庄《山夜忧》：“树未飚而涧音，涧鸟鸣兮夜蝉清。”还有如陆冲《杂诗》“清芬乘风散，艳藻映渌波”的嗅觉等。

晋宋诗题材广泛，但凡登览、抒怀、寄赠、行旅等皆涉山水，如江上清雾、雨后霁林、带露碧荷，水云倒影、秋日清空、深涧山泉、密林深潭，正如诗中所写，“景夕群物清，对玩咸可喜”。[①] 其中，有些着眼点在山景，如谢灵运《游南亭》：“密林含余清，远峰隐半规。”空翠满山，林中气清。王筠《望夕霁》：“密树含绿滋，遥峰凝翠霭。”因树林深密而显得幽宁，景色洁净玄微。有些着眼点在水景，如任昉《严陵濑》：“清浅既涟漪，激石复奔壮。”因水流激荡而显得清冽。何逊《入西塞示南府同僚》：“露清晓风冷，天曙江光爽。”水天在一色间，清而不隔。更多的则是用“清”将山与水的意象合之，如谢庄《游豫章西观洪崖井》：“林远炎天隔，山深白日亏。游阴腾鹄岭，飞清起凤池。”王僧孺《秋日愁居答孔主簿》：“首秋云物善，昼暑旦犹清。日华随水泛，树影逐风轻。”如果从意象选择上看，的确没有什么新奇之处，但南朝山水诗的优点，就在于能将它们舒服地意合在一起，在直觉上有种“圆景动清阴”的感受。[②]

南朝诗的许多清景，亦是具有动态生命力的。“清”乃是从小且轻的细

---

① （南朝·宋）谢灵运：《初往新安至桐庐口诗》，逯钦立辑《先秦汉魏晋南北朝诗·宋诗卷三》，中华书局1983年版，第1179页。

② （南朝·齐）谢朓：《和王中丞闻琴诗》，逯钦立辑《先秦汉魏晋南北朝诗·齐诗卷四》，第1447页。

碎景物中得出，如叶、萤、草、荷等。何逊《赠诸旧归》："岸花临水发，江燕绕墙飞。"《答高博士》："幽蝶弄晚花，清池映疏竹。"江总《游摄山棲霞寺》："荷衣步林泉，麦气凉昏晓。"张正见《行经季子庙》："野藤侵沸井，山雨湿苔碑。"对这些物事的描写，又常常伴随着明朗的光线与淡然的情思，从而构成一个个微格且有生气的境界。由此不难看出，南朝诗由魏晋诗外在张力的美转变为对细节的关注，诗歌意境虽再难阔大，但却从中渐渐锤炼出透彻玲珑。这也正是从古体诗到近体诗过渡的艺术特征，需要精雕细琢，于清气中时露工秀，进而走向秀象浑融，塑造清境。

三 清境的造设

"清"在诗歌中的最高审美境界，必然是造设"清"境于诗中，清境是使诗歌呈现"清"的最关键锁钥。其外显的层面，一是由清辞的表面意义构成的词境，由清辞丽句传达出指定意义；二是由清景的内容选择构成的诗歌形象，对物色有偏向性的喜爱，于敏感和细微中传达出实景的感性之美、虚景的玄妙之美。而其内蕴的层面则是清境，可有由浅入深的画境、意境、化境等层次。这些与词境、清景间尽管有重合的部分，但明显清境更难把握。对清辞的选择、对清景的欣赏是可以直接看出来的，即便是针对单个诗句也可行，而清境的造设，则体现在那似有非无的字里行间，并带有言外之音、弦外之响，具有超然的审美精神。

优秀的诗歌往往通过对物象有意识、有技巧的安排，如错位、衔接、对比、铺设和衬托等手段，匠心独具地使诗歌中有了清晰的视觉思维。换句话说，若能有天工妙手按照诗句的描述逐笔绘之，必能得到一幅有形有色、生机盎然的画卷，简单点的是静态的，复杂点的是动态的、空间的，甚至是时间感的写意画。中古诗歌中注入的画境，如南宗山水画，多用水色、云雾渲染，以天真幽淡、闲远清润为宗，注重表现气韵生动，又有诗人个性的发挥。

如谢灵运的《于南山往北山经湖中瞻眺》：

> 朝旦发阳崖，景落憩阴峰。舍舟眺迥渚，停策倚茂松。侧迳既窈窕，环洲亦玲珑。俛视乔木杪，仰聆大壑淙。石横水分流，林密蹊绝踪。解作竟何感？升长皆丰容。初篁苞绿箨，新蒲含紫茸。海鸥戏春岸，天鸡弄和风。

此诗作于谢灵运隐居故乡始宁时，是谢灵运诗风的成熟期，又值元嘉前后，是刘宋诗之代表。此诗写的是谢灵运从南山新居、经巫湖返回东山故居时的晚眺景致，诗中众多意象在精心的安排下，正可构成一幅全景青绿山水画，在诗情画意中透露着“清”的氛围。日落时分，诗人离船登岸后目之所眺，既有经过余晖照射给人以透明感的沙洲，又有绿色浓郁得仿佛看不到小路的密林。洲中有紫色蒲草，林中有初篁之竹，水与林间有鲜明对照，洲渚玲珑，流水淙淙，草木新发，鸟鸣婉转，不仅清新脱俗，还使夜晚显出特有的凉意和静谧，透出诗人心中“抚化心无厌，览物眷弥重。不惜去人远，但恨莫与同。孤游非情叹，赏废理谁通”的悲叹。其实，诗中细腻的画境已然能隐隐透出这种情怀，故此在后面加上玄言尾巴，未免有画蛇添足之嫌。不过谢灵运能娴熟地运用形似之笔，绘出清新画境，是值得肯定的。

再如《从斤竹涧越岭溪行》：

> 猿鸣诚知曙，谷幽光未显。岩下云方合，花上露犹泫。逶迤傍隈隩，苕递陟陉岘。过涧既厉急，登栈亦陵缅。川渚屡径复，乘流翫回转。蘋萍泛沈深，菰蒲冒清浅。企石挹飞泉，攀林擿叶卷。……情用赏为美，事昧竟谁辨？观此遗物虑，一悟得所遣。

两首诗写作时间接近，背景也较为类似，同是游览纪行诗。诗中所写乃是诗人从会稽山阴回永嘉路途中，经斤竹岭即目所见，山谷幽深朦胧，露珠垂挂山洞，峰峦崎岖，涧水湍急，猿声哀鸣，蘋草茂盛。这境界皆非虚设，而是以净空明见、移步换景所得，诗人的视线就像手中的画笔，眼细方能手细，目光透映到哪里，构图就投影在哪里，其画境中有清、有远，正是诗之至美。这恰是谢灵运最擅长的，如吴淇在《六朝选诗定论》中引《诗谱》言：“以险怪为主，以自然为工，李杜取深处多取此。”又引薛蕙言：“曰‘清’、曰‘远’，诗之至美者也。康乐以之，王、孟、韦、柳抑其次也。”[①] 皆颇中肯綮。

诗中注入的画境，还有如北宗山水画的清骨瘦硬，以庾信入北后为代

① （清）吴淇：《六朝选诗定论》卷14，广陵书社2009年版，第348页。

表，能以南方文人的细腻精致，来观照北方壮阔粗朴的景物，既有工笔般的描绘，也有泼墨般的写意，后人因以“清新”与“老成”对照评之。换句话说，其诗中画境既延续了淡泊纤浓之清新，又创新了筋骨枯寒之萧疏，在技巧上又能将剪裁物象、错综时空、巧用词汇等运用自如，合之即可称为“清老”之境。陈祚明论其诗之风貌，“如夏云随风，飘忽万变，以高山大泽之气，蒸为奇峰；五采燏皇，不可方物。而其中细象物形，如盖如布，如马如龙，叠如鱼鳞，曳如凤尾，殊姿谲诡，尽态极妍，分其寻丈肤寸，皆足爱伤怡悦。”① 如《同会河阳公新造山池聊得寓目诗》：“横阶气凿涧，对户即连峯。暗石疑藏虎，盘根似卧龙。沙洲聚乱获，洞口碍横松。引泉恒数派，开岩即十重。”画面的色调明显暗淡了许多，多是粗线条的勾勒，展现出萧条寂寥的画境。再如《和宇文内史春日游山》：“风逆花迎面，山深云湿衣。雁持一足倚，猿将两臂飞。”却又在老中有清嫩之意。这些画境之清与对清景的欣赏不尽相同，进一步说，对大多数清景的欣赏，是众多诗作中所有的共同倾向，而每首诗中营造出的画境，却是独一无二的。即使面对一模一样的景致，比如同游唱和诗，也都写的色彩各异，这其中很大程度的原因，乃是心境的不同。

画境之上，诗中又多展现心境。所谓心境之“清”，可以从两个方面的含义来理解：一是，诗人在诗中排遣自己在俗世的坎坷不平、心怀郁悒，发散高旷出尘表，逍遥涤心神的清气，心境的激浊扬清，使得诗中弥漫着淡泊愉悦的适意。二是，诗人用诗来描述最真的心境，“清”是其个人气质，心中没有任何激动与波澜，无是非交战，无物我扞格，一片平和冲融，这也即是将人生理想的“清”，自然而然地展现在诗中，塑造了诗歌的审美情趣。

谢朓身处宣城时创作的诗中，带有他内心深处对远离政治之祸的期冀，虽然也有后人讥讽他在为官、为隐上的反复心态，但时代处境如此，我们本也不该苛求。可以说，谢朓诗中的山水之境，比之谢灵运情深，做客之愁，思归之感，栖遁之愿等也圆融许多，这正是他性格趋向安静、心境更加平和的外化。例如，《之宣城出新林浦向版桥》：

江路西南永，归流东北骛。天际识归舟，云中辨江树。旅思倦摇

① （清）陈祚明编，李金松点校：《采菽堂古诗选》卷33《北周二·庾信》，第1081页。

摇，孤游昔已屡。既欢怀禄情，复协沧州趣。嚣尘自兹隔，赏心于此遇。虽无玄豹姿，终隐南山雾。

这首诗是谢朓从建康出发，沿江水逆流而上，到达西南宣城途中写就的。诗人回望江水东流，远树归舟，只此两句便写得形式宛然，可入图画。之后便牵动了情思，遥想宣州城投合了自己性好山水的意趣，或许不再为尘嚣所困扰。全诗景句不多，但却异常传神，在这朦胧清幽的江岸山林之上，罩上一层凄清的色彩和淡淡的哀愁。不过，谢朓诗末那几句“末篇多踬”，也是美玉有瑕了。

谢朓在宣城闲暇游玩，与宾友觞咏，寄意山川，得山水情兴之清，却还总有涌起不尽的伤感情绪。其诗境之“清”，既统筹了所要描写的景物，也规整了所要抒发的情感，无论是以情化景，还是以景化情，情不虚景，情皆可景，景非滞景，景总含情，都在“清”的情趣之中。如《郡内高斋闲望答吕法曹》：“窗中列远岫，庭际俯乔林。日出众鸟散，山暝孤猿吟。”语辞娓娓道来，只有在心平气和时才能细心观察之所得。再如，《后斋回望》：“望山白云里，望水平原外。夏木转成帷，秋荷渐如盖。”郊野青山白云，水绕平原，远树如帷，秋荷如盖，如同一幅秋山远眺图。《高斋视事》：“余雪映青山，寒雾开白日。暖暖江村见，离离海数出。”点染苍润，用青山余雪与江村离海构成一幅江山春晓图。细细品味之，在这平静幽恬下，还有“江垂得清赏，山际果幽寻。未尝远离别，知此惬归心”的清怨愁绪，[①] 有莫名的触景生情的身世之感，超越了客观画境，有一种主观的淡淡忧思。

落日余清阴，高枕东窗下。寒槐渐如束，秋菊行当把。(《落日怅望》)

凉熏乘暮晰，秋华临夜空。叶低知露密，崖断识云重。(《移病还园示亲属诗》)

飒飒满池荷，翛翛荫窗竹。檐隙自周流，房栊闲且肃。苍翠望寒山，峥嵘瞰平陆。(《冬日晚郡事隙》)

---

① (南朝·齐)谢朓：《和何议曹郊游诗》，逯钦立辑《先秦汉魏晋南北朝诗·齐诗卷四》，第1439页。

辟牖期清旷，开帘候风景。泱泱日照溪，团团云去岭。岧嶤兰橑峻，骈阗石路整。池北树如浮，竹外山犹影。（《新治北窗和何从事诗》）

有的流露出嗟行念归，有的是薄暮思乡，借清秀壮丽的风光寄托之，使得谢朓诗清新而不凝重，也就是李白所论的“清发”，清人张荫嘉所说的“风草不留霜，冰池共如月”中的“清气在骨”。

与谢朓相去不远的何逊，其诗境中也自有清机。沈德潜论其诗：“虽乏风骨，而情词宛转，浅语俱深，宜为沈范心折。”[①] 为沈约与范云等人激赏，不仅是因为他辞采的清新省净、对仗的精致工巧，能争新夺隽，还有的是他的思想品格，在隐居山栖中体悟到幽芳自赏的精神世界。《野夕答孙郎擢》：“山中气色满，墟上生烟露。杳杳星出云，啾啾雀隐树。”山野之间暮色苍茫，鸟雀鸣叫消失在树林深处，反衬出寂冷之意。《夕望江桥》：“风声动密竹，水影漾长桥。”《与胡兴安夜别》：“露湿寒塘草，月映清淮流。”何逊诗中清境，皆可谓是小清新之境，如芳草幽香空中缭绕，随地风华。陆时雍曾评之：“何逊诗，语语实际，了无滞色。其探景每入幽微，语气优柔，读之殊不尽缠绵之致。”[②] 再如《答高博士》：“北窗凉夏首，幽居多卉目。飞蜨弄晚花，清池映疏竹。”《赠王左丞》：“游鱼乱水叶，轻燕逐飞花。长墟上寒霭，晓树没归霞。”他的情感都是淡淡的，以本色见佳，以远离世氛见长。而其意境之清微，正在于这种叙怀述愫，使何逊的诗歌具有了节奏的舒缓不迫，气貌的清朗温润，意象的淡远超逸，自然散淡的品格。

但无论是画境，抑或是心境，都不如化境。所谓化境，可理解为两者的完美结合，即将“清”化入诗境中，大致如贺贻孙所论：“清空一气，搅之不碎，挥之不开，此化境也。然须厚养气始得，非浅薄者所能侥幸。”[③] 如果说，画境有时会太过客观，心境也许会落于主观，我之视角与我之情感太明显，反倒阻碍“清”的传达，使其中有了几丝杂质；那么，化境则是无我之境，呈现一种天然自在的意趣，是未加人工营造的原

---

① （清）沈德潜：《古诗源》卷13，第314页。

② （明）陆时雍：《诗镜总论》，丁福保辑《历代诗话续编》，第1409页。

③ （清）贺贻孙：《诗筏》，郭绍虞编选，富寿荪校点《清诗话续编》，上海古籍出版社1983年版，第137页。

生状态，看不出诗人主观因素的介入，只不过借诗笔记录下来，其诗风之清，不是无声无色，而是纯真纯情，以“纯”为至要。唯有纯净，才能不浓不厚；唯有纯至，才能不华不鄙；唯有纯洁，才能不艳不烂，最后归为纯清之美。

归根到底，这还是心境的折射，只是这种心境更真、更纯，以至于无忧、无喜、无怨、无嗔。然而这是极难达到的审美境界，南朝诗歌虽在清境的造设上一路向前，但却也未能达到此巅峰状态。其诗境之清，展现出的仍是有框的风景，仍是一种因诗人极其喜欢而选择过滤的“清”；然化境之清，则是无框的风景，脱去了一切具体化的状态，才能引起比情感共鸣更深刻、更广博的灵魂共鸣。但正是因有了陶渊明、谢灵运、谢朓、何逊等人的努力，丰厚了清境的土壤，方能让之后的诗人吸收养分，在肥沃的土地上开出更动人的诗意之花。

第二章

“隐秀”与中古诗学的审美共识

若要解释中古诗文审美共识的形成，借用刘勰提出的“隐秀”之意，尚是个不错的切入点。兹录原文如下：①

夫心术之动远矣，文情之变深矣，源奥而派生，根盛而颖峻，是以文之英蕤，有秀有隐。隐也者，文外之重旨者也；秀也者，篇中之独拔者也。隐以复意为工，秀以卓绝为巧。斯乃旧章之懿绩，才情之嘉会也。

夫隐之为体，义主文外，秘响傍通，伏采潜发，譬爻象之变互体，川渎之韫珠玉也。故互体变爻，而化成四象；珠玉潜水，而澜表方圆。始正而末奇，内明而外润，使玩之者无穷，味之者不厌矣。

彼波起辞间，是谓之秀。纤手丽音，宛乎逸态，若远山之浮烟霭，娈女之靓容华。然烟霭天成，不劳于妆点；容华格定，无待于裁熔；深浅而各奇，侬秾而俱妙，若挥之则有馀，而揽之则不足矣。

夫立意之士，务欲造奇，每驰心于玄默之表；工辞之人，必欲臻美，恒匿思于佳丽之乡。呕心吐胆，不足语穷；锻岁炼年，奚能喻苦？故能藏颖词间，昏迷于庸目；露锋文外，惊绝乎妙心。使酝藉者蓄隐而意愉，英锐者抱秀而心悦。譬诸裁云制霞，不让乎天工；斫卉刻葩，有同乎神匠矣。若篇中乏隐，等宿儒之无学，或一叩而语穷；句间鲜秀，如巨室之少珍，若百诘而色沮：斯并不足于才思，而亦有

---

① 因范文澜《文心雕龙注》未存《隐秀》全文，故此处所录，乃出周振甫《文心雕龙今译》，中华书局1986年版，第356页。加点字为周振甫依从研究所补。而对有关《隐秀》引文，本章从此例。

愧于文辞矣。

将欲徵隐，聊可指篇：古诗之离别，乐府之长城，词怨旨深，而复兼乎比兴。陈思之黄雀，公干之青松，格刚才劲，而并长于讽谕。叔夜之赠行，嗣宗之咏怀，境玄思淡，而独得乎优闲；士衡之疏放，彭泽之豪逸，心密语澄，而俱适乎壮采。

如欲辨秀，亦惟摘句：“常恐秋节至，凉飙夺炎热”，意凄而词婉，此匹妇之无聊也。“临河濯长缨，念子怅悠悠”，志高而言壮，此丈夫之不遂也。“东西安所之，徘徊以旁皇”，心孤而情惧，此闺房之悲极也。“朔风动秋草，边马有归心”，气寒而事伤，此羁旅之怨曲也。

凡文集胜篇，不盈十一；篇章秀句，裁可百二：并思合而自逢，非研虑之所求也。或有晦塞为深，虽奥非隐，雕削取巧，虽美非秀矣。故自然会妙，譬卉木之耀英华；润色取美，譬缯帛之染朱绿。朱绿染缯，深而繁鲜；英华曜树，浅而炜烨；隐篇所以照文苑，秀句所以照文苑（侈翰林），盖以此也。

赞曰：深文隐蔚，馀味曲包。辞生互体，有似变爻。言之秀矣，万虑一交。动心惊耳，逸响笙匏。

针对刘勰《文心雕龙·隐秀》一节，历来争论颇多。最先需要解决的问题，乃是对此篇文献征信度的怀疑，因部分残文一直无法判定真伪，由此影响了对其讨论的深入。①

随着研究的逐步推进，近代很多学者敏锐地意识到，若将“隐秀”作为一种文学思想来探源，就不应因《文心雕龙·隐秀》文本的部分缺失而一叶障目。即便现存的《隐秀》篇中有后来的补文，但也没有完全脱离以“隐秀”为论述的中心，与《文心雕龙》的整体及其时代的文学观念并没有明显的抵牾之处。如刘师培、詹锳认为，“隐秀”是与“风

① 这个问题由清代纪昀提出，《四库全书总目提要》言“‘隐秀’一篇，皆有缺文”，认为存世的《文心雕龙》至迟在元代已经缺失刻本一版，大约四百字。这几乎为学术界考证《隐秀》篇补文奠定了基调，在很长一段时间，大部分学者皆断定《文心雕龙注·隐秀》补文为明人伪撰，并成为主流意见。代表者为黄侃《文心雕龙札记》（文化学社 1934 年版）；刘永济《文心雕龙校释》（正中书局 1948 年版）；范文澜《文心雕龙注》（人民出版社 1958 年版）；杨明照《文心雕龙校注拾遗》（上海古籍出版社 1982 年版）等。

骨”相对应的风格论；[①] 周振甫、范文澜认为，“隐秀”是创作中使用的修辞手法；[②] 张少康、祖保泉认为，“隐秀”是创作中遵循的艺术原则，往往可以与“言意”“意象”等联系起来。[③]

由此说，以“隐秀”为文论的思想，在中古时极有可能存在。在没有新的考证论据出现前，对不能得出信服结果的文本考证存而不论，而从思想方面切入，也不失一种务实的态度。尤其是王钟陵在《中国中古诗歌史》中将“隐秀”提升为贯穿中古文学的审美理想，以隐为体，以秀为用，论述隐是秀的本源，秀则是隐的体现；[④] 詹福瑞在《中古文学理论范畴》中，又将“隐秀”与永明诗风联系起来，认为刘勰一方面因势利导，发扬永明诗风之长，另一方面也是为了矫正其中暴露之弊，[⑤] 皆是有创见的独特视角。

本章即以此观点为基础，欲再进一步。

第一，对“隐”“秀”之意进行深入考察，它们是两个不同的问题，因二者皆具有通贯性和互渗性，才与其他众多观念造成了千丝万缕、交叉纠缠的关系。

第二，定位“隐”“秀”在《文心雕龙》中所处的逻辑位置，把“隐”“秀”纳入到整书的思想体系内加以讨论，这是最容易找到“隐以复意为工，秀以卓绝为巧”原意的一条路径。

第三，结合刘勰所处的文学时代背景，用“隐”“秀”串联起文学的多维多向发展，这最能挖掘“隐”“秀”在锻造诗文审美共识过程中的深意，开拓更多的领域空间。

---

① 刘师培：《中国中古文学史讲义·论文章有生死之别》，上海古籍出版社 2000 年版；詹锳：《〈文心雕龙〉的风格学·〈文心雕龙〉的“隐秀”论》，人民文学出版社 1982 年版。

② 周振甫：《文心雕龙今译·隐秀》，中华书局 1986 年版；范文澜：《文心雕龙注》卷 8《隐秀》，人民文学出版社 1958 年版。

③ 张少康：《刘勰及其〈文心雕龙〉研究·〈文心雕龙〉的隐秀论》，北京大学出版社 2010 年版；祖保泉：《文心雕龙解说》，安徽教育出版社 2009 年版。

④ 王钟陵：《“隐秀”：一个新的审美理想》，《中国中古诗歌史：四百年民族心灵的展示》，人民出版社 2005 年版。

⑤ 詹福瑞：《中古文学理论范畴·文体·永明诗风与“隐秀”》，中华书局 2005 年版。

第一节 先秦诗文隐喻现象及文学功能

“依经立义”与“微言大义”是中国经学建构及其阐释的基本法则。从意义建构的角度来说，付诸文本尽可能多的涵义，使之能够多角度、多侧面地囊括宇宙、社会与人生的法则，给予读者常读常新的体悟，是典籍得以为“经”的基本条件。从意义阐释的角度来说，尽可能解读、演绎经书的内涵，使之能够成为现实经验和未来发展的参照，是“经”得以为“经学”的必然结果。两者合之，这其中存有的“隐喻”手法，正是经文得以寄托、经学得以诠释的关键，而这恰恰又是中国文学中讲求复意、注重文内言外的最初胎基，证明了文学与经学有着同源共脉的密切关系。

一 “依经立义”与“微言大义”

先秦时期对文学特质的讨论，大多站在对“经”的理解与阐释视角上。《荀子·儒效》：“《诗》言是其志也，《书》言是其事也，《礼》言是其行也，《乐》言是其和也，《春秋》言是其微也。”将“六经”与儒家政教观紧密结合。在这些士人们的眼中，经书不可能是普通的叙述、或是客观的记录，它们乃“斯文为道”，喻示着道义的文学观。① 其中不可避免地受到了政治化、道德化的巨大影响，存在着许多主观意愿上的评断。所谓之“隐”，可能是“我注六经”似的附加；所谓之“喻”，也可能是后世的大胆臆测。但正是这种潜在的阐释思想，使得士人们一开始便不自觉地从字面的简单意义，延伸进字里行间，通过“依经立义”与“微言大义”的双重形式，开掘经文中蕴含着的多层次寓意。也是因为有了这种潜在的观念，最终反过来影响到文学创作，成为后世文学作品能够产生“隐喻”特质的理论基点。

认识到经书中存在“隐喻”的理论前提，首先是秦汉士人们大量的解经活动。第一层次为“依经立义”，从狭义角度看，其指的是以基础的“六经”为依托，以自身理解出的“义”为核心，逐步解释经书中的概念、事理，乃至经文的文辞、句意、典故等意义的一种方式。这种阐释活

① 彭亚非：《中国正统文学观念》，社会科学文献出版社 2007 年版，第 119 页。

动，在秦汉间持续了相当漫长的时间。如果我们把“十三经”的内容稍作分类与比对，并不难以看出：

其一，《易》从八卦扩充到六十四卦、再到卦爻辞，这些皆为“本经”；而合称为“十翼”的《彖》（上、下）、《象》（上、下）、《文言》《说卦》《序卦》《杂卦》《系辞》（上、下），则是用来阐释“本经”的文意。

其二，“三礼”中《仪礼》某些篇章所出甚早，乃是对上古礼制仪式的固定记录，主观上讲解礼义的色彩不浓厚；而《礼记》中的《冠义》《昏义》《燕义》等篇，是进一步解释《仪礼》的专篇；《礼运》《经解》《乐记》为“七十子后学者所记也”，[①] 则极有可能是在传习《仪礼》的过程中附经而行，通论“礼”中的精神深意。

其三，《春秋》言简意赅，多属纲要式记事，后出的《左传》《公羊传》《谷梁传》，则在此基础上添加了不少新的内容，犹衣之表里，相待而成。

且不论从文献角度讲，它们的文字或有出入，句辞或有真伪，最终定稿成书，也在时间稍后的西汉中期。但我们据此情况可大致推定，秦汉时曾存在着一股以学经、解经、传经、释经为目的的阐释思潮，士人们借助“经”之文本，层层深入地去说解经书中包含的“义”，并不厌其烦地进行着最大限度的挖掘和阐发。

这在秦汉的文献阐释原则中，并不是孤立的现象。能够为此作佐证的，是诸子文章中也有后人不断为前人的著述进行解释、补充的情况，着重解说其中难以理解的理论观点，或从正面的肯定，或从反面的驳斥，试图反映作品创作初始时的语境和观点。例如，在《荀子》中有《乐记》，现学界多认为其是对《乐经》的再次阐述；《墨子》中有《经》上下篇、《经说》上下篇，内有对前期墨学相互交叉的逻辑解答；《管子》中有《牧民解》《形势解》《版法解》《明法解》，后统称为“管子解”，是对观点“牧民”“形势”“版法”“明法”的再次分析；《韩非子》中有《解老》《喻老》，更是以“喻”为“解”，试图寻找隐藏在《老子》字面之下的学说思想体系。汤一介曾将其分类为“对整体性哲学的解释”“对历史事件的解释”“对实际（社会政治）运作型的解释”“与解释相关的注

---

① 《汉书》卷30《艺文志》，中华书局1962年版，第1709页。

释问题”等不同的解释类型。[①] 当然，因它们所站的学说视角不同，所持的逻辑顺序不定，各自发挥创见，乃至于可能脱离所解原书，自成一家。但不可否认的是，虽然这些分支在思想史上需要分源讨论，但在阐释学中存有“隐喻”的理念上，它们无疑是从同一起跑线出发的。

换种方式说，如果士人们抱着“述而不作，信而好古”的视角看待经书，本想通过“依经立义”的方式，将仅有寥寥几言的经文中没有说出来、或者没有说清楚的意思，说得更加透彻明白些，试图把很多隐性的义理显性化，就像朱熹所言的：“圣人千言万语，只是说个当然之理。恐人不晓，又笔之于书。”[②] 这样的传注或注解，即有了后世章句之学的萌芽状态，而章句也有显有晦，如刘知几《史通·叙事》解释的那样：“显也者，繁词缛说，理尽于篇中；晦也者，省字约文，事溢于句外。”[③] 打个比方，这就如同今日我们为了解释一篇难以理解的文章的主旨，另外又撰写了一篇新的文章，后者的目的是为了恰如其分地说明前者，是要说明前者没有直接说明白的意思。

可到头来，学经、解经、释经总是会进入不尽如人意的怪圈。因为若要通过字词、句章来解释，各家的训诂或有不同，任何一方都难以说服另一方；若要通过义理思辨来解释，各家使用的逻辑各有差异，更容易弄的繁琐复杂，头绪百出。尤其是当士人们认定了经书中所具有的意义，既有宇宙天地之“道”，也有人间社会之“义”，而这些恰恰又是根本不能用言辞穷尽的。士人们深刻不疑地相信，经书中必定寄托着哲学深意，越是想层层解开这些绳结，越觉得它们深不可测，几乎可以和任何方面相切合，其逻辑即如《淮南子·原道训》所言：“道者，一立而万物生矣。是故一之理，施四海；一之解，际天地。”其中关节点在于，经书本身便是隐喻性质的，具有广泛的渗透性和相当复杂的内涵与外延。这一观念为后人所推崇，成为了“经”的金科玉律。

这种“隐喻”特质体现在经书的内容中，一在于思维方式上的“以少总多”，将众多复杂的问题归纳出共同的性质，再加以抽象的表述；反之在演绎时抽丝剥茧，便会体会到其中的象征义、言外之意与弦外之音。

---

① 汤一介：《论中国先秦解释经典的三种模式》，《北京行政学院学报》2002 年第 1 期。

② （南宋）黎靖德编，王星贤点校：《朱子语类》卷 11《学五·读书法下》，第 187 页。

③ （唐）刘知几编，（清）浦起龙释：《史通通释》卷 6《叙事》，上海古籍出版社 1978 年版，第 173 页。

举例言之，《易》要表达的文意是自然之道，再没有更向前推进的空间，那么“道”如何能在其中表达出来，士人们又如何去体会？看起来只是些符号的卦象，寥寥数语的卦爻辞，其为“少”；《彖传》《象传》依本经“立义”，进而衍生出人文之道，是对世间万物的义理阐发，其为“多”。在这里，“少”与“多”的关系是“少”可驭“多”，是相对而非绝对。当再有进一步对“十翼”的解释出现时，如汉代乃至唐宋明清的易学，那么整体上的《易》都会呈现出“其旨远，其辞文，其言曲而中，其事肆而隐”的风貌。[①] 举例子说，《坤》六爻为“龙战于野”，龙象为阳，爻位为阴，喻指阴阳斗争，暗示人将要走到穷困的绝境，其意“旨远”；五爻为“黄裳，元吉”，不直言谦逊之意，而用穿着不显眼的黄色下衣来打比方，象征人内在的美德，其为“辞文”；“隐”则是两者的有机结合，“其言曲而中者，变化无恒，不可为体例，其言随物屈曲，而各中其理也。……其易之所载之事，其辞放肆显露，而所论义理深而幽隐也”。[②] 可谓秘响旁通，隐中见义，以曲折隐晦的表达，显示深奥渊博的事理。

以此类推，诸如“易”“理”“玄”“一”“仁”“义”等概念，不独儒家，道家也如此，它们在先秦典籍中的出现和建构，实际上都可以归入这一类型的思维。甚至有观点认为，《老子》是易学思想的一条支流，出发点即在于，儒门易与道家对“道”之体认有着相似的思维方式。[③] 后人在看待它们中的哲理时，无论是注、疏、笺、传、正义等，都会不自觉地以这些概念为基本的核心，用发散性的思维从一点向四面八方辐射开去。归根结底，士人们能够这样去阐释的原因，是他们在主观上承认了“经”所具有的“隐喻”特质，用抽象的哲学概念整合具体存在的事物情状，或触类旁通，引而申之；或以简驭繁，形式婉曲，隐藏了远超出其表面意义的内容。

二在于表达方式的“微言大义”。这主要涉及《春秋》三传的内容，其在《荀子·儒效》中以“《春秋》言是其微也”被首次论及。据许慎《说文解字》：“微，隐行也。”唐杨倞注：“微，精妙也。”再注：“微，谓褒劝菹劝。”另有《荀子·解蔽》曾引《道经》言：“人心之危，道心

① （唐）孔颖达：《周易正义》卷8《系辞下》，第89页。

② （唐）孔颖达：《周易正义》卷8《系辞下》，第89页。

③ 高怀民：《先秦易学史》，广西师范大学出版社2007年版，第201—215页。

之微。”可见，“微”是隐而不显，在遣词造句的幽隐处，暗寓有政教是非以及善恶的肯定或批判。班固在《汉书·艺文志》中说：“昔仲尼没而微言绝。”目前对是否是孔子一人“笔则笔，削则削”为《春秋》还尚有异议，但据《孟子·滕文公下》所言：“世衰道微。……孔子惧，作《春秋》。”[①]《春秋》出于政治现实状况的局限，不能直陈其事、直达其义，微词委曲的“微言大义”便应运而生，其中包含有政教上的寓意，这毋庸置疑。正如皮锡瑞《经学通论》中讨论到：“所谓见之行事，深切著明。孔子之意，盖是如此。……孔子特欲借之以明其作《春秋》之义，使后之读《春秋》者，晓然知其大义所存，较之徒托空言而未能征实者，不益深切而著明乎？”[②]

可《春秋》中并未说明经文是如何通过“微言大义”的书法，达到不直接叙说历史事件，却有政教大义的“隐喻”效果。与其实际，这是“三传”中，尤其是《公羊传》《谷梁传》在解《春秋》时，才提出了《春秋》有表达方式上的隐喻技巧。“三传”皆因“为有所刺讥褒讳挹损之文辞，不可以书见”而做，[③] 讥刺、褒贬、隐晦等蕴含在文辞简单的《春秋》里，需以传明之。具体言之，《左传》是“或后经以终义，或依经以辩理，或错经以合异，随义而发，其例之所重”，[④] 通过对史实的详细陈述，揭示出《春秋》中的幽深含义。《公羊传》和《谷梁传》则更着重于“义”，自设问答，连续发问，层层深入，甚至是《春秋》书写了什么，不书写什么，都自有“义”的隐喻义在。比如，《公羊传》经常通过解释字义，阐发尊王尊君的思想；《谷梁传》运用“日月时例”，构成了《春秋》的经文之例。以致到董仲舒的《春秋繁露》中，还据此得出“《春秋》之论事，莫重于志”[⑤]“《春秋》无通辞，从变而移”[⑥]“《春秋》之用辞，已明者去之，未明者著之”“春秋之辞多所况，是文约而法明也”等各种“义例”，[⑦] 将《春秋》以曲折文笔寓含褒贬的方式，推上了一个

---

① （东汉）赵歧注，（北宋）孙奭疏：《孟子注疏》，第 2714 页。

② （清）皮锡瑞：《经学通论·春秋》，中华书局 1954 年版，第 22 页。

③ 《史记》卷 14《十二诸侯年表》，中华书局 1959 年版，第 509 页。

④ （唐）刘知几编，（清）浦起龙释：《史通通释》卷 1《六家》，第 12 页。

⑤ （西汉）董仲舒著，（清）苏舆撰，钟哲点校：《春秋繁露》卷 1《玉杯》，第 25 页。

⑥ （西汉）董仲舒著，（清）苏舆撰，钟哲点校：《春秋繁露》卷 2《竹林》，第 46 页。

⑦ （西汉）董仲舒著，（清）苏舆撰，钟哲点校：《春秋繁露》卷 1《楚庄王》，第 3—4 页。

新的高峰。再后来又因《春秋》与《左传》合行，《左传》也被认为与《春秋》同质，“即而丘明受经，师范尼父。夫经以数字包义，而传以一句成言，虽繁约有殊，而隐晦无异。……斯皆言近而旨远，辞浅而意深，虽发语已殚，而含意未尽，使夫读者望表而知里，扪毛而辨骨，睹一事于句中，反三隅于字外。”[①] 皆是以言少意多，言殚意存，蕴藉含蓄为尚。

如果说，思维方式上的“以少总多”构成了经书“隐喻”特质在横向维度上的蔓延，可以由抽象到具象，由一到百、再由百到千千万是联想与象征等构思手法的源头；那么，表达方式上的“微言大义”则构成了经书“隐喻”特质在纵向维度上的加深，可以由此类到彼类，由浅层入深层，是比喻、暗示、类比等写作技巧的源头。需要指出的是，两者在后世的发展各有侧重，其间也很少有交叉点出现，只因两者最初皆从“依经立义”与“微言大义”同出，故放置在一起进行讨论。

二　“以诗言志”的隐喻指向

虽然“诗言志”在极早的《尚书·尧典》中已被提出，但将其作为文学理论来论述，却直至《左传》《国语》及诸子相关记载中，方见端倪。其落脚点一在于“诗”，对何为“诗”或者“《诗》”进行解答。最初的“诗”只是宽泛笼统的概念，在诗、乐还处在不可分割的一体状态下，诗从属于乐，“诗言志”只能与“歌咏言”相为呼应，在诗尚未脱离乐、具有内容上的独立性时，自然难以得出进一步的观念。直到两周之际《诗》集初成，同时带有了整理者对“诗”的理解，继而在大量用诗、解诗活动中，才为“诗言志”观念的形成，提供了难得的契机。二在于“志”，对所言之“志”或“言志”的本意进行考察。见《礼记·乐记》：“诗，言其志也。”《荀子·儒效》：“《诗》言是其志也。”《庄子·天下》：“《诗》以道志。”在时人眼中，《诗》所言述之“志”，既符合着道德教化、伦理规范的社会大志向，同时也带有个人的情感因素，体现出士人全部的道德体验和人格修养。[②]

对“诗言志”这个命题，更关键的是“诗”与“言志”间的关系。“诗”可以用来言人之志意，也是必须要言人志意的。郭店楚简《语丛

---

① （唐）刘知几编，（清）浦起龙释：《史通通释》卷6《叙事》，第174页。

② 曹胜高：《由先秦情志说论“诗言志”之本义》，《文艺理论研究》2009年第3期。

一》有言：“《诗》所以会古今之志也者。”从对象上看，“诗”或《诗》作为客体，士人们借助客体的“言志”，从以“言志”为目的过渡到如何“言志”的方法，再从“以诗言志”过渡到“诗言之志”。可以说，“以诗言志”的诗歌，其隐喻的是言诗之人的“志”，“志”来自于阅读者；而“言诗之志”的诗歌，其隐喻的是诗人的“志”，“志”来自于创作者。若以时间为线索来看，恰好是“以诗言志”的活动先出，“言诗之志”的认识稍后。由此推断，对《诗》中隐喻了“志”的理解，曾有从阅读者即言诗之人到创作者即诗人的转化，这也是先秦“隐喻”观念中颇值得玩味的现象。

我们从时间靠前的“以诗言志”方面入手。一般认为，《诗》在先秦诗学中更多充当了献诗陈志、赋诗言志、教诗明志三种角色。[①] 无论《诗》是作为春秋行人的外交辞令，借此赋诗言志；抑或是作为唇枪舌战的有力武器，以此引诗言志，时人对“诗言志”的认识，率先都肯定有“志”隐含在其中。从现存的《诗》文本来看，有部分诗作并不符合“言志”的准绳，但它们却都能以“诗言志”的观念被整合在一起，正是因为《诗》在传播过程中，存在着“古人所作，今人可援为己诗，彼人之诗，此人可赓为自作，期于‘言志’而止”的情况。[②] 用诗时主观上赋予了诗句“言志”的意味，士人们借此间接地表达出自己想要表达的意思，即通过《诗》的存在，暗示出另一层、或者是喻指出另一层。

举例言之，《左传》中共用诗二百七十九条，《国语》中共用诗三十七条，数量上首推二《雅》，其次为《颂》，最后是《国风》。[③] 据《左传·襄公二十年》载，季武子与鲁伯赋诗时借用《小雅·常棣》《小雅·鱼丽》《小雅·南山有台》三首，分别以常棣燕兄之义、贵族燕飨之义、周王得贤人之义，引申出赋诗时所要表达的意义。这是明喻，所使用的隐义与诗句表层的文辞有明显的关联，很容易就能够察觉。再如《左传·隐公三年》载：“《风》有《采蘩》《采蘋》，《雅》有《行苇》《泂酌》，昭

① 朱自清：《诗言志辨》，开明书店 1947 年版，第 1—28 页。

② （清）劳孝舆：《春秋诗话》，《丛书集成初编》本，上海商务印书馆 1936 年版，第 1 页。

③ 董治安《从〈左传〉〈国语〉看“诗三百”在春秋时期的流传》在对《左传》《国语》所载引用诗篇的条数，与今本《诗经》的篇数进行数据统计的时候，其排除了作者引诗、孔子引诗、五条作诗、逸诗的情况，这样虽有细微的出入，但并不会影响比例数据的大方向。

忠信也。”①《采蘩》《采蘋》描写女奴们为其主人采办祭品的内容，确实和“昭忠信”有一定的关联；但穆叔在会盟的这种语境中，赋《采蘩》以达远志。又因取用的引申义较为隐晦，不得不加以说明：“小国为蘩，大国省穑而用之，其何实非命?”② 可见“以诗言志”具有言在此而意喻于彼的特点。

这种“以诗言志”是外在加上的隐喻，暗喻、转喻比明喻要多得多，其“为正义，为旁义，无有淆混而歧误也”，③ 在很多场合都带有偶然色彩，其中夹杂了几许误读，也是一笔数不清的糊涂账。见《左传·襄公二十八年》卢蒲癸所言：“赋诗断章，余取所求焉。”杨伯峻注：“赋诗断章，譬喻语。春秋外交常以赋诗表意，赋者与听者各取所求，不顾本义，断章取义也。”④ 道出了“以诗言志”的惯用手法，有暗示、有联想，但却没有一定之规。如《国语·鲁语下》记载，公父文伯母亲准备给文伯娶妻，席间赋《绿衣》三章。⑤ 这本是首睹物怀人，思念亡妻的诗篇，乐师亥却以此引申出圣人言礼仪之志，借为古人正家室之道。后面解释要“以微言相感，则称诗以谕志”的方法，⑥ 微言难寻，难免会感觉突兀牵强、不知所云。再如《左传·昭公十六年》记载的“观郑国之志”，取诗义婉转悠长的情诗，随境附会，用在庄严肃穆的外交场合，顾左右而言他，以“邂逅相遇，适我愿兮”表达仰慕，以“洵美且都”表达衷心赞美，即“足以表示郑国之志”。⑦ 这样的“以诗言志”，已有着主观上的隐喻手法，跳过了文辞句法的局限，着眼于象征意义的运用。

另外，内有的隐喻是“诗言之志”。现有相关篇章，明确说明《诗》是作诗之人有志而作诗。例如，《魏风·园有桃》：“心之忧矣，我歌且谣。”《小雅·节南山》：“家父作诵，以究王讻。”⑧ 在《左传》《国语》

---

① （唐）孔颖达：《春秋左传正义》卷3《隐公三年》，第1723页。

② （唐）孔颖达：《春秋左传正义》卷41《昭公元年》，第2021页。

③ （清）皮锡瑞：《经学通论·诗经》，中华书局1954年版，第3页。

④ 杨伯峻注：《春秋左传注》，中华书局2009年版，第1145—1146页。

⑤ 《国语·鲁语下》：“公父文伯之母欲室文伯，飨其宗老，而为赋《绿衣》之三章。老请守龟卜室之族。师亥闻之曰：‘善哉！男女之飨，不及宗臣；宗室之谋，不过宗人。谋而不犯，微而昭矣。’诗所以合意，歌所以咏诗也。今诗以合室，歌以咏之，度于法矣。”

⑥ （明）李梦阳：《空同集·秦君饯送诗序》，上海古籍出版社1991年版，第477页。

⑦ 杨伯峻注：《春秋左传注》，中华书局2009年版，第1381页。

⑧ （唐）孔颖达：《诗经正义》卷5，第12、357、440页。

中也有类似记载，见《左传·文公六年》：“国人哀之，为之赋《黄鸟》。”[①]《左传·昭公十二年》：“祭公谋父作《祈招》之诗以止王心，王是以获没于祗宫。”[②]《国语·楚语上》：“于是乎作《懿》诗以自儆也。”[③]尽管是“作者不名，述者不作”，[④]但我们不能以此绝对否认，在即成的诗篇中，是带有创作者个人的想法，也是蕴含着创作者的深意的。正如唐孔颖达在《毛诗正义》中所言：“一人者，作诗之人，其作诗者道己一人之心耳。要所言一人心，乃是一国之心。”“志”是作诗之人的用心体悟，然而，这种体悟只有在“发乎情，止乎礼义”的范围内，才能被广泛认可。从这个角度讲，《诗》中藏有的“言志”，不仅是用诗时赋予的隐喻，更重要的是作诗时主观的赋予，诗人采用委婉曲折的表达方式，“诗赋者，所以颂善丑之德，泄哀乐之情也，故温雅以广文，兴喻以尽意”，[⑤]不自觉间开始对创作上的隐喻价值有了把握。

《孔子诗论》第20简：“其隐志必有以喻也。其言有所载而后纳，或前之而后交，人不可干也。”[⑥]这段话说明了《诗》不是直白的，它们的很多内容都有所比喻、有所负载，赋之于前、见效于后，然后才能深入感染人心，让人不能抗拒。“隐志”指的是作者在诗中表达的是内心真实的情志。以具体的诗篇分析之，《孔子诗论》中共提及《卫风·木瓜》两次，第18简：“因《木瓜》之报，以喻其怨者也。”第19简：“《木瓜》有藏愿而未得达也。”在这里，“藏”不是空无，而是实有。这一简有上下的语境，前有：“溺志，既曰天也，犹有怨言。”因现存《木瓜》文本并无怨天尤人之辞，也没有和天有关的话，此意应该是另有篇名所指；[⑦]又因《木瓜》与其比较，也没有这类“志”的阐述，故曰“未得达也”。第18简的“怨者”一词，则至少是认为《木瓜》中以“喻”来表达了

① （唐）孔颖达：《春秋左传正义》卷19《文公六年》，第1844页。

② （唐）孔颖达：《春秋左传正义》卷45《昭公十二年》，第2064页。

③ 徐元诰撰，王树民、沈长云点校：《国语集解》，第502页。

④ （清）劳孝舆：《春秋诗话》，《丛书集成初编》本，上海商务印书馆1936年版，第1页。

⑤ （东汉）王符著，（清）汪继培笺，彭铎校正：《潜夫论笺校正》卷1《务本》，中华书局1979年版，第19页。

⑥ 下文所引用《孔子诗论》的释文，皆出自周凤五：《〈孔子诗论〉新释文及注解》，《上博馆藏战国楚竹书研究》，上海书店2002年版。

⑦ 《诗经·卫风·木瓜》：“投我以木瓜，报之以琼琚。匪报也，永以为好也！投我以木桃，报之以琼瑶。匪报也，永以为好也！投我以木李，报之以琼玖。匪报也，永以为好也！”

"怨"的志向，"喻"是借用了"木瓜""琼琚"等物。而且以"喻"解诗在《孔子诗论》中不是孤例。第10简："《关雎》以色喻于礼。"孔颖达亦云："是以《关雎》乐得淑女以配君子，爱在进贤，不淫其色，哀窈窕，思贤才，而无伤善之心焉，是《关雎》之义也。"① 君子、淑女喻指君臣，是创作者隐藏在诗中的寓意。除此之外，《孔子诗论》提到的《樛木》《汉广》《鹊巢》《甘棠》《绿衣》等篇，也都是以物为喻指，比如以"樛木"喻君子，以"鹊巢"喻男女以礼乐相和，以"甘棠"喻召伯功劳，以"绿衣"喻指思礼，并借于此来逐条分析《诗》中的言志之意。②

《孔子诗论》第1简："《诗》亡隐志，乐亡隐情，文亡隐言。""亡"通"无"，其与解释为绝对没有的"毋"字并不相同，是"不会有""不能有"的含义。"诗亡隐志"是读诗理论，既保证了读诗是有意义的行为，也保证了在读诗中可以获得儒家所期待的道德提升。③ 所以，这段话的意思应表述为：《诗》中没有完全隐匿于内、却不能被通晓的"志"。反过来说，"志"是深蕴在《诗》中的。由此看来，《孔子诗论》的视角已站在创作者的一边，"言志"不是用诗、赋诗时所诠释出的引申义，而是就在《诗》的内部隐喻着。这个道理与前论的"微言大义"紧密相关，汉儒提倡的"温柔敦厚"亦与之有关。同理，见《吕氏春秋·音初》："闻其声而知其风，察其风而知其志。……皆形于乐，不可隐匿，故曰乐之为观也深矣。"乐中没有完全掩盖、却不能被感触到的"情"，是因"情"在创作前就存在，在创作时"或不敢直抒，则委曲之；不忍明言，则婉约之，不欲正言，则恢奇之；不可尽言，则蕴藉之；不能显言，则假托之；又或无心于言，而自然流露之"。④ 这些原则虽然是稍后才得以总结，然其所道出《诗》的隐喻情结，与《孔子诗论》的"诗言志"息息相通。

有"诗言之志"的隐喻，是创作时试图在《诗》中寄寓更多的"言志"期待。这一点对以后的文学观念，有着难以估量的影响。它认识到了文学创作的含蓄性，只是缺乏正面的理论，直到孟子提出"以意逆

---

① （唐）孔颖达：《毛诗正义》卷1《诗大序》，第273页。

② 李零：《上博楚简三篇校读记》，中国人民大学出版社2007年版，第12—16页。

③ 张玖青、曹建国：《从出土楚简看"诗言志"命题在先秦的发展》，《文化与诗学》第1辑。

④ 刘永济：《文心雕龙校释》，中华书局1962年版，第156页。

志”，仍是倒逆着说的，如东汉赵岐注：“文，诗之文章，所引以兴事也。辞，诗人所歌咏之辞；志，诗人志所欲之事；意，学者之心意也。”①“志”是创作者的所思所想，由言辞、字句、篇章交叉组织而成，有言近旨远，有正言若反，也有言在此而意在彼，言有尽而意无尽。按照此意，孟子把《诗》视为个人创作，即是创作者“言志”的表现。对于阅读者而言，若要从《诗》中找寻诗人留在细微之处的意思，便要从遣词造句、章法安排以及特定的内容中，再结合着创作时的情况加以斟酌，才能感受到诗人的喜怒哀乐，见微知著。这是反着求的过程，故称为“逆”。

只可惜“诗言志”的观念在两汉时，受到从《诗》上升到《诗经》的经学化的剧烈影响，导致儒生们找偏方向，走了很长一段时间的弯路，强调《诗》在道德意义上的神圣性，简直成了政治教化的代名词。直到慢慢脱离这样的束缚，在文学自身的艺术审美的角度上，摸索到新的内容和模式，又与同出一源的比、兴手法相结合，诗人的隐喻才发挥出真正的诗性光芒。

三 “雅言”与隐喻手法的经典化

罗根泽认为，“知离事言理之私家著述，始于战国，前此无有也”，在此基础上，方能出现自觉的著述意识。② 尤其是在“太上有立德，其次有立功，其次有立言”的意念指导下，孔子删述“六经”，孟子膺儒著《孟子》，庄子叙道著《庄子》，之后的诸子百家为“墨翟执俭确之教，尹文课名实之符。……申商刀锯以制理，鬼谷唇吻以策勋，尸佼兼总于杂术，青史曲缀以街谈，承流而枝附者，不可胜算”，③ 无不证明当时文章的兴盛之状，而且各学派所出文章，因内在思想取向不同，必有外在的语言表现的差异。

如《文心雕龙·诸子》所言：

> 研夫孟荀所述，理懿而辞雅；管晏属篇，事核而言练；列御寇之书，气伟而采奇；邹子之说，心奢而辞壮；墨翟随巢，意显而语质；

---

① （东汉）赵岐注，（北宋）孙奭疏：《孟子注疏》，第2735页。

② 罗根泽：《战国前无私家著述说》，《罗根泽说诸子》，上海古籍出版社2001年版，第17页。

③ （南朝·梁）刘勰著，范文澜注：《文心雕龙注·诸子》，第308页。

尸佼佼尉缭，术通而文钝；鹖冠绵绵，亟发深言；鬼谷眇眇，每环奥义；情辨以泽，文子擅其能；辞约而精，尹文得其要；慎到析密理之巧；韩非著博喻之富；吕氏鉴远而体周；淮南汎采而文丽。斯则得百氏之华采，而辞气文之大略也。

刘勰这段话论及诸子文章文学特色的诸多方面，比如理与辞、心与辞、意与语、术与文，还有墨翟之于“显”，鹖冠之于“深”，韩非子之于“喻”，《吕氏春秋》之于“远”，重视由表及里，说明诸子的著述中是“文辞神奇变化，简古多含蓄，余若管仲之文简严，庄周之文诙诡，列御寇之冲虚，韩非之文精核，邹衍之文奇谲，公孙之文雄辩，周末文章，为之一振。逮至战国，孟子振响，善议论，长于讽喻，文最快利”。[①]这其中，已经有了对文法的自觉把握和体认。例如，“辞雅”“辞壮”来源于对“雅言”的应用，“采奇”“亟发深言”来源于言辞上的选择和修饰，“每环奥义”“博喻之富”则来源于对卮言、寓言的合理应用等。

可能在孔子前，就出现了较为成熟的“雅言”认识，也就是从文言革命，即“旧体文言”向“新体文言”的历史性变革。“雅言”一词出自《论语·述而》：“子所雅言，《诗》《书》执礼，皆雅言也。”[②]郑玄将“雅言”解释为官方通用语，包含两方面的规定：一为语音，即大夏之音，正四方之音为雅；二为语辞，即丰不余一言，约不失一辞的雅化语言，见清孙诒让《尚书骈枝》：“雅言主文，不可以通于俗，雅训观古，不可以概于今。”“雅”与“俗”是对举的概念，“俗”又与“常言”相通，故“常语恒畸于质，期于辞约旨明而已。雅辞则诡名奥谊，必式古训而称先民，其体遂判然若沟畛之不可复合矣”。[③]“常语”是日常生活的口语、白话，“雅言”则是书面语，在表达时充满感情、句式灵活多变，修辞手段的运用丰富多样，叙述的逻辑线索也更为清晰。这种言辞上的分殊，在今日的语言中依然存在，但在春秋时代，就确定有口语和书面语的

---

① 来裕恂，高维国、张格注释：《汉文典注释》，南开大学出版社 1993 年版，第 406—407 页。

② （三国·魏）何晏注，（北宋）邢昺疏：《论语注疏》卷 7《述而》，第 2483 页。

③ （清）孙诒让：《尚书骈枝·叙》，引自《大戴礼记斠补》，齐鲁书社 1988 年版，第 3—4 页。

分离，[①] 无疑为著述中对言辞的选用，率先提供了“文”化的空间，渐渐形成了延续几千年的“文质彬彬”理念。

从春秋至战国，诸子文章逐步从语录体、对话体，发展为篇章结构完备的议论体，其实所变的，或者说进步的，只是文体的形式，对“雅言”的追求则一如既往。刘师培在《文章原始》中提出，文辞即“文言”，亦即“雅言”，而“言之质者，纯乎方言也；言之文者，纯乎雅言也。春秋之时，言词恶质，故曾子斥为鄙辞，荀子讥为俚语，而一语一词，必加以修饰”。[②] 可见当时已有“修辞”一词出现，即所谓直言曰言，修辞曰文，只是其含义与今日略有不同。《周易·乾》：“修辞立其诚。”这里“修”的意思非常复杂，若结合上下文来理解，“君子进德修业。……所以居业也”，则“修辞”是指君子通过学习雅言来修养自己的品德，这里的“诚”代指君子儒所必修的道德信念、行为规范。若如此，雅言中肯定要先蕴含这些内容，那么，所谓的“修辞”也即是要摒弃浮华，深入到雅言的深意中，才能去了解它们。雅言本身“文质彬彬”，文中有质且质中有文，文中隐藏了质的内容，质透过典雅的文的书写，或舒缓、或气壮地表达出来。

据《左传·襄公二十五年》所记载：“仲尼曰：‘志有之，言以足志，文以足言。’不言，谁知其志？言之无文，行而不远。”[③] 这句话意思是，言须有文，要提高文辞的深厚表现力。在《论语·宪问》中也记载了孔子的一番叙说：“为命，裨谌草创之，世叔讨论之，行人子羽修饰之，东里子产润色之。”[④] 一篇文章从立意起草到深化完善，再到讨论润色，目的是在有限的文辞中具备更为深广的意蕴，表达或含蓄婉曲，或生动形象，不止是停留在口头语般的简单化、俚俗化。再如《礼记·表记》引孔子言：“情欲信，辞欲巧。”郑玄注：“巧，谓顺而说也。”[⑤]“顺”是文意的顺畅不晦涩，是晓以大义，喻之于理；“巧”是尚文采，曲用修辞，达到动之以情的效果。孔子所言“辞巧”，是重视雅言中言辞的选择与修

---

① 《〈论语〉的哲学诠释》，见彭亚非《中国正统文学观念》，中国社会科学出版社2007年版，第187－188页。

② 刘师培：《文章原始》，《刘申叔遗书》，江苏古籍出版社1997年版。

③ （唐）孔颖达：《春秋左传正义》卷36《襄公二十五年》，第1985页。

④ （三国·魏）何晏注，（北宋）邢昺疏：《论语注疏》卷14《宪问》，第2510页。

⑤ （唐）孔颖达：《礼记正义》卷32《表记》，第1644页。

饰，与他另一条观点“巧言令色”并不矛盾，如孔颖达《礼记正义》云：“辞欲巧者，谓君子情貌欲得其实；言辞欲得和顺美巧，不违逆于理，与巧言令色异也。”“辞巧”是建立在“情欲信”的基础上，“巧言令色”是“巧言乱德”，犹如“恶紫之夺朱也，恶郑声之乱雅乐也，恶利口之覆邦家者”，[①] 过于浮泛花哨以致辞肥意瘠，根本“情信”的意思不对，也就只能在浅薄地玩弄技巧上取胜了。

《孟子·尽心下》：“言近而指远者，善言也。守约而施博者，善道也。君子之言也，不下带而道存焉。”[②] 这里所指的“言近”和“言不下带”，表示了言辞的浅近易懂，最好的言辞应是字句浅近而又意义深远，切合实际又与大道相符。这完全可以作为儒家一贯以来所追求的“文质彬彬”之雅言的注脚。明王慎中曾释之：“文之为道，固博取而曲陈。惟其所以取之者虽博，而未尝不会于吾之极，故谓之约；期陈之虽曲，而其义有中，则曲而不为杂。”[③] 一方面，雅言不可能等于口头语，是因为雅言中寓有深厚的内涵；另一方面，雅言也不等于晦涩难懂、烦琐复杂，让人不可卒读。所以说，雅言是“文犹质也，质犹文也”。[④] 这里的“文”已经涉及“文法”的问题，关系着如何用“辞巧”的雅言来表达端正的意思，又怎样以“言近”的言辞才能隐喻出“指远”等问题。这在《孟子》其他篇章中，也给出过一些相似的解答。见《孟子·离娄下》：“博学而详说之，将以反说约也。”[⑤] 这里的“约”是言辞所表达目标的形式，为了达到这一目标，需要经过一个“博学而详说”的过程。文章中若有简明通达的雅言，必须先有渊博学识，还要有自详归约的能力，与“辞巧”一样，“约”同时意味着内容充实、精深、准确，更落脚在内涵的价值与深度上，强调雅言之意具有深邃性、隐喻性。它们的最高境界是“文贵约而指通，言尚省而趋明”，[⑥] 言辞省净美好，述意深婉含蓄而又深刻透彻。

这种对言辞有意，而又不止于意的雅言的追求，不独儒家，诸子中也

---

① （三国·魏）何晏注，（北宋）邢昺疏：《论语注疏》卷17《阳货》，第2525页。

② （东汉）赵歧注，（北宋）孙奭疏：《孟子注疏》卷14，第2778页。

③ （明）王慎中：《与项瓯东》，《遵岩集》卷6，《钦定四库全书荟要》本。

④ （三国·魏）何晏注，（北宋）邢昺疏：《论语注疏》卷12《颜渊》，第2503页。

⑤ （东汉）赵歧注，（北宋）孙奭疏：《孟子注疏》卷8，第2727页。

⑥ （东汉）王充著，黄晖撰，刘盼遂集解：《论衡集解》卷30《自纪篇》，第1201页。

多能见到，可通称为“组织辞令”“建言修辞”。见《老子》八十一章：“信言不美，美言不信。”成玄英疏：“信，实也。美，浮艳也。”[①] 儒、道两家相关概念的内涵虽截然不同，但从逻辑上讲，道家否认的是言辞可以绝对等同于意，却不反对“言者所以在意”，[②] 认为“语之所贵者，意也，意有所随”；[③] 推崇的是“吾言甚易知，甚易行”[④]“可以言论者，物之粗也；可以意致者，物之精也。言之所不能论，意之所不能察致也，不期精粗焉”。[⑤] 两者对言辞隐意的雅言观，正可走在一起。还有《墨子·小取》的“以辞抒意，以说出故”，《商君书·定分》的“微妙意志之言”，《韩非子·五蠹》的“微妙之言”，《韩非子·六反》的“言不用而自文以为辩”等，无论何种学派、何种理论，文章的主旨都要通过雅言表现出来，雅言既不能违背“质”“意”，更不能粗制滥造，貌似深奥，实则模糊。由此看来，雅言是先秦诸子所共同强调的一种能力。

既然在诸子间对以“雅言”为基础的文章观念有所共识，那么，这也就能很好地解释下一个问题。诸子文章虽然风格各异，却有着许多极为相似的表达方式：一为譬喻，二为寓言，试图达到文章旨意的完满体现。当然，时人并不知晓这两者归属于“文法”的范围，可它们对后世的影响，却是不言而喻的。

其一，譬喻。《论语·雍也》：“能近取譬，可谓仁之方也已。”朱熹注：“譬，喻也。方，术也。”[⑥]《荀子·非相》：“谈说之术，矜庄以莅之，端诚以处之，坚强以持之，分别以喻之，譬称以明之。”刘向《新序》记载惠子曰：“夫说者，固以其所知谕其所不知，而使人知之。”[⑦] 可见，“譬喻”是同义复合词，两者本质上皆为隐喻。“近”是选择譬喻对象的基本原则，“取”是言语表达时采用的手段，“明之”是最后的目标，在文法中多用其解决某种没有直接说出来，但用以间接方式指明的问题。据《晏子春秋内篇·杂下》记载，晏子视齐景公之疾时，用“如日”“如苍玉”“如璧”“如珪”描述齐景公的病情，比起前面请安的高子、国子以

① （三国·魏）王弼著，楼宇烈校释：《王弼集校释·老子道德经注》，第191—192页。
② （清）郭庆藩集释，王孝鱼点校：《庄子集释》卷九上《外物》，第944页。
③ （清）郭庆藩集释，王孝鱼点校：《庄子集释》卷五中《天道》，第488页。
④ （三国·魏）王弼著，楼宇烈校释：《王弼集校释·老子道德经注》，第176页。
⑤ （清）郭庆藩集释，王孝鱼点校：《庄子集释》卷六下《秋水》，第572页。
⑥ （南宋）朱熹集注：《四书章句集注》，中华书局1983年版，第92页。
⑦ （西汉）刘向撰，石光瑛、陈新校释：《新序校释·善说》，中华书局2009年版。

“热”答之要高明得多，齐景公谓“吾不见君子，不知野人之拙也”，证明了恰如其分的譬喻正是“雅言”的优点。

诸子文章深邃的哲理，很难一语点透，又要能通俗解释，以免流于生硬僵滞。唯有多用譬喻才能达到效果。《论语·为政》：“为政以德，譬如北辰，居其所，而众星共之。”[①] 用众星环绕北斗做譬喻。孔子还曾用“瑚琏之器”比喻子贡，用“朽木不可雕”喻指宰予。[②]《荀子·劝学》连续用“青出于蓝”“冰寒于水”“木直中绳”“登高而呼”，说明学习要不断进取的道理。《韩非子·五蠹》论及古人轻辞天子，今人难去县令的现象时云：“夫山居而谷汲者，膢蜡而相遗以水，泽居苦水者，买庸而决窦。”[③] 用不同心态来作比喻。值得注意的是，诸子之间还曾有过相通的譬喻，如孔子、老子、晏子都曾以“水”为喻，如《论语·雍也》：“知者乐水，仁者乐山。”[④]《老子》第八章：“上善若水。水利万物而不争，处众人之所恶，故几于道。”[⑤]《晏子春秋内篇·问下》：“景公问晏子曰：‘廉政而长久，其行何也?’晏子对曰：‘其行水也。美哉水乎清清，其浊无不雩途，其清无不洒除，是以长久也。’”诸子中所采用的譬喻，多以与现实密切相关的形象表述为要，将广博富赡的思想文约义丰地传达出来，再加之他们兼有共通的见识，出现这种现象不足为奇。

其二，寓言。《庄子·天下》解说庄子文风提出“以寓言为广”的说法；[⑥]《史记·老子韩非列传》亦称《庄子》：“大抵率寓言也。……善属书离辞，指事类情。”所谓“寓”，隋陆德明《经典释文》：“寓，寄也。以人不信己，故托之他人，十言而九见信也。”“寓”和“喻”在文法上的差别不大，譬喻多指的是在语境中随机而成的，于所处的语境密切相关，一旦移动，所隐喻的内容极有可能转变；而寓言的独立性很高，本身

---

① （三国·魏）何晏注，（北宋）邢昺疏：《论语注疏》卷2《为政》，中华书局1980年版，第2461页。

② 《论语·公冶长》：“子贡问曰：‘赐也何如?’子曰：‘女器也。’曰：‘何器也?’曰：‘瑚琏也’。”宰予昼寝。子曰：“朽木不可雕也，粪土之墙不可圬也，于予与何诛。”

③ 梁启雄：《韩子浅解》，中华书局2007年版，第468页。

④ （三国·魏）何晏注，（北宋）邢昺疏：《论语》卷6《雍也》，中华书局1980年版，第2479页。

⑤ （三国·魏）王弼著，楼宇烈校释：《王弼集校释·老子道德经注》，第20页。

⑥ 《庄子》卷十下《天下》：“以卮言为曼衍，以重言为真，以寓言为广。”

就具有一定的结构，第一次使用后，其隐喻的内容基本上就固定了。所以说，诸子所创作出来的寓言没有雷同的，即使是由同一人所出，也少有重复。

实质上，寓言完全可以看作是以“隐喻”为思维方式，以譬喻为基础，有较为确切的意义寄托所精心编造出来的。如《孟子·公孙丑上》“拔苗助长”的寓言，“天下之不助苗长者，寡矣。以为无益而舍之者，不耘苗者也；助之长者，揠苗者也。非徒无益，而又害之”。[①] 故事中隐喻人的修养需要长时间的积淀与耐心的努力，若是急于求成，最终一定会落得贻笑大方的下场。再如，《韩非子·外储说左上》中的“郑人买履”，委婉地讽刺了那些“宁信度，无自信也”，不能随机应变的保守者。还有《尹文子·大道上》中的“宣王好射”“黄公者好谦卑”，《公孙龙子·遗府》中的“楚王遗弓”等，都借用了形象生动的故事化情节，挟摘隐微。而庄子更是此中高手，从《逍遥游》的大鹏之喻，到《应帝王》的“混沌之死”，再到《至乐》的“骷髅”，《庄子》中寓言的最大特点，即是它们脱离了现实的束缚，为言大道而求至言，意在言外，带有真正的隐喻艺术的张力，从而达到了悠远的旨趣与无限的遥深。

由此看来，先秦诸子以“雅言”为最佳范例时对文辞、譬喻、寓言等的认识，皆有极为相似的理论和实践，在不能超越自身理论体系的限制之下，能把对“道”与“意”的表达述求汇聚到此，虽不能称之为系统的文章学认知，但称之为“文法”的自觉把握与体认，并不为过。其意义在于，对“隐喻”原则的认识如同生成一种文化特质的启蒙期，根深蒂固地潜存在一代代文章著述的理论倡导中，对散文尤其如此，让其有了最初的艺术灵性与生命血色。

第二节 “隐”之渊源与《文心雕龙》的理论架构

刘勰在《文心雕龙》中专列《隐秀》一篇，以“隐”“秀”两者的逻辑关系，论述诗文共通的艺术特质。在这其中，刘勰将“隐”作为艺术表现手法中的基本原则，涉及的相关命题有曲隐、环隐、义隐、理隐、

① （东汉）赵岐注，（北宋）孙奭疏：《孟子注疏》卷3，第2686页。

心隐等数十种之多，并以“文外重旨”“复意为工”“义主文外”“文外曲致”“余味曲包”等命题来概括。除此之外，南宋张戒在《岁寒堂词话》中还引用过“情在词外”的界定，弥补《隐秀》残篇中缺失的观点，在理论架构上与《文心雕龙》的“隐”论也是一致的。可以说，刘勰在《文心雕龙》近半部篇幅内都谈及“隐”的问题，这绝非是单纯凑齐“大衍之数五十，其用四十有九”的篇数，[①] 极有可能的是，刘勰已经清晰地意识到辨析且讨论“隐”，是揭开中国文学特质的途径之一。

一　复意为工

《文心雕龙》中涉及“隐”字共计五十余次，除去在《诸子》《通变》《声律》中少有的几次，“隐”字是泛指隐藏、隐蔽、隐晦、显隐的意思之外，还余下有近四十多次的“隐”论，分布在总论、文体论、创作论、鉴赏论的部分中。

> 或简言以达旨，或博文以该情，或明理以立体，或隐义以藏用。（《文心雕龙·征圣》）
>
> 但世忧文隐，好生矫诞，真难存矣，伪矣凭焉。（《文心雕龙·正纬》）
>
> 隐心而结文则事惬，观文而属心则体奢。（《文心雕龙·哀吊》）
>
> 然后标以显义，约以正辞；文以辨洁为能，不以繁缛为巧；事以明核为美，不以环隐为奇，以纲领之大要也。（《文心雕龙·议对》）
>
> 盖沿隐以至显，因内而符外者也。……志隐而味深，……情繁而辞隐。（《文心雕龙·体性》）
>
> 奥者复隐，诡者亦典。（《文心雕龙·总术》）

在刘勰看来，“隐”既是创作过程中需要斟酌的方法，也是阅读、鉴赏过程中要体会文意的途径，它们同时都指向了文学作品要简约、含蓄、无尽意的原则。

优秀的文学作品，绝大多数是含蓄有余、蓄积深厚的，各类“隐”义巧妙贯通其中，绝非是虚伪刻意的营造。《文心雕龙·隐秀》中对有关

① 夏志厚：《〈周易〉与〈文心雕龙〉理论构架》，《文艺理论研究》1990 年第 3 期。

“隐”的内容与特点进行概括，认为其首先是“隐以复意为工”。所谓“复意”，是在文辞表达出来的浅显意思的基础上，能有别一层、或是多一层意思，而后者才是为文的根本。清沈祥龙《论词随笔》中言：“含蓄者，意不浅露，语不穷尽，句中有余味，篇中有余意，其妙不外寄言而已。”作品文意的深隐，既可以体现在字面中，也可以体现在句篇中，尽管“隐”所处的位置各不相同，但效果是类似的。从这个角度看，刘勰虽未曾在《文心雕龙》中单列某一章节来说明“隐”的问题，但在其他篇章的相关讨论中，涉及的许多相关概念，正表述出“隐”多种多样的方式。

其一，“言隐”之隐，此语出自《情采》“言隐荣华”，上可追溯到《庄子·齐物论》云：“道隐于小成，言隐于荣华。”“荣华”代指言语的修饰，文章的文采。在这里，刘勰对“隐”的意思是反向而论的，意谓至理名言被浮辩之辞所湮没而隐蔽不显，即如《议对》中言：“若不达政体，而舞笔弄文，支离构辞，穿凿会巧，空骋其华，固为事实所摈，设得其理，亦为游辞所埋矣。”而这亦与“隐”的反义相关，为“环隐”使用过度之弊端。

将“隐”解释为作文的正向作用，“隐”也可写作“檃”，见《熔裁》：“蹊要所司，职在熔裁，檃括情理，矫揉文采也。”“檃括”原意是矫正曲木之木，此处引申为矫正文饰、裁剪章句，去掉不必要、重复、繁缛的表达，以此“言隐”则是藏匿、不过度显露的意思。《熔裁》中曾多次提及，过多的藻饰会给文意的传达造成负面的影响，故此需要规范本体，剪裁浮辞。正所谓繁不如简，若“二意两出，义之骈枝也；同辞重句，文之肬赘也”。[①] 含蓄之意不应是文意的旁支别属，而应是不同层面的表达。“一意两出”是出现的歧义，所以要删减繁芜，“善删者字去而意留，善敷者辞殊而意显”，恰如其分地删改，并不会造成文意的偏颇，但却可以让其变得通透，能达其意，多不为繁；能道人意，少不为略。再如《指瑕》的标准：“凡巧言易标，拙辞难隐”，创作时“比语求蚩，反音取瑕”，往往会使文章荃繁，而不能返之于精约，难以达到文辞有余味的境地。

针对不同的文体，刘勰认为“言隐”的要求也不尽相同。《乐府》：

① 黄校本做“一”，今以其意从黄本。参见（清）黄叔琳注，（清）纪昀评《文心雕龙辑注》，中华书局 1957 年版。

"凡乐府曰辞，诗声曰歌。声来被辞，辞繁难节；故陈思称李延年闲于增损古辞，多者则宜减之，明贵约也。"太多铺排难以调节，容易直露无遮，应该峻洁谨严，辞约旨丰。这是言诗，还有言文，《奏启》："强志足以成务，博见足以穷理，酌古御今，治繁总要，此其本也。"上奏要能概括内容；"必敛饬入规，促其音节，辨要轻清，文而不侈"，下启要能抓住要点。故《铭箴》云："其取事也必核以辨，其摛文也必简而深。"元陈绎《文说》也有："箴宜谨严切直，铭宜深藏切实。""简而深"既是简要且深奥，平贴且精当，以理当则简、意真则简、品贵则简、神远而含藏不尽则简，留出表达多重意义的无限空间。可以说，"隐"是古文表达的一条原则，古文皆贵简约清新，清刘熙载《艺概·文概》中就曾以《檀弓》举例，说明此道理："语少意密，显言直言所难尽者，但以'句中之眼'、'文外之致'含藏之，已使人自得其实。是何神境?"[①]"句中之眼"指句中关键的字词，"文外之致"指词句在字面意思之外的深层意思。所谓"神境"，即"言隐"的文章，在表现手法上具有"神余象表"的深刻性，能启发读者的深思。

在一定程度上，刘勰的"言隐"是针对文坛时弊而提出的。正如《通变》中所言："魏晋浅而绮，宋初讹而新，从质及讹，弥近弥淡。何则？竞今疏古，风味气衰也。"诗文发展到南朝宋齐时，已经缺失了汉魏时的深厚蕴藉之美。在其前的陆云，就曾用"清省"的观点来反拨西晋的繁缛文风，认为精炼且简约才是避免诗文堕入冗长臃肿、枝蔓繁复的方法，唯有在"省"的基础上，言尽者渐少，言不尽者渐多，方能以少总多、以少制多，喻妙于微，用尽可能精到清新的言辞，表达尽可能详细完整的文意。由此来看，刘勰提倡的"言隐"，同样也是要改变"繁华损枝，膏腴害骨，无贵风轨，莫善劝戒""去圣久远，文体解散，辞人爱奇，言贵浮诡，饰羽尚画，文绣鞶帨，离本弥甚，将遂讹滥"的不良现象，回归到淳而质、质而辨、丽而雅的境地中。

其二，"辞隐"之隐。此语出自《体性》，以陆机所举例"士衡矜重，故情繁而辞隐"，意为累句多而轻句少，造成情思繁复、文辞含蓄。众所周知，文字语词本身具有多重义，尤其在作品营造的不同语境下，更是会出现委婉曲折的譬喻义，带上主观情境的些许色彩。刘勰所言的"辞

---

① （清）刘熙载撰，袁津琥校释：《艺概注稿》卷1《文概》，第19页。

隐”，正是看到了词汇中所有的这种性质，即作者往往会选用多义的词汇，通过双关、暗示来间接的表达文意。例如，《古诗十九首·行行重行行》中的“相去日已远，衣带日已缓”，既指的是亲人远行、路途遥远之“远”，同时也带有时间久远之“远”的意味，这种双关意很耐人寻味。[①]再如《西洲曲》“低头弄莲子，莲子清如水。置莲怀袖中，莲心彻底红”，《子夜歌》“果得一莲时，流离婴辛苦”，皆用“莲”来暗示可怜的“怜”。从鉴赏诗歌的角度，这是体会隐义的基本途径之一。

这种“辞隐”在西晋诗歌中，曾被大量使用。当注重文学创作的形式美进入文学史中的一个高峰期，时人发掘出了词汇的多重表现力。与“秀才说家常话”般的汉代文人诗相比较，魏晋诗从直抒胸臆进入了寄意幽微。关于这一点，文论中也有所总结。陆机《文赋》：“然后选义按部，考辞就班。抱景者咸叩，怀响者毕弹。或因枝以振叶，或沿波而讨源。或本隐以之显，或求易而得难。”隐，深也；显，明也；易，敏速；难，艰涩。五臣注曰：“选择义理按比而用之，以为部次；考摘清浊之词以就班，类而缀之。”张凤翼有言：“或本之于隐而遂之显，或求之于易而更得难，文理之相发有如此者。”创作时善于选用适当的复杂词汇，将需要展露的隐义有层次地表达出来。词汇的表层意是显露、易得的；而其中的隐义，则包括丰富的情韵、理致，如珠玉含在水中，难以直取。刘勰在《体性》中亦有相似的论述：“盖沿隐以至显，因内而符外者也。”先探其隐，再本之以通向于显，或先求其易，再由易以解决其难。

陆机的思想指导了他的诗文创作，刘勰评之为：“陆机才欲窥深，辞务索广，故思能入巧，而不制繁。”[②]这里的“窥深”“索广”“思巧”，意思都是说，陆机喜欢择取意义深博的词汇，少使用俗语、家常口语，而是大量使用雅言、书面语。这一方面避免了简单、粗野的表达；另一方面，也是有意识地在运用复杂言辞，以赋法择字的角度，来追求深隐的含义。举例言之，如《短歌行》中用“旨”代美，用“臧”代善；《折杨柳诗》用“璇盖”代表天；《赠弟士龙》中用“怒”来表达内心的伤痛；《赠尚书郎顾彦先》中用“霤”“潢”“湮”来表达雨意等。而从整体上看，陆

① 朱自清：《诗多义举例》，《朱自清古典文学论文集》，上海古籍出版社2009年版，第59—78页。

② （南朝·梁）刘勰著，范文澜注：《文心雕龙注·才略》，第700—701页。

机的《拟古诗》与《古诗十九首》相比，其所使用的比喻意更是层层叠叠。如《拟东城一何高》中用“侔琼蕤”表示佳人，《拟行行重行行》中用“音徽”表示相思。陆机对“辞隐”的追求，由此可窥见一斑。

不过，刘勰此评语颇有批评的味道。陆机博览典籍，才气纵横，开排偶之体，成文章之渊泉。张华曾评价：“人之为文，患于才少，而子为文，乃患太多也。”[①] 逞才的弊端在于喜用罗列繁琐的辞藻，当“辞隐”过度，后人阅读时多会有不解其意的情况出现。就像《练字》所言的情况：“读者非师传，不能析其辞，非博学不能综其理，岂直才悬，抑亦字隐。……今一字诡异，则群句震惊，三人弗识，则将成字妖矣。”这里面固然有时代发展的因素，但更多的是陆机个人的原因。作品中使用词汇的隐义，本是为了避免露骨无遮的表述，并不是让意思变得含混不清，难以猜测。陆机有时候多用古体字、异形字，有意识地显摆自己的才学，这就造成了理解上的障碍，效果往往适得其反。孙绰批评“陆文深而芜”“若排沙简金”，[②] 钟嵘也批评陆机“但尚规矩，不贵绮错，有伤直致之奇，然其咀嚼英华，厌饫膏泽”，[③] 都是看到了无限制的“辞隐”，会造成文意艰涩、不能直取的缺点。其问题在于，“辞隐”的关键是约以意，如一心之使百骸，非敛词攒意的约以辞。

其三，“曲隐”之隐。见《征圣》：“四象精义以曲隐。”《宗经》还引用《周易·系辞》“旨远辞文，言中事隐”申明之。可见，“曲隐”最初来源于易象的启发，是要借助“象”的存在，既能表达言辞不能直接说明之处，也能让读者去求索其背后的精微文意。细而言之，对于“四象”究竟为何，唐孔颖达在《周易正义》中引庄氏语，将其解释为：“四象谓六十四卦之中，有实象，有假象，有义象，有用象，为四象也。”[④] 与《彖传》所言“含弘光大”的四义相通。并且，此四者的逻辑不是并列的，“实象”是实存之象，为显义之象；“假象”是构思之象，为隐义之象；“用象”的目的是“以义示人”，即用“实象”或“假象”组合成

---

① （南朝·宋）刘义庆撰，（南朝·梁）刘孝标注：《世说新语笺疏》卷上之下《文学第四》注引《文章传》，第261页。

② 《世说新语·文学》：“潘文若烂若披锦，无处不善；陆文若排沙简金，往往见宝。……潘文浅而净，陆文深而芜。”

③ （南朝·梁）钟嵘著，曹旭笺注：《诗品笺注》，第75页。

④ （唐）孔颖达：《周易正义》卷7《系辞上》，第82页。

有象征意义的“义象”，它们不是一眼就能看透内涵的，而是有无穷的隐象潜在其中。当然，“象”可以是抽象的，透过它们可以感受具象的不同含义；“象”也可以是具象的，言在此意在彼，在迂回曲折的形容中，使意义玄妙，令人反复琢磨、把玩不尽。

文学创作中对“曲隐”的认识，主要体现在创作中自如地运用“象”，采用它们的比喻义、象征义，去表达多层的深意。一般说来，比喻义较为简单，通常是以此物比彼物，或者用物来比喻情志。如傅玄《美女篇》：“美女一何丽，颜若芙蓉花。”用芙蓉花的艳丽来比喻女子的容貌姣好；张协《杂诗》：“腾云似涌烟，密雨如散丝。寒花发黄采，秋草含绿滋”“轻风催劲草，凝霜竦高林。密叶日夜疏，丛林森如束”。用“涌烟”“散丝”“如束”来比喻寓目眼前的景致，里面没有太多情感体验，只是对物的描写更加有味，更加涵咏而已。再如，鲍照的《代白头吟》：“直如朱丝绳，清如玉壶冰。”用青丝、玉壶来比喻士人品行的高洁；陶渊明《归园田居》中“羁鸟恋旧林，池鱼思故渊”，《归去来兮辞》中“云无心以出岫，鸟倦飞而知还”，用羁鸟、池鱼自喻，表达对自由的向往，看似写的是最普通的“象”，实则从容吐出，意蕴丰富而曲折。

如果用“象”的象征义，“曲隐”会变得更有层次感。比喻义可以是单独的，只出现在一句中，表达单一的含义；象征义则多数是组合的，通常会贯穿整个作品。明许学夷《诗源辩体》言：“风人之诗，不落言筌，曲而隐也。”① 例如，曹植《野田黄雀行》：“高树多悲风，海水扬其波。利剑不在掌，结友何其多！不见篱间雀，见鹞自投罗。罗家得鹊喜，少年见雀悲。”描写的黄雀投罗，正是自己所处险恶的政治环境的写照；左思《咏史》：“郁郁涧底松，离离山上苗。以彼径寸茎，荫此百尺条。”用松树的姿态，来象征“世胄蹑高位，英俊沉下僚”的社会现实。对这些“象”的描述在逐层深入，将直者曲之，狭者广之，一方面避免了陈言俗语；另一方面，也使得隐含在里面的感情得以步步加深。

更进一步说，当不同“象”的象征义能在同篇出现，指向同一隐义，这在“曲隐”的基础上，也可以称之为“环隐”。刘勰在《议对》

① （明）许学夷撰，杜维洙校点：《诗源辩体》卷1，人民文学出版社1987年版，第4页。

中言“文以辨洁为能，不以繁缛为巧；事以明核为美，不以深隐为奇”。[①]“环隐”可以理解为用不同“象”的象征义互相环绕，产生更加隐晦的效果，在鉴赏时可有多解。例如，张玉谷在《古诗赏析》中评曹丕的《善哉行》，以其在“游有感”的前提下，一解为直叙客游之苦，以下兴比诸意，皆在山谷伏跟；二解为反兴故乡难归；三解为反兴忧来莫知；四解为行乐贵乎其时。[②] 正谓之多解层层叠加，如环环相套般。

阮籍可称为用“环隐”的代表作家，其赋作《首阳山赋》范陈本评注：“嗣宗当魏晋交代，志郁黄屋，情结首阳，托言于夷、齐，其思长，其旨远，其词隐。”[③] 说的是阮籍的赋作有风骚之传统，是托物言志的比兴传统与含蓄蕴藉的意味风韵的统一体。还有阮籍的诗歌，钟嵘在《诗品》中评价：“言在耳目之内，情寄八荒之表。”李善注《文选》时也说：“嗣宗身仕乱朝，常恐罹谤遇祸，因兹发咏，故每有忧生之磋，虽志在刺讥，而文多隐避，百代之下，难以情测。故粗明大意，略其幽旨也。”[④] 是为沉痛幽深，格调卓越，有《小雅》怨而不怒之味。《咏怀诗》其三：“嘉树下成蹊，东园桃与李。秋风吹飞藿，零落从此始。……凝霜被野草，岁暮亦云已。”从春日的桃李成蹊，到秋日的飞藿零落，再到岁暮的霜雪聚下；其十六：“绿水扬洪波，旷野莽茫茫。走兽交横驰，飞鸟相随翔。……朔风厉严寒，阴气下微霜。”这里静态的旷野、动态的水波、飞禽走兽，莫不寄托着阮籍对现实的愤慨和悲哀。其隐之深，原因正在于使用“环隐”之法，用不同类型的“象”的交错组合，“反复零乱，兴寄无端，和愉哀怨，俶诡不羁，读者莫求归趣”。[⑤] 才具有多重的隐义，正如刘熙载在《艺概·诗概》所言，“其属辞之妙，去来无端，不可踪迹”，[⑥] 留给了读者去思索、去揣摩的空间。

---

① 《太平御览》作“环”，今从此。以“环隐”之意论“深隐”。

② 河北师范学院中文系古典文学教研组：《三曹资料汇编》，中华书局1980年版，第88页。

③ （三国·魏）阮籍著，陈伯君校注：《阮籍集校注》，第28—29页。

④ （南朝·梁）萧统编，（唐）李善注：《文选》卷23，第322页。

⑤ （清）沈德潜撰，霍松林校注：《说诗晬语》，第201页。

⑥ （清）刘熙载撰，袁津琥校释：《艺概注稿》卷2《诗概》，第248页。

二 义主文外[①]

刘勰在《文心雕龙》中不仅以“隐”“秀”为对，同时也以“显”“隐”为对。

> 故知繁略殊形，隐显异术，抑引随时，变通会适，征之周孔，则文有师矣。(《文心雕龙·征圣》)
>
> 礼以立体，据事剬范，章条纤曲，执而后显，采掇生言，莫非宝也。春秋辨理，一字见义，五石六鹢，以详略成文；雉门两观，以先后显旨；其婉章志晦，谅以邃矣。尚书则览文如诡，而寻理即畅；春秋则观辞立晓，而访义方隐。此圣人之殊致，表里之异体者也。(《文心雕龙·宗经》)
>
> 经显，圣训也；纬隐，神教也。……神宝藏用，理隐文贵。(《文心雕龙·正纬》)
>
> 讔者，隐也。遁辞以隐意，谲譬以指事也。……或体目文字，或图象品物，纤巧以弄思，浅察以衒辞，义欲婉而正，辞欲隐而显。(《文心雕龙·谐隐》)
>
> 墨翟随巢，意显而语质；……鹖冠绵绵，亟发深言；鬼谷眇眇，每环奥义；……辞约而精，尹文得其要。(《文心雕龙·诸子》)
>
> 故雅与奇反，奥与显殊，繁与约舛，壮与轻乖，文辞根叶，苑囿其中矣。(《文心雕龙·体性》)

但是，这些“显”不能简单理解为“隐”的反面。因为在创作过程中，它们一同存在，有的内容要显示出来，有的内容则要隐含进去。换句话说，有些文意要“显”着叙述清晰，有些文意则要“隐”着含蓄表达，为文时对两者的取舍，要进行具体问题具体分析。

一是“义”隐。见于《征圣》：“四象精义以曲隐，五例微辞以婉晦，此隐义以藏用也。”在《文心雕龙》“隐”的理论架构中，《周易》与《春秋》被认为是文学之“隐”的两大源头。《易》多是在逻辑上的启发，

---

① 周本作“义主文外”，今从周本。参见周振甫《文心雕龙今译》，中华书局1986年版，第356页。

《春秋》多是在内容上启发。前文已论《易》之“曲隐”，现论《春秋》与之存在的差异。

关于《春秋》之“隐”，刘勰所论更多。除在《宗经》中有大量说明外，《征圣》又有：“故春秋一字以褒贬，丧服举轻以包重，此简言以达旨也。”《史传》也有：“因鲁史以修春秋，举得失以表黜陟，征存亡以标劝戒：褒见一字，贵踰轩冕；贬在片言，诛深斧钺。然睿旨存亡幽隐，经文婉约，丘明同时，实得微言。乃原始要终，创为传体。”此处的“一字褒贬”“一字见义”，即是在词汇的选择、章句的组织及史事记述的省略或取舍中，回避明确的褒贬，不可直言而曲折见之，在“微言”中流露出“大义”。最典型的例子，即为《春秋·隐公元年》中的“郑伯克段于鄢”，用一“克”字贬郑伯蓄意攻打其弟公叔段的内心图谋，而不言弟之称呼，又是贬公叔段与其兄的恶意对立。

具体言之，刘勰所言的“五例微辞以婉晦”，原文见于《左传·成公十四年》：“春秋之称，微而显，志而晦，婉而成章，尽而不汙，惩恶而劝善，非圣人谁能修之。”[①]后杜预在《春秋左传序》中有详细的解释：“发传之体有三，而为例之情有五，一曰微而显，文见于此，而起义在彼。……二曰志而晦，约言示制，推以知例。……三曰婉而成章，曲从义训，以示大顺。……四曰尽而不汙，直书其事，具文见意。……五曰惩恶而劝善，求名而亡，欲盖而章。”[②]这既是史家“春秋笔法”的基本要领，也是文学之“隐”的极好示范，实乃文章之修辞。尤其是前三者，对于一般叙述性的文章，直书其事、直发其意不可避免，用在客观的公文中也是合适的，但若要是有所寄托，诸如史书、论谏、说解等，就要用到“显”“微”“晦”“婉”“辩”“情见乎辞”，使其符合行文的省简洁净、叙事的情感适度、审美的委婉蕴藉等原则，[③]让读者不自觉去思索背后的深意。

这种“隐”主要是“义”隐。“义”的范围很广，既可指世界的原则和规律，也可以指现实社会的政治、伦理、道德，文学表达中多以后者为要，即借事来明“义”。因为有些问题本就不能通过语言来穷尽，在表

① （唐）孔颖达：《春秋左传正义》卷27《春秋左传序》，第1913页。

② （唐）孔颖达：《春秋左传正义》卷1《春秋左传序》，第1706页。

③ 傅道彬：《诗可以观：礼乐文化与周代诗学精神》，中华书局2010年版，第18—19页。

达时需要彰显出来的，应该是有关“义”的真实事件的叙述，是没有偏颇的、普遍的、通俗可懂的道理，必须以切近的叙述为先，“不隐不讳而如实得当，周详而无加饰，斯所谓‘尽而不汙’耳”。[①] 之后才是“义”隐在其中，围绕这些内容，引导读者去领悟暗示的大义，“使夫读者望表而知里，扪毛而辨骨，睹一事于句中，反三隅于字外”。[②] 举例子，范晔在《后汉书·桓帝纪》中记载汉桓帝“盖以祠浮图、老子，斯将所谓‘听于神’乎”，以《左传·庄公三十二年》中“国将兴，听于人；将亡，听于神”的典故，来暗示东汉国之将亡。《献帝纪》“论曰”中山阳公为“穷运之归”，不仅说汉献帝本人的命运多舛，又暗示了汉王朝的穷途末路，同时也隐含着对汉献帝命屈理不屈的惋惜，当大势已去，汉献帝本人根本无回天之术，这仿佛是“鼎之为器，虽小而重，故神之所宝，不可夺移”，[③] 说明了历史绝不会是一个人能力挽狂澜的结果。

这种“义”有显有隐，“义”的显示和暗示的分量要大致相等，保持动态下的平衡状态，绝对不可能将“义”全部隐藏起来，当然，也不能完全无遮蔽地显露。对于这一点，与下文要谈及的“志”隐、“情”隐是有差别的。如果在表达中将“义”全部秘而不露，那么读者对“复意”的理解，便会不得要领，文章要表达的“义”是什么，“义”又在哪里，也就成了一笔糊涂账。刘勰曾在《正纬》篇中批评“纬隐”时说到：“世忧文隐，好生矫诞，真虽存矣，伪亦凭焉。”经书是有“文隐”的，这是经书为“道”之余的展现，是圣人发心中之所充盈，有无限滋味，涵咏越久，愈觉深长。但是，两汉与之相配的纬书显然做过了头，不仅言辞真伪难辨、文意隐含的东西太多，即使是对经义的进一步阐发，在很大程度上也偏离了经书的复意和底蕴，造成理解的壅塞阻滞、晦涩难懂，违背了中和显隐的表意原则。

二是“事”隐，也有“理”隐。刘勰在《文心雕龙》中单列《谐隐》一篇，“讔”是从春秋战国时兴起的文体，《太平广记·嘉话录》有言：“或曰：廋词何也？曰：隐语耳。”[④] 南宋周密《齐东野语·隐语》

---

① 钱钟书释《春秋正义·杜预序》“尽而不汙”为“the whole truth, and nothing but the truth.”见《管锥篇》，生活·读书·新知三联书店 2007 年版，第 269 页。

② （唐）刘知几编，（清）浦起龙释：《史通通释》卷 6《叙事》，第 174 页。

③ 《后汉书》卷 9《献帝纪》，第 391 页。

④ （北宋）李昉撰：《太平广记》卷 174《嘉话录·权德舆》。

也言："古之所谓廋词，即今之隐语，而俗所谓谜。"其特点为："谜，隐也。遁辞以隐意，谲譬以指事也。"此可以视为刘勰对"隐"另一类内容的总结，即用简约的语言来说明一些道理，用精警的譬喻来示意某一事物。比如，《荀子·赋篇》中的《礼》《知》《云》《蚕》《箴》五则，前两者属于"理"的范围，后三者属于"事"的范围，对它们进行描写的共同点，都是没有先在开篇点题说破，而是有意绕圈子来说，用了比喻、比拟、双关、借代等的手法，去描述相关的特征性质，到了篇尾，当所有的描写都已然指向"隐"的结果，才点明置身于其中或为"事"、或为"理"的主题。关于"事"隐、"理"隐，无论是创作时对事对理的构思，还是阅读时对事对理的费力猜测，重要的是传达出结果。也就是"纤巧以弄思，浅察以炫辞，义欲婉而正，辞欲隐而显"，出于各种目的，对某物、某事、某种道理不能直说，又不得不说时，文辞表达出来的，都是表面的枝节，根蒂皆在没有说出来的"复意"中。所以说，"复意"才是真正的"事"和真正的"理"。

举几则例子说明。一则，曹植《七步诗》："煮豆然豆萁，漉豉以为汁。其在釜下燃，豆在釜中泣。本是同根生，相煎何太急！"① 整首诗写的都是豆子的状态，但以此借代指出曹丕、曹植间的兄弟关系，这是在隐"事"，对某件事心中不满，不得不说，却又不能直说，只得隐谲示意，以寄托怨怒之情。二则，南朝梁的王筠曾做《草木十咏》，《梁书·王筠传》记载为"书之于壁，皆直写文词，不加篇题"，沈约对此大加赞赏，认为"此诗指物呈形，无假题署"。全诗没有明说出咏的是什么，然而意义自晓，这是在隐"物"。三则，王该的《日烛》："珠树列于路侧，鸾凤鸣于条间。芳华神秀而粲藻，香风灵飘而飞烟。想衣斐衅以被躯，念食芬芳以盈前。彼曦和之长迈，永一日而万年。无事为以干性，常从容于自然。"② 前叙抽象景致，后述玄思理感，这是在隐"理"。

它们的共同点，皆是借助描摹物状、物态或物性等，再进行隐喻。文辞表面上写的是物，实际想要传达的，则是与之相关的事理，这便很好地避免了通篇说理，言有理障；通篇讲事，言有事障。而南朝之文即以此为

---

① （三国·魏）曹植著，赵幼文校注：《曹植集校注》，人民文学出版社 1984 年版，第 278—279 页。

② （东晋）王该：《日烛》，（清）严可均辑《全晋文》卷 143，第 1551 页。

优点。刘师培曾有论断，“晋人文学，其特长之处，非惟析理已也。大抵南朝之文，其佳者必含隐秀，然开其端者，实惟晋文。又出语必隽，恒在自然，此亦晋文所特擅。齐、梁之下，能者鲜矣”。[①] 如谢庄的《月赋》能移人情，以即景之语写兴感之意；再如孔稚圭的《移北山文》能以风物刻画之工，佐人世讥嘲之切，山水之清音与滑稽之雅谑，相得益彰。

反而言之，这里面还存在着“隐而显”的过程。此前的创作过程是从“显”到“隐”，把一件事物先隐藏起，只露出一些线索来。闻一多曾归纳过这种“隐”的特点，认为“它的手段和喻一样，而目的完全相反。喻训晓，借另一事物来把本来说不明的说得明白些；隐训藏，是借另一事物把本来可以说得明白的，说得不明白点”。[②] “事”隐、“理”隐正可谓以此道行之。

这种逻辑方式，对当时其他文体也产生了影响。如《文心雕龙·杂文》中提到的“连珠”，“夫文小易周，思闲可赡；足使义明而词净，事圆而音泽，磊磊自转，可称珠耳”。其特点为文意清明而辞藻纯净，事理圆通而声调润泽。从两汉至南北朝期间，曾出现众多的“连珠”作品。傅玄《叙连珠》：“其文体辞丽而言约，不指说事情，必假喻以达其旨，而览者微悟，合于古诗讽兴之义。欲使历历如贯珠，易看而可悦，故谓之连珠。”[③] 所谓“假喻”是假借、比喻，在“隐”中说明事理，与“事”隐的道理一致。换句话说，就是将抽象的道理借助物象，进行形象而生动的表达。明吴讷也言：“大抵连珠之文，穿贯事理，如珠在贯。其辞丽，其言约，不直指事情，必假物陈义以达其旨，有合古诗风兴之义，其体则四六对偶而有韵。”[④] 指出的几点特征，也皆与刘勰的“隐”义相合。

陆机是作《连珠》的大家。《演连珠》：“臣闻灵辉朝靓，称物纳照；时风夕洒，程形赋音。”说明“至道之行，万类取足于世；大化既洽，百姓无匮于心”。李善注：“至道均被，万物取而咸足。淳化普洽，百姓用而不匮，犹灵辉朝觏而品物纳光，清风流而百籁含响也。”[⑤] 捕捉到清晨

---

① 刘师培：《中国中古文学史讲义》，上海古籍出版社2000年版，第62页。

② 闻一多：《说鱼》，《闻一多全集·神话编·诗经编》，湖北人民出版社1993年版，第213页。

③（南朝·梁）萧统编，（唐）李善注：《文选》卷55，第760页。

④（明）吴讷撰，罗根泽校点：《文章辨体序说》，人民文学出版社1962年版，第54页。

⑤（南朝·梁）萧统编，（唐）李善注：《文选》卷55，第761页。

阳光因物体不同，而洒下不同的光辉；傍晚清风因形状大小不同，而产生不同的声音，由此比喻教化普施天下。还有，谢惠连《连珠》，“盖闻春兰早芳，实忌鸣鸩，秋菊晚秀，无惮繁霜”,[①] 先是描写秀美的自然风光，文辞清丽，却只是浅层的表述，意义深刻的是下一句，“何则？荣乎始者易悴，贞乎末者难伤。”带有哲理辩证的意味。尽管在连珠体中，“复意”的只有一两层，还要最后点明说清楚才行，但这种通过“遁辞”“谲譬”来创作的思维方式，正是与“义主文外”非常类似的。

所以说，在“隐”的这个层面上，就表现内容而言，是义、事、理；就体裁而言，是以文为重，诗学理论涉及的不多；就特性而言，是先以“显”的存在，才带出“隐”存在的可能性。将它们合起来，“显”是为文的基础，是文意的必然存在，“隐”则是在此之上的进一步提升。对普通的文章而言，可以只有“显”而无“隐”，并不会影响到其文质优劣。但若有“显”有“隐”，则要讲究谋篇布局，使两者详略得当，文辞的精深曲折，不会伤害原初的文意；文辞微妙婉转，也不会将文意引向他端。“显”“隐”相得益彰，让文意的表达不再单纯停留在言辞表面，而是环绕着有文外之义。刘勰对“隐”的第二类解读，意义正在于此。

三　情在词外

“义”隐、“事”隐、“理”隐比较客观，复意其中，并没有过多的主观创作因素，故而还有些许的“显”“隐”规律，可以被总结出来。然而，饱含个人色彩的文学创作，尤其是诗歌，毕竟是作家一己情感的彰显，当我们以言志、缘情的角度去看待它们，不难发现,“志”隐与“情”隐，方才是刘勰架构的“隐”论中更为重要的组成部分。

《文心雕龙》中的“志”“情”已有了合一的倾向，刘勰以“言志”说为本，又受到陆机“物感”说的影响，却并没有排斥“缘情”说。如在讨论“志”的时候，《明诗》:“人禀七情，应物斯感，感物吟志，莫非自然。”在这里，言志、缘情一同存在，“志”与“七情”同义，“感物吟志”都是“莫非自然”。在讨论“情”的时候，《情采》：“盖风雅之兴，志思蓄愤，而吟咏情性，以讽其上，此为情而造文也。”真性情是蓄“志”的根本，同样是造文的根本，“文质附乎性情”“辨丽本于性情”

---

① （南朝·齐）谢惠连：《连珠》，（清）严可均辑《全宋文》卷34，第334页。

“情者，文之经”，“情”由感物而来，只要“为情者要约而写真”，这种“真”便是人之自然性情的喷涌而出，也能够有效地将人情与伦理结合起来，情志便也合一了。

比较而言，“志”隐重温柔敦厚，“情”隐重深情绵邈。前者更侧重理性的思想意趣，只有符合了群体的伦理道德规范，不违背社会的必然秩序，才能在深思熟虑、慎重选择后，得以对外的表达，而不是毫无掩盖的直言宣泄。一方面，能够用文辞张扬出来的是“志气”“志足”，应该是“志足而言文，情信而辞巧”，只有写出的是气足之“志”，文意才能充实饱满、意味深远。另一方面，对于政治志向，美刺讽喻皆要有所节制；对于个人志向，要有言外的寄托，才能达到“志深”“志隐”的效果。

刘勰曾举有相关的例子。例如，《体性》中评价扬雄的风格是“子云沉寂，故志隐而味深”，《才略》称：“子云属意，辞人最深，观其涯度幽远，搜选诡丽，而竭才以钻思，故能理赡而辞坚矣。”以其为辞人中最为深湛者，只因其性好深思熟虑，故作品思想情感内隐而意味深长，《诠赋》也言：“子云甘泉，构深玮之风。”《哀吊》：“扬雄吊屈，思积功寡，意深文略，故辞韵沈腿。”《炼字》：“扬马之作，趣幽旨深，读者非师传不能析其辞，非博学不能综其理。”都说明了扬雄文章文意富有“深”“隐”“长”的特点。再如，《时序》中讲建安风骨“并志深而笔长，故梗概而多气也”。“志深”即情志深远，“梗概”是意气激昂，往往带有未尽之意，如曹植的怀人之作《杂诗》，诗意本自《离骚》，以“高台悲风”深喻自身怀衷，却见忌不得见君也；还有刘祯的《赠徐干》、孔融的《杂诗》、徐干的《室思》等，皆为思致深远而有余意之佳作。

后者的“情”由感物而来，偏向感性情绪的显现，不像言志那样有多角度的约束，有时候是一瞬间感情迸发，继之便可脱口而出。一般说来，“情”隐不出以下两类：一类试图将情尽显，为情而造文，却苦于书不尽言、言不尽意的阻碍。在汉晋时，众多诗人曾专门写《情诗》以抒发个人的情感体验，诸如张衡的《同声歌》、繁钦的《定情诗》、傅玄的《短歌行》、张华的《情诗》、潘岳的《内顾诗》等，刻意形容，将相思、悼亡等情意反复书写。陈祚明在《采菽堂古诗选》中评潘岳：“安仁情深之子，每一涉笔，淋漓倾注，宛转侧折，旁写曲诉，刺刺不能自休。夫诗以道情，未有情深而语不佳者。所嫌笔端繁冗，不能裁节，有逊乐府古诗含蕴不尽之妙耳。”① 潘岳能以天真之情发之，悲欢穷泰，仰啼俯嘘，铺排的淋漓尽致，难以卒加，可还是会觉得没有穷尽。

另一类是不直接写情，用其他事物的描写来反衬，在中古诗歌中，以景抒情是最为常见的，也就是刘勰所言的“物色”。特别是在齐梁山水诗中，文辞写出来的都是触目所及的自然景致，它们已然经过了“情”的过滤。如谢朓《之宣城出新林浦向版桥》：“江路西南永，归流东北骛。天际识归舟，云中辨江树。”王夫之评此诗：“隐然一含情凝眺之人，呼之欲出。从此写景，乃为活景。”② 诗中的山水描写既有写景的意义，也有抒情的意义，物我之间竟同挚爱的亲朋故旧一样，“渊然泠然，觉笔墨之中，笔墨之外，别有一段深情妙理”。③ 两者相较，后一类显然优于前一类，因为前者多盛气直述，委曲周详，有言尽意尽的弊端；后者则能感会于心，情见于词，在文外傍情时有暧暧之致。

这样的“隐”率先是创作过程。这是最先被认识、也最先在理论中总结出的一点。分析原因，一是《文心雕龙》对个人的创作谈的倒不是很多，可能因其总结的“隐”是大体上的概括，而非针对个人才性风格的分析；二是《隐秀》其中的举例不分明，在元明后因各种原因已经残缺不全，至今难以卒见，造成了今日做理论分析上的客观障碍。不过，刘勰还是留下了些蛛丝马迹，值得我们进行深入的思考。《隐秀》开篇即言“夫心术之动远矣，文情之变深矣”，赞曰：“动心惊耳，逸响笙匏。”文论中素有“心源”论，④ 刘勰自己也曾提出“师心”说，其在《才略》中评价嵇康是“师心以遣论”，在《论说》中评价王弼、何晏、傅嘏、王粲、嵇康、夏侯玄等人的玄学著作，乃是“并师心独见，锋颖精密，盖人论之英也”。这里的“心”指的是统摄作文的关键，人各有心，文各有意，若无心，又何来有志有情。

这种“心”的统摄，本身就要求隐含有度的表达。《哀吊》：“隐心而结文则事惬，观文而属心则体奢。”其所谓“悲实依心，故曰哀也。以辞遣哀，盖不泪之悼，故不在黄发，必施夭昏”，只有将心意潜藏住，才能

---

① （清）陈祚明编，李金松点校：《采菽堂古诗选》卷 11《晋三·潘岳》，第 332—333 页。

② （明）王夫之编选，李中华、李利民校点：《古诗评选》卷 5，第 230 页。

③ （清）沈德潜：《古诗源》卷 12，第 272 页。

④ 曹胜高：《中国文学的代际·心源论的哲学渊源与理论演化》，商务印书馆 2013 年版，第 346—364 页。

将事写的合乎情理，蕴含着悲痛哀伤之情；反之刻意地去陈述文辞，则会臃肿骈俪，饾饤剽窃，缺乏沉潜温厚之风。刘勰在《熔裁》中对时文提出了批评：“若术不素定，而委心逐辞，异端丛至，骈赘必多。”如果是没有限度的“委心”，言辞过分而无节制，实际上会走向含蓄之美的反面。在《章表》中也有：“然恳恻者辞为心使，浮侈者情为文使，繁约得正，华实相胜，唇吻不滞，则中律矣。”恳挚的文辞必然受到心的驱使，浮夸的文辞则流于表面，掩盖住真情实意。所以，为文一定要繁简得当，华实相应，言辞和心意既在表面上是统一的，但也是有所差异的，明确指出“隐心”是优质文章的一种条件。这些地方虽然谈及的是文，但若有同类题材的内容，在诗歌理论中也同样适用。

如何“隐心”？或者说“心隐”究竟该怎么来表达？这需要借助“物色”，也就是刘勰在《比兴》中提出的“拟容取心”。“心”是取于主体心中的情意，“取心”即“用心”；“容”是客观物象，“拟容”既是对客观物象进行描绘，也带有用“心”选取“容”的意味。在这里，“拟容”与“取心”是并列的关系，心随物以宛转，物亦与心徘徊，“容”的形貌正是“心”的代表，王粲也曾有言“易其心而后语”。前者用喻于声、方于貌、譬于事的手法进行表象的抽绘，首先要研究自己的真实思想，了解自己内心的感情、愿望、意图，然后加以恰当的表达。或者说，“心”是深层、抽象的文意的传达，没有直接说出来，却能隐在其中，带着“称名也小，取类也大”的思路，可从具体典型的形象中，窥视出大的、模糊的、联想出的感情，妙在在有限的言辞中有无限的寄托，寄深于浅、寄厚于轻、寄直于曲、寄实于虚。

除此之外，《神思》中有言，“思表纤旨，文外曲致，言所不追，笔固知止”“神用象通，情变所孕。物心貌求，心以理应”。也都可以视为对“拟容取心”的另外解释。《章句》：“外文绮交，内义脉注。跗萼相衔，首尾一体。”将心中情志贯注在文辞之间。所谓内、外，后题为白居易所做的《金针诗格》及题为贾岛的《二南密旨》中，都有内外意之说，即外意欲尽其象，是为“容”；内义欲尽其情、其理，是为“心”。文辞描写的都是外意，在体会到内义的时候，就会有“文已尽而意有余”的感觉，体悟到未尝言说的“味外之旨”“韵外之致”。

刘勰认为“触物圆览”是“拟容取心”的创作手法。“触物”是接触到了外界事物；“圆览”是带着自己的体验，圆通地看待外物，将“触物圆览”作为整体的创作过程，用能引起情志的形象去间接显示。“物虽胡越，合则肝胆”，描写出的物与要饱含的深情，好像似胡、越两地相距极远，但实际上，它们却像肝、胆一样紧密结合。以这种思维方式起兴的物象，就像是深密无限的磁场，所有的文辞描写都围绕其中显示出来，所有的情感激荡也围绕着隐含下去。

清刘熙载《艺概·诗概》中有这样的例子，“《诗经·采薇》：‘昔我往昔，杨柳依依；今我来思，雨雪霏霏。’雅人深致，正在于借景言情，若舍景不言，不过是春往冬来耳，有何意味?”当把要表达的情志，附会在相适应的景物上，“情往似赠，兴来如答”，文辞中对景致的描写，便带有了另一层的情感意蕴。[①] 再有，唐皎然称赞其世祖谢灵运的诗：“若遇高手如康乐公览而察之，但见情性，不睹文字，盖诣道之极也。”[②] 谢灵运的山水诗多是描摹山水景象，极少有铺叙出的情感，其笔下的山水就是他的性情，“状溢眼前”的形象多是物我同一，能给人以表面之外，还有“情在词外”的感受。

能用“触物圆览”“拟容取心”达到“情在词外”，是自然而然的。《隐秀》：“并思合而自逢，非研虑之所求也。”对“隐”的追求，应在可有可无、有意无意间。王夫之言：“关情者景，自与情相为珀芥也。情景虽有在心在物之分，而景生情、情生景，哀乐之触，荣悴之迎，互藏其宅。天情物理，可哀而可乐。用之无穷，流而不滞；穷且滞者不知尔。”[③] 创作中必须寓于“隐”，是有意的探求；而能达到高妙的“志”隐、“情”隐，却是可遇而不可求，是创作时的浮想联翩，思想感情飞跃接近巅峰时，达到的物我两忘的境界。所以，刘勰又指出了“晦塞为深，虽奥非隐，雕刻取巧，虽美非秀”的原则。稍后的钟嵘，也在《诗品序》中说明了问题的关键所在，“若专用比兴，则患在意深，意深则词踬”。“深”是深隐费解，“隐”是有意不直说，绝不等于故作高深、晦涩难懂。只有当“志”隐、“情”隐如箭在弦上、引而不发，在向前的趋势中，带着不即不离、似真似幻的寄托，唯有看清楚箭还没有划出的路径，顺着摸索过去，才能找到豁然在目的靶心。

---

① （清）刘熙载撰，袁津琥校释：《艺概注稿》卷2《诗概》，第389页。

② （唐）皎然著，李壮鹰校注：《诗式校注》卷1，第42页。

③ （清）王夫之编选，舒芜校点：《姜斋诗话》卷1，人民文学出版社1961年版，第144页。

以往讨论“隐”的存在，一般到此就停止了。“义主文外”“情在辞外”的特征，首先必然是在创作过程中被赋予的，阅读时要尽心竭力地去寻找它们，解读一切以还原创作为基准，即使是对“隐”出现过犹不及的批评，着眼点也不能因有外界的障碍，在主观上阻挠对“隐”义的寻找。这是因为，作品是待人而读的，其中充满了可待填补的语意间隙，文意若未经过读者的发掘，也就只能停留在创作时外露出的状态。所以《知音》有言：“夫缀文者情动而辞发，观文者披文以入情，沿波讨源，虽幽必显。”创作时先有情动，然后表现在作品中，阅读时通过作品深入其内，溯流而上地去寻找渊源，即使是隐微的，也要能显示出来。在刘勰看来，众多优秀的作品不能为后人鉴赏，并不是写得很深奥，而是阅读时没有好好去理会。需要注意的是，这里面存在着一种逻辑悖论，人不能两次踏入同一条河流，创作一旦终结，“隐”在其中的含义，是极难再度说清的。阅读时所理解的，只能愈加接近原始“隐”义，却永远不可能完全重叠。当然，《隐秀》和《知音》并不针锋相对，只是出于角度不同罢了。

但当我们换个角度入手再去理解他们，就会发现“隐”既是创作的某种终结，同时也是鉴赏的新开始。读者在作品的引导下，以一己既有经验为基础，带着预期心理去捕捉文字之流中的一点一滴，从而补苴缩合，在心灵中凝练塑造出诸般形象，并诠释其中隐含的意义。南宋包恢曾以花卉比诗文，曰：

> 诗有表里浅深，人直见其表而浅者，孰为能见其里而深者哉！犹之花焉。凡其华彩光焰，漏泄呈露，烨然尽发于表，而其里索然，绝无余蕴者，浅也。若其意味风韵，含蕴蕴藉，隐然潜寓于里，而其表淡然无外饰者，深也。然浅者韵羡常多，而深者玩嗜反少，何也？知花斯知诗矣。①

花有百千种好，但若只看到表面的绚烂之极，异彩纷呈，那只是最浅薄的；但对于花已经盛开，不同的赏花者的感触必然各有不同，有的只是徒加羡慕，有的则能把玩品味，欣然欢喜。这就如同阅读诗歌，对于同一

① （南宋）包恢：《书徐致远无弦稿后》，《敝帚稿略》卷5，《永乐大典》本。

首诗，从外到内、从浅到深，不同的读者所选择的路径也不尽一致，有的在实处得，浅尝辄止，有的从虚处取，沉潜涵咏，咀嚼滋味。从这个意义上讲，正是在创作与阅读间有可沟通的、反方向的理解方式，才构成了“隐”的艺术表现的存在方式，而“隐”在阅读鉴赏过程中的重要性，也丝毫不比创作中来得简单，存在得逊色。

继而分析，有的学者将读者阅读中获得的新的文意，称为“余衍层”，其中又有余意、衍意的区别。余意是读者获取的不尽之意；衍意是读者获得的感发之意。前者指的是在鉴赏之余，仍存在的一种似乎绵绵不绝的意义或兴味余留；后者指的是鉴赏之后，从自身的体验中兴发出的联想，带有再创作意味。① 皎然在《诗式·重意诗例》中，分有的一重意、两重意、三重意、四重意，并举列有宋玉的《高唐赋》《九辨》《古诗十九首》、曹植的《杂诗》、王维的《送岐州源长史归》、王昌龄的《送谭八之桂林》等例句，就是类似于此的概括。② 现在看来，皎然的理解仍有些片面，其所言的一、二、三、四，更偏重于句意中的种类，即句意的并列多层。而从“隐”的角度分析，可以理解为，一重意是字面的含义；二重意是创作中存有的“隐”义；三重意是鉴赏时体味出的“隐”义，这两层不能猝然分割，是与余蕴、余韵、余味、余音相对应着的；四重意则可能是对文意的进一步的解读，也可能超越了原有的“隐”义，是引申义、联想义，甚至是假借义、转折义。只有这样的“隐”，方能在结合了作家、读者与特定环境下，具有种种不同的形象世界，既有尽又无穷，既游于内又游于外，在不同的情境下，持续保持着一种张力，让读者在广阔的想象余地中引起共鸣，并获得的更多。

第三节　“隐”之总结与复古文论的省思

清陈祚明于《采菽堂古诗选》中选录汉魏六朝诗时，曾采用“有隐有秀”的标准，“夫言有隐有秀。隐者，融微之谓也；秀者，姿致之谓也。融微者，言不尽；姿致者，言无不尽”。并认为“汉魏之上，多融微

---

① 王一川：《理解文学文本层面及其余衍层》，《文艺理论研究》2011年第1期。

② （唐）皎然著，李壮鹰校注：《诗式校注》卷1，第42—48页。

之音矣。……梁陈而后，作者尚姿致矣”,[①] 以“隐秀”为评价诗歌艺术的必要标准。与陈祚明时限相隔不远的王夫之，在《古诗评选》中亦指出：“西晋文人，四言繁有，束、傅、夏侯，殆为《三百篇》之王莽。入隐拾秀，神腴而韵远者，清河而已。以风入雅，雅乃不疲；以雅得风，风亦不佻。字里之合有方，而言外之思尤远。”[②] 这两本诗选中的观点，大致以风雅之道绝于晋宋立论。但有四点仍值得我们再去深入探究：一是，西晋文人求“隐”，是否为在复古背景下，体现出的温柔敦厚、蕴藉深厚的温雅诗风？二是，虽然晋宋诗风出现转型，但追求兴托寄远的古意，是否仍有延续的流脉？三是，齐梁之后，是否主要因雅音消退，才有“其兴浮，其志弱，巧而不要，隐而不深”的批评？四是，“隐”是否在南朝诗风新动之后还存在？有什么新的内涵？又有怎样的扬弃和超越？

一 西晋儒学与对“温雅”的解说

西晋一朝以儒家思想为立国之本，这不仅体现在国家的体制建制、治国思想、文化策略上，同时也深刻地影响到了此时的诗文风貌。

正如《文心雕龙·时序》中所描述：

> 逮晋宣始基，景文克构，并迹沈儒雅，而务深方术。至武帝惟新，承平受命，而胶序篇章，弗简皇虑。降及怀愍，缀旒而已。然晋虽不文，人才实盛：茂先摇笔而散珠，太冲动墨而横锦，岳湛曜联璧之华，机云标二俊之采，应傅三张之徒，孙挚成公之属，并结藻清英，流韵绮靡，前史以为运涉季世，人未尽才，诚哉斯谈可为叹息。

刘勰的批评是反向的，儒雅不存而权术方兴，所指的更多是政治上的偏颇，而我们不能以偏概全，忽视了文学演进的多重性质。换句话说，“结藻清英，流韵绮靡”只是西晋诗歌最显著的艺术特征，但却不能涵盖全部的诗文特征。不难注意到，西晋期间出现的雅化思潮，既使得诗歌有向着《诗经》、古乐府、《古诗十九首》的复归倾向；也使诗风新变后的重情、尽意、繁缛、力柔，还存有些楚艳汉侈的味道。这时并没有完全放

① （清）陈祚明编，李金松点校：《采菽堂古诗选·凡例》，第5页。

② （明）王夫之编选，李中华、李利民校点：《古诗评选》卷2，2011年版。

开约束的肆意张扬，仍以温雅为本，与齐梁后托风采，散郁陶，其文主于抒情，其义归乎翰藻的风尚，中间还是有着很明显的差距的。

一方面，崇尚古调，求宗经之“隐”义，要求诗歌带有美刺讽谏、微言大义，是“熔式经诰，方轨儒门”的典雅之致。这里的“调”倾向于曲调，既包含古乐之制，也包括与之相配的乐府歌辞。这是西晋儒学给予诗歌最起初、也是最表层的影响，申正绌变，审音知政，他们采用与汉儒近似的“治世之音安以乐”的视角来观察政治与文学的关系，又稍有变通。

据《晋书·乐志》记载，泰始年间“武皇帝采汉魏之遗范，览景文之垂则，鼎鼐唯新，前音不改”“诏郊祀明堂礼乐权用魏仪，遵周室肇称殷礼之义，但改乐章而已，使傅玄为之词云”。乐府歌辞本配乐而唱，因乐制及内容的不同，被应用在各种祭祀、燕飨、郊猎等场合，其应用性在很大程度上制约了它的风格，即需要带有雍容典雅、纡余宽平的追求。故《文心雕龙·乐府》中曾多次用“雅声”“雅音”“典文”等来形容。但此时这种复归的倾向，显然有它独特的历史背景和意义。西晋与曹魏间的权力过渡，并不同于汉魏嬗代各路力量混战倒映出的刀光剑影，而是在庙堂之上各政治势力集团的尔虞我诈。从司马氏发动高平陵政变，再到镇压李丰、夏侯玄、毋丘俭、诸葛诞的起事，司马家族在位多年，名义上是魏臣，却早行晋君之事。所谓“禅代”，不过是名义上的合法化而已。所以，君临天下的晋武帝当时最迫切的任务，并不是在军事实力上维护自己的地位，而是在道统、政统与文统中，为西晋寻找到最佳历史粉饰，发挥“琴瑟安歌，德音有叙，乐而不淫，好朴尚古”①“体合法度，节究哀乐”的文治思想，② 用守成的心态稳定司马氏政权。

西晋初期乐府诗的雅化，就是在这样的政治调整下出现的。西晋乐府诗的作者群较为集中，其篇章见名者，以傅玄、张华、荀勖、成公绥、曹毗、王珣为最。在这些诗人留存下来的诗歌中，乐府诗占有相当大的比重；而他们乐府诗的总数，也占据了西晋乐府诗的绝大部分。③

---

① （西晋）傅玄：《辟雍乡饮酒赋》，（唐）欧阳询撰，汪绍楹校：《艺文类聚》卷38《礼部上·辟雍》，第690—691页。

② （西晋）傅玄：《筝赋序》，引自《宋书》卷19《乐一》，中华书局1974年版，第556页。

③ 如张华留存诗28首，乐府诗10首，占36%；傅玄留存诗58首，乐府诗29首，占50%，陆机留存诗92首，乐府诗41首，占45%。参见常为群《论西晋乐府诗的雅化》，《南京师大学报（社会科学版）》2008年第6期。

其乐府诗雅化的共性是：其一，他们热衷于应制乐府诗的创作，虽然没有多少文学艺术上的价值，不过是歌功颂德、保障进仕之途而已。但他们确实将乐之曲调引向了古雅之风，涤荡掉不少自汉乐府以来衍入的民歌色彩。荀勖在泰始六年（270 年）制定新的笛律，将短箫饶歌改为鼓吹曲，又将清商乐重新制定声调，演奏诸曲皆以新笛律为正，而新笛律又是根据前代古乐加工整理而成的。[①] 乐曲的雅化程度可想而知。在其基础上，诗人创作出来的乐府歌辞，笔端自然会带上“雅”的色彩。当然，它的缺陷也不言而喻，《晋郊祀诗》《晋天地郊明堂诗》《晋宗庙歌》《晋四厢乐歌》等诗之所以会被后人批评为重模拟、重板滞，原因就是“师古”太过，过犹不及。

其二，这种潜在认识，也影响到了叙事抒情的乐府诗。《傅子》中言：“《诗》之雅颂，《书》之典谟，文质足以相副。玩之若近，寻之若远，陈之若肆，研之若隐，浩浩焉文章之渊府也。”[②] 傅玄作为西晋的一代文宗，一时间引领着文坛风潮。[③] 他还肯定过“连珠体”的“辞丽而言约”“必假喻以达其旨，而览者微悟，合于古诗讽兴之意”。[④] 其创作观念明确，在儒而能艳、文而且典之间，既“喻美”又“旨笃”，宗经色彩是很浓厚的。它们表面上的文辞铺陈，深层次还有隐义含蕴其中，也就是“若乃含章舒藻，挥翰流离，称述世务，探赜究奇……然积一勺以成江河，累微尘以崇峻极，匪志匪勤，理无由济也”[⑤]。这是一种复归风雅的文学观，加之以辞藻的展现。在题材上，有的是借古题咏古事，有的是借古题咏古意，虽另有些是新题乐府和自创曲辞，但皆要求带有语浑情长、

---

① 《晋书·律历志》：“汉末纷乱，亡失雅乐。……泰始十年，中书监荀勖、中书令张华出御府铜竹律二十五具，部太乐郎刘秀等校试，其三具与杜夔及左延年律法同，其二十二具，视其铭题尺寸，是笛律也。”《晋书·乐志》：“武皇帝采汉魏之遗范，览景文之垂则，鼎鼐唯新，前音不改。泰始九年，光禄大夫荀勖始作古尺，以调声韵，仍以张华等所制高文，陈诸下管。”“荀勖又作新律笛十二枚，以调律吕，正雅乐，正会殿庭作之，自谓宫商克谐，然论者犹谓勖暗解。”

② （北宋）李昉撰：《太平御览》卷 599 引《傅子》。

③ 有学者提出，傅玄不应归为西晋作家，而应是正始文士，因其大多数作品皆作于泰始之前。不过，文学风格的流变，不能严格依据历史时间段的划分而泾渭分明，此时的诗歌，具有从建安文学向太康文学过渡的性质，是我们不能忽略的。参见魏明安、赵以武《傅玄评传》，南京大学出版社 1996 年版。

④ （南朝·梁）萧统编，（唐）李善注：《文选》卷 55，第 760 页。

⑤ 《晋书》卷 82《虞溥传》，第 2140 页。

宕而不佻的隐约美感。

傅玄的《和秋胡行》其二：

> 秋胡纳令室，三日宦他乡。皎皎洁妇姿，泠泠守空房。燕婉不终夕，别如参与商。忧来犹四海，易感难可防。人言生日短，愁者苦夜长。百草扬春华，攘腕采柔桑。素手寻繁枝，落叶不盈筐。罗衣翳玉体，回目流采章。君子倦仕归，车马如龙骧。精诚驰万里，既至两相忘。行人悦令颜，借息此树旁。诱以逢卿喻，遂下黄金装。烈烈贞女忿，言辞厉秋霜。长驱及居室，奉金升北堂。母立呼妇来，欢乐情未央。秋胡见此妇，惕然怀探汤。负心岂不惭，永誓非所望。清浊自异源，凫凤不并翔。引身赴长流，果哉洁妇肠！彼夫既不淑，此妇亦太刚。

“秋胡行”本是乐府旧题之一，但傅玄在沿用“秋胡戏妻”旧事的同时，能写得摇曳生姿、思切清古，颇有引人动情处。如“素手寻繁枝，落叶不盈筐”的典故化自《诗经·周南·卷耳》,[①] 用在此恰到好处，让诗风呈现出返璞归真的倾向，具有古朴浑厚的多重意蕴。一方面从儒家的角度赞其品行高洁，另一方面也透露出惜其“性情”太过的深层用心。此诗既无露骨之弊，也无晦涩难懂之嫌，是在自然而然中流淌出深致，明张溥《傅鹑觚集序》评之为：“休奕天性峻急，正色白简，台阁生风。独为诗篇，新温婉丽，善言儿女，强直之士怀情正深。”[②] 有言谓之，文生于情，无情之人，绝不能诗。以“深”为一字断语，算是说中了要点。傅玄乐府诗的文学史意义正在于此，陆时雍曾言：“傅玄得古之神。汉人朴而古，傅玄精而古。妙若天成；精之至，粲如鬼画。二者俱妙于思虑之先矣。”[③] 其缺点在于守正有余而出新不足。但毕竟还算是中正不倚的诗风，以复古求风雅精神，近开陆机，远启江淹。

---

① 《诗经·周南·卷耳》：“采采卷耳，不盈顷筐。嗟我怀人，寘彼周行。陟彼崔嵬，我马虺隤留言簿。我姑酌彼金罍，维以不永怀。陟彼高冈，我马玄黄。我姑酌彼兕觥，维以不永伤。陟彼砠矣，我马瘏矣。我仆痡矣，云何吁矣！”

② （明）张溥著，殷孟伦注：《汉魏六朝百三家集题辞注》，中华书局 2007 年版，第 138 页。

③ （明）陆时雍：《诗镜总论》，丁福保辑《历代诗话续编》，第 1405 页。

另一方面，四言诗出现回潮。诗体的演进不是四、五、七的直线向前，而是在交叉中盘旋上升。况且对于四言、五言而言，它们各有特色、各取优长，本就不能互相替代。此时四言诗的回潮与崇尚古调密不可分。据《晋书·乐志》记载，荀勖曾与张华、陈颀讨论二言、三言、四言、五言句之正变，得出的结论是四言为正体雅调。[①] 此外，挚虞在《文章流变论》中也有相似的论断，“古之诗，有三言、四言、五言、六言、七言、九言。古诗率以四言为体，而时有一句二句杂在四言之间，后世演之，遂以为篇”“然则雅音之韵，四言为正，其余虽备曲折之体，而非音之正也”。更有甚者，西晋诗人直接拟古创作《诗经》，名之曰“补亡诗”，见《世说新语·文学》：“夏侯湛作《周诗》，示潘安仁。安仁曰：‘此非徒温雅，乃别见孝悌之性。’潘因此遂作《家风诗》。”刘孝标注引夏侯湛《集叙》曰：“《周诗》者，《南陔》《白华》《华黍》《由庚》《崇丘》《由仪》六篇，有其义而亡其辞。湛续其亡，故云《周诗》也。”又《文士传》：“（夏侯湛）有盛才，文章巧思，善补雅词，名亚潘岳。”“（潘）岳家风诗载其宗祖之德，及自戒也。”[②] 除这两人外，束皙、傅咸等也有同题的“补亡诗”，以补《诗经》阙篇，体现在文学风格上，束皙“其质致近古，繇彼雕馈少”，[③] 夏侯湛是“规模帝典，仅能形似”。[④] 我们应该认识到，这并非囿于保守的文学观，而是反映了在当时四言仍为正调的文坛实际情况。

明胡应麟一语点破问题所在，“晋诸作者，浮慕三百，欲去文存质，而繁靡板垛，无论古调，并工语失之。”[⑤] 所评甚是，如应贞的《晋武帝华林园集诗》、何邵之的《洛水祖王公应诏诗》、王济的《平吴后三月三

---

① 《晋书·乐志》：“勖乃除《鹿鸣》旧歌，更作行礼诗四篇，先陈三朝朝宗之义。又为正旦大会、王公上寿，歌诗并食举乐歌诗，合十三篇。又以魏氏歌诗或二言，或三言，或四言，或五言，与古诗不类，以问司律中郎将陈颀。颀曰：‘被之金石，未必皆当。’故勖造晋歌，皆为四言，唯王公上寿酒一篇，为三言五言焉。张华以为：‘魏上寿、食举诗及汉氏所施用，其文句长短不齐，未皆合古。盖以依咏弦节，本有因循，而识乐知音，足以制声度曲，法用率非凡近之所能改。二代三京，袭而不变，虽诗章辞异，兴废随时，至其韵逗留曲折，皆系于旧，有由然也。是以一皆因就，不敢有所改易。’此则华、勖所明异旨也。”

② （南朝·宋）刘义庆撰，（南朝·梁）刘孝标注：《世说新语笺疏》卷上之下《文学第四》，第253页。

③ （明）张溥著，殷孟伦注：《汉魏六朝百三家集题辞注》，第153页。

④ 同上书，第157页。

⑤ （明）胡应麟：《诗薮·内编卷一·古体上（杂言）》，第9页。

日华林园诗》，其优点除了雍容典雅之外，真的是别无二致。不过胡应麟指出的“去文存质”，与文学史一般认为西晋诗歌的华丽辞藻、富艳工巧等有些悖论，“质”是表现内容、是根本目的，“文”是表现手法、是辅助手段，西晋公宴、赠答、悼亡诗倡导“善用雅词”，醉心典雅，正是“而独雍容艺文，荡骀儒林，志不辍著述之业，口不释雅颂之音，徒费情而耗力，劳神而苦心，此术亦以薄矣”。[①] 当这种缺点在创作中被无限放大，诗就会成为亦步亦趋的模仿品，没有什么艺术价值；但如果没有这种限度，诗也会滑向无艺术原则的俚俗和浮艳，成为庸俗感情的宣泄品。唯有合适的调和了他们之间的关系，诗歌才能呈现出“婉”“温”的柔和之美。

陆云是西晋四言诗创作的主力军。按比例来说，陆云百分之九十的诗都是四言诗，五言诗仅有与陆机的同题之作及五言应和赠答诗。陈祚明论其诗：“士龙独专精四言，舂容安雅，婉曲尽意。揆其深造，吉甫之流。虽亮达不犹，而弥节有度。五言数章，匠心抒吐，亦警切于平原，未可以少而薄之也。”又云：“陆士龙四言诗如弹雅琴，风日和好，调轸弄徽，穆然成声。纵不能识其辞，而和音舒缓，高下咸调，可以静躁心，引遥绪。”[②] 尹吉甫是周宣王时的臣相，相传《大雅·崧高》为其所做，见《诗序》曰：“尹吉甫美宣王也。”[③] 这虽然有点夸大，但将陆云与尹吉甫相提并论，说明他们诗作的表现手法相似，是舒缓从容而闲雅，宛转曲折而尽意的。这与前文所提及傅玄的“陈之所肆，研之若隐”在实质上是相同的，正是西晋古诗所追求的某种共通精神。

不仅如此，当时围绕在二陆兄弟身旁，还存在一个以四言赠答诗为联络的“古典派”群体，成员有郑丰、孙拯、顾荣、顾令文、张士然、张仲膺等一批吴人。[④] 他们入洛前的诗，很多都带有《诗经》的基调，尤其喜用《小雅》的语言来加深作品中的厚重氛围，而在入洛后又延续了这种风尚。尽管他们在文学史上没有显赫声名，但作为创作四言诗的中坚力量，这些人的感情来源于心灵深处，内容多表达他们难以遏制的家国情结，这就使得他们的诗作远不同于应景而作的公宴诗。无论是从语言的选

① 《晋书》卷55《夏侯湛传》，第1492页。

② （清）陈祚明编，李金松点校：《采菽堂古诗选》卷11《晋三·陆云》，第319页。

③ （唐）孔颖达：《毛诗正义》卷18，第564页。

④ ［日］佐藤利行：《西晋文学研究》，中国社会科学出版社2004年版，第82—94页。

择，还是意象的应用上，诗人在主观上都进行了精心的选择，试图在相对短小的诗篇内，包容下难以直接言说的寄托，倾述内心的复杂世界。不能不说，这样的情感隐含多是从古诗中继承而来的。

陆云《赠郑曼季往返八首》，分别为《谷风》《鸳鸯》《鹤鸣》《兰林》《南衡》《南山》《高岗》《中陵》，几可与《诗经》乱真。《谷风》篇首有小序，“《谷风》，怀思也，君子在野，爱而不见，故作是诗，言其怀思也”。说明作诗之由。其诗云：

> 习习谷风，扇此暮春。玄泽坠润，灵华烟煴。高山炽景，乔木兴繁。兰波清涌，芳浒增源。感物兴想，念我怀人。
>
> 习习谷风，载穆其音。流芳鼓物，清尘拂林。霖雨嘉播，有渰凄阴。归鸿逝矣，玄鸟来吟。嗟我怀人，其居乐潜。明发有想，如结予心。
>
> 习习谷风，以温以凉。玄黄交泰，品物含章。潜介渊跃，飞鸟云翔。嗟我怀人，在津之梁。明发有思，凌波褰裳。
>
> 习习谷风，有集惟乔。嗟我怀人，于焉逍遥。鸾棲高冈，耳想云韶。拊翼坠夕，和鸣兴朝。我之思之，言怀其休。
>
> 习习谷风，其音孔嘉。所谓伊人，在谷之阿。虎质山啸，龙辉渊播。维南有箕，匪休其和。有捄天毕，戢尔滂沱。懿厥河汉，耽彼大华。明发有怀，我劳如何。

心至言随，寄情自远；沉然昭质，吹荡自生，“兴比正在有意无意之间，掐得《毛诗》神髓。”① 王夫之又评之为“入隐拾秀”，既有雅致的基调，又有风诗的无邪，感情丰腴而情远，是为“隐”；再加上“词采葱倩，音韵铿锵”，表达流丽，未坠入径情浮声、追逐缘饰，是为“秀”，使人味之孜孜不倦。

无论是乐府诗，抑或是四言诗，其即便能成为西晋诗坛一时主流，但流脉深远的，仍要称数五言诗。可以说，与复古论密切相关的，萦绕在文人思想中的温雅观，也就是在求“雅”时有“隐”的审美风尚，带给了五言诗温、润、柔、缓的美感。这种渗透不是主观自觉的，而是整个时代的文学精神，潜移默化，如盐入水。所谓体现出的“温”，是情事旖旎，

---

① （明）王夫之编选，李中华、李利民校点：《古诗评选》卷二，第90页。

如张华、陆机的诗歌，多上承古诗中的思妇征夫、怀旧哀诔主题，尤其是《拟古诗十九首》系列，少了些建安世乱中的沉郁，多了些平和的温情。所谓体现出的“润”，是其感思细腻，步步有情，不干枯不瘦弱，如陆机、张华的雅润，陆云、张协的清润。所谓体现出的“柔”，是文辞踵事增华，摒弃质朴生动，力求典雅妍治。如张华的《情诗四首》《杂诗二首》，去《雅》未远，虽华必约，虽劲必婉，洗净了民间俗硬气。所谓体现出的“缓”，是其语调回翔不迫，优余不检，如二潘的《悼亡诗》，皆能在申哀情时娓娓道来，追求诗味之凝厚，篇尾留下未尽之意。由这些特点组合起的温雅诗风，使得西晋诗歌未脱古意，仍存《雅》中之“隐”，也正藉此，西晋的复古文论才能在实践中，真正使“隐”从宗经的精神转化成诗歌的内在美感，并能延续在六朝诗歌的发展中，发挥它的积极作用。

二　东晋的理论徘徊与刘宋的复古倾向

在讨论刘宋诗论“复变”之前，首先要先说明东晋文论的地位和性质。文学史与历史两者之间不可能严丝合缝，文学史中的某些现象以及其相应的观念，并不单纯以历史事件为线索能够环环相扣。[1] 所谓东晋文论的“徘徊”，指的是从历史长时间来看，其并没有在西晋的基础上推进多少，而一直往返回旋。

东晋文学的地位，确有它的尴尬之处，其时限一百五十余年，已差不多是后来南方四朝宋、齐、梁、陈的总和，且又处在南北文学交叉上升的关节点，本应是文学家大放异彩的时代，而现在看来却确实有点不尽如人意。文学史上又一直以魏晋文学、六朝文学等分段论述中古，其实这前后两者都包括东晋，[2] 但却都将其视为从汉魏古风到南朝近体的过渡期，甚至认为还有着“断层化”的现象。东晋建国伊始的二十年内，由于太康、元康士人的相续去世，汉魏以来诗歌的风雅传统，在外来的巨大打击之

① 林文月《关于文学史上的指称与断代：以六朝为例》：“文学史的断代，未必与历史的朝代兴亡一致。”

② 所言“六朝”，从广义上讲，指的是汉唐之间；从狭义上讲，指的是两晋、宋、齐、梁、陈。历来对“六朝”的断限很模糊，如按照由空间的一致而形成的历史时间段落分析，则以吴、东晋、宋、齐、梁、陈为“六朝”；如按照由文化的延续而形成的历史时间段落分析，则以两晋、宋、齐、梁、陈为“六朝”。显然，后者打破了朝代更替、地缘优势等政治意义，着眼于文化共同性，由此建构的历史时期合称，更具有进行文学史分析的合理性。

下，断若游丝，难以为继，此后则几乎是玄言诗一枝独秀，霸占文坛数十年。① 如果说这是为了梳理由太康、元康作家的零落殆尽，再到永嘉时士人的如“过江之鲫”，战火燎烧过的江左，确实再没有了之前的盛极一时，这个论断当然成立。也可以说，两晋文坛的交割与诗风承递，大体不外乎此状。不过，这种变化是受制于历史和文化因素的影响，却并非是因文学内部的蜕变，此时文论的寥落与薄弱，也足以证明这一点。

东晋诗文论大约有四点值得注意：其一，东晋鲜有专门的文论，目前可见仅有葛洪《抱朴子》、李充《翰林论》，其他的片言碎语，杂见于众人如干宝、袁宏、谢混等人的书札中。其二，创作文学作品较多的几位文人，如郭璞、庾阐、王羲之等人，也没有论述过什么鲜明的命题，东晋文论中的主要内容，并不出于实践中的摸索，还都是老旧命题的相承而新。其三，东晋出现游仙诗与玄言诗的新诗体，却几乎不见对它们的争论和总结，这大概与时人对玄言诗性质的认识有关。其四，东晋文论中多强调和延续下来的，还是以古意为主和以古韵为尚的文脉。

葛洪《抱朴子》完成于晋元帝建武年间。他的学脉中既有南方的吴风，也有北方的京洛之风，同时受到东迁晋室中的玄学熏陶，加上他笃信道教等因素，使其思想比较驳杂，保守和革新的双面皆存。而在严格意义上讲，葛洪又不算是文学家，其文论出于总结性质的居多，出于独创性质的居少。这是其时的普遍现象，也说明在感性的文学创作与理性的立论思考间，有时会出现若隐若现的分离，不能完全捆绑视之。见《抱朴子·尚博》中葛洪的大段论述：

> 正经为道义之渊海，子书为增深之源流。……
>
> 古人叹息于才难，故谓百世为随踵。不以璞非昆山，而弃耀夜之宝；不以书不出圣，而废助教之言。是以闾陌之拙诗，军旅之鞫誓，或词鄙喻陋，简不盈十，犹见撰录，亚次典诰。百家之言，与善一揆。……
>
> 或贵爱诗赋浅近之细文，忽薄深美富博之子书，以磋切之至言为

① 徐国荣：《东晋前期诗歌断层化探析》，《社会科学战线》1999 年第 2 期；王澧华：《“诗”在东晋与东晋的“诗”》，《中国韵文学刊》2009 年第 4 期。

骙拙，以虚华之小辩为妍巧。真伪颠倒，玉石混淆，同广乐于桑间，钧龙章于卉服．悠悠皆然，可叹可慨者也。

不难看出，葛洪尊崇子书而忽视文艺，对诗歌讨论不多，欣赏的是浅近清丽的表达，道理深邃且切磋有度的文章。同时，从诗文“兴于教化”的角度强调，“筌可以弃，而鱼未获，则不得无筌；文可以废，而道未行，则不得无文”。[①] 也许是传统的制约未能尽除，也许是反对流俗才重质轻文，有些反时代潮流的倾向。

但是，葛洪却并不能归入复古派。《抱朴子・钧世》：“今诗与古诗俱有义理，而盈于差美。……且夫古事者事事醇素，今则莫不雕饰，时移世改，理自然也。至于罽锦丽而且坚，未可谓之减于蓑衣，辎车并妍而又牢，未可谓之不及椎车也。”古文求质朴实用，后人适当追加辞藻修饰自然无可厚非，故此不能苛求都回到“古书之多隐”的模样，故意弄出“似若至深耳”，而应在古诗之雅与今文之艳中，取前者为要，强调包含有微妙难识的隐义。

葛洪亦有言，“古之著书者，才大思深，故其文隐而难晓；今人意浅力近，故露而易见。”[②] 古文之精妙，其具体表现为“翰迹韵略之宏促，属辞比事之疏密，源流至到之修短，蕴藉汲引之深浅”。这四点，分别是音韵的或舒或促、用典的或疏或密、源流的或长或短、蕴涵的或深或浅。葛洪的概括是非常精要的。还有，更出众的论述在《抱朴子・辞义》中：

五味舛而并甘，众色乖而皆丽。近人之情，爱同憎异，贵乎合己，贱于殊途。夫文章之体，尤难详赏，苟以入耳为佳，适心为快，鲜知忘味之九成，雅颂之风流也。所谓考盐梅之咸酸，不知大羹之不致；明飘飖之细巧，蔽于沈深之弘邃也。

这段话论及的是诗文求“隐”的鉴赏原则。其意为，只知盐梅之咸酸，却不解大羹美味；唯见飘荡之细巧，不明深沉远致，如果不能“以

① （东晋）葛洪著，杨明照撰：《抱朴子外篇校笺（下）》卷32《尚博》，第109页。

② （东晋）葛洪著，杨明照撰：《抱朴子外篇校笺（下）》卷30《钧世》，第65页。

至粗求至精，以甚浅揣甚深”，[①] 那就难以理解作品蕴涵的高深微妙。需要注意的是，用“盐梅咸酸”比喻诗文的含蓄之美，葛洪可谓是首创者，等到几百年后晚唐的司空图，才又用了这个譬喻对“隐”的特质作出深刻的解释，指出“诗贯六义，则讽喻、抑扬、渟蓄、温雅，皆在其间矣。然直致所得，以格自奇”。[②]

诗文表达内容有“隐”，乃是出于真实情志的感发力量。当创作依靠天工，由个性气质驱动辞藻的时候，只有立意的深、远、高、妙，即“内辟不测之深源，外播不匮之远流，其所祖宗也高，其所细绎也妙。变化不系滞于规矩之方圆，旁通不凝阂于一途之逼促”，[③] 方才能透过言辞之表钩深致远、触类旁通，知其言何从出、知其意何从立，带有“隐”之美感。这是东晋之后对汉魏风骨的认识和理解，着眼点不再局限于《诗》和《古诗十九首》，可视为文论批评视角的一种转换。再比如，李充在《翰林论》中依文体“斟酌利病”，并推崇孔融、曹植、陆机、傅咸等，在文体学的基础之上，接近于美恶的批判。[④] 尤其是对诗歌而言，其强调“以风规治道，盖有诗人之旨”，典型代表则是应璩的《百一诗》，讽刺时事，全用古体，以申真情。钟嵘在《诗品·中品》中评：“祖袭魏文，善为古语，指事殷勤，雅意深笃，得诗人激刺之旨。”刘勰《文心雕龙·明诗》亦云：“若乃应璩百一，独立不惧，辞谲义贞，亦魏之遗直也。”李充重视兴托寄远的诗学传统，于两晋玄风独振时的某种坚持，诚属难得。

当诗文依靠思力取胜，注重构思和安排，开始刻意通过创作中的种种技巧，避免诗歌的直露无遮，才从另一方面让诗歌又有了隐含的曲折之致。这与表达内容的真挚浑厚所带来的味之无穷的美感，是两种思路。前者是由内而外的发散，后者则是从外向内的附加。对同一首诗而言，它可以两者兼备；也可能是单独有前者，却没有后者；对于同时代诗作而言，它们的存在是混杂的。从东晋末年到刘宋间，正是诗文依靠天工和思力的转关期。陆时雍言：“诗至于宋，古之终而律之始也。体制一变，便觉声

---

① （东晋）葛洪著，杨明照撰：《抱朴子外篇校笺（下）》卷32《尚博》，第117页。

② （唐）司空图：《与李生论诗书》，引自郭绍虞集解《诗品集解》附，人民文学出版社1963年版，第47—49页。

③ （东晋）葛洪著，杨明照撰：《抱朴子外篇校笺（下）》卷32《尚博》，第116页。

④ 罗根泽：《中国文学批评史》，上海世纪出版社2003年版，第159—160页。

色俱开。”[①] 刘宋曾有与西晋相似的历史背景，也是因政坛的配合，文坛上又掀起了新一轮复古浪潮。据《宋书·王微传》记载，王微和王僧绰的讨论：“且文词不怨思抑扬，则流澹无味。文好古，贵能连类可悲，一往视之，如似多意。”钱钟书认为“连类”是在讲究辞采的基础上，又有深刻的精神感染力。[②] 而“怨思抑扬”则可移评刘宋风尚，主张学汉魏晋之古意，一唱三叹，带有以悲为美的特征。

在复归兴托寄远意蕴的同时，再加之对声色的追求，便使得刘宋成了“复变”的阶段。唐皎然言：“反古曰复，不滞曰变。若惟复不变，则陷于相似之格，其状如驽骥同厩，非造父不能辨。能知复、变之手，亦诗人之造父也。”[③] 清吴乔也有言：“诗道不出乎复变。变，谓变古；复，谓复古。变乃能复，复乃能变，非二道也。”[④] 仅有“变”会成为野路子，仅有“复”则是东施效颦。在刘宋人眼中，玄言诗让汉魏浑厚的传统中断几十年，诗文发展被带入“理过其辞，淡乎寡味”的狭隘歧途，丢失了高古醇厚、真切含蓄的特质。正是有这样的反思，在某种意义上促使他们重新去思考诗文内容中的蕴藉感，通过多种表现方法，试图在辞句中加入更多古意。随着文学自身的发展，他们的拟乐府、古诗，也不再以模拟四言诗为重点，而以古乐府和《古诗十九首》为要，带有明显的艺术经营色彩。

钟嵘《诗品》评颜延之：“其源出于陆机。故尚巧似。体裁绮密。然情喻渊深，动无虚发；一句一字，皆致意焉。又喜用古事，弥见拘束。虽乖秀逸，固是经纶文雅。”这不仅指其庙堂文学的创作才能，“延年诗长于廊庙之体”，同时也指他那种雅正的诗风，“崇宏点则，有海岳殿阁之气象。”诚如其自言：“观书博要，观要贵博，博而知要，万流可一，咏歌之书，取其连类合章，比物集句……取其正言晦义，转制衰王，微辞岂旨。”[⑤] 多用连类譬喻的“比”法，又多采用婉转的“微辞”，情必求其深，喻必求其远，出发点本是好心，但其所长在此、病亦在此，导致有些

① （明）陆时雍：《诗镜总论》，丁福保辑《历代诗话续编》，第1406页。

② 钱钟书：《管锥编》，生活·读书·新知三联书店2007年版，第324页。

③ （唐）皎然著，李壮鹰校注：《诗式校注》卷5，第330页。

④ （清）吴乔：《围炉诗话》，郭绍虞编选，富寿荪校点《清诗话续编》，第471页。

⑤ （南朝·宋）颜延之：《清者人之正路》，（清）严可均辑《全宋文》卷36，商务印书馆1999年版，第358页。

诗“艰涩深晦，殆不可读。其意欲法雅颂，实雅颂之历耳”。[1] 颜延之和陆机犯了同类毛病，为了让诗歌显得雅致，便多使用古词，以用事为博，反而使诗歌变得生硬；又试图在构思之处着力让诗歌有“情喻渊深”的喻意，不料用力过猛，“若专用比兴，则患在意深，意深则词踬”，[2] 导致铺锦列秀，缺失了自然灵性，变得生涩不堪。

如果说，使用外在辞藻锤炼给诗文添加众多的意象，使其呈现多重诗美，是“复变”的第一变；那么对于“隐”的追求和寄托，由对诗三百的推崇，逐渐聚焦到性情的讨论，则是“复变”的第二变。古诗的隐喻往往与言志、颂赞或讽喻结合在一起，这在复古之“隐”中是老生常谈，无需赘言。换句话说，在此之前对诗文含蓄的认识局限性很强，而在此之后，又有了新的定位。所以说，钟嵘在《诗品序》中提出“文已尽而意有余”时，对何为“有余意”的认识，并不是茫然的。这也得益于元嘉时对“缘情”的再度推崇，从追求哲理回到了表达个人性情。从这个角度看，他们的学古不是拟体、拟作的具体方法，而是探求汉音魏响那种沉郁情致和缠绵情感，在诗文中有所寄喻。这些寄喻可以是托物言志，也可以是发愤抒情，对深隐的内在情怀的追求，开始成为“隐”的重点。

佼佼者当推鲍照，接续汉魏、晋宋以来的复古思潮。他虽比不上阮籍“厥旨渊放，归趣难求”的幽微深广，但若比之谢灵运、颜延之等人在情感上的刻意，鲍照是自有沉郁深厚的悲苦情结的。陆时雍言：“鲍照材力标举，凌厉当年，如五丁凿山，开人世之所未有。当其得意时，直前挥霍，目无坚壁矣。骏马轻貂，雕弓短剑，秋风落日，驰骋平冈，可以想此君意气所在。”[3] 刘熙载也言：“明远长句，慷慨任气，磊落使才，在当时不可无一，不能有二。”[4] 鲍照诗锋芒森历，气势峥嵘，在当时独树一帜。如《白头吟》：

> 直如朱丝绳，清如玉壶冰。何惭宿昔意，猜恨坐相仍。人情贱恩旧，世议逐衰兴。毫发一为瑕，丘山不可胜。食苗实硕鼠，玷白信苍

---

① （明）许学夷撰，杜维沫校点：《诗源辩体》卷13，人民文学出版社1987年版，第146页。

② （南朝·梁）钟嵘著，曹旭笺注：《诗品笺注》，第25页。

③ （明）陆时雍：《诗镜总论》，丁福保辑《历代诗话续编》，第1407页。

④ （清）刘熙载撰，袁津琥校释：《艺概注稿》卷2《诗概》，第268页。

蝇。凫鹄远成美，薪刍前见陵。申黜褒女进，班去赵姬升。周王日沦惑，汉帝益嗟称。心赏犹难恃，貌恭岂易凭。古来共如此，非君独抚膺。

刘履的《选诗补注》交代了创作背景："毫发喻少，丘山喻多。此殆明远为人所间，见弃于君，故借是题以喻所怀。"① 方东树评之"起句比而兼得兴也"，② 其诗妙处都在平起。前无发端，则引人入情处，故用比喻"每能翻新立论，其托感更深"，有含蓄不露且深隐幽微的汉魏笔意，流注于篇内，但不怒张驰骤，呈露于外。鲍照的其他诗作也是如此，以古脉行之，字字炼，步步留，改变了单纯重视声色描绘，而不落色相铅华，遂以气骨胜，已开唐诗刚健风骨。在鲍照后还尚有江淹延续之，而当江郎才尽时，便也就在一定程度上说明了晋宋复古论的难以为继，不要说与新变派分庭抗礼，就是与折中派比较也落于下风，能再度翻过身来，则是初唐陈子昂的功劳了。

三　复古、折中与新变的分野

文学史中通常将刘宋作为独立的时间段，而将齐梁或者梁陈并列在一起。更细致分析，则以南齐永明为一段、梁大同前为一段、大同后为另一段。见魏徵《隋书·文学传序》中所言：

暨永明、天监之际，太和、天保之间，洛阳、江左，文雅尤盛。于时作者，济阳江淹、吴郡沈约、乐安任昉、济阴温子昇、河间邢子才、钜鹿魏伯起等，并学穷书圃，思极人文，缛彩郁于云霞，逸响振于金石。英华秀发，波澜浩荡，笔有余力，词无竭源。……江左宫商发越，贵于清绮，河朔词义贞刚，重乎气质。气质则理胜其词，清绮则文过其意，理深者便于时用，文华者宜于咏歌，此其南北词人得失之大较也。若能掇彼清音，简兹累句，各去所短，合其两长，则文质斌斌，尽善尽美矣。梁自大同之后，雅道沦缺，渐乖典则，争驰新

① （南朝·宋）鲍照著，钱仲联集注：《鲍参军集注》，上海古籍出版社 1980 年版，第 158—159 页。

② （清）方东树撰，汪绍楹校点：《昭昧詹言》卷 6，人民文学出版社 1961 年版，第 181 页。

巧。简文、湘东，启其淫放，徐陵、庾信，分路扬镳。其意浅而繁，其文匿而彩，词尚轻险，情多哀思。格以延陵之听，盖亦亡国之音乎！周氏吞并梁、荆，此风扇于关右，狂简斐然成俗，流宕忘反，无所取裁。

前后承接的过程确实如此。南朝诗人大多经历两朝，甚至共仕三朝，但诸如沈约、江淹、何逊等人，尽管出身萧齐，但在文坛上站稳脚跟，或者说占有一席之地，已然过渡到了萧梁后。可以说，以梁为中心，其时文学观念的主要走向，是总结汉魏、晋宋系统的诗歌经验，从“复变”到“新变”，开拓新的齐梁诗歌系统。这种总结文论的意识，可以从刘勰的《文心雕龙》与钟嵘的《诗品》中看清楚，而开拓则是从以“四萧”为核心的、不同的文学集团的争论中窥见的。这里面掺杂着复古论调、折中调和、新奇求变，对比各派诗歌之间的分歧、优势及盛衰变化等，一面是诗文论发展的侧面反映，另一面也使南朝诗从“隐”的古板晦涩中逐步蜕变出来，获得新的生机。

复古派在萧齐时即是一股潮流。王僧虔、王俭、刘瓛、徐孝嗣等“古体派”学者，从“儒家之言，可保万世”的角度出发，他们俨然以风雅正统自居。见王僧虔在《乐表》中所言，“大者系乎兴衰，其次，著于率舞。在于心而木石感，铿锵奏而国俗移”，显然是《毛诗大序》的翻版。以此批评“自倾家竞新哇，人尚谣俗，条在噍危，不顾律纪，流宕无涯，未知所极，排斥典正，崇长烦淫”,[1] 在雅音、新声两者之间，复古自然会选择前者。王僧虔的族侄王俭，在当时也是儒学重振的一代领袖，其人崇尚典雅渊博，又因他与萧子良文士集团的分庭抗礼，校正新变化中带来的华而不实，也是不能忽视的抗衡力量，而任昉、江淹、谢朏、萧琛等，皆是王俭文士集团的成员。王俭在永明七年（489）去世，这些人才又大多转向萧子良府，“竟陵八友”方能迅速居上，成为绝对的主流。[2]

萧衍代齐后，因儒学抬头，复古派在梁中大通之前还颇存势力，但已

---

① 《宋书》卷19《乐一》，中华书局1974年版，第553页。

② 汪春泓：《论王俭与萧子良集团的对峙对齐梁文学发展之影响》，《文学遗产》2006年第3期。

显衰微之势，几成强弩之末。当时的理论支持者多是不以文辞著称的儒宗，以裴子野为首，与刘显、殷芸、顾协、阮孝绪等人有私下结交的文人圈子，在天监十年（511 年）前后颇有影响。[①]《梁书·裴子野传》论其文风："子野为文典而速，不尚丽靡之词，其制作多法古，与今文体异，当时或有诋诃者，及其末皆翕然重之。"所谓"典"，即"法古"带来的含蕴深厚的典雅气度，而为文也"速"，亦说明其有文辞之才。裴子野曾受到萧衍的赞赏，在萧梁入居中枢后，对新风批评毫不客气，大加挞伐，直斥其为雕虫小技。见《雕虫论》：

> 古者四始六艺，总而为诗，既形四方之风，且彰君子之志，劝美惩恶，王化本焉。后之作者，思存枝叶，繁华蕴藻，用以自通。
>
> ……爰及江左，称彼颜谢，箴绣鞶帨，无取庙堂。宋初迄于元嘉，多为经史。大明之代，实好斯文，高才逸韵，颇谢前哲，流波相尚，滋有笃焉。自是闾阎年少，贵游总角，吟咏性情，学者以博依为急务，谓章句为专鲁，淫文破典，斐尔为功。无被于管弦，非止乎礼仪，深心主卉木，远致极风云，其兴浮，其志弱，讨其宗途，亦有宋之风也。[②]

其贬斥之意，是认为齐梁与宋齐的"斯文"已然不同，只会在辞藻华丽上下功夫，"切而不要，隐而不深"，既不讲兴寄，又失深远意旨，让"隐"义无处找寻。从这个角度视之，这种文风的确是不健康的，为"至乎文章妖艳，隳坠风典，诵于妇人之口，不及君子之听，文士之深病，政教之瑕疵"。[③] 从这个角度说，《雕虫论》正切中了此时文坛文风的致命弱点，即便是很迂腐的文学论调，作为反对流俗的声音，也就具有了合理性的成分。于是，我们便看到了趋新的钟嵘，也在《诗品序》中讽刺过："终朝点缀，分夜呻吟，独观谓为警策，众睹终沦平钝。……徒自弃于高明，无涉于文流矣。"不过裴子野保守中又有偏激：保守的是诗要

---

① ［日］林田慎之助，陈曦钟译，周一良校：《裴子野〈雕虫论〉考证》，《古代文学理论研究》第六辑，上海古籍出版社 1982 年版，第 237—244 页。

② （南朝·梁）裴子野：《雕虫论》，（清）严可均辑《全梁文》卷 53，第 575—576 页。

③ （南朝·陈）何之元：《梁典总论》，（北宋）李昉《文苑英华》卷 754，中华书局 1966 年版。

本于教化，才能诗味浑厚；偏激的则是上纲上线，质盛于文，是“文章匿而采”的乱代之徵。

应该纠正的是诗文内容的浮泛，可按照这种理论，裴子野捎带着将诗文艺术的发展也全盘否定了，这才是他受到后人诟病的根本原因。前文已讨论过，诗文之“隐”既可以来自天工，也可以来自思力，况且齐梁已进入思力创作的大潮，这是不能倒退或阻断的。因裴子野只有三首诗存世，即《答张贞成皋诗》《咏雪诗》《上朝值雪诗》，我们很难进行定性的分析。所幸的是，裴子野气势汹汹的批判并没有过多地波及具体作家的创作，整体上的复古思潮仍是健康的。

这种情况，我们可以从时人皆认为有“清拔有古气”的吴均体，窥知一二。自吴均始，古音为之一变。每成一语，铮铮如敲金钵。其诗峥嵘之气孕育其内，狂狷之气发散于外，又能够在结构上大开大合、跌宕多姿。且“吴均体”也绝不是刻板的模仿古体，而是上溯汉魏风力的张扬洒脱，情志溢满其中，再将新异奇险寓于表面的古朴行文中，有高古劲健之风貌。如其歌行《城上乌》《城上麻》，逼近古意，用比兴处酣畅淋漓，动人多矣；再如《行路难》承鲍照之风，用古词发古气，有小雅长篇荡然之情志。而《赠王桂阳》《江上酬鲍己》等赠答诗，切为“浅故深，隐故直”。[①] 这才是复古应该带来的良好影响，重实感、重兴寄，的确不失风雅，即使是其诗有“险”之弊端，原因也仅在“情语不妨险诨”，当内蕴情志的真挚冲破了语言限制，往往能包含更多的深厚隐喻。

在这个问题上，折中派的萧统和刘勰就比裴子野要高明得多。目前我们缺少直接证据，难以证明《昭明文选》与《文心雕龙》有必然联系。但两者存在相同点是肯定的，那就是它们在实质上都是对梁陈之前文学的评断，而不是讨论其后文学的发展。或者说，他们颇通诗文，多精于鉴赏，却不善于创作。这就在根本上造成了他们仍会偏向于复古论，但进步之处，在于可以调和“复”与“变”的关系。比如，萧统在《文选序》中提出的标准“事出于沈思，义归乎翰藻”，[②] 在《答湘东王求文集及诗苑英华书》中欣赏的“能丽而不浮，典而不野，文质彬彬，有君子之

① （明）王夫之编选，李中华、李利民校点：《古诗评选》卷5，第262页。

② （南朝·梁）萧统：《文选序》，第2页。

致”；[1] 萧纲在《昭明太子集序》中回应的“登高体物，展诗言志”“表有殊健之则，碑穷典正”；[2] 刘孝绰在《昭明太子集序》中更综合言之：“深乎文者，兼而善之，能使典而不野，远而不放，丽而不淫，约而不俭，独擅众美，斯文在斯。”说到底，还都是些复归的老路数。

刘勰也是一样，《文心雕龙》中对可能出现的各种时弊，分别作以分析讨论，斟酌在古与今、质与文中，试图树立外具和端庄典丽的风格，内具深刻内涵的理想文学观。最明显的是，刘勰在《隐秀》及多篇内确立了“隐”的原则，起点仍在《宗经》《征圣》两篇中的“服膺雅道”，先强调的是“义主文外”，再强调的是“情在词外”。所以说，无论是在当时抑或是在现在，都不应该过于苛责复古论，至少在诗文尚“隐”的观念中，它们是不可或缺的基础。

再看新变论对诗文的批评。早在齐末，萧子显的《南齐书·文学传论》便有“三体”说，即分别出自“元嘉三雄”的风格流派，他们共有的缺点是艰涩难懂、没有回味。谢灵运的“疏慢阐缓，病入膏肓，典正可采，酷不入情”；颜延之延续了“缉事比类，非对不发，博物可嘉，职成拘制，或全借古语，用申今情，崎岖牵引，直为偶说”；鲍照则“操调险急，雕藻淫艳”。他们尽量用言辞事典将诗文表现得迂回曲折，貌似典雅庄正，实则浮泛无骨，停留在生硬的牵强附会，没有婉转流变之态。

这种观点在萧家兄弟间引起了强烈的反响。如萧纲《与湘东王书》：“比见京师文体，儒钝殊常，竞学浮疏，争为阐缓。玄冬修夜，思所不得，既殊比兴，正背风、骚。”[3] 萧绎《金楼子·立言》：“夫今之俗，搢绅稚齿，闾巷小生，学以浮动为贵，用百家则多尚轻侧，涉经记则不通大旨。苟取成章，贵在悦目。龙首豕足，随时之义；牛头马脾，强相附会。”萧纲与萧绎均在外长期作藩王，与京师主流文坛有明显的分殊。两人都批评大通年间文风的典实繁缛，诸如任昉“晚节爱好即笃，文亦遒变。善铨事理，拓体渊雅，得国士之风”“既博物，动辄用事，所以诗不得奇”“近任昉、王元长等，词不贵奇，竞须新事。尔来作者，寖以成

---

① （南朝·梁）萧统：《答湘东王求文集及诗苑英华书》，（清）严可均辑《全梁文》卷20，第216页。

② （南朝·梁）萧纲：《昭明太子集序》，（清）严可均辑《全梁文》卷12，第127页。

③ （南朝·梁）萧纲：《与湘东王书》，（清）严可均辑《全梁文》卷11，第115页。

俗，遂乃句无虚语，语无虚字；拘挛补纳，蠹文已甚”，[①] 认为其时形成的宽缓安舒却典正空疏的诗风，湮没了真情，缺少打动人心的力量。

客观看来，复古、折中与新变之间只是各执一词，仁者见仁、智者见智，没有极致的攻讦，远未达到是可忍孰不可忍的地步。他们的分歧，多在于表现形式与审美风尚，而不在于对风雅精神的否认，更不代表没有“隐”的表现原则，对诗文必要有丰富的情感和诗意空间的要求是一致的。通俗点说，优秀的诗文有“隐”都是一致的，而有缺陷瑕疵的诗文则各有各的不同：复古派复古主义的泛滥，混淆了经之隐与文之隐的价值差别，忽略文学的审美意义；新变派力图追求形式美，但却失于轻艳、浅薄，丧失了文学深厚的表现力量。不过，随着新变的必然到来，文论中对“隐”也渐渐有了崭新的认识，并指导新的创作风尚。

一方面，从“隐”的内容上看，“隐”应该是情志合一，志重风雅，情重深情，新变中以后者为要。首先是主张“吟咏性情”，张融有言，“吾文章之体，多为世人所惊，此可师耳以心，不可使耳为心师也”“吾无师无友，不文不句，颇有孤神独逸耳。义之为用，将使性入清波，尘洗犹沐”。[②] 张融自视甚高，诗文不拘常体，钟嵘以“诞放”两字评之，认为他无所禁忌，故置于下品。不过此后文人鼓吹性情有增无减，萧绎言：“至如文者，维须绮縠纷披，宫徵靡曼，唇吻遒会，性灵摇荡。”[③] 萧纲更是把诗中风花雪月、红粉闺情等直接视为“风云吐于行间，珠玉生于字里。……性情卓绝，亲致英奇”。[④] 诗文是个人情致的抒发，虽然有些过于放荡，但在时人眼中是被欣赏的，并不认为浅薄露骨。

其次是主张“圆融”，好的方向是用景、用物隐情，坏的方向是气势萎靡。如唐元稹所言：“晋世风概稍存，宋齐之间，教失根本，士以简慢、翕习、舒徐相尚，文章以风容、色泽、放旷、精清为高，盖吟写性灵，流连光景之文也，意义格力无取焉。”[⑤] 含蕴其中的情感不再是浓烈深沉的

---

① （南朝·梁）钟嵘著，曹旭笺注：《诗品笺注》，第101、192页。

② 《南齐书》卷41《张融传》，中华书局1972年版，第729页。

③ （南朝·梁）萧绎撰，许逸民校笺：《金楼子校笺·立言》，中华书局2011年版，第966页。

④ （南朝·梁）萧纲：《答新渝侯和诗书》，（唐）欧阳询转撰，汪绍楹校《艺文类聚》卷58《杂文部四·书》，第1042页。

⑤ （唐）元稹：《唐故公布员外郎杜君墓志铭并序》，冀勤点校《元稹集》，中华书局1982年版，第600页。

悲切，而是追求情在词外、涵咏不尽的朦胧，文辞尽而情思不绝。即使是视为题材末流的咏物诗中亦有兴寄，如清沈祥龙在《论词随笔》中言："咏物之作，在借物以寓性情，凡身世之感，君国之忧，隐然蕴于其内，斯寄托遥深，非沾沾焉咏一物也。"如沈约的《咏孤桐》、萧纲的《夜望南飞雁》、刘绘的《咏萍》、刘令娴的《咏百舌》、沈满愿的《咏灯》等，皆寓目写心，抒发触景而生的油然之感。

另一方面，从"隐"的形式上看，"隐"不再通过繁复的意象使事用典，而是在简约平易中，状难写之景，含不尽之意。钟嵘在《诗品序》中言："观古今胜语，多非补假，皆由直寻。"所谓"补假"，指的是刻意博古，反而失去真意；所谓"直寻"，指的是自然激发出真情感，又顺势流于笔下。言辞轻倩流转，语调悠扬绵长的诗文，往往更能独中胸臆，引起共鸣，"使咏之者无极，闻之者动心"。由此看来，钟嵘的"滋味"说也与"隐"意有异曲同工之妙，刘勰同样讨论过"余味日新""深文隐蔚，余味曲包""使玩之者无穷，味之者不厌"等命题。无论是"滋味"，还是"余味"，核心都是在说明文内有"隐"，文外有"味"。

这样的认识已然触及了与"隐"相对问题的另一面，即"秀"。梁陈是在扬弃复古之"隐"的基础上，又加入性情论，将"隐"的重点落在"情在词外曰隐"的层面之上，便同时获得了"秀"的契机。进一步说，齐梁前重"隐"，是在对"隐"的追求中不展露出"秀"；而梁陈至唐初逐渐重"秀"，则是先得"秀"，再得"隐"。尽管"隐""秀"各执一端，却不妨碍两者的相互依存、相互化生。

第四节　南朝诗风新动与崇"秀"观念的生成

刘勰概括出的"隐""秀"，是既具有对立性，又具有互融性的两个命题。如果将其置放于中古文学发展的大潮流中，"隐"更多与复古思潮相关，"秀"则更多侧重新变。肇始于陆机《文赋》的"诗缘情而绮靡"，已有了对诗歌文采华丽、文辞精妙的强烈要求，无论是秀句、抑或是秀象，皆是以瑰丽奇特、卓尔不凡的展现为要点，当其渐渐与句蕴丰富、象外有意、弦外有音等观念互通后，便给出了诗歌浑融意境形成的良好契机。正是对"秀"的艺术自觉，遂成为"声色大开"的南朝诗转向莹彻玲珑的唐音的一个出口，塑造了此间诗风的声色、精致与唯美。

一 句之独拔

南宋严羽《沧浪诗话》言：“汉魏古诗，气象混沌，难以句摘。晋以还方有佳句。”汉魏古诗以气象混沌为突出优点，晋诗后则以佳句方入法眼。“建安之作，全在气象，不可寻枝摘叶。灵运之诗，已是彻首尾成对句矣，是以不及建安也。”[①] 明胡应麟《诗薮》也说：“汉人诗，无句可摘，无瑕可指。魏人诗，间有瑕，然尚无句也。六朝诗，较无瑕，然而有句也。”认为从汉诗到六朝诗，逐渐“有句”是变化的特点。沈德潜《说诗晬语》同样谈到：“汉魏诗只是一气转旋，晋以下始有佳句可摘。”[②] 这里所谓的佳句，实际是一篇之中卓然独立、秀出其他的绝妙者。这三则诗话说明的是同一问题，即诗从自然到雕琢、从天工到思力，[③] 期间发展出现的必然阶段，率先代表了对“句之独拔”的自觉追求。

从汉魏六朝诗歌演进线索来看，这似乎是在批评六朝诗歌不及汉魏诗歌的浑然天成，仅有佳句而无全篇。但从文学创作的角度去审视，在汉魏古诗向南朝诗的转关中，追求推敲辞藻、锤炼秀句，正是文人诗独立成体后必须要经过摸索的一个阶段。其意义在于，从先秦至汉魏古诗如《诗经》《古诗十九首》等作，或浑然天成，或众口铄金，或累积成篇，即便是文人有意所作，亦经过历史滤汰，精粹者流传广泛，方成名篇。随后汉魏五七言诗的声色顿开，假赋法而为诗，藉情感而成篇，不待思致而巧夺天工。两晋时期诗人迭出，能率尔为名篇者渐少，能翻新出奇者，必须假以精心的思力安排，是为南朝文坛尚新求变的风尚使然。

陆机的《文赋》详细描述了以思力构思的艰难，可以看出诗文创作对思致的重视。凡诗必有数语为一篇精神所发源处，或为一篇精神之团聚处。陆机在认可整体“诗缘情而绮靡”的基础上，就句子而言，则要“其会意也尚巧，其遗言也贵妍”，结藻尚英、经营尚巧，又必须得

---

① （南宋）严羽：《沧浪诗话》，（清）何文焕辑《历代诗话》，中华书局2004年版，第696页。

② （清）沈德潜撰，霍松林校注：《说诗晬语》，人民文学出版社1979年版，第202页。

③ 曹胜高：《从汉风到唐音》，中国社会科学出版社2007年版，第155—163页。

“立片言而居要，乃一篇之警策”。李善注：“以文喻马也。言马因警策而弥骏，以喻文资片言而益明也。”[1]“警策”即为诗中点睛之笔。“片言”在诗中如同“石韫玉而山辉，水怀珠而川媚”，玉之在石，珠之在水，可使得山光辉、川妩媚，举重若轻间使文章勃然生色。这就避免了一味地追求辞藻，以致诗作华丽有余而深意不足，诗意散漫而不集中，没有深刻的思想。“片言”又如“苕发颖竖，离众绝致”，李善注：“言作文利害，理难俱美，或有一句，同乎苕发颖竖，离于众辞，绝于致思也。”[2]换句话说，也就是诗中有无提缀主旨、主题之片言的厉害。黄侃补《隐秀》时言，“意资要言，则谓之秀”“意有所重，明以单辞，超越常音，独标苕颖，则秀生焉”。[3]由此可见“片言”与“秀”之密切关联。

陆机虽然在理论上说得头头是道，但太讲究表面的华丽辞藻，忽视了突出诗意中心，这是作诗时极容易出现的流弊，他也没能完全避免。如其《拟古八首》，多存古诗之形，却乏古诗之神，如书法描红，平弱有余而骨气不足。其弟陆云曾在信中批评他：“《刘氏颂》极佳，但无出言而。”“《祠堂颂》已得，省兄文，不复稍论常佳。然了不见出语，意谓非兄文之休者。前后读兄文，一再过便上口语，省此文虽未大精，然了无所识。然此文甚自难，事同又相似，益不古，皆新绮，用此已自为洋洋耳。”这里的“出语”和“片言”为同义词，代指诗作中具有表现立意、文采杰出的秀句。我们从现存的《刘氏颂》《祠堂颂》两首诗歌来看，皆是模仿雅颂而作，平铺直叙且缺乏节奏，显得颇为呆板，确实也没什么突出之处。

陆机和陆云虽在风格上各有不同，但在这个问题上是具有一致性的。陆云在《与兄平原书》中多次谈到过“出语”“出言”“善语”“好语”“佳语”等词，“出”是令文章出色精彩，“善”“好”“佳”则带有新奇之意。两兄弟之间常以此为艺术要领切磋文章。如“前日观习，先欲作《将武赋》，因欲远言大体，欲献之大将军，才不便作大文，得少许家语，不知此可出不?”所谓“家语”，是家常话、平常话、

---

① （南朝·梁）萧统编，（唐）李善注：《文选》卷17，第241页。

② 同上书，第242页。

③ 黄侃著，吴方点校：《文心雕龙札记》，中国人民大学出版社2009年版，第192页。

口语，而“秀”的超常出奇正与此相反。再如，“《九悲》《九愁》，连日钞除，所去甚多。才本不精，正自极此，愿兄小为之定，一字两字出之便欲得。”陆云请其兄斟酌文意，推敲字句。“愿小有损益，一字两字，不敢望多。”“兄小加润色，便欲可出。”为了表达文章的要点，使用恰如其分、简明扼要的语言。

陆机的《文赋》和陆云的批评乃是从创作的角度出发，“片言”的作用是为了能使诗作的意蕴更加透彻，以防不易理解，强调作者的主观努力；对应的另一方面，则应该是从鉴赏的角度出发，强调读者的审美品评。因两方面的出发点不同，对独拔之句的认识也会有细微的差异。如《世说新语·文学》记载谢安论诗：

> 谢公因子弟集聚，问：毛诗何句最佳？遏称曰：“昔我往矣，杨柳依依；今我来思，雨雪霏霏。”公曰：“讦谟定命，远猷辰告。”谓此句偏有雅人深致。

前句出自《诗经·小雅·采薇》，王夫之评曰：“以乐景写哀，以哀景写乐，一倍增其哀乐。”[①] 情景交融，借景致描写抒发军士们思归的情感。后句出自《诗经·大雅·抑》，郑玄注：“遒，图也。大谋定命，谓正月始和，布政于邦国都鄙也。为天下远图庶事而以岁时告施之。”[②] 直陈赞赏褒扬，表达求贤治国、早定大计并及时布施于民的政治意图。

谢氏子弟论诗，以佳句寻摘来评判读诗的眼光，一方面继承了先秦宴饮赋诗“以诗观志”“引诗言志”的传统，[③] 选取代言情志的诗句，谢公认为《诗》三百是言志之作，即断取一章以明己志，注重“有雅人深致”的诗意。这在当时仍是读《诗》的通例，如《晋书·列女传·王凝之妻谢氏》：“叔父安尝问：‘毛诗何句最佳?’道韫称：‘吉甫作颂，穆如清风；仲山甫永怀，以慰其心。’安谓有雅人之致。”“雅人之致”代指士人的良好修养，谢道韫在《诗经·大雅·生民》的四句诗中，读出了对贤

---

① （明）王夫之编选，舒芜校点：《姜斋诗话》卷一，第140页。

② （唐）孔颖达：《毛诗正义》卷18，第554页。

③ 张伯伟：《中国古代文学批评方法研究》，中华书局2002年版，第326—345页。

臣吉甫的赞美，着重点在句意，而非言辞的审美。

另一方面，这也意味着六朝对《诗》三百的阅读，已经超越单纯的“赋诗言志”，转向关注文质彬彬。《世说新语·豪爽》：“王处仲每酒后辄咏‘老骥伏枥，志在千里。烈士暮年，壮心不已’。”《梁书·柳恽传》：“诏问（偃）读何书？对曰：‘《尚书》。’又曰：‘有何美句？’对曰：‘德惟善政，政在养民。’”择取这些诗句的标准，或是有雅人之致的道德意识，或是与己共鸣的言志，或是启人心智的哲思。所谓佳句、美句，指的是给人印象深刻的句子，不单从语义深厚的角度着眼，同时也强调着句子的艺术美感。

只有跳出这种单单追求文意的局限性，看到特别精彩的句子应该是景语或情语时，“片言”在诗作中才能鲜活起来，也更加接近后来对句之“秀”的要求。上文提及的《采薇》正是如此，四句是形象完整的情景交融，既在辞藻上给人以美感享受，又在意义上具有相对的独立性。再如，《世说新语·言语》中谢道韫的“未若柳絮因风起”；《世说新语·文学》提及孙绰的《游天台山赋》，以“赤城霞起而建标，瀑布飞流而界道”为“应是我辈语”的佳句；阮孚评郭璞诗“林无静树，川无停流”能“泓峥萧瑟，实不可言”，让人“辄觉神超形越”；还有沈约作《郊居赋》，因其中得意之句受到王筠的击节称赏。①

这类句子在阅读时，最能代表读者的艺术眼光；在创作时也最能代表作者的艺术水平。这种对有景且有情味的诗句的重视与寻求，在晋宋之后渐渐形成了风气。如《晋书·王坦之传》“坦之标章摘句”、《南齐书·张眎传》“张眎摘句褒贬”、《南齐书·丘灵鞠传》“帝摘句嗟赏”，《陈书·陆瑜传》“语玄析理，披文摘句”，还有，据唐皎然《诗式》中有沈约的《品藻》、汤惠休的《翰林》、庾信的《诗箴》，《新唐书·艺文志》著录佚名的《诗例录》，亦当为选录佳作、佳句的著作。由此看来，至迟在齐梁年间，鉴赏论中对“摘句”“佳句”“警句”“佳句”等的批评，已经很普遍了。

---

① 《梁书·王筠传》：“约制《郊居赋》，构思积时，犹未都毕，乃要筠示其草，筠读至‘雌霓连蜷’约抚掌欣抃曰：‘仆尝恐人呼为霓。’次至‘坠石磓星’，及‘冰悬埳而带坻’，筠皆击节称赞。约曰：‘知音者希，真赏殆绝，所以相要，政在此数句耳。’”

所以说，此后不久刘勰在《文心雕龙》中，直以“篇中之独拔”的“秀”的性质来归纳概括，并不是没有缘由的。长时间积累的阅读经验转入创作实践，强化了对“秀”的自觉追求。这时候虽未明确定下“秀句”的某种标准，但已有了趋同的倾向。当然，《文心雕龙》中“秀”的含义不止是“秀句”，但不可否认，“秀句”是最基础的环节，因为若无句中之“秀”，又何来篇中之“秀”？更何况，南朝诗正是在对“秀句”的锤炼与摸索中，慢慢体悟到了意象之秀，乃至意境之秀。

《文心雕龙·隐秀》：“秀也者，篇中之独拔者也。”用“独拔”释“秀”，刘勰使用的是字的本义，见《尔雅·释草》：“木谓之华，草谓之荣，不荣而实者谓之秀，荣而不实者谓之英。”[①] 其实，陆机也曾用“华秀”喻文，如“谢朝华于已披，启夕秀于未振”。[②] 诗不能全用陈言，而应有所“秀出”，也就是独造新语，超越于其他部分之上，故刘勰称之为“秀句所以照文苑”。接着，刘勰言“如欲辨秀，亦惟摘句”，举出班婕妤《怨歌行》、李陵《与苏武诗》、汉乐府《伤歌行》、王瓒《杂诗》中四则对句，分别以“意凄而词婉”“志高而言壮”“心孤而情惧”“羁旅之怨思”来说明，所持的标准是重真情表述的情语。

与《文心雕龙》相比较，钟嵘《诗品》对“秀句”的标准，是情语、景语兼有之。现在有学者认为《诗品》里已有了明确的“摘句批评法”。[③] 其核心在于以一句代替全章，或以个别代替整体，不仅秀句本身具有独立的意义，更兼有暗示、举例、鉴赏等多重作用。钟嵘不止一次提到过“奇章”“秀句”“胜语”，还多次用摘句法加以品鉴。如其一，评郭璞的游仙诗，是“辞多慷慨，乖远玄宗。而云‘奈何虎豹姿’，又云：‘戢翼棲榛梗。’乃是坎壈咏怀，非列仙之趣也。”以选择出的两句代指全篇，进而论诗人的风格。钟嵘的评语，肯定了郭璞游仙诗在所描写的内容中寄寓的深厚感情，而这两句诗句，也正是妙语与神情兼具。又如其二，评谢朓诗：“一章之中，自有玉石。然奇章秀句，往往警遒。”玉，指佳句；石，指瑕疵。所谓“警遒”，即警策遒劲，诗风不流于弱。这种细细打磨出的精致工巧，清丽中不失壮语，正是南

① 《尔雅注疏》，中华书局1980年版，第2630页。

② （西晋）陆机著，张少康集释：《文赋集释》，第36页。

③ 张伯伟：《中国古代文学批评方法研究》，中华书局2002年版；曹旭：《诗品笺注》，人民文学出版社2009年版，第326—345页。

朝山水诗文共同追求的秀句风格。

值得注意的是，钟嵘用“秀句”的方式去品评，在上品中并未涉及，出现在中品、下品中的几次，所占比例也不大。第一，钟嵘还是认为似《小雅》《离骚》《古诗十九首》的浑如璞玉，不可句摘，是最天成的美感。而曹植、陆机、谢灵运等人的诗作，并非没有秀句在其中，是它们整篇浑然一体的特色突出，不需要用单独的“秀句”出之。第二，虽然《诗品》中用摘句品评，但不代表对“秀句”的认识已经很成熟、很全面。相反，无论是刘勰还是钟嵘，对“秀句”的感觉都是模糊的，尤其是对《文心雕龙》而言，“秀句”只不过是与“隐”对应着的“秀”的一面，远非全部。其积极意义在于，溯源于陆机，深化于刘勰、钟嵘的秀句概念，尽管不够系统，但里面涉及秀句产生、内容、性质及作用等因素的讨论，对后代的“句集”“句图”“诗格”起到了理论导引作用。

其一，秀句的产生有两种方式：一种是雕琢得来，一种是浑然天成，两者并无高下之分，也无针锋相对的矛盾。前者譬如陆机、谢灵运的创作实践，正像许学夷《诗源辩体》中所言：“十九首‘思君令人老’、‘磊磊涧中石’、‘同心而离居’、‘秋草萋以绿’，与子建‘高台多悲风’等，本乎天成，而无作用之迹，作者初不自知耳。如子桓‘丹霞夹明月’等语，乃是构结使然。必若陆士衡辈有意雕刻，始可以称佳句也。”两晋到南朝的众多秀句，之所以有“独拔”的效果，如鲍照的“节亮句遒”，何逊的“造语新辟”，徐陵的“多警拔句”，阴铿的“专求佳句”等，皆是凝心深思、苦思锻炼的产物，是长久苦思寻觅后，才有了佳句纵横，符合诗歌创作从天工到思力的过渡。

但在南朝文论中，后者是最被推崇的。刘勰在《隐秀》中言，秀句的产生应为“思合而自逢”“自然会妙”，而非“研虑之所求”“雕削取巧”。补文中也说：“然烟霭天成，不劳于妆点；容华格定，无待于裁熔。”要求诗人在创作过程中，随着内心情感的起伏和笔下的“彼波起辞间”，抓住稍纵即逝的灵感，才可能出现“妙手偶得之”的秀句。另外，钟嵘在《诗品序》中提出“直寻”说，“观古今胜语，多非补假，皆由直寻。”评谢惠连时则引《谢氏家录》言：“康乐每对惠连，辄得佳语。后在永嘉西堂，思诗竟日不就，寤寐间，忽见惠连，即成‘池塘生春草。’故常云：‘此语有神助，非吾语也。’”两者意思同出一辙，说明诗中的秀句乃是具有敏锐感知力的诗人慧眼独具，若不可遏，宛如神助，在灵感之下促发出的只可意会不可言传。

其二，对秀句的内容没有成规，可以是景语、情语、也可以是言志、言理，以富于形象的前两类为要。初唐元兢在《古今诗人秀句序》中提出选录秀句的标准，“余于是以情绪为先，直置为本；以物色留后，绮错为末。助之以质气，润之以流华，穷之以形似，开之以振跃。或事理俱惬，词调双举”。① 因元兢所选录的大多是南朝诗，我们完全可以从中窥见南朝诗的艺术风貌以及其相关观念的发展。“以情绪为先”，所重的是情感；“直置为本”是要直寻所得；“以物色留后”，所重的是意象；“助之以质气，润之以流华，穷之以形似，开之以振跃”，与《诗品》“干之以风力，润之以丹采”说法虽不同，意义却相近。这些都证明了对秀句的规范，不是从内容上固定的，而是要从性质上进行判断。

例如，《南齐书·文学传》中记载丘灵鞠《挽歌诗》中的“云横广阶暗，霜深高殿寒”，《梁书·王籍传》记载王籍的“蝉噪林逾静，鸟鸣山更幽”，是凝练的景语。《诗品序》提到的“思君如流水”“高台多悲风”，是直陈所见、直写所感的情景交融语。明胡应麟在《诗薮》中，汇集了许多南朝可资磋赏的秀句，绝大多数都是体物入微、境界开阔，并含蕴有隽永情味的景语。② 可以说，南朝诗中的佳句不仅是其一时的努力，也为后世提供着可资参照的基础。

其三，秀句的作用不在它的本身，而在秀句为全篇之眼，秀句活而全篇皆活。谭元春曾言：“一句之灵，能回一篇之运；一篇之朴，能养一句之神。”一句即为秀句。一首诗很难写到触目生辉，句句真眼，秀句的存

---

① （唐）元兢：《古今诗人秀句序》，［日］遍照金刚撰，卢盛江校考：《文镜秘府论·南卷·集论》，第1555页。

② （明）胡应麟《诗薮·内编卷二·古体中·五言》：“世谓晋人以还，方有佳句。今以众所共称者，众集于此。太冲‘振衣千仞岗，濯足万里流。’士衡‘和风飞清響，纤云垂薄阴。’景阳‘朝霞迎白日，丹气临汤谷。’景纯‘左挹浮丘袖，右拍洪崖肩。’休文‘志士惜日短，愁人知夜长。’正长‘朔风东劲草，边马有归心。’颜远‘富贵他人合，贫贱亲戚疏。’渊明‘采菊东篱下，悠然见南山。’‘日暮天无云，春风扇微和。’康乐‘清晖能娱人，游子澹忘归。’‘池塘生春草，园柳变鸣禽。’叔源‘景昃鸣禽集，水木湛清华。’延之‘鸾翮有时铩，龙性谁能驯?’玄晖‘金波丽鳷鹊，玉绳低建章。’‘余霞散成绮，澄江静如练。’吴兴‘亭皋木叶下，陇首秋云飞。’‘太液沧波起，长杨高树秋。’文通‘日暮碧云合，佳人殊未来。’梁武‘金风徂清夜，明月悬洞房。’明远‘绣甍结飞霞，璇题纳行月。’‘马毛缩如猬，角弓不可张。’仲言‘枝横却月观，花绕凌云台。’‘露滋寒塘草，月映清淮流。’萧悫‘芙蓉露下落，杨柳月中疏。’王籍‘蝉噪林逾静，鸟鸣山更幽。’休文‘标峰彩虹外，置岭白云间。’王融‘高树升夕烟，层楼满秀调。’皆精言秀调，独步当时。六朝诸君子生平经历，罄于此矣。”

在就是因其无论是写某景、写某情，或者是写某事，它都是全篇的精神内核，振起全篇，通体光华。“古人一语之妙，至于不可思议，而常借前后左右宽裕朴拙之气，使人无可喜而忽喜焉。如心居内，目居外，神光一寸耳，其余皆皮肉肤毛也。”① 所以，秀句不在多而在精致，不在凡尘而在神境。

举例言之，陶渊明《归园田居》：“晨兴理荒秽，带月荷锄归。道狭草木长，夕露沾我衣。”后人评之：“事亦寻常，而渊明道之极美矣。”② 美就美在此句景、情、味的水乳交融，表达了诗人的喜悦心情，渲染出了全诗的清新基调。再如，《咏贫士》中的“朝霞开宿雾，众鸟相与飞”，与前句有异曲同工之妙，以一点的景色特写镜头，遂打开了全诗的意境。秀句之于全篇，就像“诗如神龙，见其首不见其尾，或云中露一爪一鳞而已，安得全体。……恍惚望见者，第指其一鳞一爪，而龙之首尾完好，故宛然在也。若拘于所见，以为龙具在是，雕绘者反有辞矣”。③ 所以说，秀句为“篇中之独拔”，位居诗中的最佳位置，应是陆机所论的“片言”与钟嵘所论的“奇章秀句”的合体，单纯的警策语没有佳句形象的美感，单纯的佳句也没有警策语的诗意凝练。只有兼得两者，“秀句”才能点出全诗的摄神之所在。

二　象之卓绝

与刘勰讨论的“隐”相似，《文心雕龙》中远不止明确提出了“秀句”的概念。在诗歌创作及鉴赏“秀句”的基础之上，“秀”更多代表的是与“隐”之含蓄相对应的“秀”之秀出，也就是里面提到的“卓绝”。

> ……秀也者，篇中之独拔者也。隐以复意为工，秀以卓绝为巧。斯乃旧章之懿绩，才情之嘉会也。
>
> ……彼波起辞间，是谓之秀。纤手丽音，宛乎逸态，若远山之浮烟霭，娈女之靓容华。然烟霭天成，不劳于妆点；容华格定，无待于裁熔；深浅而各奇，俪秾而俱妙，若挥之则有馀，而揽之则不足矣。

---

① （明）谭元春：《题简远堂诗》，《谭友夏合集》卷 23，《中国文学珍本丛书》本。

② （明）陆时雍：《诗镜总论》，丁福保辑《历代诗话续编》，第 1411 页。

③ （清）赵执信：《谈龙录》，郭绍虞编选，富寿荪校点《清诗话续编》，上海古籍出版社 1983 年版，第 310 页。

夫立意之士，务欲造奇，每驰心于玄默之表；工辞之人，必欲臻美，恒匿思于佳丽之乡。呕心吐胆，不足语穷；锻岁炼年，奚能喻苦？故能藏颖词间，昏迷于庸目；露锋文外，惊绝乎妙心。使酝藉者蓄隐而意愉，英锐者抱秀而心悦。譬诸裁云制霞，不让乎天工；斫卉刻葩，有同乎神匠矣。

……故自然会妙，譬卉木之耀英华；润色取美，譬缯帛之染朱绿。朱绿染缯，深而繁鲜；英华曜树，浅而炜烨；隐篇所以照文苑，秀句所以照文苑（侈翰林），盖以此也。

对这段文字进行阐释，需要先解释两点：

其一，目前所见的《文心雕龙·隐秀》，虽然夹进了不少的后人补文，但这是从文献学角度去定性，而在思想史上，从对文学观念的理解和阐释看，补文所体现出对“秀”的看法，与能够确定的《文心雕龙》的原文并无根本冲突。补文与原文在思想层面上，是可以放在同一水平线上考察的。我们无论是在讨论“秀”或是“隐”的过程中，必须要跳出这种文字真伪、衍脱带来的局限，而从整体上着眼于刘勰试图要表达的理论意义。因其观念又多来自对前代文学的认识，以及受到同时代文坛风尚的影响，故此不能只是在《文心雕龙》的框架中讨论“秀”，还要结合当时南朝文坛尤其是诗歌发展下的大背景。

其二，曾有学者如罗根泽、刘师培等人，将“秀”视为刘勰所论诗文中有基于文字、又欲洋溢于文字之外的一种独特风格。有“秀”之文淡雅有生气，但其与风格劲节不同，是为婉丽秀逸的阴柔美。① 这两者观点有它的合理性，不过仍有可待商榷的细节。

一是，刘勰在《体性》中分“八体”为八种风格，并无一类与“秀”直接关联，具体评定作家作品时，也未用“秀”的字眼，据此就直说“秀”是风格论，难免有些勉强。二是，《文心雕龙·风骨》：“结言端

---

① 参见罗根泽《中国文学批评史》，上海古籍出版社 1984 年版。另，刘师培在《中国中古文学史讲义·论文章有生死之别》中说：“凡文章有劲气、能贯穿，有警策而文采杰出（即《文心雕龙注·隐秀篇）之所谓“秀”）者乃能生动。”又在《论任昉文章之“隐秀”》中，举任昉之文为实例，“任文能于极淡处传神，故有生气。犹如远眺山景，可望而不可及，实即刘彦和之所谓秀也（每篇有特出之处谓之秀，有含蓄不发者谓之隐），学任之淡秀可有生气，学蔡、陆之风格劲气亦可谓有生气。才殆文章刚柔之异耳，陆、蔡近刚，彦升近柔，刚者以风格劲气为上，柔以隐秀为胜。风偏于刚而无劲气，偏于柔而不能隐秀者，皆死也。”

直，则风骨成焉；意气骏爽，则风骨清焉。”所谓“风骨”，是文气在诗文中贯通感染，让其具有清新、刚健、明朗、壮丽的特点，由此产生骨鲠遒劲的效果。虽然这与阳刚美很接近，但风骨本身有它的体系，同样不能用风格论来局限，由此就更谈不上与“秀”的阴柔美双面对举。三是，把“秀”与阴柔美联系起来，很大程度上是刘勰对“秀”的这段文字论述本身就文采斐然，用风花雪月、少女姿态做比拟，清姚鼐在《与鲁洁非书》中就据此有些偏离，认为能用“如清风，如云、如霞、如烟、如幽林曲涧、如沦如漾，如珠玉之辉”等类似点来加以形容的诗文，大都是与阳刚美相左的阴柔美。①

原文与补文中均采用了比喻的论证手法，解释“秀”是“秀以卓绝为巧”。钟嵘《诗品》中也有，如“谢诗如芙蓉出水，颜诗如错彩缕金”，再如评范云、丘迟“范诗清便宛转，如流风回雪。丘诗点缀映媚，似落花依草。故当浅于江淹，而秀于任昉”。“清便”意为清新秀逸而美好。同样用嘲风雪、弄花草，如落花之依，傍于碧草的比方，形容南朝诗文点缀词采，相映而生媚趣的唯美风尚。这是诗文发展的大趋势，“秀”在后来也确实被引申有了此方面的含义。但归根结底，秀出的“秀”由何而出？“卓绝”指的是什么意思？南朝诗比之前人，在表达内容与技巧上发生了怎样的变化？

“齐梁人欲嫩而得老，唐人欲老而得嫩，其所别在风格之间。齐梁老而实秀，唐人嫩而不华，其所别在意象之际。齐梁带秀而香，唐人撰华而秽，其所别在点染之间。”② 齐梁诗是唐音的前奏，陆时雍认为之所以称为“秀”，是由于意象出现了变化，意象的特出，即有“带秀而香”。同理，齐梁诗与汉魏诗的差异，很大程度上也是因对意象的选择与构建的不同。刘勰提出的“秀以卓绝为巧”，由此可以理解为“秀象”，即“象之卓绝”。清冯班在《钝吟杂录》中说过：“诗有活句，隐秀之词也。直叙事理，或有词无意，死句也。隐者，兴在象外，言尽而意不尽也。秀者，章中迫出之句，意象生动者也。”③ 正因意象的生动，故此言“彼波起辞间，是谓之秀”；因意象的新奇，故此言“藏颖词间”“露锋文外”。意象

---

① （清）姚鼐：《惜抱轩文集》卷6，上海古籍出版社2008年版。

② （明）陆时雍：《诗镜总论》，丁福保辑《历代诗话续编》，第1408页。

③ 此句乃是从詹锳的《文心雕龙义证·隐秀》中转引的。冯班的书中，并没有此句。

具有的形象性，能似美好的物象、景象一般愉悦人心；意象又具有随机性，也只有自然会妙、神思而得，不可苛求。

这种“秀”给予诗的艺术表现力，与“隐”的艺术感染力恰好是相反的。“秀”是通过意象尽量地外在显露，拼织出完满无缺的诗意，仿佛与建筑中砖石的作用一样；“隐”则通过意象尽量的含蓄、内在地表达某种特殊神韵，仿佛是建筑中的钢筋框架，在表面上根本看不出来，但它却固定了建筑的大风貌，进而决定了这栋建筑质量的优劣好坏。

宋、齐、梁、陈笃行新变之风，与对“秀象”的追求息息相关。在南朝诗之前，汉魏诗已走过了“隐”的阶段，南朝诗创作中所需要的，正是对精致意象的打磨。诸如山水、咏物、宫体诗等题材皆出现在这百余年中，这种现象本身就是有力的证据，证明了此时的诗歌审美中有对内容新奇且形象鲜明突出的意象的几多期许。

首先，就山水诗而言，山水意象开始具有独立性，不再与其他内容相粘连。也就是说，山水的描写不再是一首诗的片段，而开始渐渐满溢整首诗的空间。如此拓展了山水意象的内容，从原来写山水的一笔带过，到尚刻画、尚彩饰的逐笔描绘，山水描写遂向密致演变。这便让客观的山水从物象到形象，经过诗人的打磨后再为意象，其中被典型化和广泛接受的，即是卓绝秀象。后人评价二谢、何阴的山水诗时，如明钟惺在《古诗归》中点评谢灵运《登江中孤屿》“以丽情密藻，发其胸中奇秀，有骨、有韵、有色”，明陆时雍《诗镜总论》中论“何逊之后继有阴铿，阴何气韵相邻，而风华自布。见其婉而巧矣，微芳幽馥，时欲袭人”，[①] 明胡应麟《诗薮》中认可“阴惟解作丽语。……然近体之合，实阴兆端”，[②] 清陈祚明《采菽堂古诗选》中评论“阴子坚诗声调既亮，无齐、梁晦涩之习，而琢句抽思，务极新隽，寻常景物，亦必摇曳出之，务使穷态极妍，不肯直率”等，无论是讲“奇秀”“丽语”，还是“新隽”“婉而巧”，指的都是精选提炼的意象之美。众多巧妙之处是唐诗意象的先导，为南朝山水诗艺术成就之所在。

其次是咏物诗，拓展开了南朝诗中的意象视野，将日常的客观物象也作为诗中的表现对象，进而获得了独立的审美。据统计，出现在诗中的咏

---

① （明）陆时雍：《诗镜总论》，丁福保辑《历代诗话续编》，第1409页。

② （明）胡应麟：《诗薮·外编卷二·六朝》，第154页。

物题材从刘宋时的30余种，增加到齐梁时的300余种，其中很多都是新的意象类型，从日常器物到动植物，再到有特点的女性及杂物，涵盖面颇广。[①] 比之山水诗，这在南朝诗的新变过程中显得更为突出。在力求细腻精致、纤巧流丽地对意象进行描写的层面上，晋宋以来的山水诗与齐梁后的咏物诗，可谓处于同一美感层次，那就是“咏物诗要不即不离，工细中须具缥缈之致”，[②] 避免“太切题则黏皮带骨，不切题则捕风捉影”，[③] 方能达到咏物意象的艺术三昧。诗中表现意象，既要有工细巧妙的外在描写，同时也要有潜气内转的内在神韵，咏物不滞于物，这样的意象才具有“秀象”的特质，如沈约、王融、谢朓、萧纲、徐陵、江总、陈叔宝等人，优秀的诗作大抵如此，为“诗之佳者，在声色臭味之俱备”，[④] 给人以赏心悦目的艺术享受。再如，咏橘树之挺立是“绿叶迎露滋，朱苞待霜润”，[⑤] 咏梅花之英姿是“春砌落芳梅”，[⑥] 咏蔷薇之娇嫩是“片舒犹带紫，半卷未全红”。[⑦] 其颜色之用，如“萎绿映葭青，疏红分浪白”，[⑧] 实是“始知烘染设色，微分浓淡；而远近层次，尚在形似意想间，犹未显然分明也”。[⑨] 在对秀象的营造上，称其为不遗余力，尚不为过。

这些具体例子足以证明“秀”有“秀象”之意。可以说，刘勰在理论上对“秀象”的阐释，显示出对六朝诗风走向的敏锐把握。刘勰毕竟倾向复古，缺乏创作经验，时间段又截止到萧梁中期，不能言其有对南朝诗风新变的完整认知。然其对“秀象”的自觉追寻，以“秀”为“隐”相辅相成、互相配合的一部分，为创作论及鉴赏论等对“秀”的艺术现象的解释，恰恰显示了六朝文学创作的实践走向和理论强化。从这个角度

---

① 赵红菊：《南朝咏物诗研究》，上海古籍出版社2009年版，第80页。

② （清）吴雷发：《说诗菅蒯》，丁福保辑《清诗话》，上海古籍出版社1978年版，第901页。

③ （清）钱泳：《履园谭诗》，丁福保辑《清诗话》，第889页。

④ （清）沈德潜：《古诗源》卷13，第312页。

⑤ （南朝·梁）沈约：《园橘诗》，逯钦立辑《先秦汉魏晋南北朝诗·梁诗卷七》，第1657页。

⑥ （南朝·陈）陈叔宝：《梅花落》，逯钦立辑《先秦汉魏晋南北朝诗·陈诗卷四》，第2507页。

⑦ （南朝·梁）鲍泉：《咏蔷薇诗》，逯钦立辑《先秦汉魏晋南北朝诗·梁诗卷二十四》，第2028页。

⑧ （南朝·梁）萧纲：《咏疏枫诗》，逯钦立辑《先秦汉魏晋南北朝诗·梁诗卷二十二》，第1973页。

⑨ （清）叶燮著，霍松林校注：《原诗·外篇下》，第61页。

出发，我们想要对“秀象”有更为深刻的理解，就还需对如何得“秀象”的具体创作手法，择其要点加以总结归纳。

其一，白描逼真。这与《物色》所言的“文贵形似”意思相近，南朝诗之秀象是“窥情风景之上，攒貌草木之中”，必有物色之美，“犹如水中见日月，文章是景，物色是本，照之须了见其象也”。[①] 更重要的是，形似并不是呆板无韵的印印泥，而是“形似体者，貌其形而得其似，可以妙求，难以粗测者是。诗曰：‘风花无定影，露竹有余清。’又云：‘映浦树疑浮，入云峰似减’”[②]。这两句诗目前无考，但它们与南朝清丽诗风很接近是毋庸置疑的。当时重视对物象细腻入微的描绘，表其华美，致力显现出意象风姿神采、精妙难言之处，是谓之秀。由此看《隐秀》“工辞之人，必欲臻美，恒匿思于佳丽之乡。……故能藏颖词间，昏迷于庸目；露锋文外，惊绝乎妙心”，与《物色》中的“是以诗人感物，联类不穷，流连万象之际，沈吟视听之躯；写气图貌，既随物以宛转，属采附声，亦于心而徘徊”，实在是殊途同归的两条创作论。刘勰所要表达的意思，正是欣赏千变万化之景致，吟咏耳闻目见之声色，既随着物态变迁委曲尽妙，写灵通之句，又和着内心感应斟酌至当，参化工之神，唯有如此方能为“秀”。

其二，翻转标奇。如果说，白描逼真指的是“秀象”能以形似状态写出，那么这里强调的则是“秀象”并非因描写不常见的、奇特的象才成为“秀象”，恰恰相反，是捕捉日常生活中的物象而形成的。谢朓的“池塘生春草，园柳变鸣禽”是对此意阐释的最好代言，后世诗话对其推崇之至。如清贺贻孙《诗筏》中有言：

> 吾尝谓眼前寻常景，家人琐碎事，说得明白，便是惊人之句。盖人所易道，即人所不能道也。如飞星过水，人人曾见，多是错过，不能形容，亏他收拾点缀，遂成奇语。骇其奇者，以为百炼方就，而不知彼实得之无意耳。即如“池塘生春草”，“生”字极现成，却极灵幻。虽平平无奇，然较之“园柳变鸣禽”更为自然。[③]

---

① ［日］遍照金刚撰，卢盛江校考：《文镜秘府论·南卷·论文意》，第1312页。

② ［日］遍照金刚撰，卢盛江校考：《文镜秘府论·地卷·十体》，第438页。

③ （清）贺贻孙：《诗筏》，引自郭绍虞编选，富寿荪校点《清诗话续编》，第164—165页。

现实生活中的很多东西都平淡无奇，既看不出有多少情趣，也谈不上有什么诗意，南朝诗对“秀象”的拓展，并不在于对“象”之对象的搜奇制胜，也不在于对“象”的描绘的矫揉造作。所谓“奇”，是在平凡中发现出人意料的美。再如，南宋叶梦得在《石林诗话》中有言：

> “池塘生春草，园柳变鸣禽”，世多不解此语为工，盖欲以奇求之耳。此语之工，正在无所用意，猝然与景相遇，借以成章，不假绳削，故非常情所能到。诗家妙处，当须以此为根本，而思苦言难者，往往不悟。[①]

假若刻意去寻找，反而是有隔膜的，真正的“秀”无隔，标新奇出于一般，偶然中含有必然，这正是极见功力却又不露斧凿之迹。再如王籍的“阴霞生远岫，阳景逐回流。蝉噪林逾静，鸟鸣山更幽”，[②] 何逊的“夜雨滴空阶，晓灯暗离室”，[③] 阴铿的“莺随入户树，花逐山下风”，[④]“泊处空余鸟，离亭已散人”，[⑤] 真的是闲闲两语，了无滞色，以本色见佳的真景自成，而不是依靠匠心摹拟的。

其三，善用机趣。若用生死区分，“秀象”定是活象而非死象，生动活泼出于刹那间的机趣之笔，使得静态的象有了波澜的动态，秀气顿生。“趣”与“秀”的联系，是因为“趣”是诗意的艺术化，要借助于象在诗句中显露出来，它不能朦胧地“隐”，而是要透彻地“秀”。

无论是山水诗，还是咏物诗，机趣均可显露在其中。谢灵运《过始宁墅》的“岩峭岭稠叠，洲萦渚连绵。白云抱幽石，绿筱媚清涟”，白绿两色之间具有动感；谢朓《之宣城出新林浦向版桥》：“天际识归舟，云

---

① （南宋）叶梦得：《石林诗话》，引自（清）何文焕辑《历代诗话》，中华书局 2004 年版，第 426 页。

② （南朝·梁）王籍：《入若邪溪诗》，逯钦立辑《先秦汉魏晋南北朝诗·梁诗卷十七》，第 1854 页。

③ （南朝·梁）何逊：《从镇江州与游故别诗》，逯钦立辑《先秦汉魏晋南北朝诗·梁诗卷九》，第 1703 页。

④ （南朝·陈）阴铿：《开善寺诗》，逯钦立辑《先秦汉魏晋南北朝诗·陈诗卷一》，第 2453 页。

⑤ （南朝·陈）阴铿：《江津送刘光禄不及诗》，逯钦立辑《先秦汉魏晋南北朝诗·陈诗卷一》，第 2452 页。

中辨江树。”《游东田》：“鱼戏新荷动，鸟散余花落。”《和徐都曹出新亭渚》：“日华川上动，风光草际浮。”水云万里，闲情流动；柳恽《独不见》的“芳草生未积，春花落如霎”，花草是有趣的生命；庾信的《咏画屏风》“爱静鱼争乐，依人鸟入怀”，江总《春日诗》：“水苔宜溜色，山樱助落晖。浴鸟沉还戏，飘花度不归。”徐防《赋得蝶依草》：“秋园花落尽，芳菊数来归。那知不梦作，眠觉也恒飞。”鱼鸟仿佛人一般，具有快乐的生命。南朝诗意象不出山水的风花雪月，动植物的花鸟虫鱼，但其塑造秀象的优点，正在于即使客观的山水本身无性情，花鸟的本身也无趣感，但经过诗人的妙手点染，能让山水含情、花鸟依人，无不注满了生机盎然的趣味。只有有了这种活气，“象”才具有新鲜的生命力，成为使人心悦的“秀象”。

白描逼真、翻转标奇、善用机趣等具体创作手法，都是为了锤炼出卓尔不凡的秀象，且秀以神，非秀以色也。在经过巧妙不凡的组合后，使“物色在于点染，意态在于转折，情事在于犹夷，风致在于绰约，语气在于吞吐，体势在于游行”，[①] 如此的“秀”，比之“隐”更多地向内收敛的魅力，它更多的是向外艺术美感的彰显，构造了诗歌如五色画境的美感世界。

三 境之浑融

刘勰在《文心雕龙·隐秀》中并没有解决“秀”的所有问题，因“秀”本就是个概念不固定、范围也不确定的命题，且与“隐”的关系需要我们沿着刘勰指出的理论方向，补充之后的必要环节，并作以辨析和阐释。

清贺贻孙在《与友人论文书》中有一段精辟的讨论：

> 均一秀也，有没美秀焉，有隐秀。春兰始香，夏榴初笑，天然治丽，不设绘洵，若是者美秀也；玉气藏虹，珠胎含月，烟笼雾縠，剑埋龙文，若是者隐秀也。此二秀者不可不辩也。

“美秀”与“意象”类似，是秀出，是鲜明生动、具体可感的。无论

① （明）陆时雍：《诗镜总论》，引自丁福保辑《历代诗话续编》，第1423页。

是“秀句”还是“秀象”，其表现内容的方式都是借助“句”和“象”逼真形象的描绘，使人有耳闻目见、亲临其境之感。尽管能借用自身独特的品格，以少总多地代指诗文风格中最为突出的那一部分，但它们毕竟不能涵盖全部。如果就此一叶障目、不见泰山，而忽视整体的风貌，那就好似用手术刀解剖局部，若尚未意识到里面还有血脉流通，势必会鲜血淋漓，不堪入目。

贯通其中的血脉，正是“秀”的最高层面，即“隐秀”。作为艺术创作与情感寄托，“美秀”在产生的瞬时就不可避免有“意”的注入，好的“美秀”必定是“意象”。而大部分的意境，又是在有意象存在的基础上拓展，意象相对单纯且静观，意境相对繁复且流动。意象为意中之象，象中有意，“是融入了主观情意的客观物象，或者是借助客观物象表现出来的主观情意”。意境为有意之下营造出来的境界，“是指作者的主观情意与客观物象，互相交融而形成的艺术境界。”① 对意象与意境的定义，都旨在说明象、意、境三者间的交融，“意”占据着主导地位。②

有鉴于此，我们需要追问的是，在同一首诗中，它们采用了怎样的结构模式，才能够共生共处？这个问题的答案，既能回答“美秀”如何提升为“隐秀”，也能回答“秀象”如何演变为“境之浑融”。换句话说，“秀象”作为诗中最卓绝、最突出的部分，它们如何组合存在，才能让整首诗呈现出浑融态势，直逼鉴赏者的感官和灵魂。

齐梁时期的诗歌创作实践以及诗人有意识地对诗歌审美的追求，正可以看作从重视“美秀”到重视“隐秀”的过渡阶段，也即是从重视“秀象”到重视“秀境”的发展过程。这里的“境”要理解为“诗境”，侧重从“象”与“象外”的关系去看待“境”的生成。境是在已有的“象外”产生的，里面有超出其他一般的象，也就是“美秀”，但即便“美秀”是最好的“象”，它仍是孤立有限的，是具体的一角；境则是它们能完美的联合，具有空间性与时间性，为虚实相间的整幅大图景。所以说，

---

① 袁行霈：《中国诗歌艺术研究·论意境》，北京大学出版社 2009 年版，第 23—49 页。

② 参见陶文鹏《意象与意境关系之我见》，《文学评论》1991 年第 5 期；蒋寅《语象·物象·意象·意境》，《文学评论》2002 年第 3 期；韩经太、陶文鹏《也论中国诗学的“意象”与“意境”说》，《文学评论》2003 年第 2 期；韩经太、陶文鹏《中国诗学“意境”阐释的若干问题》，《北京大学学报》2007 年第 6 期。

仅有“美秀”是不够的，诗只能处在“有佳句而无佳篇”的状态。

以刘宋时的谢灵运为代表，其山水诗意象繁复，不可避免出现了许多“累句”“鄙句”“赘句”，导致篇章看似“美秀”众多，实则意蕴单薄，节奏也因而显得拖沓，缺失流宕之美。包括萧子良、萧纲、钟嵘等人在内的批评者，他们既欣赏谢灵运的纵横才气，同时又毫不客气地指出其诗中有“冗长”“疏慢阐缓，膏肓之病”“时有不拘，是其糟粕”“颇以繁复为累”的毛病，意思都是说，因其对辞藻的耽迷、对才学的炫耀，导致对山水之象的描写太沉、太重。更何况，谢灵运也没能在诗句中处理好“秀象”之间的潜在联系，大多平铺直叙，缺少意合。他的诗中不缺“美秀”，唯独全篇的“隐秀”效果不佳，尚未达到“片言可以明百意，坐驰可以役万景”的浑融之境。

这种象与象中间有隔，“秀象”不能很好地融入全篇的现象，会导致诗境壅塞而不能流畅。明李东阳在《怀麓堂诗话》中称这种毛病为：“强排硬叠，不论其字面的清浊，音韵之谐并，而云我能写景用事，岂可哉分?”它们只像小孩子堆积木似的，把能描绘出的象生硬地堆砌起来。南朝诗率先发现此类弊端，且能提出理论并在实践中身体力行者，乃为谢朓。后人有论曰:“齐之诗，以谢朓为称首。其诗清丽新警，字字得苦吟，较之梁江淹仿佛近之；而沈约、任昉辈皆不逮，遂以开唐人一代之先。然汉魏之遗音，浸以微矣。”① 据《南史·王筠传》载，谢朓曾言“好诗圆美流转如弹丸”，这是迄今唯一可见的谢朓诗论，但足以见其对诗境的孜孜追寻，可谓是自永明后诗风开始转向的里程碑。

> 玄晖能以圆美之态，流转之气，运其奇俊幽秀之句，每篇仅三四见而已，然使读者于圆美流转之中，恍然遇之，觉全首无非奇俊幽秀，又使人第见其奇俊幽秀，而竟忘其圆美流转，此所以惊人也。②

所谓“圆美”，即圆融之美，举凡意象圆活、构篇精圆、音调圆润等因素皆包括在内。对于从象到境的质的飞跃，最重要的是转意象于虚圆之中，营造出活色生香的诗境。所谓“弹丸”，即司空图《二十四诗品·流

---

① （清）吴淇：《六朝选诗定论》卷15，广陵书社2009年版，第406页。

② （清）贺贻孙：《诗筏》，郭绍虞编选，富寿荪校点《清诗话续编》，第161页。

动》："若纳水辖绾，如转丸珠。"水车转动，清水不腐；珠丸转动，永无停息。《二十四画品·圆浑》："圆斯气裕，浑则神全。"[①] 圆融流转，不能做质实之理解，本质是一种不滞两边，不粘有无，不起分别，任运流转，不住一念。苏轼也有诗言，如《次韵答王巩》："新诗如弹丸，脱手不暂停。"《次韵欧阳叔弼》："中有清圆句，铜丸飞柘弹。"意为水车转动，清水不腐；珠丸转动，永无停息。这些都是以"弹丸"喻诗境之美，更迭变化，故有生机。

以此为倡导，齐梁诗歌逐渐将堆砌典故、罗列物象的痕迹涤除干净，同时以秀象超脱、诗境透莹为诗美努力的新目标，创作出精工流丽、妍美动人的唐调之始。汉魏古诗虽气象浑成，意气高扬，但太实、太繁、太重。尤其在复古潮流的推动下，有的齐梁诗更是铺张意象，无所不用其极，诗作读起来艰深生涩。从沈约、谢朓、任昉、王融等开始倡导的新变，以"三易"说立本，虽使得近体诗体格渐卑，气运日薄，但以秀象超脱、诗境透莹为诗美努力的新目标，将"境之浑融"立为诗歌审美的共识，从汉魏诗内充的空疏廓大，缩小为内蕴的氤氲缭绕，境敛而圆美，语敛而精工，进而在其中侧重物象的细密，并施以新颖的挖掘和尖巧的刻画。

齐梁诸诗人的确是取象幽芳可采者，造境于趣远韵深且又鲜明如画，这与受到南朝民歌的影响无不关系。后世对《玉台新咏》所收的诗通常评价不高，认为是淫荡艳情之作，伤于轻艳。但若抛开狭隘内容的局限，关注萧纲、徐摛等选诗标准中的"好为新变"，它们对诗境的推动，还是有积极意义的。[②] 诗跋云："孝穆之撰《玉台》，其所应令，咏新而专精取丽。"明袁宏道言："徐之与诗，固与庾子山并传不朽者也。夫选诗如庾，绣口锦肠。……清新俊逸，妩媚艳冶，锦绮交错，色色逼真，使胜游携此。"[③] 盛赞其精华在于由色彩点染，用秀象构织，又并不是简单的拼凑，牵涉到巧妙而有意味的组合，让纷繁的物象归拢成特定的诗境。具体举例，如徐陵的《山斋》："山寒微有雪，石路本无尘。竹径蒙笼巧，茅斋

---

① （唐）司空图著，郭绍虞集解：《诗品集解》，人民文学出版社1963年版，第42页。

② 沈玉成：《宫体诗与〈玉台新咏〉》："编撰者是徐陵，实际上编选标准即指导思想则应当出于萧纲。事涉后宫，没有皇帝或太子的命令，一位文学侍从决不可能去编这样性质的书。"

③ （明）袁宏道：《刻〈玉台新咏〉跋》，引自（南朝·陈）徐陵，（清）吴兆宜注《玉台新咏笺注》，中华书局1985年版，第539—540页。

结构新。……砌水何年溜，檐桐几度春。”石路落微雪，竹径傍茅斋，天地间晶莹剔透，有脱去尘俗的雅致。王夫之言其“率而道出森秀”，有“纯朗”之风致。[①] 对徐陵的其他诗歌，王夫之也评价甚高，“纳之古诗中，则如落日余光，置之近体中，则如春晴始旦矣。”[②] 以此为标杆，近体诗几乎彻底否定并抛弃了古拙、板实、繁密，形成轻盈动荡、深邃悠远的特点，并由此导向了对景外之景，象外之象，可望则不可置于眉睫前的追求。

当然，最优质的境之浑融是情景双收，景中有情，情中有景。重“秀象”既是重景，而从象到境，其中便自然加入了创作者胸中的情，它们通常不会露出来，而是隐藏在字里行间。这里又涉及了“隐”与“秀”的关系，真正的境之浑融是“秀”“隐”兼有之，特别是在“尚姿致”的南朝，实际是践行着秀中有隐，内在心中的情意带有“隐”之内涵，外显诗境的营造则具有“秀”之特色，是两者完美无际的交融。

还有诗论以内、外意分析两者，不妨各为诗之一格，见托名为白居易的《金针诗格》：“诗有内外意。内意欲尽其理，理谓义理之理，颂美箴规之类是也。外意欲尽其象，象谓物象之象，日月、山河、虫鱼、草木之类是也。内外含蓄方入诗格。”内、外意点明了“隐”“秀”的位置，使“隐”内在、“秀”外在的性质更加醒目化。晚唐的桂林淳也有解说内、外意之论，《诗评》引其言：“诗之有言为意之壳，如人间果实，厥妆未坏者，外壳而内肉也，如铅中金、石中玉、水中盐、色中胶，皆不可见，意在其中，使天下人不知诗者视至灰劫。但见其言，不见其意，斯为妙也。”“隐”“秀”的内外层关系并不是绝对固定的，而是在流动中相互依存。有时候是诗人先有主观情感的冲动或理性认识，然后搜寻相关“秀象”组合为诗，实现寄托隐含的情感，这是由内到外；有时候，诗人头脑中某一瞬间并没有某种情志浮现，但由于“象”触动了感官而兴发出某种深情，“则其仰观俯察，遇物触景之会，勃然而兴，旁见侧出，才气心思，溢于笔墨之外”，[③] 这则是由外入内，由“美秀”生“隐秀”。

---

① （明）王夫之编选，李中华、李利民校点：《古诗评选》卷6，第295页。

② 同上书，第294页。

③ （清）叶燮著，霍松林校注：《原诗·外篇上》，人民文学出版社1979年版，第47页。

唯有如此，方能状难写之景如在目前，含不尽之意见于言外。诗人将特定的情感举重若轻地寓托其中，却丝毫没有影响对眼前境界的逼真描绘，愈藻愈真，愈华愈洁。或唯写景象，不露作者情意；或虽有比兴，不妨描摹物态；当诗人无明显的预在情绪，而是完全沉浸到自然之中，与特定瞬间的情绪融合。同理，鉴赏者只要沉浸其中，便自能神会。何逊的山水诗绝少纯粹写景，诗境总是萦绕着浓浓的相思惜别，陈祚明评曰："何仲言诗经营匠心，惟取神会。生乎骈俪之时，摆脱填缀之习。清机自引，天怀独流。状景必幽，吐情能尽。"[①] 庾信更是有过之而无不及，其《谢赵王示新诗启》自言："落落词高，飘飘意远，文异水而涌泉，笔非秋而垂露。""词高"有清新之意，是"清者，流丽而不浊滞；新者，创见而不陈腐也"，[②]"意远"即语尽而意远，有言在此而意在彼的效果。

由此看来，南朝诗正是以"秀"作为审美风尚转变的关节点，不仅进行了初步的理论概括，而且以大量的创作实践形成了迥异于汉魏古诗的新风格，通过"秀句"精致了诗的肌理，通过"秀象"完善了诗的审美境界，又以"秀句""秀象"合之为极炼、极厚、极润、极活的"美秀"，进而提升为意趣活泼，风韵泠然的"隐秀"，使南朝诗之风格既有描摹刻画之委曲详尽，又有沉浸情调之蕴藉绵邈，为唐代诗格和意境做了实践的尝试和理论的铺垫。

---

① （清）陈祚明编，李金松点校：《采菽堂古诗选》卷26《梁五・何逊》，第829—830页。

② （明）杨慎撰，王仲镛笺证：《升庵诗话笺证》卷3，上海古籍出版社1987年版，第89页。

第三章

“自然”与中古文学的内容变迁

宗白华曾言：“晋人向外发现了自然，向内发现了自己的深情。山水虚灵化了，也情致化了。”① 言下之意，“自然”成为艺术审美的独立之境，并在中古文学中得到完美的展现。这里的“自然”，更多偏向于我们今天所说的“自然界”，是审美客体上的一种观照，与描写中的山水景物处于同一层面。然而纵观中古文献，“自然”本无此确切含义，其乃是具有多重内涵的文学观念：最初从老庄哲学中的“道法自然”所出，后逐渐演变为玄学视野下的自然观，既重视对万物本体论的认识，也注重对万物精神上的体悟。这样的自然观念带有多层次的内涵，不是任何单一义项可以概括的。继宗白华后，王瑶、罗宗强、葛晓音等学者也都曾从不同角度提及“自然”观，但皆未系统讨论这一命题。②

本章选取“自然”为中心，主要围绕五个问题讨论：一是以“自然”的哲学演进为线索，本体论、人生论与艺术论如何进行理论积淀，并进入文论中成为普遍命题；二是“自然”与玄言、山水诗的关系，如何激发出新的诗歌题材；三是“自然”与“形似”视野的关联，如何指导了山水描写的具体创作；四是“自然”又如何成为盛中唐诗歌的至高审美追求，却在李白的实践与司空图的总结中，体现出怎样的异同；五是“自然”在中古文论中一直作为隐线存在，如何逐渐从“文道自然”过渡到“文理自然”。这五条皆可作为审视中古文学变迁的视角，来分析诗文意

---

① 宗白华：《论〈世说新语〉和晋人的美》，《20 世纪中国学术文存 · 魏晋玄学研究》，湖北教育出版社 2008 年版，第 141—157 页。

② 比较有代表性的著作，如王瑶《中古文学史论》，北京大学出版社 1986 年版；罗宗强《玄学与魏晋士人心态》，天津教育出版社 2005 年版；葛晓音《山水田园诗派研究》，辽宁大学出版社 2003 年版。

识在此间的一些变动。

第一节　“体自然”与玄言、山水诗的消长

目前的文学史研究，在针对玄言、山水诗风交替变迁的文学现象时，仍多从诗运转关的角度来讨论，以刘勰《文心雕龙·明诗》的“宋初文咏，体有因革。庄老告退，而山水方滋”为切入点，探究晋宋间诗风沿革脉络，往往将焦点定位于玄言诗、山水诗两者内容不同、诗风有异以及它们的接续关系上。[①] 这种秉持着文变染乎世情，兴废系乎时序的视角，对创作者的主观性，即两晋士人何以从玄言转向山水的精神需求关注不足。若从精神层面审视这一诗学转关，我们不难看出，其正是在“儒玄双修”的大背景下对“体自然”有意识的追寻，也是“自然”玄思成为了士人内在的精神要求后，在文学创作领域内的自觉延伸。当“自然”思潮移植到诗学中，一是触发了玄言诗，借助世间万物与玄理结合，阐释孕育其中的“自然”之道，诗体不过是外在的包装形式；二是率先去认定山水景物是“自然”的最佳代表，突出诗中的山水描写来表达玄意，于是独立的山水诗便应运而生。

一　“任自然”“体自然”与两晋士风

陈寅恪、唐长孺、余英时等学者曾针对两晋士人的诗风特点，予以过“礼玄双修”的精准论断，认为士人们在谈玄、理玄和体玄之时，从未彻底放弃过儒家思想，反而在某些合适的契机下，更是推动了礼学乃至于经书经术之学的研究。[②] 所谓的“礼玄双修”，是“儒玄双修”在某些细节上的放大，对礼制、礼度的肯定，是对儒学的另一种守护。儒、玄从来都像双生花似的，面朝不同方向，但却不能舍此留彼、舍彼留此。而从士人的心理接受以及士风的普遍养成来看，“儒玄双修”就更耐人寻味，正因为儒、玄两者在人生观上的最高境界都推崇“自然”，从西晋对玄风的有

---

① 参见葛晓音《汉唐文学的嬗变》，北京大学出版社 1990 年版；陈道贵《东晋诗歌论稿》，安徽教育出版社 2002 年版。

② 参见余英时《士与中国文化》，上海人民出版社 1987 年版；陈寅恪《金明馆丛稿（初编、二编）》，生活·读书·新知三联书店 2001 年版；唐长孺《魏晋南北朝史论丛》，中华书局 2011 年版。

所抵触和“任自然”过度接受的两端，到东晋时依靠“体自然”说将“儒玄双修”内化为士人的精神气质，“自然”成为了士人们对个人内心世界的愉悦追求。

晋武帝以“名教”立国，尽管有虚伪狡诈之处，但作为新立的封建王朝，尤其是还实行过封建古制的王朝，此时去维持国家政体稳定乃首要之务。儒家政治思想在这一方面，素来比道家优越得多。即使士人们对社会如何不满，但心中那种“穷则独善其身，达则兼善天下”的人生理念，还是极容易被接受的。西晋位居高官的中朝名士，如早期的傅玄、山涛，中后期的乐广、裴楷等，莫不是如此。他们背负匡扶社稷的精神，坚守不浊与世的节操，肯定“名教中自有乐地”。[①] 实际上，这才是当时被提倡的社会思想主流，在现实政治中占据着上风。如傅玄著《傅子》、杨泉著《物理论》、刘寔著《崇让论》等，根本是站在儒家经世治国的立场上，以仁义礼教为本，以治国平天下为要务。再如，有台辅之望的张华“性好人物”，希望通过提携后学以延续自己作风修谨、经国济世的人格精神，造次必以礼度，“虽回易之无常，终守正而不淫。永恪立以弥世，志淹滞而愈新”,[②] 为社会注入一股清正之流。而他所不好之人物，则主要是外披儒家仁义孝悌的外衣，却内行苟且污秽之事的所谓“名教”之士与浮华务虚之徒。

从另一方面说，理论毕竟不是现实，往往是现实政局的残酷，使得入世道路步履维艰，即使是位高权重的山涛、张华等权臣，心灵也需要有个寄托地。“名教”与“自然”，重要的不是在学术角度上的高下论辩，而是探索政治出处与人生理想关键的一环。其实说到底，西晋的“儒玄双修”是士人被夹在生存与梦想中间相互妥协的结果。但是，我们又怎么能去要求士人们都像嵇康那般，在慷慨任真下保有对“自然”的狂热度？更何况嵇康骨子里也没有丢弃根深蒂固的儒家心志，他只是在乱世中看清楚了这场政治闹剧，不肯同流合污，以自然、任性、逍遥调适自己的精神生活罢了。不同的政局背景造就不同的心境，西晋士人更多地选择了性好

---

① （南朝·宋）刘义庆撰，（南朝·梁）刘孝标注：《世说新语笺疏》卷上之上《德行第一》，第 24 页。

② （西晋）张华：《相风赋》，（唐）欧阳询撰，汪绍楹校《艺文类聚》卷 68《仪饰部·相风》，第 1197 页。

《庄》《老》，“遵儒者之教，履道家之言”。[①] 他们对待社会与人生的态度，游走在儒玄边缘。张华《鹪鹩赋》中言：“委命顺理，与物无患。……静守约而不矜，动因循以简易。任自然以为资，无诱慕于世伪。”《励志诗》中也言：“役心以婴物，岂云我自然。”张华在庙堂之上维护礼教规范的另一面，是向往自然顺性，希望自由安身。即便是裴楷、乐广、卫玠在面对八王之乱、永嘉之乱中风雨飘摇的西晋王朝，也能够挺身而出，秉持正直节操，内心深处还是呼唤着宅心事外，淡泊处之，期冀忠孝和个人命运可以两全。《世说新语·文学》中记载了阮瞻与王戎的对话，“阮宣子有令闻，太尉王夷甫见而问曰：‘老、庄与圣教同异？’对曰：‘将无同？’太尉善其言，辟之为掾，世谓三语掾。”讨论“名教”与“自然”的异同点不在于义理之分，而在于它们对人生境界的影响，魏晋圣人论与老庄自然论，同样都为士人立下了以“自然”为最高追求的标杆，肯定谦柔自牧，通达机变，“将无同”正是此意。

西晋士人的苦恼就在这里，鲜有士人能介于以儒进、以庄退之间。他们的心态，一脉接近于《易》与《老》的结合，尚谦、柔、顺。《世说新语》载王戎论山涛，“山巨源如璞玉混金，人皆钦其宝，莫能知其器”“涛无所标明，淳深渊默，人莫见其际，而其器亦入道，故见者莫能称谓，而服其伟量。”刘孝标注引顾恺之《画赞》云：“见山巨源如登山临下，幽然深远。”[②] 可见，从儒学的视角看，山涛是人伦的典范，位至宰执且勤于政事，身名俱泰又不失性格中的清正平和。

另一脉偏向于尚《老》《庄》的结合，体现为旷达。如《三国志·魏志·王粲传》注引《嵇氏谱》中，嵇喜为嵇康作传言：“家世儒学，少有俊才，旷迈不群，高亮任性，不修名誉，宽简有大量。”还言“超然独达，遂放世事，纵意于尘埃之表”。又《晋书》本传有论：“傲然忘贤，而贤与度会，忽然任心，而心与善遇，傥然无措，而事与是俱。”[③] 但嵇康依旧逃不开被迫害的命运。还有同与嵇康打铁的向秀，能“贞素寡欲，深识清浊，万物不能移”的阮咸，[④] 皆是真名士自风流。竹林名士的不遵

① （南朝·梁）萧绎撰，许逸民校笺：《金楼子校笺·戒子》，第478页。

② （南朝·宋）刘义庆撰，（南朝·梁）刘孝标注：《世说新语笺疏》卷中之下《赏誉第八》，第423页。

③ 《晋书》卷49《嵇康传》，第1370页。

④ 《晋书》卷49《阮咸传》，第1362页。

名教，是不与世俗合污的介然不群，视功名利禄为浮云；竹林士人的个性不羁，是滤除虚伪礼法的行为斗争，视真情流露为真意，是内心的坦坦荡荡与淳厚之至。

只是历史的时机还未来到，社会没有容下他们。包括王衍、乐广、郑冲在内的许多士人，也曾想参透人生，却“为时所羁泄”，逃不过政治迫害、颠沛流离，死于兵乱之中。于是乎，有些士人走向了极端，单纯为了保全自己而保全自己，完全丧失了儒者的正直精神，倒向了道家思想的消极面。如以王戎为首的元康放达派，既舍不得“名教”能带来的功名利禄，也放弃不掉“自然”能带来的个人自由逍遥。他们不是真性情下所表露出来的放达，而是一味求“任”字名头下的放浪形骸。从清高逸旷走向庸俗没落的低谷，是没有任何道理的荒淫放荡。《世说新语·品藻》注引邓粲《晋纪》：“鲲与王澄之徒，慕竹林诸人，散首披发，裸袒箕踞，谓之八达。”与王尼、阮放、羊曼等人“自处若秽”。《世说新语·德行》注引王隐《晋书》又云：“王平子、胡毋彦国诸人，皆以任放为达，或有裸体者。其后贵游子弟阮瞻、王澄、谢鲲、胡毋辅之之徒，皆祖述于籍，谓得大道之本。故去巾帻，脱衣服，露丑恶，同禽兽。甚者名之为通，次者名之为达也。”是硬生生要在恶俗之外贴上玄学的标签，“达”而要作，那么已不是“真达”，而是借“自然”成为无限自由的代名词，所谓的“任自然”成了“士无特操”的挡箭牌。

一段时间后，士人这种混沌一团的精神状态，就被永嘉南渡一下子惊醒。在渡江后的二十年，政局的震荡触发了他们的思考，当视角转去寻找西晋覆亡的原因时，已走上歧路的玄学被推进了批评的角落。值得注意的是，这种思想先导，最先来自于“反玄虚”思潮，其由来甚久，最出众者乃是中朝名士裴頠的“理具渊博，赡于论难，著崇有、贵无二论，以矫虚诞之弊，文辞精富，为世名论”，① 而后时人“深患时俗放荡，不尊儒术，何晏、阮籍素有高名于世，口谈虚浮，不尊礼法，尸禄耽宠，仕不事事。至王衍之徒，声誉太盛，位高势重，不以物务自婴，遂相放效，风教凌迟”。② 以有无之辨为切入点，倾慕于从理论的高度来化解“自然”与现实的偏差。

---

① 《三国志》卷23《魏志·裴潜传》裴松之注引《陆机惠帝起居注》，第673页。

② 《晋书》卷35《裴頠传》，第1044页。

前文已言，两晋士风的“自然”，一脉是将《易》与《老》结合，一脉是将《老》与《庄》结合，在东晋初年受到最猛烈攻击的，乃为后者。陶侃痛言：“老庄浮华，非先王之法言，不可行也。君子当正其衣冠，摄其威仪，何有乱头养望自谓宏达邪。”① 孙盛从“道不可得”的角度出发，认为“按老子之作，与圣教同者，是代大匠斲骈拇咬指之喻；其诡乎圣教者，是远救世之宜，违明道若昧之义也”，那么后人的崇有、贵无论，“时谈者或以为不达虚胜之道者，或以为矫时流遁者”，② 各有所失，亦未为得。王坦之主张“自然”，但不能废止“敦礼崇化”，以为“然则天下之善人少，不善人多。庄子之利天下也少，害天下也多。……礼与浮云俱征，伪与利荡并肆，人以克己为耻，士以无措为通，时无履德之誉，俗有蹈义之愆。骤语赏罚不可以造次，屡称无为不可与适变。虽可用于天下，不足以用天下”。③ 这种具有代表性的变化，很快引起了士人群体的普遍反思。还有士人在亲身经历中得到的教训。如王衍言：“吾曹虽不如古人，向若不祖先尚浮虚，戮力以匡天下，犹可不至今日”，④ 总结出虚诞谈玄的不可取。又如应詹将“永嘉之弊”归于“元康以来，贱经尚道，以玄虚宏放为夷达，以儒术清俭为鄙俗”；⑤ 熊远指出“从容为高妙，放荡为达士”，不过是“奉法为苛刻，尽礼为谄谀”的“俗吏”；⑥ 戴逵则从“放达为非道”的角度出发，批评元康士人的“可谓好遁迹而不求其本。故有捐本徇末之弊，舍实逐声之行。是犹美西施而学其颦眉，慕有道而折其巾角”。⑦ 至此，西晋后期将一代人才的实底都掏空了。

这些言辞激烈的见解，甚至成为朝廷和官方的借鉴，受王导推荐来编撰《晋纪》的干宝，即在《晋纪总论》中言：“学者以庄老为宗首，而黜六经。谈者以虚薄为辩，而贱名俭。行身者以放浊为通，而狭节信。进仕者以苟得为贵，而鄙居正。当官者以望空为高，而笑勤恪。”⑧ 这样的论

---

① 《晋书》卷66《陶侃传》，第1774页。

② （东晋）孙盛：《老聃非大贤论》，《广弘明集》，《四部丛刊》本。

③ （东晋）王坦之：《废庄论》，引自《晋书》卷75《王坦之传》，第1966页。

④ 《晋书》卷43《王衍传》，第1238页。

⑤ 《晋书》卷70《应詹传》，第1858页。

⑥ 《晋书》卷71《熊远传》，第1887页。

⑦ 《晋书》卷94《戴逵传》，第2457页。

⑧ （东晋）干宝：《晋纪总论》，（南朝·梁）萧统编，（唐）李善注：《文选》卷49，第692页。

断，称玄风多半是浮薄虚幻、玄远涉冥、名理高深、不着边际的议论，以不撄事务的玄远为清高，丝毫不触及实际问题，几乎对玄学在现实中折射出的各个方面均不认可，贬斥之意显而易见。

在这样的过程中，“自然”的含义出现了明显的变化，表现为士族精神文化的调整。如果说，西晋士人是在一定程度上被压抑着去用“自然”来解脱自己，那么，东晋士人则是要先得到“自然”解脱的基础，这是在“任自然”变成了消极恶果后，东晋士人精神世界里出现的自我反省，于是方有了“体自然”的风尚。关于“体”的含义，见王彪之的《水赋》：“寂闲居以远咏，托上善以寄言。……泉清恬以夷谈，体居有而用玄。浑无心以动寂，不凝滞于方圆。”[①] 庾阐的《闲居赋》云：“至于体散玄风，神陶妙象。静因虚来，动率化往。萧然忘览，豁尔遗想。静因虚来，孰测幽朗。”[②] 可见“体”即要在闲居生活中去体验玄理。再如，顾恺之所论“体虚穷玄”，[③] 戴逵所论“道乖方内，体绝风尘”，[④] 这种“体于玄风”的意识，已然是时人共同的思想资源。在他们看来，无所不在的玄意，只有士人躬身实践，“体”之一方取之生活自然，“玄”之一方取于老庄思想，寄意于形骸之外，游心于变化之端，才能达到“浑万象以冥观”“忽即有而得玄”的境界。

对“自然”境界的认可，成为士人对内心世界的追求。王、谢、庾、桓等门阀士族子弟，逐渐褪去西晋士人身上的虚无放荡，转而追求调达的作风与恬静的情致，颇有曹魏尚通脱的余绪味道。但和建安文人的慷慨任气相比，东晋文人更追求精神的超越。如善于言谈，性好老庄的庾亮“风格峻整，动由礼节”，是性情稳重、不妄举止之人，其弟庾冰也以“雅素垂风”为时人所赞；[⑤] 多将领之才的桓氏中，桓温“豪爽有风概”，[⑥] 桓冲“性俭素”；[⑦] 多文士之才的王氏中，王导“夷淡以约其心，

---

① （东晋）王彪之：《水赋》，（清）严可均辑《全晋文》卷21，第193页。

② （东晋）虞阐：《闲居赋》，（清）严可均辑《全晋文》卷38，第388页。

③ （东晋）顾恺之：《虎丘山序》，（唐）欧阳询撰，汪绍楹校《艺文类聚》卷8《山部下》，第141页。

④ （东晋）戴逵：《闲游赞》，（唐）欧阳询撰，汪绍楹校《艺文类聚》卷36《人部》，第650页。

⑤ 《晋书》卷73《庾亮传》，中华书局1974年版，第1905、1927页。

⑥ 《晋书》卷98《桓温传》，第2568页。

⑦ 《晋书》卷74《桓冲传》，第1952页。

体仁以流其惠”“玄性合乎道旨，冲一体之自然”,[①] 王湛“冲素简淡，器量隤然”,[②] 王承“清虚寡欲，无所修尚”,[③] 他们从玄思中吸收了清虚简约的一面，使得高世旷达、幽然玄远变为了士人共同的精神家园。王胡之《赠庾翼诗》称庾翼“通广外润，雅裁内正”“神齐玄一，形寄为两”；《答谢安诗》称谢安“各乘其道，两无贰过，愿弘玄契，废疾高卧”，正是他们能“得玄理”“弘玄契”“宅心玄远”“韵与道和”，方在人格上得到了高度的认可。

“体自然”的思潮走向对于士风的最大影响，即在于真正把“自然”作为高尚人格来推崇，使得士人不需要外在狂狷的行为、肆意的表现，精神满足也不再站在社会礼教的对立面，把不撄世物、高洁自许看作是超然物外的潇洒风度，而是将“自然”放在人生境界的视角下讨论，把外在的礼乐修养、内在的自然性情相互结合起来，追求世间大化和个人精神的统一，是为缄默冲淡、顺应大道的“自然”。据此发展，“体自然”塑造了东晋士人典型的文化意识，当其投射在文学意识中，东晋诗风便呼之欲出了。

二　体认自然与玄言诗的倾向

东晋士人重视“体自然”的精神特质，委任随化的自然观念和风度，是有利于诗歌发展的。但事实并非如此，玄言诗无论从内容题材还是从艺术表达而言，都算不上优质的诗歌。其原因之一，就在于文学毕竟不是哲学，在文学中反思哲学是可行的，但以哲学主导文学，用抽象思维统摄形象思维，却缺乏对性情的反映，“自然”是“自然”了，但同时也没有了进一步创作的必要，抽掉了诗歌的原动力，使得诗歌的艺术色彩被消解。

第一，虽然玄言诗作为诗歌体式的一种，但却不能完全地以诗风流变、艺术特色来梳理它们。因为从作者角度讲，许多玄言诗人在写诗时，未必是出于对诗歌艺术的自觉，甚至如孙绰、许询等人，除玄言诗之外，几乎没有任何其他诗歌的创作，并不是严格意义上的诗人。他们是借用了诗歌体式，沿着“微言剖纤毫”的思路,[④] 阐明演绎“玄言”“微言”“妙

① 《晋书》卷65《王导传》，第1753页。

② 《晋书》卷75《王湛传》，第1959页。

③ 同上书，第1960页。

④ （东晋）孙绰：《兰亭诗》，引自逯钦立辑《先秦汉魏晋南北朝诗·晋诗卷十三》，中华书局1983年版，第901页。

言”“清言”“虚言”中的玄义，如温峤有诗即名之为《回文虚言诗》。又如孙绰的《赠温峤诗》云：“大朴无象，钻之者鲜。玄风虽存，微言靡演。邈矣哲人，测深钩缅。谁谓道辽，得之无远。”尽管玄学中普遍强调“言不尽意”，玄理很难通过“言”或者“象”表达出来，但认为存在“微言”，可以用之探求玄理，追求形上妙旨，去理解日常生活中的玄意。所谓的“盛道家之言”“贵道家之言”，正是士人们的雅致情趣。现在流传下来大部分的玄言诗，如宗炳《又答何衡阳书》：“资清和以疏微言，厉信义以习妙行。”其实就是士人之间互相的赠答往来、寄语玄理，进而“因谈余气，流成文体”罢了。

第二，如果我们以“自然”为切入点去分析玄言诗的内容，理解玄言诗的风格，便会从新的视角得出新的观点。“自然”既是玄学口头、笔尖讨论的义理之一，也是士人在现实生活中推崇的世界观、人生观。后来还在钟嵘的《诗品》中，成为了最优质的文学风格。“自然”命题本身蕴含的多重性质，在玄言诗的内容中也同样表露无遗。玄言诗人如孙绰、许询、庾阐、郗超等人，思想基点仍来于前人旧说，郗超《答傅郎诗》：“森森群像，妙归玄同。原始无滞，孰云质通。悟之斯朗，执焉则封。器乖吹万，理贯一空。”“妙归玄同”是因顺应自然，“理贯一通”乃因依照大道，“始自践迹，遂登慧场”“明心绝向”，将自己的人生也融入到大化中，在万物齐轨中体验自然。这些有关“自然”的玄学理论并不复杂，但在结合实践的许多细节上，包括在玄佛合流的过程中，玄言诗却能够点点深入，字里行间中体现出被“任自然”观念浸润了的痕迹，试图在诗里解释“自然”究竟如何脱胎为对人生至高境界的追求。正是如此，我们可以以玄言诗为文本，分析“自然”不同层次的含义，透视“自然”不同方向上的发散，并借此了解东晋玄学自身的一些特征。

“自然”让士人看透了生死。司马氏篡权立国使用的不正当手段，让许多士人为曹魏陪葬，就算暂留尘世的也都胆战心惊、如履薄冰。他们知道生死之事不由人所愿，即便如阮籍、嵇康这样的聪明人，也难得两全。朝廷中不断的政治动乱，也让这种对老庄“自然”的亲近感继续加深，愈加在诗中倾吐出心声。如刘琨在“困于逆乱，国破家亡，亲友凋残”“块然独坐，则哀愤两集”时写《答卢谌诗一首并书》，“远慕老庄之齐物，近嘉阮生之放旷。怪厚薄何从而生，哀乐何由而至”，[①] 希冀“齐物”以跳出生死之界，是典型的代表。卢谌的回赠诗更耐人寻味，《赠刘琨一首并书》：“因其自然，用安静退。……是以仰帷先情，俯览今遇，感存念亡，触物眷恋。”[②] 卢谌渡江前后皆有作品，他的诗作在很大程度上具有过渡性质。此诗以“自然”“安静”为要，劝导刘琨彻底看破兴亡，却不是仅仅用老庄来做表面上的解脱。就像张翼《咏德诗》：“运形不标异，澄怀恬无欲。……百龄苟未遐，昨辰亦非促。……恪神罔业秽，要在夷心曲。”苻朗的《临终诗》：“既适一生中，又入一死理。冥心乘和畅，未觉有终始。……旷此百年期，远同嵇叔子。命也归自天，委化任冥纪。”即便性命存百年，也不觉得是有始有终，是一切的委运天化。带着这样的心理状态，玄言诗里表达的感情绝不会如水涌喷泉那么激烈，而是静水深流、心若无尘的淡泊。

“自然”是士人在逃避尘俗时，对自得、逍遥心境的追求。与玄言诗同时的还有部分游仙诗，看似内容尽有不同之处，《诗品·中品·晋弘农太守郭璞诗》云，“但游仙之作，辞多慷慨，乖远玄宗”，认为游仙诗是玄言诗的叛逆，不能入之于列。李善注《文选·郭璞游仙诗七首》：“凡游仙之篇，皆所以滓秽尘网，锱铢缨绂，餐霞倒景，饵玉玄都。而璞之制，文多自叙。虽志狭中区，而辞无俗累。见非前识，良有以哉。”[③] 钟嵘的观点自有他的偏颇之处，不能一概而论。玄言诗本来就没有确定的标准，更何况游仙诗的主题与“自然”精神是一脉相承的，士人在其中要表现的心理愿望，透露着“山路是我乐，世路非我欲”的意念，也非常相似。郭璞《游仙诗》其二：“青谿千余仞，中有一道士。云生梁栋间，风出窗户里。”其三：“中有冥寂士，静啸抚清弦。放情陵霄外，嚼蕊挹飞泉。”他们想去效仿隐居在山林里的道士，修炼成仙，“安见山林士，擁膝对岩蹲。啸嗷遗俗罗。得此生”。在他们眼中，许多山林之物不仅是“自然”的，还是能将人“灵化”“神化”的。例如，庾阐的《游仙诗》：“赤松游霞乘承烟，封子炼骨凌仙。晨漱水玉心玄，故能灵化自然。”《观

---

① （西晋）刘琨：《答卢谌诗一首并书》，（南朝·梁）萧统编，（唐）李善注《文选》卷25，第355页。

② （西晋）卢谌：《赠刘琨诗一首并书》，（南朝·梁）萧统编，（唐）李善注《文选》卷25，第355页。

③ （南朝·梁）萧统编，（唐）李善注：《文选》卷21，第306页。

石鼓诗》：“妙化非不有，莫知神自然。翔霄拂翠岭，缘涧漱岩间。”赤松、晨溪、翠树、绿苔都是超凡脱俗的。玄言诗在其中受到的影响是涤除掉俗气，融合进了闲情雅致。

“自然”代表了士人对质性、品格的个性塑造。玄言诗中经常提到后稷、巢由、太公、叔夷、伯齐、张房、武侯等古人，认为他们是“神齐玄一，形寄为两”。这是由《庄子·逍遥游》中的“至人无己，神人无功，圣人无名”，包括《大宗师》中的“真人”而得来的。玄言诗中还经常出现达人、至者、冲漠士、冲希子等的称呼，如嵇康《兄秀才公穆入军赠诗》：“至人远鉴，归之自然。”陶渊明《饮酒》：“达人解其会，逝将不复疑。”康僧渊《又答张君祖诗》：“中有冲漠士，耽道玩妙均。”意思也是一致的。他们认为这些人能参悟大道，是因为他们本身就是秉性自然的，这种“自然”表现在遗物、遗情、抱真、耽道、纵目玄览等过程中。这是典型的玄学思想，士人们以此为尚，推崇以“自然”为本根的质性品格。干宝《百志诗》所言：“壮士禀杰姿，气烈有自然。”“自然”是内在的气质。王胡之《答谢安诗》，“清往伊何，自然挺彻。易达外畅，聪鉴内察”“妙感无假，率应自然，我虽异韵，及尔同玄”。孙绰《赠谢安诗》：“谈不离玄，心凭浮云。气齐皓然，仰咏道悔。俯膺俗教，天生而静。物诱则躁，全由抱朴。”谈及谢安的人品，皆以玄学的抽象性为主要特征。王胡之《赠庾翼诗》：“友以淡合，理随道泰。余与夫子，自然冥会。”人与人之间的友情，也能用“自然”概括之。玄言诗如此抽象，基本不涉及具体的事物，却跳出了形象的束缚，反而让人觉得有单刀直入的透彻与不加掩饰的真实。

“自然”不单单是玄学内的命题，也与佛理、道教相互渗透。东晋时有不少释氏写有玄言诗，将其格义与佛教义理相融合，其中不乏佳作。如康僧渊的《代答张君祖诗》《又答张君祖诗》与玄言赠答诗并无明显差异。支遁的《四月八日赞佛诗》《八关斋诗三首》，直接以“玄”的境界去赞佛、颂佛，“祥祥令日泰，朗朗玄夕清。菩萨彩灵和，眇然因化生”。道教与玄学可谓同出一源，仙道之人的言辞更是容易与玄言诗水乳交融，如羊权的《萼绿华赠诗》、杨羲的《云林与众真吟诗十首》《玄垄之游》《辛玄子赠诗三首》等，便是明例。这两类诗作中都有“自然”之义，如《观化决疑诗》：“谋始创大业。问道叩玄篇。妙唱发幽蒙。观化悟自然。观化化已及，寻化无间然。生皆由化化，化化更相缠。”支遁《咏怀诗》：

“苟简为我养，逍遥使我闲。寥亮心神莹，含虚映自然。”葛洪《法婴玄灵之曲》：“妙畅自然乐，为此玄云歌。韶尽至韵存，真音辞无邪。”杨羲《云林与众真吟诗》：“相遇皆欢乐。不遇亦不忧。纵影玄空中。两会自然畴。”虽然对“自然”义理没有进一步的阐释，但足以证明“自然”义理的互通性质，也证明了玄言诗重理之所在。

以上由“自然”引出玄言诗诗意淡泊、诗风雅致、重抽象、重义理的四类特征，还是比较浅层次的。可以说，“自然”的渗透不仅让玄言诗有了独树一帜的内容，也让玄言诗树立起了与众不同的审美取向。只因有时候，我们过度放大了它们“理过其辞，淡乎寡味”的缺点，却对玄言诗独有的玄远超迈的美感有所忽视。

其一，玄言诗展现出“清”的特色。孙绰《答许询诗》言：“贻我新诗，韵灵旨清。”卢谌《答魏子悌》言：“妙诗申笃好，清义贯幽赜。”将“清”作为诗美的一种追求。陶渊明《赠羊长史诗》：“驷马无贳患，贫贱有交娱。清谣结心曲，人乖运见疎。”羊徽《赠傅长猷傅时为太尉主簿入为都官郎诗》：“我有闲暇，与尔清谣。”羊长史与羊徽是否为同一人，现在已不得而知。但“清”的确是诗人对艺术美的感性认识，还可以用来鉴赏及评判音乐。李充的《嘲友人诗》：“目想妍丽姿，耳存清媚音。”杨苕华《赠竺度诗》:“清音可娱耳。”杨羲《四月十四日紫微夫人作》：“清唱无涯际。”都是将“清”作为美学风格。一方面，“清”体现在诗歌语言的选择上，是“清言”“清话”“清文”“清趣”，[①] 大多选用素净寡淡，好像既无味也无色的抽象词汇，暗合玄学哲学中的中和之质。另一方面，“清”体现在意象的修饰上，其中“清泉”“清风”“清帷”“清涧”“清岫”等俯仰可见，给人的感觉既有澄澈明亮、流光溢彩的晶莹感，同时也有“绚烂之极，归于平淡”的空灵感。

其二，玄言诗展现出“虚”的特色。玄言诗往往借用些简单的意象，以游历赏景，来品味妙谛，它们最显著的特点是虚合之象，也可称为“泛称意象”，[②] 即以自然现象和动植物为主体，加上相对的时间、地点、范围、状态等方面的修饰，所组成的若干个小型意象，如山谷、水露、风

---

① （东晋）陶潜《与殷晋安别》：“信宿酬清话，益复知为亲。”（东晋）杨曦《十月十八日紫微夫人作》：“灵发无涯际，勤思上清文。”（东晋）支遁《咏禅思道人并序》：“凄凄厉清趣，指心契寒松。”

② 张廷银：《魏晋玄言诗研究》，商务印书馆2008年版，第226页。

云、草树、庭园等，在玄言诗中出现的概率非常高。一是它们带有想象及美化成分，指向玄学的理想境界，如羊孚《雪赞》：“资清以化，乘气以霏。遇象能鲜，即洁成辉。”诗句中尽管没有具体细致的描写，但营造出来的意境是象征的、朦胧的虚幻之美。二是，这些景象未必是诗人亲眼所见，就像郗昙《兰亭诗》中说的那样，是“端坐兴远想，薄言游近郊”，诗人没有步入山林、走向田园，仅仅是端坐在斗室内，睡卧在几榻上，遥想神游，心在天地间。庾阐《三月三日诗》：“心结湘川渚，目散冲霄外。清泉吐翠流，渌醽漂素濑。悠想盼长川，轻澜渺如带。”王羲之《兰亭诗》：“仰望碧天际，俯磐绿水滨。寥朗无涯观，寓目理自陈。”孙绰《兰亭诗》：“流风拂枉渚，停云荫九皋。莺语吟修竹，游鳞戏澜涛。”一系列的兰亭诗作，大约都是由虚合之象所构成的。这种诗要求作者开阔思路，放宽眼界，以表现天地自然的气概来思索创作，于是拉开了与具体化社会的距离，也就有了深厚感、迷蒙感、淡泊感，耐人咀嚼和深思。

其三，玄言诗展现出“简”的特色。一方面，东晋玄言诗曾出现过四言诗的回流，四言的感染力与表现力并不强，可对于说理谈玄而言，其中并不需要多少衬字和形容词，也没有复杂的变化，反而让四言有了它的优势，那就是简朴质素、稳定均衡。再加之玄言诗的篇幅都不长，意到而言尽，意不止而言已了，更突出了扼要精练的“简”的特点。王胡之《答谢安诗》：“利交甘绝，仰违玄指。君子淡亲，湛若澄水。余与吾生，相忘隐机。泰不期显，在悴通否。”全诗没有任何繁复的字句，只用了三十六个字，就把两人间的君子之谊与相忘江湖的道理，如镜子般透亮地折射出来。

另一方面，在“虚”的基础上，玄言诗的意象也是“简”的。如果说“虚”是出自士人对意象的想象，那么“简”则出自士人对意象的构造，也就是在付诸笔下时的择取。通俗一点说，玄言诗中的意象是一个为一个，极少有两句对仗写同一意象。说缺点时它是简单，说优点时它是以神似写形似。最典型的要数得上郭璞的《幽思篇》“林无静树，川无停流”，八个字写出山水风韵，丝毫不输给后世的山水诗。值得深思的是，山水诗也正是在玄言诗“泛称意象”的基础上，变虚幻为实景，化简洁为繁复，方慢慢蜕变而出。

三　散怀自然与山水诗的蜕变

山水诗能成为晋宋间文学创作的焦点，在表层看来有很多的干预因素，如外在生活环境的改变，门阀士族政治命运的变化，江南的山明水秀下形成的流连山水之风和隐逸遁世情怀等。[①] 若深入去挖掘，最根本的还是统摄于“自然”思想的映照。“自然”观是在与山水景致连接起来后，才慢慢发挥了它的作用，士人普遍拥有这样的情结，在“自然”观念的启发下，把对自然的体认践行在山水中，又将这种观念入之于诗，成为诗歌创作的思维习惯。

成公绥《天地赋》中言：“惟自然之初载兮，道虚无而无清。太素纷以溷淆兮，始有物而混成。”[②]“自然”是先于物质存在的精神本体，万事万物的各种势态都是自然的外化。通过有形状的事物的描述，再回到阒然无物的宇宙本体。张华的《归田赋》：“目白沙与积砾，玩众卉之同异，扬素波以濯足，溯清澜以荡思。……瞻高鸟之陵风，临儵鱼于清濑。眇万物而远观，修自然之通会。以退足于一壑，故处否而忘泰。”[③] 目之所及的一丘一壑、一动一静，没有一处不是笼罩在自然之下，与至高的宇宙之道通灵。陆机在《赠潘尼诗》中说：“水会于海，云翔于天。道之所混，孰后孰先？及子虽殊，同升太玄。”诗入理语。你我皆游心于自然之中，到达玄境，就像陆云在《失题》中的设想：“庭槐振藻，园桃阿那；薄言观物，在堂知化……幽居傲物，顾景怡颜……牧彼纷华，委之冲漠。”将人心放逐在景物中，保持与自然一同的恬淡清净。

诗歌中有对山水风景的观照，正是从“与天地万物同一”的理路中，引申出与山水同乐的态度，多是对寻求仙境逍遥、希冀隐逸山林进行描写。张华《赠挚仲治诗》：“仰荫高林茂，俯临渌水流，恬淡养玄虚，沉

---

① 朱光潜认为山水是在游仙寻道的过程中被发现的，山水诗乃游仙诗的继承者。见《文学杂志》第 3 卷，1948 年版；林庚认为山水诗是在南朝经济发展、商业繁荣、水陆交通发达的条件下，才得以产生的。见《文学评论》1961 年第 3 期；袁行霈、曹道衡认为山水导源于隐逸思想和隐逸生活。见曹道衡《也谈山水诗的形成与发展》，《文学评论》1961 年第 1 期；袁行霈《陶渊明研究（增订本）》，北京大学出版社 2009 年版；钱志熙认为，晋宋之际玄言山水的诗运传关，主要原因在于门阀士族的政治命运的变化。见《论晋宋之际山水审美意识的发展变化及其在山水诗艺术中的体现》，载《原学》第二辑，中国广播电视大学出版社 1995 年版。

② （西晋）成公绥：《天地赋》，（清）严可均辑《全晋文》卷 59，第 611 页。

③ （西晋）张华：《归田赋》，（清）严可均辑《全晋文》卷 58，第 509—600 页。

精研圣猷。”对山水之间沉浸的空无之道进行赞美，此诗用两句概括出景色特征，但缺乏进一步的深入描写，和玄言诗颇为类似。若去看张华的另一首《杂诗》:“逍遥游春宫，容与缘池阿。白蘋齐素叶，朱草茂丹华。微风摇茝若，层波动芰荷。”已经注意到了对外物景色细节的展现，对其澄明之美进行描绘。潘岳在赴任途中所做的《河阳县作》：“川气冒山岭，惊湍激岩阿。归雁映兰畤，游鱼动圆波。”景物中没有寄托充沛情感，却寄托了宁静淡泊的理想状态。张协《杂诗》：“腾云似涌烟，密雨如散丝。寒花发黄采，秋草含绿滋。闲居玩万物，离群恋所思。……至人不婴物，余风足以时。”诗人要在视觉物象与自然之道中寻找交叉点，对自然意识的深化体现在对景物动态的抓取中。左思的《杂诗》：“柔条旦夕劲，绿叶日夜黄。明月出云崖，皦皦流素光。”《招隐诗》：“白雪停阴冈，丹葩曜阳林。石泉漱琼瑶，纤鳞亦浮沉。”白云皓月、清泉流水充满了美感与生机，它们的价值体现在“山水有清音”，是高踞在它们本体之上的自然之道。

逮至东晋，诗歌中比以往更多、更细致地表现山水，不仅引领其将精神融合于运化，还因为江南山水本身的秀色可餐和勃勃生机，让士人悠然其怀、乐在其中。孙绰在《太尉庾亮碑》中说，士人是“雅好所托，常在尘垢之外，虽柔心应世，蠖屈其迹，而方寸湛然，固以玄对山水”。①此处的“玄”，除了意出“玄之又玄”外，更重要的是士人以“体玄”“体自然”之意去理解山水。王徽之《兰亭诗》也说：“散怀山水，萧然忘羁。秀薄粲颖，疏松笼崖。游羽扇霄，鳞跃清池。归目寄欢，心冥二奇。”玩味其中的虚幻灵动之美，山水是“质有而趣灵”的，士人目亦同应，心亦俱会，与山水在同一个平台上交流共振、心物交感。王羲之和之“三春启群品，寄畅在所因，仰望碧天际，俯磐绿水滨”，王玄之和之“松竹挺严崖，幽涧激清流，消散肆情志，酣畅豁滞忧”，士人受到山水自然精神的触动，能体验到精神愉悦，静悟自然的运迈大化，山水不期而然地扮演了逍遥散怀，陶冶性情的角色。

虽然在时间上看，晋宋间玄言诗和山水诗是接递而出的，但两者有着共同的思想动因，诗风可以不尽相同，却不阻碍思想上的共鸣：一在于士人所尚“自然”之义，为求得精神上的逍遥解脱；二在于崇尚山水中的

① （东晋）孙绰:《太尉庾亮碑》,（清）严可均辑《全晋文》卷62，第647—648页。

“自然”，士人“体自然”悟到的玄理，多从其中而来。托之于诗体，前者是“平典似道德论”的玄言诗，后者则是摆脱不掉玄言尾巴的山水诗。两者更像是在同类思维方式的因袭下，形成的从自然到山水，再从山水得自然，进入物我合一，展现士人内心情致的文学创作意识。过去我们往往看到的是玄言诗、山水诗的相异之处，而在一定程度上忽略了在“自然”的映照下，两者间在表达方式上的承续，及在描写手法上的革新。它们正可谓是在文学层面的新发展，在二谢、阴何的南朝山水诗基本成熟后，乃至唐代山水诗中也没有被全部剥离，不能不说其影响的深远。

一方面，山水诗中的自然之景，已从“虚”逐步转向“实”。玄言诗中出现相关的自然景物意象，应算为“虚合之象”，这是从分析单个意象中得出的结论。如果我们转换一下思路，将它们在每首诗中的展示看作整体，便可以看出：如按一年四季来分，诗中写的最多的是春景，其次是秋景、夏景，最末的是冬景；如按特殊节气来分，最常出现的是三月三上祀节、七月七乞巧节。这固然与当时的文化背景、江南的温润气候有着不可隔断的紧密关系，可是这些带有特定的山水内容的诗作，在表达上是具有过渡性质的。

现择取四首诗作来分析，王廙《春可乐》：“野晖赫以挥绿，山葱倩以发苍。”李颙《夏日诗》：“炎光烁南溟，溽暑融三夏。黮对重云荫，砰稜震雷咤。”江逌《咏秋诗》：“鸣雁薄云岭，蟋蟀吟深榭。寒蝉向夕号，惊飚激中夜。”曹毗《咏冬诗》：“离叶向晨落，长风振条兴。……寒冰盈渠结，素霜竟栏凝。”这四首诗歌，分别以春、夏、秋、冬四季景致立意，描写尽有不同，相同点却在于它们并不是诗人眼前的“实”景，而是来源于自己的生活经验，出自诗人对气象物候等现象的了解，因此有些内容是有固定规律的。当诗中仍以这种方式来表现山水“自然”，它已经造成了刻板化，诗作难免有雷同之感。

若要冲破这层束缚，一种方式是将某些内容细节化，比较典型的是写山林、写池水，或者是描写更细微的月、荷、蟋蟀、寒蝉等，前者继续奠定山水诗的基础，后者则发展成为南朝的咏物诗。另一种方式是写真实的登山临水，反映诗人在某一时刻、在特定地点的亲眼所见。

先以临水为例，见李颙《涉湖诗》：“圆径萦五百，眇目缅无睹，高天淼若岸，长津杂如缕。”因为有了“湖”作为对象，在缩小诗人视线的同时，也让描写的对象更加集中化。湛方生《帆入南湖诗》：“彭蠡纪三江，庐岳主众阜。白沙净川路，青松蔚岩首。”没有直接写南湖之水，但“白沙”“青松”都是围绕着它的，更能突出南湖的与众不同。谢混《游西池诗》：“惠风荡繁囿，白云屯曾阿。景昃鸣禽集，水木湛清华。”谢瞻《游西池诗》：“惠风荡繁囿，白雪腾曾阿。褰裳顺兰沚，徙倚引芳柯。”谢混是“始改玄风”的重要一环，在面对着同样的“西池”时，与刘宋时谢瞻较为成熟的山水诗相比，毫不逊色。

再以登山为例。庾阐写有《登楚山诗》:“拂驾升西岭，寓目临浚波。”又有《衡山》：“北眺衡山首，南睨五岭末。”就全诗来看，两者都是八句，也都是只有一联写到山景。只有将这一联的内容不断扩大化，方才能从玄言诗逐渐转变为山水诗。庐山曾是玄学名士与佛教高僧共游之地，刘程之、王乔之、张野等人创作了许多的“游庐山诗”。庐山诸道人《游石门诗·并序》：“倾岩玄映其上，蒙形表于自然。”整段序文交代了参与者、赏玩的时间、地点以及详细的经过，基本上可以视为简单的山水游记。虽然此首诗中没有相关的内容，仍是单调的玄言诗，但这种对“实景”的体悟，马上要蔓延到诗歌的创作意识中。释慧远《庐山东林杂诗》：“崇岩吐清气，幽岫栖神迹。”王乔之《奉和慧远游庐山诗》：“灵鳌映万重，风泉调远气。”大概就是如此。再观宗炳《登半石山诗》：“清晨陟阻崖，气志洞萧洒。嶰谷崩地幽，穷石凌天委。长松列竦肃，万树巉岩诡。上施神农萝，下凝尧时髓。”这种以诗作叙写实际的登山活动的演变痕迹，还是比较明显的。

对于诗中的山水描绘，也已从“简”渐渐转向“繁”。如果说从“虚”转“实”是从表达内容的角度入手，那么，从“简”转“繁”则是从表现手法的角度来入手。当然，对于山水景致描写手法的逐步成熟，不可能是从此刻才真正开始的，应该从山水作为物我方式中的客观物象，进入到诗文创作主题中算起。比如说，自《诗》《骚》中就有山石树木、溪水板桥等的描写，汉赋在铺陈手法下涉及的山水内容更是不胜枚举，文学史中则以曹操的《观沧海》为第一首完整的山水诗歌。但不可否认的是，东晋、刘宋后渐起的山水诗创作潮流，如湛方生、支遁、慧远、谢混等人的山水诗，呈现出与之前完全不同的思想情操和艺术风貌，却并非直承前代文学而来。个中原因，乃是在以实景山水为描写对象表现“自然”的基础之上，诗人们在摸索中使表现技巧、艺术手法等更加得力，如具有了全景描绘的意识，“内无乏思，外无遗物”；对山水意象的工笔修饰愈加巧妙，“巧构形似之言”；诗句中对仗的增强、偶句的应用、注重譬喻、炼字，使得“声色大开”。这些因素在不算长的文学史时间内突发了质变，于不久之后的谢灵运诗中得到集大成式的展现，相关的理论也在刘勰的《文心雕龙·物色》中得以系统总结，奠定了此后山水诗艺术的基调。

第二节　“形似”视野与山水诗的空间构式

中古山水诗与山水画的发展在时间上基本处于同步。个中原因有二：一是时代风尚使然，在借助“新自然”的启蒙后，士人将山水作为一类重要题材移入诗、画，并充分加以展现，无论是山水诗描绘出的风景，还是山水画摹写出的景致，都是得“自然”的具体路径。二是，强调“文贵形似”的山水诗与提倡“以形写形，以色貌色”的山水画具有相似的创作思维模式与艺术理论高度，对于提升诗画的表现力，有共同的基础性作用。

一　“形似”的创作实践及文化背景

作为南朝山水诗、画表现方式中重要的创作理论，“形似”倾向并非凭空而起，其最初起源于赋法。南朝时人已认识到了这一点，沈约《宋书·谢灵运传》言“相如工为巧似之言”，明确以“形似”概括赋体文学铺陈体貌的艺术特征，并点明其对谢灵运等后人的影响。

整体说来，“敷陈其事而直言之”的赋法最鲜明的艺术表现手法，即是写物图貌、铺陈描摹，以虚构夸饰的笔触，彰显风云山川之态、鸟兽草木之状。如王延寿在《鲁灵光殿赋》所言：

> 图画天地，品类群生。杂物奇怪，山神海灵。写载其状，托之丹青。千变万化，事各胶形。随色象类，曲得其情。①

从内容上看，王延寿描写的是建筑，但却是对“形似”视野最早且完整的概括。对所要表现的天地万事万物，先要辨别其类，然后观察其

---

① （东汉）王延寿：《鲁灵光殿赋》，（南朝·梁）萧统编，（唐）李善注《文选》卷11，第171页。

形，随之赋之于笔，最后发之以情。既要注意它们形的不同，也要注意它们神的变化。需要指出的是，这种在赋法创作上的大美述求，在两汉因更多受制于“比德”“言志”等儒家艺术观念的影响，短时间内并没能突破汉儒崇尚政治讽谏、托物言志之意的束缚，虽广陈风物，山水点缀其间，基本立意却仍在体国经野、润色鸿业，抑或是“《京》《都》之《赋》，喻诸心性德行；《山》《川》之《颂》，未尝玩物审美”，[1] 并不是对构思创作和山水艺术的自觉追求。

沈约以司马相如为例子的评价，乃是采用了追本溯源的眼光来观察。我们仅能在一定程度上讨论赋法在汉赋中的实践是如何提供了艺术创作中的一种倾向。或者说，是如何为后世模山范水的艺术技巧奠定基础，但离着真正的在“形似”视野下的山水诗、画创作理论，中间还有很长的一段路要走。

再如《文心雕龙·诠赋》中言：

> 至于草区禽族，庶品杂类，则触兴致生情，因变取会，拟诸形容，则言务纤密；像其物宜，则理贵侧附。斯又小制之区珍，奇巧之机要也。

刘勰关于赋法的总结，涵盖了两层涵义：其一，“草区禽族，庶品杂类”。司马相如、扬雄、班固、张衡等人的京都大赋，在歌颂京城都会或是天子林苑时，皆对地域的辽阔、山岳的崇高、河流的长远，乃至其间草木鸟兽种种物产的丰美等进行了分类构画，并刻意描写。这种“触类而长”的观念体现在赋作中，便是对物象的繁复罗列，仿佛刻板的类书一般。他们甚至不惜铸造奇字以状山水，或自创新辞以喻景物，竭尽全力雕琢堆砌，试图以形象的巧构来展现瑰丽的山水世界，使其愈加朝着思必尽其形，辞必尽其相的方向发展。

其二，“拟诸形容，则言务纤密；像其物宜，则理贵侧附”。这些“视之无端，察之无涯”的山水物象在赋作中，是绝不可能被完全穷尽的。故此只得借助抽象和虚构的模拟来加以展现，在描摹写物的基础上，凭借想象概括和学识构画，进一步夸张声色形貌，多种手法共同作用，方

---

① 钱钟书：《管锥编》，生活·读书·新知三联书店 2007 年版，第 1037—1038 页。

可创造出诉诸感官的艺术形象。所谓的“形似”，不过是大面积的形容词及大量的铺张罗列罢了。

在这里，我们再以沈约提到过的司马相如为例。其《子虚赋》中对云梦的景致描写，先总论云梦之蜿蜒辽阔，继而列出云梦之山、云梦之湖的盛美：

> 其东则有蕙圃，衡兰芷若，穹藭菖蒲，茳蓠蘪芜，诸柘巴苴。其南则有平原广泽，登降陁靡，案衍坛曼。……其西则有涌泉清池，激水推移，外发芙蓉菱华，内隐钜石白沙。……其北则有阴林，其树楩枏豫章，桂椒木兰，檗离朱杨，樝梨梬栗，橘柚芬芬。其上则有鹓鶵孔鸾，腾远射干。其下则有白虎玄豹，蟃蜒貙豻。[①]

《子虚赋》所描绘的山水景物的精细和缜密是惊人的。描写以云梦湖的四面八方为顺序，又将上下四方的范围尽力囊括在内，几近为“大者罩天地之表，细入者毫纤之内”，[②] 其中不但包括辽阔的整体，还有精致的细节。这种安排有序的山水描写，正像一幅构图严整、秩序井然的山水图画，在“图状山川，影写云物，莫不纤综比义，以敷其华”中发展了模山范水的艺术技巧。[③]

这种在赋法下的描写，缺点却也一目了然。他们对山水景物的把握，往往带有过度夸张的色彩，大量的天马行空或是子虚乌有之辞，让其看起来似乎神话一般。左思就曾批评这类作品是“假称珍怪，以为润色。若斯之类，匪啬于兹。考之果木，则生非其壤，校之神物，则出非其所。于辞则易为藻饰，于义则虚而无征。且夫玉卮无当，虽宝非用，侈言无验，虽丽非经”。[④] 文辞涉及很多的景致物色，世上本无其景更无其物，它们都是作者脑中想出来的，既无征引也无实证，而是“言事类之因附”，以类为本，以虚拟想象为附。不过左思的《三都赋》尽管以“征实”为本，

---

① （西汉）司马相如：《子虚赋》，（南朝·梁）萧统编，（唐）李善注《文选》，第 120 页。

② （西晋）皇甫谧：《三都赋序》，（南朝·梁）萧统编，（唐）李善注《文选》卷 45，第 641 页。

③ （南朝·梁）刘勰著，范文澜注：《文心雕龙注·比兴》，第 602 页。

④ （西晋）左思：《三都赋序》，（南朝·梁）萧统编，（唐）李善注《文选》卷 4，第 74 页。

认为自己笔下所描写的山川城郭皆是眼前实景化来，但其在本质上仍没有改变“非夫研核者不能练其旨，非夫博物者不能通其异”的写作手法。尽管这样的铺陈叙述已具有“趋图”的性质，但一方面它不是完全针对山水之“形”，山水之美只是其中的一部分；另一方面也没有做到描摹状貌声色之“似”，堆砌辞藻过度即成为板滞少变、雷同之弊；虚构物象过多便成为夸张失实，虚而无征，与后来以形貌切似的山水“形似”论断相差甚远。

从两汉至魏晋，赋法的创作倾向一直处于实践阶段，也就是说，它是在无意识下展现出的艺术手法，还未曾出现理论上的概括，更谈不上对专门的山水审美表达意蕴的述求。在普遍意义上讲，各种艺术理论的沉淀，皆是从实践的积累到理论的初构，再到实践的探索的过程，赋法也不例外。直至西晋挚虞在《文章流别论》中，方站在对赋体文体功能的界定之上，对赋法的艺术特点作出阐释，论及“赋者，敷陈之称也”，又言：

> 古诗之赋，以情义为主，以事类为佐；今之赋，以事形为本，以义正为助。情义为主，情义为主，则言省而文有例矣；事形为本，则言富而辞无常矣。文之烦省，辞之险易，盖由于此。夫假象过大，则与类相远；逸辞过壮，则与事相违；辩言过理，则与义相失；丽靡过美，则与情相悖。此四过者，所以背大体而害政教。①

从古之赋与今之赋的对比中，认为赋法以刻画物象为主，第一次用“形”的概念与赋法相联系，将对外物形貌的展现当做赋法创作的根本目的。但需要注意的是，如果赋法仅限于是赋体文学的代表，而后若不能从偏重铺陈、写物、图貌、描摹等倾向中，体认到普遍性的艺术创作及审美是如何实现的，将其理论延伸至其他文体中，那么它所具有的意义就是非常局限的。所幸这种情况在魏晋诗歌中得以改观，其时的文学演进中存在着“诗的赋化”及“赋的诗化”的基本线索，在推进诗、赋两种文体各自向前的同时，也促进了文体间创作手法的互融交叉。② 魏晋文人诗明显

① （西晋）挚虞：《文章流别论》，引自（清）严可均辑《全晋文》卷77，第819—820页。

② 曹胜高：《从汉风到唐音：中古文学演进论稿》，第59—63页。

吸收了赋法元素，一个是把赋作中曾铺陈过的内容都专门拓展到诗里面，一个是把赋法中的意识都突出在诗歌的表现手段中，如从曹丕提倡的“诗赋欲丽”，到曹植实践着的“辞采华茂”，尤其是太康文人的辞藻华瞻、富艳精工，无有能逃脱赋法风气之笼罩者。

从实践到理论的突破，则出现在《文赋》中，陆机以“诗缘情而绮靡，赋体物而浏亮”的论断，将“缘情”之诗与“体物”之赋做以比较，标示了赋法的与众不同。所谓“体物”，《文选》李善注：“诗以言志，故曰缘情。绮靡，精妙之言。赋以陈事，故曰体物。浏亮，清明之称。”① 赋法与表现外界事物紧密关联。刘勰《文心雕龙·物色》也有“体物为妙，功在密附”，描写铺陈极尽其妙，以贴切的语言如实地显示外物的特点。由此可见，“体物”的含义亦与“形似”大致相同。陆机这种精简的概括，比之简单地对具有代表性的个例所进行的评价，是对赋法的共性总结，带有较强的理论性质和抽象色彩。

陆机依据赋法所归结出的“体物”，同时也是贯穿《文赋》中的整体观念。在“体物”一句之前，已提出了更详尽的“体有万殊，物无一量，纷纭挥霍，形难为状。……虽离方而遁员，期穷形而尽相”的道理。物之形，文极难以状之，但在有规矩方圆的文章之内，思必穷其形，辞必尽其象。不过，广阔天地中万物纷繁复杂、形貌各异，如何能“笼天地于形内，挫万物于笔端”，其难度可想而知。

陆机则是如此解答这类困惑的，“每自属文，尤见其情。恒患意不称物，文不逮意，盖非知之难，能之难也”。李周翰注：“体属于物，患意不似物；文出于意，患词不及意。”清方廷珪在《昭明文选大成》中言：“意，文之意；称，似也；物，谓所赋之物；文，词也。”为诗文的最大难点，正在于所称之意不能与物相衬；或意虽善构，苦无辞藻以达之。作者之“意”不能与作为描写形貌的“物”相吻合，诗文就不能很好地表达作者之“意”，“物”能否被准确地反映和摹写，便是作文的利害所在。这样的论断集中体现了陆机要求准确写“物”的形态，通过再现事物形貌来表述文意的思想。

这种以能否更为准确细致地描写物象为旨归的“体物”，本是对赋法艺术的推衍发挥，注重的是对客观外物形貌予以描绘摹写，在其发展过程

---

①（南朝·梁）萧统编，（唐）李善注：《文选》卷17，第241页。

中，逐渐加入了创作论和鉴赏论的某些内涵。其逻辑关节点在于：一方面，南宋胡仔《苕溪渔隐丛话》前八集引《诗眼》云：“形似之意，盖出于诗人之赋。”赋法的运用，使得文学艺术的创作中无物不可写、无景不可入，作家慢慢地积累了创作经验，提高了刻画事物形象的能力；另一方面，“体物”的归纳也引发了诗文中对描绘形貌的呼唤和肯定，重视艺术形式的外化。两方面相辅相成，实已微开“形似”追求之渐，为其提供了最基本的理论基础，只待南朝士人将这种思想集中运用在山水艺术的创作领域之内，便促成了以山水景色的状物摹写为要的艺术审美追求。

二 “文贵形似”的理论内涵

“文贵形似”，语见《文心雕龙·物色》：

> 自近代以来，文贵形似，窥情风景之上，钻貌草木之中。吟咏所发，志惟深远；体物为妙，功在密附。故巧言切状，如印之印泥，不加雕削，而曲写毫芥。故能瞻言而见貌，印字而知时也。然物有恒姿，而思无定检，或率尔造极，或精思愈疏。且诗骚所标，并据要害，故后进锐笔，怯于争锋。莫不因方以借巧，即势以会奇，善于适要，则虽旧弥新矣。

这句话是刘勰针对晋宋齐梁等山水诗艺术特征的总体概括，表明其不同于《诗经》《楚辞》、汉赋中对山水的描写，而是“俪采百字之偶，争价一句之奇，情必极貌以写物，辞必穷力而追新，此近世之所竞也”。[①]极貌写物，有赖于深思；穷力追新，亦资于博学。表面上看来，这似乎有伤雕饰，却也是对于玄言诗矫枉的必然结果。

刘勰对这种新艺术风貌的态度是很复杂的。当然他对“诗必柱下之旨归，赋乃漆园之义疏”的玄言诗并没什么好感。当“形似”成为诗歌创作中趋之若鹜的风尚，追求辞藻、重视骈俪，山水诗风便颠覆了玄言诗风。相对于质木无文、枯燥说理的玄言诗，山水诗吸收了众多来自赋法中铺陈、描摹的表现手法，构思谋篇，由重天工到重思力，并加以自觉应用，逐步倾向于对外在形式和技巧的述求，刘勰认为“诗至于宋，性情

---

① （南朝·梁）刘勰著，范文澜注：《文心雕龙注·明诗》，第67页。

渐隐，声色大开，诗运一转关也”，[①] 积极意义在于此。但又由于对“原道”“宗经”的追求、对文质彬彬的推崇，刘勰对极容易流变为“或义华而声悴，或理拙而文泽”之弊端的雕琢之气与形式主义也作出批评，[②] 即后世所言的“元嘉、永明以后，绮丽是尚，大雅浸润”，[③] 消极影响正在于此。

如果我们将刘勰对“文贵形似”的价值判断还原到所处的时代背景中，就不难发现，在当时“形似”是蔓延极广的创作概念。士人在不可避免地受到了东晋玄学自然观“玄对山水”“即目游玄”等的冲击后，将山水风景视为可以折射出人生玄理的镜像，不再必然使用赋法中的想象夸张，而以“若人学多才博，寓目辄书，内无乏思，外无遗物，其繁富，宜哉”为要，[④] 不仅诗歌创作以“形似”为尚，且处于萌生状态的山水画也在强调着“以形写形，以色貌色”，使得山水之美成为被精细把握、描摹展现的审美对象。求“自然”是内在的自觉，指向艺术的人文精神；求“形似”是外在的规范，提倡艺术手法的精进。两者不应该被对举，而应该是互补性的合力探索。以此为切入视角，我们必须深入到南朝诗文、绘画等艺术理论中，来多层解释“形似”的内涵与外延，及其在不同语境下的所指。

曾有学者为“形似”下定义，作为说明文学和艺术作品表现功能的术语，“形似”是通过描写现实世界中的事物、现象，将其再现在读者眼前。缩小为诗论中的说法，则是表明诗歌的语言与所描绘现实之间的对应关系、词语与事物的关系。这主要是基于艺术功能论上的诠释。[⑤] 从表层字面来理解，“形似”就是“形貌切似”，等同于借助语言的形象描绘、细节的求实，来尽可能逼真地再现客观事物。《文心雕龙·物色》中曾作出比喻：“故巧言切状，如印之印泥，不加雕削，而曲写毫芥。”刘勰突出了诗文的“再现”功能，而不是“表现”功能，山水景物客观存在，

---

① （清）沈德潜撰，霍松林校注：《说诗晬语》，第 203 页。

② （南朝·梁）刘勰著，范文澜注：《文心雕龙注·总术》，第 656 页。

③ （清）宋荦：《漫堂说诗》，丁福保辑《清诗话》，第 416 页。

④ （南朝·梁）钟嵘著，曹旭笺注：《诗品笺注》，第 91 页。

⑤ 参见［日］浅见洋二《“形似”的新变：从语言与事物的关系论宋诗的日常性特点》，引自《距离与想象：中国诗学的唐宋转型》，上海古籍出版社 2005 年版，第 240—243 页。需要指出的是，浅见洋二的定义略偏重于诗论，又认为“形似”不应与“神似”对举，“形似”概念中亦有“神似”之含义。

创作中要达到将目睹到的形状、外貌等一一述写出来，如同印泥般的吻合，如镜取形，灯取影，这样阅读时方能“瞻言而见貌，印字而知时”，感觉到风景如在眼前。这种情况在南朝时还有具体的事例，《梁书·王筠传》中记载：“约于郊居宅造阁斋，筠为草木十咏，书之于壁，皆直写文词，不加篇题。约谓人云：‘此诗指物呈形，无假题署。’”王筠直写文辞、不加标题的时候，读之仍能确切知晓诗歌中所写，原因在于借助着精准的语言将所描绘的对象恰如其分地再现，而不会产生过大的偏差和歧义。

与刘勰、沈约处于同时代的钟嵘，同样以“形似”为标准来评判诗歌艺术之优劣，区别仅在于刘勰多从创作论角度出发，钟嵘多从鉴赏论角度出发而已。《诗品》中共出现四次有关“形似”之语，分别在上品张协、谢灵运，中品颜延之、鲍照。

> 晋黄门郎张协诗：其源出于王粲。文体华净，少病累。又巧构形似之言，……词彩葱蒨，音韵铿锵，使人味之，亹亹不倦。
>
> 宋临川太守谢灵运诗：其源出于陈思。杂有景阳之体。故尚巧似，而逸荡过之。颇以繁芜为累。
>
> 宋光禄大夫颜延之诗：其源出于陆机。故尚巧似。体裁绮密。然情喻渊深，动无虚发。一句一字，皆致意焉。
>
> 宋参军鲍照诗：其源出于二张。善制形状写物之词。得景阳之諔诡，含茂先之靡嫚。……然贵尚巧似，不避危仄，颇伤清雅之调。

分析其评语，可得出两点：其一，钟嵘将谢灵运“杂有景阳之体”、鲍照“善制写形状写物之词”，先同归为出于“巧构形似之言”的张协。张协诗是“词彩葱蒨，音韵铿锵”，钟嵘此语评价不低，音韵美在西晋时尚未形成，辞藻华丽倒是能从《文心雕龙·明诗》中的“景阳振其丽”印证一二。又将颜延之、鲍照同归出于陆机的“靡嫚”“绮密”，陆机本身既提倡用丰藻华辞来细致描摹事物外貌，又与赋法一脉相承。

其二，“元嘉三雄”的诗歌内容及创作手法各不相同，谢灵运的“鬼斧默运”、颜延之的“错彩镂金”、鲍照的“才力俊秀”，却同样被钟嵘冠以“形似”特征，说明“形似”是从刘宋延伸至齐梁的诗学风尚，一反理过其辞的玄言诗，出现新的诗歌艺术特质。

南朝山水画论中对“形似”的分析和阐释，远比文学理论更为完整，也走得更远。究其原因，在于刘勰、钟嵘等人对“形似”的界定是理论归纳的产物，在创作实践中往往会出现偏差。一般说来，文学作品必须依赖从语言到语义上的传达，无论山水诗的文辞多么真实精准，多么贴近山水景物本身的形貌，鉴赏时都会受制于语言的媒介作用，产生语义的多样性和模糊性，在内容表达和艺术欣赏中出现迥异的理解。所以说，刘勰的“印泥”之喻仅能处于理想状态之下，文学作品却非常难以实现；钟嵘的评价也受到来自不同方面的非议，不是统一的定论。而绘画则能超越语言的束缚，将视觉捕捉到的山水形貌用块面、线条、色彩等再现出来，加之创作中添加了更多技法，鉴赏中少了语义隔阂，远比诗文表现得细致且广泛。从这个意义上讲，山水画论比之于文论，更为关注对如何取山水之形、画山水之貌给予切近的指导，对“形似”的解释更加直接。

顾恺之《画云台山记》全文以叙述为主，其中数次论及人物形象塑造，如“画天师，瘦形而神气远，据涧指桃回面谓弟子”“一人隐西壁倾岩，余见衣裙；一人全见室中，使轻妙泠然”等，间接论及山石之势态、树木之形色，颇多讲求人物山水两者间的布局势态。此篇极有可能是顾恺之的绘画笔记，而不是特地写就的山水画论，故今天仍可以依此叙述草拟图画，并未出现牵强脱节之处。① 当山水画逐步从人物画背景脱胎独立而出时，顾恺之正处在不成熟的嬗变阶段，但却已注意到人物以形模为先，山水以气韵为主。还论及如何对山水景致进行切近的摹写，如何对山石溪水之间的形势进行安排，“山有面，则背向有影”“因抱峰直顿，而上下作积冈”“涧可甚相近，相近者欲令双壁之内”，抓住阴阳光影、位置上下；如何对色彩取用，“凡天及水色，尽用空青，竟素上下以映”“紫石如坚云者”“丹崖”“赤岸”等；乃至如何画与之相配的孤松、白虎、日色，虽然笔笔细加勾勒，尚不及《论画》中“林木雍容天畅，亦有天趣”得其神韵，但是作为对创作及模仿山水画有益的记叙，有效地指明了画中的山水容貌及画法技巧。

梁元帝萧绎的《山水松石格》是专门的山水画创作论，多偏重“形

① 王世襄：《中国画论研究》，广西师范大学出版社2006年版，第46—48页。

似”的技巧及构图，[1] 有比顾恺之更深入的说法。开篇言：“夫天地之名，造化为灵。设奇妙之体势，写山水之纵横。或格高而思逸，信笔妙而墨精。”从自然山水中体验出造化之功，体现在画山画水中，既有对景致的再现，也有画家情致心境的表达，“格高”“思逸”不仅说的是画之格调的高逸，也说的是画家思想趣味的超脱。随后才进入了具体的画法研究，或集中论山，“素屏连隅，山脉溅朴，首尾相映，项腹相迎”；或集中论树，“树有大小，丛贯孤平，扶疏曲直，耸拔凌亭”；间有草石点缀、四时风景，存有大小比例，前后协调，“丈分尺寸，约有常程”。[2] 仍旧停留在类物象形、取景摹拟的初级阶段，对山水画中可蕴含着的艺术精神并无涉及。

在宗炳的《画山水序》中，山水画从自然观念而出的重“形似”的倾向是最明确被阐述的。相比于顾恺之、萧绎更重艺术构思和画法表达，宗炳则侧重形象效果和画作欣赏。其言“身所盘桓，目所绸缪，以形写形，以色貌色”，提出不失山水原型、不匿山水行迹的要求，讲求画面之景与自然之景在外形上的高度相似。宗炳将“形似”发展为“巧似”，“是以观画图者，徒患累之不巧，不以制小而累其似，此自然之势”。“巧”是创作的方法与手段，“似”是创作的目的与归宿；“巧”是“画象布色，构兹云岭”；“似”是“含道暎物”“澄怀味象”。山水形貌在心灵中的反映如镜子中的反照。在他眼中，最佳的山水画等同于真实的自然，与人的精神世界交感，“应目感神，神超理得”，让人如临其境，畅神其中。[3] 南朝士人对此确实有所认知，孙绰就曾视图画之状虚构玄虚之辞，《文选》李周翰注：“闻此山神秀，可以长往，因使图其状，遥为其赋。”能依据一幅天台山画作撰写《游天台山赋》，有“散以象外之说，畅以无生之篇。悟遣有之不尽，觉涉无之有间。泯色空以合迹，忽即有而得玄。……浑万象以冥观，兀同体于自然”的玄理。[4] 这至少说明，孙绰

---

① 自明清起，有观点认为此篇是伪托之作。现今学界考证其大致应为六朝之文，后在流传中出现衍文讹误，失之原貌。参见陈传席《中国绘画美学史》，人民出版社 2009 年版，第 205—208 页。

② （南朝·梁）萧绎：《山水松石格》，（清）严可均辑《全梁文》卷 18，第 203—204 页。

③ （南朝·宋）宗炳著，陈传席译解，吴焯校订：《画山水序》，人民美术出版社 1985 年版，第 1—5 页。

④ （东晋）孙绰：《游天台山赋》，（南朝·梁）萧统编，（唐）李善注《文选》卷 11，第 166 页。

认同山水画描摹对现实山水景色的替代作用。从这个侧面便可以看出“形似”理念在南朝山水画创作中的角色和作用。

由此可见，无论是文学理论上的支持，抑或是绘画理论中的完善，“形似”均处于南朝山水艺术风尚的核心地位。这种以外在形象描写为要的倾向，促使诗画中皆产生了对山水物象刻画雕镌的具体创作要求，在走过寻找描摹形式，沉淀技巧的道路后，山水方彰显出它的本质之美，建立起山水艺术最基本的审美途径。

三　谢灵运山水诗的模式建构①

从玄学角度去透视谢灵运的自然观，其与孙绰、宗炳、湛方生、谢混等人并无二致。谢灵运有《山居赋》作为其自然思想的注脚，《山居赋》开篇即言：“即事也，山居良有异乎市廛。抱疾就闲，顺从性情，敢率所乐，而以作赋。”南朝士人的隐逸情趣，大部分是寄情于山水、逍遥在世外，谢灵运始建庄园、憩山水、好游览，也皆如此。“是以谢郊郭而殊城傍。然清虚寂漠，实得道之所也”，逃出凡尘城郭，进入郊区的山水园林，从熙熙攘攘来到清丽寂静处所，才是感悟自然的地方。“欣见素以抱朴，果甘露于道场。”找到山林景致中给予自己心灵的安慰，使自己能得到与心性相对应的快乐。此意在《答范光禄书》中也有：“山涧幽阻，音尘阔绝。忽见诸赞，叹慰良多！可谓俗外之咏，寻览三复，味玩增怀，辄奉和如别。虽辞不足观，然意寄尽此。”这正从“自然”观中发展而来，以山水苞明理，以山水畅胸怀。

谢灵运创作《山居赋》的目的正是在此。他直接表明过：“今所赋既非京都宫观游猎声色之盛，而叙山野草木水石谷稼之事，才乏昔人，心放俗外，咏于文则可勉而就之，求丽，邈以远矣。……意实言表，而书不尽，遗迹索意，托之有赏。”山野草木不是任何事物的陪衬，而是要在这里逃出俗尘困扰，从中得到自然之乐，“选自然之神丽，尽高栖之意得。仰前哲之遗训，俯性情之所变。”在谢灵运看来，山水之外景便是自然之神丽，“风生浪于兰渚，日倒影于椒途。飞渐榭于中沚，取水月之欢娱”。风声、日影、水榭都是最具代表性质的，是可以让观览者“去饰取素，

① 本节所引谢灵运诗作，均出自顾绍柏校注《谢灵运集校注》，中州古籍出版社 1987 年版。因涉及过多，不再一一注明。

倘值其心”“窈窕幽深，寂寞虚远”的。因为山水的自然之性蕴含在山水中，故此不需要虚无矫饰。只要保持素朴的本真，便能直达人性，显示出从山水中体玄悟道的超然之怀。

谢灵运的山水诗就更是如此了。他对山水是出于内心的喜爱，山水能让他排遣掉世俗功名的牵绊，获得内心的欣喜。《从斤竹涧越岭溪行》在写过风光景色后感喟：“情用赏为美，事昧竟谁辨？观此遗物虑，一悟得所遣。”原来是要从中达到消除世俗烦累后的境界。我们往往都将此认定为“玄言的尾巴”，其实，这更是谢灵运蕴含在诗中的“自然”观，在创作中展现为“从山水这些感性入手体悟玄道的创作路子”。[①]《述祖德诗》：“随山疏浚潭，傍岩艺枌梓。遗情舍尘物，贞观丘壑美。”《过白岸亭》：“荣悴迭去来，穷通成休戚。未若长疏散，万事恒抱朴。”《石壁精舍还湖作》：“昏旦变气候，山水含清晖。清晖能娱人，游子憺忘归。”《游赤石进帆海》：“矜名道不足，适己物可忽。请附任公言，终然谢天伐。”山水带来的都是自然的欢喜，能将诗人的情感郁结统统化解。由此，谢灵运才会不厌其烦地将其作为诗文主题来逐一叙述表达。

如此的山水自然观，能解释谢灵运为什么要在诗文中写山水，或者说其在诗文中写山水的意义之所在。那么，谢灵运怎样创新了山水诗的写作手法，或者说是怎样在描写山水时“寓目辄书”的呢？他自己在《游岭门山》说：“千圻邈不同，万岭状皆异。”《永初三年七月十六日之郡初发都诗》也说：“将穷山海迹，永绝赏心悟。”山水之形色、万象之姿态以本来的面貌络绎纷呈、尽显眼底。这就从谢灵运思想中对山水自然观照的浓厚兴趣移植到了诗文创作的思维习惯。在这里，还有两点不能忽视的因素：

其一，谢灵运赋作的山水描写与汉赋有着不小的区别。如在《山居赋》中使用的赋法铺排：

> 其居也，左湖右江汀，往渚还汀。面山背阜，东阻而倾。抱含吸吐，款跨纡萦。绵联邪亘，侧直齐平……
>
> 近东则上田、下湖，而谿、南谷，石埭、石滂，闵硎、黄竹。决

① 詹福瑞：《南朝诗歌思潮》，河北大学出版社2005年版，第39页。

飞泉于百仞，森高薄于千麓。写长源于远江，派深毙于近渎……

近南则会以双流，萦以三洲。表里回游，离合山川。崿崩飞于东峭，槃傍薄于而阡。拂青林而激波，挥白沙而生涟……

近西则杨、宾接峰，唐皇连纵。室、壁带谿，曾、孤临江。竹缘浦以被绿，石照涧而映红。月隐山而成阴，木鸣柯以起风……

近北则二巫结湖，两皙通沼。横、石判尽，休、周分表。引修堤之逶迤，吐泉流之浩羔。山几下而回泽，濑石上而开道……

远东……远南……远西……远北……

少了过度的夸张扬丽、刻板堆砌，所涉及的景象状物大多取材真实，也没有多少抒情色彩。因为谢灵运是要形近自然之妙的，“流连万象之际，沈吟视听之区；写气图貌，既随物以宛转，属采附声，亦与心而徘徊”，① 是他最基本的创作手法，即以方位词辅助山水描写。

再如，《归途赋》：“观鸟候风，望景测圆。背海向溪，乘潮傍山。”《岭表赋》：“萝蔓绝攀，苔衣流滑。”《撰征赋》：“散叶荑柯，芳花饰萌。麦萋萋于旄丘，柳依依于高城。”《长谿赋》：“潭结绿而澄清，濑扬白而戴华。飞急声之瑟汨，散轻文之涟罗。始镜底以如玉，终积岸而成沙。”这些语句看起来就与诗歌非常相似，它们也确实影响到谢灵运的诗歌创作。谢灵运的诗既有从赋法而来的“形似”，也更是在文笔上竭尽铺排，务必穷幽极眇，形成了富艳精工的特征。

其二，谢灵运诗的山水之景是他在主观上述求得来的。其绝大部分诗作应该归为游览诗。在《文选》中，谢灵运的诗即收入在“行旅”和“游览”两类中，皆被视为有代表性的作品。当然，这其中不能排除《文选》中并没有单独的“山水”一类，但借此可以看出其诗歌内容的倾向。我们从诗题中也可以窥知一二，如《登池上楼》《登江中孤屿》《登永嘉绿嶂山》《于南山往北山经湖中瞻眺》等，是谢灵运主动走到山水中去寻求心理安慰、去体悟自然。这样的登临山水之作，写的都是真山真水，诗人身临其境后，才能涤除心灵的烦闷，获取精神的自由平和，如同对“自由的象征性占有”，方出现了对山水整体外貌的

① （南朝·梁）刘勰著，范文澜注：《文心雕龙注·物色》，第693页。

把握。[①]

在这两点规范之下，再去理解谢灵运创作论的"形似"，抑或说是"巧似"，完全可以看作是亦步亦趋、亦景亦写的创作手法。"形似"不是典型的机械照搬，谢灵运最终是要从中得到自然，为了表现其万千气象，必要选取精华的景致入诗，像风景在一帧帧的照片中重现，"大必笼天海，细不遗草树。岂唯玩景物，亦欲摅心素"。[②] 谢灵运诗中总是出现晨出暮止，或是暮宿晨发的时间点，也总是在捕捉着特定时间山水的独特风貌。《石室山》："清旦索幽异，放舟越坰郊。"清晨到达幽静山脚溪边；《从斤竹涧越岭溪行》："猿鸣诚知曙，谷幽光未显。岩下云方合，花上露犹泫。"晨光山色间有花香盈鼻，露水清丽欲流；《石门岩上宿》："暝还云际宿，弄此石上月。鸟鸣识夜栖，木落知风发。"晚霞时分在石岩处观月；《石壁精舍还湖中作》："林壑敛暝色，云霞收夕霏。"又写出暮色苍茫间的晚霞气象。谢灵运观察得异常仔细，笔下便能刻画细腻，春景是"池塘生春草，园柳变鸣禽"；夏景则是"白芷竞新苔，绿蘋齐初叶"；秋景是"晓霜枫叶丹，夕曛岚气阴"；冬景是"明月照积雪，朔风劲且哀"。就像陶弘景《答谢中书书》中说的那样："山川之美，五色交映，青林翠竹，四时具备。……自康乐以来，未复有能与之奇者。"取景细致，刻画精确，读来有身临其境之感。

谢灵运之"巧似"还带有典型的南朝山水画的创作特征，当时的绘画虽没有作品传世，但画论中的记叙还是很详尽的。如谢赫的"六法"系画法上的通论，就山水画而言，其构思恰好与山水诗法互有契合，这说明当时山水艺术发展的同步状态，或许有深有浅，或许有所侧重，但大体方向是趋同的。

先用"传移模写""经营位置"两点来对比谢灵运的诗歌，即把不同位置、不同角度的物象放置一起来把握自然全境，使画面展露出空间感。谢灵运很少单写一处风景，却极容易将不同视线的山水连缀起来，峰石、溪江、林川等比比皆是的物象，都是局部的构成部分，经过一系列构思组合后，最终能浮现出宛然可见的美感。或以静态描写引起具体之感，如

---

① 蒋寅：《超越之场：山水对于谢灵运的意义》，《文学评论》2010 年第 2 期。

② （唐）白居易：《读谢灵运诗》，顾学颉校注：《白居易集》卷 7《闲适三》，中华书局 1979 年版，第 131 页。

《登石门最高顶》“疏峰抗高馆，对岭临回溪。长林罗户穴，基石拥基阶”；或以动态描写引起生动感，如《石门岩上宿》“鸟鸣识夜棲，木落知风发”；或用空间中方位前后、高低起伏、俯仰上下、远近大小作对比，《石门新营所住》“俯濯石下潭，仰看条上猿。早闻夕飙急，晚见朝日暾”，《过白岸亭》“近涧涓密石，远山映疏林”。仿佛是笔笔着力的工笔山水画，于回旋往复中构画出自然造化之妙。

再用“应物象形”“随类赋彩”来对比，正是以摹拟物象的物色兼备，使画面展露出真实感。有的诗句反复描绘着一幅图画，如《入东道路》：“陵隰繁绿杞，墟囿粲红桃。鹭鹭翚方雊，纤纤麦苗垂。”花草艳丽、麦苗葱郁，春光盎然中的丝丝细节，似乎被用工笔精雕细刻。《初去郡》：“野旷沙岸净，天高秋月明。憩石挹飞泉，攀林搴落英。”唯其沙岸平净才会显出原野的空旷，只有秋月明朗才能显得天空格外高远，其中又有飞泉涌动、落英缤纷。有的诗句中使用色泽艳丽的形容词，如《晚出西射堂》：“连障叠巘崿，青翠杳深沈。晓霜枫叶丹，夕曛岚气阴。”“青”“丹”两字一下子就让诗歌鲜活起来：夕阳晚照，笼罩在杳冥暮色中的山峦显得朦胧不清，只有霜打过的枫叶燃烧得像火焰一样红，给人以浓郁无边的秋意。再如，《过始宁墅》：“白云抱幽石，绿筱媚清涟。”《入彭蠡湖口》：“乘月听哀狖，浥露馥芳荪。春晚绿野秀，岩高白云屯。”《从游京口北固应该诏》：“原隰荑绿柳，墟囿散红桃。”《入华子冈是麻源第三谷》：“铜陵映碧涧，石磴泻红泉。”诗中的颜色如绿、碧、白、红，仿佛触手可及。

“形似”山水画的诗歌创作，是在辞藻华丽间解构了琐屑的山水景物的单调，在流连光景间塑造了山水自足的美感，其描的不是静态的画，而是动态的自然：“如朝行远望，青山佳色，隐然可爱，其烟霞变幻，难于名状；及登临非复奇观，惟片石数树而已。远近所见不同，妙在含糊，方见作手。”①

谢灵运苦心安排的全景山水，似乎是无限接近自然的万物万象，正如王昌龄所评价的：“张泉石云峰之境，极丽绝秀者，神之于心，处身于境，视境于心，莹然掌中，然后用思，了然境象，故得形似。”② 形似后

① （明）谢榛撰，宛平校点：《四溟诗话》卷2，人民文学出版社1961年版，第74页。

② ［日］遍照金刚撰，卢盛江校考：《文镜秘府论·南卷·论文意》，第1309页。

得到的是具有生命活力的山水，感受到的是对自然的一体观照。只是谢灵运过于以此为旨归，反而带来繁复、冗长、板滞的不良倾向，一味写得鲜艳妩媚，缺乏情感的寄托。

南朝时期是山水艺术尚未跨越“巧构形似之言”的过渡期，其追求的是山水以其本来面貌的显现。“形似”虽不是艺术的最高要求，但绝不带有贬义，否则就不会出现后来对何逊诗“实为清巧，多形似之言”的评语，乃至唐代王昌龄以“形似”为物境说。中国艺术历来重视抒情写志，重心理真实、重主观表现，它是无意间伴随着自然观的触动，渐渐开始重形貌真实、重客观再现，这种改变减弱了艺术的抒情性，却增强了艺术的写实性，山水的刻画描写借此成为表现领域内不可或缺的一部分。虽然在不久之后,“形似”的观点就被弱化，逐渐融化进“景”“物境”“意境”的表述中，仍旧回到“情”“志”主导的框架下，但它的存在却是山水艺术不可忽略的一环，也是南朝山水诗演进中很值得玩味的一种现象。

第三节 “自然”与唐宋诗学的内在规范

中古诗歌经过魏晋南北朝几百年的锤炼，无论是内在的深情咏唱，还是外在的审美趋向，“自然”观念皆已渗透其中。当然在最初，有关诗歌之“自然”的方方面面理论是零散的，并未有什么体系。其整合起来的雏形，乃以盛唐的丰碑人物李白为代表，继之以中唐的司空图《二十四诗品》中列出的“自然”一品，再继之以北宋的欧阳修、梅尧臣、葛立方等人以“平淡”约等于“自然”观念。在这样的过程中有两点需要注意：一是，盛唐、中唐、北宋所分别强调的“自然”，含义是如何的有同有异？二是，“自然”在此中是如何成为一种诗学的内在规范？据此我们可以尝试去分析“自然”作为中国诗学最重要的概念之一，其究竟以什么途径或者说以什么方式去自我生长，进而点滴渗透进艺术的审美自觉中。

一 前期“自然”的整合与李白的“自然”气质

讨论中古诗学从盛唐时开始形成较为稳定的“自然”诗学，是出于这样两方面的思考。其一，此前已然经过的汉乐府、《古诗十九首》、汉魏风骨、两晋玄言诗、南朝山水诗等诸多发展阶段，其中都曾有对“自然”观念的深刻认识，诸如乐府与古诗的“自然天成”，玄言诗的“自然之理”，山水诗的“形似自然”与“自然之趣”等，皆含有多角度的、有关于“自然”的诗性思维与诗学趣味。尽管因其正处于不断的演进过程中，诗学理论与实践也具有阶段性的差异，但中古诗学能在起始时便以“自然”为一种明确的中心指向，的确是宛然可见的。

其二，盛唐作为诗学创作的高峰期，便是在吸收前人精华，并可能集大成的基础上，又借助着蓬勃的时代精神，对前述的种种“自然”观念加以整合且精深提升，塑造出了充盈着生命力的自然诗学。这种现象的出现，既具有必然性，同时也具有偶然性。所谓之必然，指的是这一切遵循了诗学自身的发展规律；所谓之偶然，指的是期间出现的众多名家圣手，尤其是以李白与杜甫为代表的“双子星座”。而在超大量的诗歌创作实践中，李白无疑是最具有“自然”气质的一位盛唐诗人。从漫长的时间维度着眼，若向前看，李白无疑有对在其之前的诗学的充分接受；若向后看，李白更是有被后人试图不断学习、却再难以超越的特质。[①]

从李白的身上去分析“自然”气质，也正因他能以诗学脉络穿线，对从《诗经》之风雅颂，到汉魏风骨，再到南朝二谢，均有学习与继承。如李阳冰在《草堂集叙》中言：“唯公文章，横被六合，可谓力敌造化矣。”[②] 说明李白能扬其弊而得其精，既师法古人，更师法造化。还有在中唐张祜的《叙诗》中，梳理诗源顺流而下，历经刘祯的骨气、陆机的才推、谢灵运的英姿、鲍照的孤危、沈宋的英华，直至“波澜到李杜，碧海东弭弭”。从文学史的视角看，到了李白处基本形成了集合之前诗学的丰富“仓库”。

众多后来的理论者多次强调杜甫是继往开来的集大成者，乃因杜甫是用思力去作诗，其中的主体性较为凸显，而李白则是逞天才以天工作诗，其对糟粕的淘汰、对不足的改造都不太明显，唯有对新的创造比较突出，

---

① 本文所引李白的诗作，皆出于安琪、房日晰主编《李白全集编年注释》，巴蜀书社 1990 年版。因涉及篇名颇多，诗作不再一一引述，也不再一一注明全文。

② （唐）李白，詹锳主编：《李白全集校注汇释集评》第 1 卷，百花文艺出版社 1996 年版，第 1 页。

可这恰恰却是后人最难以摹仿的，也是绝对不能超越的。但是，我们要在一定程度上更为理性地去看待这种差异与偏见。一方面先明确李白的诗学是混合型的，同时兼具自然、飘逸与豪放等因素。但正如王世贞《艺苑卮言》所言，其“以气为主，以自然为宗，以俊逸高畅为贵”；[①] 许学夷《诗源辩体》所言，其“五言古，七言歌行，太白语虽自然而风格自高。……学者苟得其自然而不得其风格，则失之轻而流”，[②] 皆说明了得“自然”方才能综合一切因素、笼罩一切美感。另一方面，李白诗的“自然”艺术不仅仅表现在诗歌的外在艺术表现上，如有学者归纳其为“深秀，明丽，清真，圆转，朴美，新奇”，[③] 更重要的则是体现在其内在的、为而不知其所为的艺术构思中，尤其是作为艺术精神的内蕴、神龙驭气的艺术构思与水到渠成的艺术感染力。这三者完全可以整合为“自然”的艺术哲学。

由此所言“自然”的艺术哲学，至高点是在精神上的追求，意味着既不受外物束缚，内心却还有着对世界、对生活的刻骨铭心的体悟，虽不如风火雷电般激烈，但含蕴丰富、韵味悠长。这种气质会自然而然地涵养进诗人的创作中，使诗歌内容呈现出博大的包容性，能无所不入诗，无所不可以成诗；同时又能使诗志、诗情、诗理等呈现出超越性，逼近宇宙人生之本真。

对这类艺术的探索或者期待，早从魏晋诗中就已经兴起，如何晏、阮籍、嵇康等一批带有典型玄学气质的士人，待到玄言诗中已很明显，如排除外界杂物遮蔽，直指内心思索本原，企图用诗歌的形式，创立沟通天人之间的渠道。陆机《失题》其二：“澄神玄漠流，栖心太素域。弭节欣高视，俟我大梦觉。”直接以人生的终极思考为中心。陶渊明的《形影神》以对万物的感悟为开端，“天地长不没，山川无改时。草木得常理，霜露荣悴之”。最后以人生态度的宣言作为结尾，“纵浪大化中，不喜亦不惧。应尽便须尽，无复独多虑”。虽然对玄言诗的评价历来都不高，只因这些

① （明）王世贞：《艺苑卮言》卷 4，引自丁福保辑《历代诗话续编》，第 1004 页。

② （明）许学夷撰，杜维沫校点：《诗源辩体》卷 18，人民文学出版社 1987 年版，第 194 页。

③ 康怀远：《李白论探求 · 论李白自然诗风》，陕西人民教育出版社 1993 年版，第 27—46 页。

作品理解得太过于机械，是自然哲学的存在物，而非带有自然哲学意味的诗。[①] 不过从艺术构思的角度讲，若是中古诗歌没有经过这层哲学的洗汰，对自然精神的思考，便很难介入并成为诗歌美学的有机构成部分，诗歌就会一直徘徊在单纯的感性体悟中，厚重有余而灵性不足，缺乏一种深邃的、超逻辑的陶陶然、落落然之感。

由此来看李白诗中存在的“自然”哲学，正是其诗思有广义的人生思索，表现出一种对自然的亲近，一种与自然泯为一体的思想趋向。[②] 它指的不是某一种特定的风貌，而是能升华起的艺术精神，乃是对美的追求的一个里程碑，是在风花雪月之上，几近于人生如梦的感慨。他的早年诗作，如《送族弟凝之滁求婚崔氏》：“与尔情不浅，忘筌已得鱼。玉台挂宝镜，持此意何如。坦腹东床下，由来志气疏。遥知向前路，掷果定盈车。”直用《庄子》的典故，多带道玄、老庄之言。再如，《秋山寄卫尉张卿及王徵君》：“何以折相赠，白花青桂枝。月华若夜雪，见此令人思。虽然剡溪兴，不异山阴时。明发怀二子，空吟招隐诗。”《寄弄月溪吴山人》：“夫君弄明月，灭景清淮里。高踪邈难追，可与古人比。清扬杳莫睹，白云空望美。待我辞人间，携手访松子。”仍有一些像玄言诗的生硬痕迹，不过其意蕴核心是《日出入行》所言的“万物兴歇皆自然”，即开始渐渐地将这些体悟用诗歌独有的情结方式表达出来，并映入时代的特定文化背景中。

到了他中晚年的诗作中，则开始将“自然”的义理贯穿进诗歌的意象中。即便有些诗中存有众多的典故片段，如《古风》五十九首、《战城南》（去年战）、《日入出行》《塞下曲》《秋夜独坐怀故山》；或者完全出人意表的想象，如《游秋浦》“天借一明月，飞来碧云端”，《春怨》“落

---

① 对玄言诗的争论，历来甚多。如许学夷《诗学辩体》：“晋人贵玄虚，尚黄老，故其言皆放诞无实。陶靖节见趣虽亦老子，而其诗无玄虚放诞之语。中如纵浪大化中，不喜亦不惧……等句，皆达人超世、见理安分之言，非玄虚放诞者比也。”章太炎《国故论衡》：“其风力终不逮。玄言之杀，语及田舍，田舍之隆，旁及山川云物，则谢灵运为之主。”黄侃《诗品讲疏》：“据檀道鸾之说，是东晋玄言之诗，景纯实为之前导，特其才气奇肆，遭逢险艰，故能假玄言以写中情，非夫钞录文句者可拟况。”朱希祖《中国文学史要略》：“自晋迄陈，文变略具，孙许扇以玄言，陶潜革以田园，灵运畅以山水，简文变以宫体，虽雅郑不同，而清绮则一。”

② 罗宗强：《自然范式：李白的人格特征》，引自茆家培、李子龙主编《谢朓与李白研究》，人民文学出版社1995年版，第190—199页。《论李诗的艺术风格》，引自陈平原、周勋初主编：《20世纪中国学术文存·李白研究》，湖北教育出版社2003年版，第395—411页。

月低轩窥烛尽，飞花入户笑床空”，《朝下过卢郎中叙旧游》：“明湖思晓月，叠嶂忆清源”，连缀起来好似没什么道理，但细细品之，其实深层蕴含着“自然”之理，在诗句中如璞包玉般包含着哲学的内核。而我们在李白任何题材的诗中，或古风、或歌行、或游仙诗、或闲适诗、或山水诗，也都能感受到一份摆脱纷扰，走向悠游自在的意味。

李白诗及人的“自然”气质是魏晋风度的盛唐化。“自然”是遗风久远的诗酒风流，有花、有竹、有月，还有三曹的风骨，竹林七贤的风度，阮籍的狂，嵇康的傲，两晋士人的名士气。李白的诗中常常出现对这些先贤的真心怀念，如《将进酒》《拟古》《醉酒歌》《忆崔郎中宗之游南阳》等，这些诗的风格或是放纵，或是返璞归真，都是在半醉半醒中，超越了世俗的乏累；不在宫廷，不在市井，而唯在宇宙大化，在人心纵横中。毫不夸张地说，这种醉态的“自然”，正是李白的精神标签。如有诗评曰：“兴酣染翰恣狂逸，独任天机摧格律。笔锋缥缈生云烟，墨骑纵横飞霹雳。有如怀素作草书，崩腾历乱龙蛇摅。更如公孙舞剑器，浑脱浏漓雷电避。冥心一往搜微茫，乾端坤倪失伏藏。佛子嵌空鬼母泣，千秋词客孰雁行。”[①] 这是狂放的自然；再“如张乐于洞庭之野，无首无尾，不守故常，非墨工斫人所可拟议”，[②] 这是优雅的自然。

像李白这样的天才，无论从头脑构思还是到笔下创作，“自然”都绝不是惨淡的经营。虽然在盛中唐，诗家都较为推崇谢氏诗风，如皎然《诗式·文章宗旨》中：“尝与诸公论康乐为文，真于性情，尚于作用，不顾词彩，而风流自然。”李白自己也对谢朓青睐有加，如《赠殷明佐见赠五云裘歌》：“我吟谢朓诗上语，朔风瑟瑟吹风雨。”再如《金陵城西楼月下吟》：“解道澄江静如练，令人长忆谢玄晖。”后人王世贞也在《论诗绝句》中说，“青莲才笔九州横……一生低首谢宣城。”但李白走的并不是“至丽而自然，至苦而无迹”的路子，“自然”是真正意义上的自然而然，是“笔力偏偏，如行云流水，出乎自然”，[③] 才能显现出杜甫在《寄李十

① （清）郑日奎：《读李青莲集》，（清）王琦《李太白全集》，中华书局1977年版，第1057页。

② （北宋）陈师道：《后山诗话》，（清）何文焕辑《历代诗话》，中华书局2004年版，第312页。

③ （唐）李白《古风》，杨曰：“笔力偏偏，如行云流水，出乎自然。”引自詹锳主编《李白全集校注汇释集评》第1卷，百花文艺出版社1996年版，第27页。

二白二十韵》中称赞的“笔落惊风雨，诗成泣鬼神”，任华在《杂言寄李白》中所言的“逸气”“既俊且逸”。“自然”既是李白的思维方式，也是其诗的美感张力。①

举例言之，如《宣州谢朓楼饯别校书叔云》，“弃我去者，昨日之日不可留；乱我心者，今日之日多烦忧。……抽刀断水水更流，举杯销愁愁更愁”的倾泻而下，《月下独酌》《把酒问月》的无拘无束、相呼相应；《草书歌行》《行路难》《梁父吟》的大气磅礴、《江上吟》《答王十二寒夜独酌有怀》《醉后答丁十八以诗讥予捶碎黄鹤楼》的元气淋漓，《登金陵凤凰台》《江夏赠韦南陵冰》《江南寄汉阳辅录事》的发于性情，《长相思》《妾薄命》的代言深情，《春思》《渡荆州送别》《清溪行》的小巧精致等。可以说，李白诗作风格的丰富多样性，已经很难拿出某个具体的命题来全部概括，也只能用“自然”这样形而上的命题，才最能一语中的。

以李白为基本范式来观照盛唐诗学中对“自然”观的整合，其大体只是在实践中的体悟，而非理论上的思辨。当然，我们可以据此分析“自然”观是如何成为了诗歌创作的文化原点及悟性思维，但这种以“自然”为最高标准的思维方式，同时又是以意驱象的写作方式，在李白前苦苦的探求，在李白后则又不可超越。换句话说，盛唐时凭借天才李白树立起“自然”的最高范式，这种范式又同时融合了时代精神，是唐诗风神的有机成分。如此现象在此之后却成绝响，却不知是文学史的有幸还是不幸。

二　《二十四诗品》对“自然”的阐释

尽管“自然”一词进入诗文论中颇早，但其在某一诗论里具有独立性，却在司空图的《二十四品》中才显得很重要。生活在中晚唐时代的司空图，其诗论明显带有总结的性质，其中糅合了诗歌理论与评论、诗歌鉴赏过程以及诗歌品级分类等多种因素，又加之《二十四诗品》整体上以点悟式的批评为主，完全借助诗歌本体的体式，领悟其中奥义，方才得到一击可悟后的妙不可言。从这个角度来看，我们不能把《二十四诗品》中的“自然”看作是独立的个体的某一点，而应该联系这个整体，试图

---

① 杨义：《李杜诗学·李白的醉态诗学思维方式》，北京出版社2001年版，第71—135页。

去寻找到理论的根苗，也就是在意会背后挖掘其哲理性的根源。

联系诗坛实际，司空图的创作并没有他的理论出众。他的诗作并不入主流，而其理论却能兼具体悟与内省，对盛中唐诗坛的递变发展，颇有自己风格独到的见解。不难看出，他的身上有儒、释、道三家的痕迹，尤其是兼具佛教与道家思想的高度与维度，对其艺术气质有深刻的影响，这其实也是盛中唐时所逐渐形成并稳定的诗歌艺术格局，可以借此对在盛中唐诗歌的变迁与转型做出一些分析。司空图在《与王驾评诗书》言：

> 国初，主上好文雅，风流特盛。沈宋始兴之后，杰出于江宁，宏肆于李杜极矣。左丞苏州，趣味澄夐，若清风之出岫。大历十数公，抑又其次焉。力勍而气孱，乃都市豪估耳。刘公梦得、杨公巨源，亦各有胜会。阆仙东野、刘得仁辈，时得佳致，亦足涤烦。厥后所闻，逾褊浅矣。然河汾蟠郁之气，宜继有人。今王生者，寓居其间，浸渍益久，五言所得，长于思与境偕，乃诗家之所尚者。

司空图曾借此论有唐一代诗人之优劣，被许印芳讥讽为“盖据一时所记忆者，略举数人以伸其说，故人多遗漏，而论中晚唐人，殊乖公允”。[①] 许印芳认为，司空图对白居易等元白诗派的人评价甚低，还不如气格狭小的大历十才子，有失公允。这其中虽必然存有时代的局限性，不过司空图乃以“思与境偕”理论，并极力推崇王维、韦应物的清澄诗风，如此的导向性是明显的。再联系“味外之旨”的基本原则，说明司空图认识到了盛胜于中的发展趋势，故而才导致对中唐的评价颇弱，这在《与李生论诗书》《题柳柳州集后序》《与极浦书》中也有不少反映。而作为整体思想的组成部分，《二十四诗品》之思索，多为对盛中唐诗歌创作的理论反思和审美回应，也是在用心体悟下对艺术理论的升华。

关于“自然”一品在《二十四诗品》中的位置，乃至此书的宏观与微观结构，历来也争论甚多，如纪昀《四库全书总目提要》、焦循《刻诗品叙》、孙联奎《诗品臆说》、杨廷芝《廿四诗品浅解》、许印芳《二十

① （清）许印芳：《跋〈与王驾评诗书〉》，引自（唐）司空图，郭绍虞集解：《诗品集解》附《表圣杂文》，人民文学出版社1963年版，第50—51页。

四诗品跋》中都有独到见解。[①] 我们从宏观上看，第十品“自然”应归属于意境说，是盛中唐意境理论的总结；从微观上看，“自然”应归属于风格说，同是盛中唐创作的归纳。

他将“自然”视为诗家创作的共同原则，可与洗炼、含蓄、精神、委曲、实境、形容、流动等相类，都是营造诗境的精妙手法。如第七品“洗炼”为“搬演书籍，专务本色，使阅者如游骨董敞，搭彩布，非不绚灿华美，而陈垢错杂，绝难悦目，岂典雅哉”“不洗不净，不炼不纯，惟陈言之务去，独戛戛乎生新”“凡物之清洁出于洗，凡物之精熟出于炼”；第十七品，“委曲”为“文如山水，未有直遂而能佳者。人见其磅礴流行，而不知其缠绵郁积之至，故百折千回，轩余往复，窈深缭曲，随物赋形”；第十八品“实境”，为“故此中真际，有不轶远求，不烦致饰，而曜然在前者，盖实理实心显之为实境也”“此以天机为实境也”；第二十品“形容”，为“几于化工之肖物也”。在这几品中，司空图所言较为具体，也较易操作实施，顺序是先提炼素材，然后叙事、写情、用意要委曲，语言精炼，意象直寻，其最终便能锻造出含蓄、精神、流动的气机一体。

在其中，“自然”可以是具体的步骤，如语言的自然，意象的自然，诗势的自然等，“唯恐过于雕琢，沦入艰涩一途，纵使雕簀满目，终使剪采如花，而生气亡矣”。只要一切当然而然，不知其所以然而然，便是“俯拾既是，不取诸邻”。它并不受诗人诗风的影响，《诗品解》曰：“此言诗文不论平奇浓淡，总以自然为贵。如太白逸才旷世，不假思议，固已。少陵虽经营惨淡，亦如无缝天衣。又如元白之平易固已。即东野、长河之苦思刻骨，玉顺、长吉之凿险锤幽，义山、飞卿之纂组列绣。究自出于机杼。若纯于矫强，毫无天趣，岂足名世？于此可以悟矣。”[②]“自然”不是某一人、某一派的特色，而是抽象的。这种点评倾向在《二十四诗品》中随处可见，从至高层面上，“自然”是可以统摄一切的，如“雄浑”的“大用外腓，真体内充。……具备万物，横绝太空。……超以象外，得其环中。持之非强，来之无穷”，“含蓄”的“不着一字，尽得风

---

① 参见（唐）司空图著，郭绍虞集解《诗品集解》，人民文学出版社 1963 年版；（清）孙联奎、杨廷之著，孙昌熙、刘淦校对点《司空图〈诗品〉解说二种》，齐鲁书社 1980 年版。

② （唐）司空图著，郭绍虞集解：《诗品集解》，人民文学出版社 1963 年版，第 19 页。

流。浅散聚散，万物一取”，“缜密”的“是有真迹，如不可知。意象欲出，造化已奇”，“疏野”的“若其天放，如是得之”，“委曲”的“道不自器，与之圆方”，皆是诗的最高境界。

司空图除了单列“自然”一品外，还在“精神”中提到“生气远出，不著死灰。妙造自然，伊谁与裁。”如果仅将“自然”理解为一种风格，那在这里是解释不通的。所以说，“自然”是师心造化的生气灌注，活灵活现，也同时兼具“含蓄”的温柔敦厚、婉转悠扬；“流动”的“天地之化，周流六虚”等可感因素。而当这些因素完美地融合在一起时，则几乎是不可感的，更不能用精准的言语来表达了。不过进一步说，这种不可感应，其实仍有如吃橄榄般的回甘之味，也便是近而不浮、远而不尽，有味外之旨、韵外之致的诗境。

司空图将“自然”视为具体风格的一种，如所论：

> 俯拾既是，不取诸邻。俱道适往，着手成春。如逢花开，如瞻岁新。真与不夺，强得易贫。幽人空山，过雨采苹。薄言情悟，悠悠天韵。

不难看出，“自然”偏向于澄淡的美学风格。这其实也是《二十四诗品》中的整体倾向。如与其他对比：

> 冲淡：
>
> 素处以默，妙机其微。饮之太和，独鹤与飞。犹之惠风，荏苒在衣。
>
> 阅音修篁，美曰载归。遇之匪深，即之愈希。脱有形似，握手已违。
>
> 纤秾：
>
> 采采流水，蓬蓬远春。窈窕深谷，时见美人。碧桃满树，风日水滨。
>
> 柳阴路曲，流莺比邻。乘之愈往，识之愈真。如将不尽，与古为新。
>
> 典雅：
>
> 玉壶买春，赏雨茅屋。坐中佳士，左右修竹。白云初晴，幽鸟

相逐。

眠琴绿阴，上有飞瀑。落花无言，人淡如菊。书之岁华，其曰可读。

清奇：

娟娟群松，下有漪流。晴雪满竹，隔溪渔舟。可人如玉，步屧寻幽。

载瞻载止，空碧悠悠，神出古异，淡不可收。如月之曙，如气之秋。

“自然”与这四者在美感上皆是相通的。由前所论，司空图非常不满韩孟诗派的以怪为美，也不满元白诗派的以白话简易为美，他欣赏的是王维与韦应物，对他们的风格给予了肯定。这些都已深刻地影响到了他对“自然”意趣的判定，或者说，缩小了创作者与评论者心中“自然”之诗的范围，“自然”开始具有了被强化的特定意味，而对艺术的自然直观，则在一定程度上得到削弱。

其一，偏重雅致美，是对盛唐清淡幽静、形神萧散一脉的强化。尤其是王维，殷璠在《河岳英灵集》中选王维十五首诗，几乎全是“词秀调雅，意新理惬，在泉成珠，着壁成绘，一字一句，皆出常境”之作。[①] 此外还有灵慧雅秀、清中带厚的常建，其诗《宿王昌龄隐居》：“松际露微月，清光犹为君。茅亭宿花影，药院滋苔纹。”少著色相的储光羲，其诗《咏山泉》：“映地为天地，飞空作雨声。转来深涧满，分出小池平。”这般的精工流丽与情致风韵，若裁为四言，放在《二十四诗品》中，几乎可以假乱真。到了大历十才子，诗坛回旋着“右丞余波”，雅兴之诗更是俯仰可见。如耿湋《题清源寺》：“深房春竹老，细雨夜钟疏。”卢纶《同吉中孚梦桃源》：“花开自深浅，无人知古今。”皇甫冉《送郑二之茅山》：“水流绝涧钟日，草长深山暮春。”司空图对这些诗句在形神上的仿袭痕迹的确分明。其优点在于，“自然”带有了更具韵味的清雅意境；但缺点在于，这样认可的“自然”顿失盛唐时的雄整高华，诗境中难寻深蕴的浑厚气格，当缺乏骨力时，便不免落入狭隘。

① （唐）殷璠：《河岳英灵集·卷上·评王维》，傅璇琮编《唐人选唐诗新编》，陕西人民教育出版社1996年版，第42页。

其二，偏爱山水意象，或者说“自然”几乎变成了山水诗、田园诗的代名词，完全认可观察自然、感受自然、描绘自然的艺术天分。在司空图的欣赏空间里，“自然”带有写意特征与程式化倾向。尤其是一些意象被抽象化后，成为自然精神的绝妙象征，如春草青山、水月花香、梅兰竹菊、清风雪霜、绿堤夕霁，再加上浮、鸣、振、上、渡等动词，保留了对它们直觉的原始印象后，都被赋予了心境的色彩与人格的意义。在中唐前，这种范式只是“自然”中的一部分，而在中唐后，它们却愈加被陈熟老化。如高仲武《中兴间气集》所言：“大抵十首以上，语意稍同，于落句尤甚。”许学夷《诗源辩体》中所言：“声调语气多相类，故其诗多相混入，不能辨也。”① 移此评论在司空图身上，虽然他所列的多种风格并不完全一致，但在凸显有山水、有自然的方面，却表现了高度的同一性，甚至有时候，我们也很难分辨“自然”“冲淡”“纤秾”“清奇”等究竟有什么本质上的不同。

其三，深受佛教思想的浸润，隐逸情怀愈显。这是“自然”中蕴含的另一种审美趣味，那就是有禅境、有禅悦。相比于皎然是佛僧，却将“自然”局限在对其先祖谢灵运的推崇上，司空图对幽玄禅意的定位要远远胜出了。在《二十四诗品》中营造的，是对自然美在静谧中的观照和体验方式，静止中得自然，得自然后有境界。这种风格在当时已被广泛接受，不光是诗僧灵一、灵澈、清江等人，刘禹锡、韦应物、柳宗元等也都有对禅意的晓悟。柳宗元《晨诣超师院读禅经》：“日出雾露余，青松如膏沐。淡言离言说，悟悦心自足。”皎然《答俞校书冬夜》：“真思在杳冥，浮念寄形影。……诗情聊作用，空性惟有静。”这些既是诗，又是诗论的断语，给“自然”添上了一层更深邃的涵义。

司空图的“自然”说并不甚清晰，乃是多种内容杂糅并陈，也没有什么特别自觉和深入的发挥。“自然”既可以理解为一种形而下的技法，更可以理解为一种形而上的风格或意境，强调注重诗美中有意、有玄、有禅的主观体验。这正吻合了从盛唐到中唐诗歌过渡的些许内在变化，是理论总结与创作的内在规范的相互影响，而其中侧重点的变化，则在宋代乃至以后受到了更多的关注。

---

① （明）许学夷撰，杜维沫校点：《诗源辩体》卷13，人民文学出版社1987年版，第146页。

三　陶、谢角色的易位与“自然”的泛化

宋代诗学对“自然”的理解，是在崇唐的前提下进行的，尤其是几乎所有的北宋诗派都以唐体为效仿的榜样。[①] 方回曾在《送罗寿可诗序》中总结：

> 宋划五代旧习，诗有白体、昆体、晚唐体。……欧阳公出焉，一变为李太白、韩昌黎之诗，苏子美二难行为颉颃；梅圣俞则唐体之出类者也，晚唐于是退舍。苏长公踵欧阳公而起，王半山备众体，精绝句、古五言或三谢。独黄双井专尚少陵，秦、晁莫窥见其藩；张文潜自然有唐风，别成一宗，惟吕居仁克肖。[②]

这段话详细说明了北宋诗坛的发展状况，点明北宋之代表诗人及流派对诗歌趣尚、韵味、格调等的整体把握，究竟从何处得来。若我们再努力继续向前追溯，寻求流动之水的本根源头，则可以发现，北宋诗坛大部分人还都具有典型的六朝陶谢情节。也就是说，他们并不甘心只坐在唐诗的宝库中坐享其成，还要寻找更原始、更丰富的营养。这便为北宋诗坛造就了一种新局面，宋诗乃在唐诗的土壤上成长，但却形成了与唐诗迥异的风貌。

在其中，对陶渊明之“自然”的理解起到了关键性的转换作用。这个问题需要从两个方面来审视，一方面，是对其“自然”精神的审视，提倡理性的自觉与客观物象的天然契合，使诗歌成为“自然”的代表物，以之为宇宙的同构；另一方面，则是对“自然”诗风的辨析，强调主观审美意识自由无拘束的表达。一是顺应内在于心灵的自然；二是反对任何有人为限定的言辞，外在的格式或前人的成法不依赖奇怪的隐喻或象征，也不会做出什么进一步的议论说明。[③] 很显然，在北宋时后者要比前者重要得多。

对陶渊明“自然”精神的接受，早在南朝时已然开始，虽知音稀少，

---

① 参见梁昆《宋诗派别论》，商务印书馆 1937 年版。

② （元）方回：《桐江续集》卷 31，《文渊阁四库全书》本。

③ 周裕锴：《表达：“风吹春空云，顷刻多态度·自然：“万斛泉源”与“一江春水”》，《宋代诗学通论·丁编·诗思篇》，巴蜀书社，第 397—398 页。

仅有鲍照《陶彭泽体》、颜延之《陶渊明诔》、江淹《杂体诗三十首·陶渊明田居》、萧统《陶渊明传》、阳休之《陶渊明集序》，以及何逊、周弘正、庾信等人的仿陶诗等，将其情思与精神持续流传下来。只因其平淡质直的美学风貌，与当时声色大开的审美时尚难以吻合，故此其地位远远逊于比之时间稍晚些的谢灵运。在从南朝到北宋之前的绝大部分情况下，诗学中提及“自然”，一般乃宗主谢灵运，以萧纲《与湘东王书》“吐言天拔，出于自然”，皎然《诗式》“真于性情，风流自然”，李白“清水出芙蓉，天然去雕饰”为代表，[①] 而鲜少宗主于陶渊明。

这种差异在文学史中存在了相当长的一段时间，即便是在中唐后，大历诗人还常常把陶渊明与谢灵运或谢朓、谢法曹并称，如李冶《湖上卧病喜陆鸿渐至》：“强劝陶家酒，还吟谢客诗。”李端《赠岐山张明府》：“谢客才为别，陶公已见思。”《夜宴虢县张明府宅逢宇文评事》：“微诗逢谢客，陶公已见思。”韩翃《赠兖州孟都督》：“闲心近掩陶使君，诗兴遥齐谢康乐。”《和高平朱参军思归作》：“狂歌好爱陶彭泽，佳句唯称谢法曹。”直待陶渊明诗名渐高，陶、谢二人地位相对于“自然”而言的易位，才是宋调形成的一大动力。

北宋诗坛对“自然”的认识，不仅仅直接来源于陶渊明，还有些走的是“曲线救国”的道路。诸如晚唐体以僧人、隐士及下层官僚、潦倒文人为主体，提出诗当“温而正，峭而容，淡而味，贞而润”，[②] 虽有大部分作品流为瘦苦，气量狭小，却仍有些优秀之作，有意无意地接受了陶渊明隐逸诗风的影响，如林逋、文兆、惠崇等。梅尧臣就曾在《林和靖先生诗集序》中评价林逋诗，“顺物玩情为之诗，则平淡邃美，读之令人忘百事也”，抓住了有真性情且平淡的特点。

浅易流畅的白体，主要学习白居易的闲适诗，并多发展为应酬唱和之作。然白居易的诗曾又多且广地受到陶渊明的影响，他自称“异世陶元亮”，[③] 还创作过《访陶公旧宅并序》《仿陶潜体诗十六首》，思考其人、其文，愈到其老年诗文愈显。见《题浔阳楼》：“常爱陶彭泽，文思何高

① （唐）李白：《经离乱后天恩流夜郎，忆旧游，书怀赠江夏韦太守良宰》，《全唐诗》卷170，上海古籍出版社1986年版，第400页。

② （北宋）赵湘：《王彖支使甬上诗集序》，《南阳集》卷4。

③ （唐）白居易：《醉中得上都亲友书，以予停俸多时，忧问贫乏。偶乘酒兴，咏而报之》，顾学颉校点《白居易集》卷36《律诗》，中华书局1979年版，第837页。

玄。”说陶诗高古玄远；《自吟拙作，因有所怀》：“诗成淡无味，多被众人嗤。上怪落声韵，下嫌拙言辞。时时自吟咏，吟罢有所思。”又说陶诗淡朴。这就触及了陶诗的表现艺术，单独把陶诗平淡自然的风格，渗透玄思的理趣、简易流畅的语言、无雕琢且天成的韵味提取出来，开启宋诗尊陶诗意象、意兴、意脉之“自然”的先河。由此再返回来看，徐铉在《送薛少卿赴青阳》中写：“我爱陶靖节。吏隐从弦歌。”也便不那么无根无源了。

给陶渊明贴上“自然”标签，又将“自然”等同于“平淡”的美感，开创宋诗之“自然”新局面的，乃是梅尧臣。一方面，梅尧臣强调“唯师独慕陶彭泽”，[①] 处处模拟陶渊明之作，如《田家》《早春田行》《拟陶诗》《拟陶止酒》等，诗风标榜陶渊明天工作诗，高雅脱俗之趣；另一方面，梅尧臣还提炼出他所认可的陶诗特点，那就是“平淡”，如其论“诗本道情性，不须大厥声。方闻理平淡，昏晓在渊明”[②]“中作渊明诗，平淡可拟论”。[③] 陶诗是平淡的，也是自然的。诗风只有趋于平淡，“因咏适情性，稍欲到平淡”，[④] 才是自然的。这就通过陶渊明为中介，确立起了宋诗以崇尚“平淡”为“自然”的理想诗风。

“平淡”是时人心目中的最爱，也被认为最难为，“作诗无古今，唯造平淡难”。欧阳修在《答杨阙秀才》中言:“世好竟辛咸，古味殊淡泊。”《读张李二生文赠石先生》：“子言古淡有真味。”苏舜钦《赠释秘演》：“直欲淡泊趋杳冥。”都有反对雕饰的倾向，意味着平淡出于老庄的“大音希声，大象无形”，同时还连带着“杳冥”的玄学余味。而这些人又都意见一致地推崇陶渊明。南宋魏庆之在《诗人玉屑》中论之：

> 六一居士推重陶渊明《归去来》，以为江左高文，当世莫及。涪翁云：“颜、谢之诗，可谓不遗炉锤之功矣；然渊明之墙数仞，而不

---

① （北宋）梅尧臣：《答新长老诗编》，引自朱东润编年校注《梅尧臣集编年校注》卷13，上海古籍出版社1980年版，第216页。

② （北宋）梅尧臣：《答中道小疾见寄》，引自朱东润编年校注《梅尧臣集编年校注》卷15，第293页。

③ （北宋）梅尧臣：《寄宋次道中道》，引自朱东润编年校注《梅尧臣集编年校注》卷15，第304页。

④ （北宋）梅尧臣：《依韵和晏相公》，引自朱东润编年校注《梅尧臣集编年校注》卷16，第368页。

能窥也。”东坡晚年，尤喜渊明诗，在儋耳遂尽和其诗。荆公在金陵，作诗多用渊明诗中事，至有四韵诗全使渊明诗者。又尝言其诗有奇绝不可及之语，如“结庐在人境，而无车马喧，问君何能尔，心远地自偏”，由诗人以来，无此句也。然则渊明趣向不群，词彩精拔，晋宋之间，一人而已。

北宋后对谢陶的评价已大有轩轾。陶渊明的“不能窥”开始胜过谢灵运的“不遗炉锤之功”，可以说，宋诗自然平淡的理想旨归，在宋初六十年的努力后，通过对陶诗价值的发现，坚固地树立了起来。

继梅尧臣之后，苏轼又做出更多努力，以着意学陶为本。《与子曰六首》言：“吾于诗人，无所甚好，独好渊明之诗。”且贵在本色，纪昀评《东坡八首》言：“八篇皆出陶、杜之间，而参以本色，不摹古而气息自古。”[①] 说明苏轼学习“自然”，乃是学习“笃意真古”的质朴本色，“初不用意，而景与意会”“言发于心而冲于口”，也就是学习一派自然的混沌之气，不见雕琢痕迹，觉其一气灌注。[②] 这种风貌是艺术修养和人生修养达到极致的流露，方才能冲口而出，纵手而成。这种论述在宋诗话中很是常见。如黄庭坚《论诗》：“渊明直寄耳。”《题意可诗后》：“至于渊明，则所谓不烦绳削而自合。”惠洪《冷斋诗话》：“沛然从胸中流出，殊不见斧凿痕。”杨时《龟山语录》中言：“渊明诗所不可及者，冲淡深粹，出于自然；若曾用力学，然后知渊明非著力之所能成也。”[③] 这种“自然”还是有韵有味的自然，在平淡的外貌背后，有耐人咀嚼的阅读空间。这明显是司空图韵外之旨、味外之味的升华，只是更紧密、更深刻地联系到了陶渊明的身上而已。这种审美倾向，深沉而简远的境界为“韵”，如《扪虱新话》论陶渊明“此无他，韵胜而已”；微妙而隽永的美感为“味”，如张戒《岁寒堂诗话》：“陶渊明诗，专以味胜。”诸如此等，正构成了以陶渊明为中心的“自然”说。

北宋据此对“自然”的阐释是发散式的，也是泛化的。无论是强调无为的自然，还是强调心灵的自然，创新性甚弱，都只不过是在外面套上

---

① （北宋）苏轼著，（清）王文诰辑注，孔凡礼点校《苏轼诗集》，中华书局 1982 年版，第 1079 页。

② 宋丘龙：《苏东坡和陶渊明诗之比较研究》，台湾商务印书馆 1982 年版。

③ （南宋）胡仔：《苕溪渔隐丛话》后集卷 3 引。

了一层陶渊明式的外衣，其内核仍是旧有的文学理论。在此之后的诗文论开始转入总结期，因为对文学的踵其诗而增其华、变其本而加其厉，在盛中唐已经登峰造极、无以复加，与其艰难地寻找感性的创作，莫不如理性地思考总结。所以说，北宋的“自然”可谓是对诗歌艺术规律深刻认识的结果，可以到此为止了，之后的明清诗文论对此的观照，更难免是拾人牙慧，连句号都画不圆满了。

第四节　“自然”与唐宋古文的内在法度

“自然”成为中国散文创作的共识，是经历了诸多否定之否定的过程，至宋朝方完全为大家所接受，或者说，更为接近我们现在所理解的意义。只因为在漫长的演进中，“自然”的含义及其特征不断被重新界定。南朝刘勰的《文心雕龙》中共提到“自然”九次，意取自然而然；[①] 唐李商隐在《容州经略使元结文集后序》中评论元结古文时，论及“其文危苦激切，悲忧酸伤于性命之时。……次山之作，其绵远长大，以自然为祖，元气为根，变化移易之”，意取仿象自然；北宋苏轼《答谢民师书》则言：“大略如行云流水，初无定质。但常行于所当行，常止于所不可不止，文理自然，姿态横生。”意取不加雕饰，非怵心刿目雕琢者之所为也。以此三点立论，正是经过了从南朝小品文到唐代古文运动，再到宋代散文的不懈努力，才彻底形成了以自然为美的追求，完美地塑造了中国文学的精神。

一　“自然”与文论的自我调适

刘勰在《文心雕龙》中所言的“文学”为“杂文学”，或者说为

---

① 其一《原道》：“心生而言立，言立而文明，自然之道也。傍及万品，动植皆文，龙凤以藻绘呈瑞，虎豹以炳蔚凝姿；云霞雕色，有逾画工之妙；草木贲华，无待锦匠之奇；夫岂外饰，盖自然耳。”其二《明诗》：“人禀七情，应物斯感，感物吟志，莫非自然。”其三《诔碑》：“其叙事也该而要，其缀采也雅而泽；清词转而不穷，巧义出而卓立；察其为才，自然而至。”其四《体性》：“触类以推，表里必符。岂非自然之恒资，才气之大略哉。”其五《定势》：“势者，乘利而为制也。如机发矢直，涧曲湍回，自然之趣也。圆者规体，其势也自转；方者矩形，其势也自安；文章体势，如斯而已。是以模经为式者，自入典雅之懿；效骚命篇者，必归艳逸之华；综意浅切者，类乏酝藉；断辞辨约者，率乖繁缛；譬激水不漪，槁木无阴，自然之势也。”其六《丽辞》：“夫心生文辞，运裁百虑，高下相须，自然成对。”其七《隐秀》：“故自然会妙，譬卉木之耀英华；润色取美，譬缯帛之染朱绿。”

“大文学”。总论既不直指诗文中任何一类，其后针对其他种文体的讨论，亦不能截然断开视之。从这个角度看，《文心雕龙》中提及的“自然”，应属于刘勰对文学性质的一种整体认识。更何况，刘勰的文学思想乃是在“集前人大成”基础上的中规中矩、无所偏向，也正因为使用了调和众家的路数，才让《文心雕龙》成为文学理论中最关键的枢纽，既能点出不足，也能保留长处。见清纪昀所言：“自汉以来，论文者罕能及此，彦和以此发端，所见在六朝文士之上。”再如，“齐梁文藻，日竞繁华，标自然以为宗，是彦和吃紧为人处”。[①] 尽管纪昀对“自然”的具体内容语焉不详，但其认为“自然”论文是刘勰超越了前人及同时代人局限的真知灼见，确实是不错的。

《文心雕龙》的“自然”，先糅合了天地自然之道与人文自然之道。见《文心雕龙·原道》：“心生而言立，言立而文明，自然之道也。傍及万品，动植皆文。……夫岂外饰？盖自然耳。”前半句的“自然之道”，是“夫玄黄色杂，方圆体分，日月叠璧，以垂丽天之象；山川焕绮，以铺地理之形，此盖道之文也”。天地玄黄、天圆地方，日月星辰如重叠碧玉，山川江河似焕然锦绣，皆是道之文采，文章之事也是如此。这中间有连接“道”与“文”的关节，乃是“心”之用，是“人秉七情，应物斯感，感物吟志，莫非自然”。[②] 为文之始，有感而发，物色变幻，心之摇曳，心生而后能言，有情而后造文，文章的命意、修辞等“皆本自然以为质”，并且“为文定势，一切率乎文体之自然”。[③] 进一步说，刘勰在涉及创作过程的诸多环节中，如《定势》：“如机发矢直，涧曲湍回，自然之势也。”《丽辞》：“夫心生文辞，运裁百虑，高下相须，自然成对。”《隐秀》：“故自然会妙，譬卉木之耀英华。”《体性》：“触类以推，表里必符。岂非自然之恒资，才气之大略哉？”处处体现着文出“自然”的观念。[④]

---

① （清）纪昀：《纪晓岚评〈文心雕龙〉》，江苏广陵古籍刻印社 1997 年版，第 24 页。

② （南朝·梁）刘勰著，范文澜注：《文心雕龙注·明诗》，人民文学出版社 1958 年版，第 65 页。

③ 黄侃著，周勋初导读：《文心雕龙札记》，上海古籍出版社 2000 年版。

④ 《文心雕龙》中“自然”一词出现了 9 次，但明显具有自然之意的“自”字据初步统计，就多达 25 次，分布在《原道》《宗经》《定势》《丽辞》《夸饰》《隐秀》等十五个篇章中。参见蔡彦峰《“自然”的两种含义与〈文心雕龙〉的“自然”文学论》，《北京大学学报》2011 年第 3 期。

这样的“自然”，是人性之“自然”与文采之“自然”的综合体。其一，所谓人性自然，是性情出于自然、才性出于自然。见卞兰的《赞述太子赋并上赋表》：“禀聪睿之绝性，体明达之殊风，慈孝发于自然，仁恕洽于无外。……窃见所作〈典论〉，及诸赋颂，逸句烂然，沉思泉涌，华藻云浮。”再有，范晔的《狱中与诸甥侄书以自序》：“此中性情旨趣，千条百品，屈曲有成理。……性别宫商，识清浊，斯自然也。”[①] 肯定了自然天成的情感、才气是为文的前提。

其二，所谓文采自然，“……岂以五采自饰画哉？天性自然也。盖河、洛由文兴，《六经》由文起，君子懿文德，采藻其何伤？”[②] 在前者的基础上，恰如其分地择取言辞来表达，非有意为之，却如心潮之波澜起伏，境遇之困厄穷通，纯属“天造”，毫无雕琢痕迹，卖弄姿态。对“自然”如此解释，正是日渐成熟的文论中越来越惯用的套路，在阐述文学观念之前，往往先表述一番经天纬地的“道”的思想，再置换为人的真性情，最后等同于具体作品的创作。也就是说，用“自然”在各层面间寻找契合点。

以上所论，正是《文心雕龙》出现“自然”的意义所在。需要指出的是，本文的重点在于“古文”，此处的“自然”显然不能与之画上等号。从时间上看，“古文”的概念晚出，界限混淆不清，南北朝时多是骈散相对，或为文笔之分，与唐宋古文运动中特指的“古文”差距甚远。如果试着还原当时文学创作的环境氛围，在中唐前的漫长时间内，骈俪文的地位远高出古文一大截，即使是以复古为革新的古文抬起头，也是分道而驰，各有文坛领袖，并不是东风压倒西风的关系。

自宋文帝设立“文学馆”，直到入唐，整理文选、补注文选和编撰类书的风气异常兴盛。最有代表性的，即梁萧统以“赞论之综辑辞采，序述照顾错比文华，事出于沈思，义归乎翰藻”为选文标准的《昭明文选》，短短的百年时间内，便有李善及五臣注的相继出现，代表了文坛对文章优劣的看法。和《文心雕龙》一样，《文选》杂取百家之长，大部分收录的是文采华茂的骈俪文，强调丽而不浮、典而不野，完全不重质实的

① （南朝·宋）范晔：《狱中与诸甥侄书以自序》，（清）严可均辑《全宋文》卷16，第142页。

② 《三国志》卷38《蜀书·秦宓传》，中华书局1959年版，第974页。

古文。与其大致同时代的许多别集已经散佚，但从书名分析，只有谢混的《文章流别本》、孔宁的《绪文章流别》、姚察的《文章始》、任昉的《文章缘起》、李充的《翰林论》等，算是有些以“古文”论文的论调。到了初唐情况也没什么改观，仍旧是千卷的《三教珠英》《文思博要》、百卷的《艺文类聚》《玉藻琼林》等类书独占鳌头。

所以说，南朝人所理解的“自然”有它独特的时代背景，不能用后世的观点强行附会。刘勰提出或者说综合的“自然”，仅是前人观念的汇集，其本身的薄弱环节在于刘勰自己未曾进行大量的文学创作，不能体会到实际创作过程中出现的偏差。颇有意思的是，刘勰畅言不要过度地修饰言辞，而《文心雕龙》恰又是用骈文的体裁写就，繁文绮合，锦心绣口。这本身便是个悖论，显现出文论家与文学家的差距。顺着这样的思路，当我们再看在沈约、萧纲和萧绎等人的笔下，“自然”呈现出了另一种状态。

萧纲《与湘东王书》云：“谢客吐言天拔，出于自然，时有不拘，是其糟粕。”[①] 这不单是对谢灵运诗歌的评价，也是对谢灵运诗文风格的整体界定。其出于“自然”的原因自不必多说；其糟粕之处，则类似于萧子显《南齐书·文学传论》总结的“三体”之弊端，“启心闲绎，托辞华旷，虽存巧绮，终致迂回。宜登公宴，本非准的。而疏慢阐缓，膏肓之病，典正可采，酷不入情。此体之源，出灵运而成也。”还有黄侃归纳的：“纵观南国之文，其文质相剂，情韵相兼者，盖居泰半，而芜辞滥本，足以召后来之谤议者，亦有三焉：一曰繁，二曰浮，三曰晦。繁者，多征事类，意在铺张；浮者，缘文生情，不关实义；晦者，窜易故训，文理迂回。”[②] 对这个问题沈约看得清楚，他提出的“三易”说正是针对此的策略。在《宋书·谢灵运传》的史述中，沈约一方面反对质木无文，另一方面倾情赞颂“英辞”“清辞”“盛藻”“遒丽之词”，两边取折中之道，要的是“文之所以贵对偶者，谓出于自然，非假于牵强者”。[③] 与《南齐书·文学传论》大同小异，强调的是“吐石含金，滋润婉切”“不雅不俗，独中胸怀”，在文质相济、情韵相间中，不偏不倚地斟酌损益。

再看《与湘东王书》接下来所论：“裴氏乃是良史之材，了无篇什之

---

① （南朝·梁）萧纲：《与湘东王书》，（清）严可均辑《全梁文》卷11，第115页。

② 黄侃著，周勋初导读：《文心雕龙札记》，上海古籍出版社2000年版，第132页。

③ （宋）魏庆之：《诗人玉屑》卷7，中华书局2007年版。

美。是为学谢则不届其精华，但得其冗长；师裴则蔑绝其所长，惟得其所短。谢故巧不可阶，裴亦质不宜慕。”无论是专尚华辞，还是专崇朴陋，都会使文章失去“自然”，他们心中的典范，是“能使艳而不华，质而不野，博而不繁，省而不率，文而有质，约而能润，事随意转，理逐言深。所谓菁华，无以间也”。[①] 这种文章审美观，因为具有中和之质，在文论中持续了极长时间。

此后隋及初唐遵循旧例，以“古之文也约也达，今之文也繁也塞”切入，指出古今缺点，但可惜的是不能很好地付诸实践。无名氏的《论体》论文章有博雅、清典、宏壮、要约、切至等几种风格，优劣并立，“博雅之失也缓，清典之失也轻，宏壮之失也诞，要约之失也阑，切至之失也直”。其大意祖述六朝成说，不见新意。后又言：“辞能练核，动合规矩。”所谓“规矩”，可以理解为“规矩自然方圆成”，审美风尚在温文表裕、丽则凝华、文旨兼深中一点一滴地调整着。由此明白，这些文论看起来持论中允，其实是采取了折中原则，是“妙才激扬，虽触思利贞，曷若折之中和，庶保无咎”。[②] 在正反间达到平衡和谐，使两种相反的事物调和在一起，完成美学与艺术的综合。其优点是不会偏执过头，较为客观公允；缺点是墙头草两边倒，若跳不出这个圈子，也就找不到新的解决之道。

这种折中的方法，倒是很稳妥的。初唐对南北朝文风的“各去所短，合其两长”，看似酒是最新酿制，其实还是调兑出来的。见魏徵的《隋书·文学传序》、李延寿的《北史·文学传论》都出现过的一段话，“江左宫商发越，贵于清绮；河朔辞贞义刚，重乎气质。气质则理胜其辞，清绮则文过其意。”如果说，沈约和萧纲他们是在文采、雕饰之间寻找着平衡点，那么到了李延寿、魏徵等人手里，则将南朝文章作为声实俱茂的对象，将北朝文章作为词义典正的对象，各自区别对待，但并不盲目否定，表示皆可以接受，在试图寻找到全新的“文”的模式过程中，翻出些许新意。尽管他们不直接使用“自然”一词论文，不过这种从“自然”而出的折中思维，却是一脉相承的。这种斟酌下的姿态，得力于表述这种认

---

① （南朝·梁）萧绎：《内典碑铭集林序》，（清）严可均辑《全梁文》卷18，第194—195页。

② （南朝·梁）刘勰著，范文澜注：《文心雕龙注·章句》，第571页。

知的史学家具有较高的艺术鉴赏力和文学史的眼光，比起南朝只是认同文学创作中的合理性，似乎更进了一步。

“自然”从南朝成为文论中常见的一个命题，直到初唐的发展，我们需要客观去评价。因受于时代所限，“自然”是诗文共同享有的命题，不免有含混之感。更重要的是，此时“自然”像是一种共通的文学理想，虽然能实践到什么程度是个未知数，但不可否认，它为“质文半取”的健康文学观奠定了扎实的基础。文论中总是给出如此的解决办法，执其两端而用之，虽不治本却能治标，以两厢融合为药引子，开出了一剂温和的药方。

二 唐宋文统对“自然”的省思

在韩、柳开创古文运动之前，以“初唐四杰”为主力，对风雅文风的复归，已为其营造着合适的氛围。“初唐四杰”不仅是诗坛的高手，也是引领初盛唐文学潮流的力量。王勃在《上吏部裴侍郎启》中言“斯文”一词，并说“微言既绝，斯文不振”。“斯文”典出《论语·子罕》：“天之将丧斯文也，后死者不得与于斯文也。”[①] 指代儒家敦厚教化的典籍传统，内容是与天地自然相合的“古人之道”或者“圣人之道”。对雅训文章而言，“国家应千载之期，恢百王之业，天地静默，阴阳顺序，方欲激扬正道……众持则力尽，真长则伪销，自然之数也”。[②]“自然”是无所不在的“道”的代名词。初唐时已隐约感觉到，学习圣人的文章“以兹伟鉴，取其雄伯，壮而不虚，刚而能润，雕而不碎，按而弥坚”，不只是考虑文风，也是继承代代积累的文统，而文之价值究竟在何的问题。卢藏用甚至直称陈子昂是在道丧五百年后，“感激顿挫，微显阐幽，庶几见变化之朕，以接乎天人之际者”，[③] 是大力拯救斯文的人。

这样一种泛文论的调子，已然和“古文运动”合上了拍。韩愈之所以能在短时间内让“古文运动”风起云涌，应和者甚众，这种重建“文统”的心理活动，才是思想的根本动因。初唐时的文学史观是折中原则，

---

① （三国·魏）何晏注，（北宋）邢昺疏《论语注疏》卷9，第2490页。

② ［美］包弼德：《斯文：唐宋思想的转型·士的转型》，江苏人民出版社2001年版，第35—81页。

③ ［美］宇文所安：《盛唐诗·盛唐的开始和第一代诗人》，生活·读书·新知三联书店2004年版，第3—11页。

对象是南北朝。但继中唐之后，对古文发展脉络的梳理，开始有了典型的构建“文统”的意识。作为“文”生成的历史渊源及统绪，以萧颖士为起点，“仆平生属文，格不近俗，凡所拟议，必希古人，魏晋以来，未尝留意”[①]“又何东晋、后魏、梁、陈、周、齐之足道哉”。[②] 李华在《扬州功曹萧颖士文集序》中的转述也是如此，推举《六经》、贾谊、扬雄，最晚才到左思，中间直接跨跃了几百年。再有李华、贾至则以“五经”为根本，“将求致理，始于学习经史，左氏、国语、尔雅、荀、孟等，辅佐五经者也”。[③] 到了独孤及，他承认是此三人开始“勃焉复起，振中世之风，以宏文德”，尤其是李华，“与朋友交，然若著于天下，其伟词丽藻，则和气之余也”“虽波澜万变，而未始不根于典谟”。[④] 到此为止，“文统”从先秦两汉接续到了中唐。除此之外，崔元翰《与常州独孤使君书》、柳冕《谢谢杜相公论房杜二相书》《答衢州郑使君论文书》、许孟容《穆公集序》、梁肃《常州刺史独孤及集后序》、权德舆《兵部郎中杨君集序》，皆以时下“安得遭遇乎斯文也”，[⑤] “唐兴几二百岁，绍闻周汉之逸轨，以人文华国”，[⑥] 为三代及秦汉文的继承者。最后才是韩愈用“道统”链条式的总结，时人评“其文高出，与古之遗文，不相上下。所履之道，则尧、舜、禹、汤、文、武、周公、孔、孟、扬雄所授受服行之实也”，[⑦] 稽古斯文，归于正声。

文统的率先构建，让古文运动有了“道”的意义。张九龄《徐文公神道碑铭》：“夫物之所宗也，莫善乎德行；道之以明也，莫先乎文学。”许孟容《穆公集序》：“诵六经得其研深，阅百代得其英华，属词匠意，必本于道。”刘禹锡《唐故相国李公集纪》：“文之细大，视道之行止。”这乃是时人的共识，也是古文对文之道的认识的高峰期。中唐时涌起文人间为文集互相做序的风潮，现《全唐文》中的所有著录，开篇几乎皆以“原道”为核心，用宏大的视野审视古文。其一，论古文出于自然天地

---

① （唐）萧颖士：《赠韦司业书》，（清）董诰辑《全唐文》卷 323，第 3276 页。

② （唐）萧颖士：《为陈正卿进续尚书表》，（清）董诰辑《全唐文》卷 322，第 3267 页。

③ （唐）李华：《质文论》，（清）董诰辑《全唐文》卷 317，第 3213 页。

④ （唐）独孤及：《检校尚书吏部员外郎赵郡李公中集序》卷 388，（清）董诰辑《全唐文》，第 3946—3947 页。

⑤ （唐）梁肃：《常州刺史独孤及集后序》，（清）董诰辑《全唐文》卷 518，第 5261 页。

⑥ （唐）权德舆：《兵部郎中杨君集序》，（清）董诰辑《全唐文》卷 489，第 4997 页。

⑦ （唐）赵德：《昌黎文录序》，（清）董诰辑《全唐文》卷 622，第 6276 页。

间，文德应天；其二，论性情出于自然天成，明心达意；其三，论为文过程的自然而然，无拘无束、泰然自若。在古文家看来，古圣之文完全符合这三点，才能历经世变而传扬千古。如独孤郁《辩文》以“其何故得以不得越，自然也。夫自然者，不得不然之谓也”，解说中着力突出“自然”二字，以为“人之文位乎其中，自然之文也”。虽不免有浓厚的道德教化意味，但思路主张“自然”成文。里面显出的思辨理路是：“道者，任运用而自然者也。若属于援毫之际，属思之时，以情合于性，以性合于道，如天地生于道也，万物生于天地也。随其运而得性，任其方圆而寓理。……则文章之有声气也。”之后各家的主张固然各具特点，也不过是在遵循基本原则的前提下，不同侧面、不同方式的阐释罢了。

李商隐评论元结文集时：“其文危苦激切悲忧酸伤于性命之际。……次山之作，其绵远长大，以自然为祖，元气为根，变化易移之。”时危世乱，满目疮痍，元结心中悲苦忧伤落于笔下，使古文境界高远，情韵悠悠。“疾怒急击，快利劲果；出行万里，不见其敌；高歌酣颜，入饮于朝；断章摘句，如娠始生；狼子豹孙，竞于跳走。”[①] 文风之姿是“自然”“元气”发挥作用，突出为文由内在的激荡感情到外发的浩然气势。韩愈曾言：“先生之于文，可谓闳其中而肆其外矣。”[②] 内外契合是因有气行于其中。崔恭为梁肃做《文集序》：“文本于道，失道则博之以气，气不足则饰之以辞，盖道能兼气，气能兼词，辞不当则文败矣。”李翱在《答朱载言书》中言：“理辨则气直，气直则辞盛，辞盛则文工。”权德舆提出要“尚气尚理，有简有通”，[③] 韩愈更是多次论气满、气盛的积极作用，“水大而物物浮者大小举浮，气与言犹是也。气盛则言之短长与声之高下者皆宜”。[④] 又归结到一点，“气”不是人造的，它来不可遏，去不可止，“然气不可以不贯，不贯则虽有英辞丽藻，如编珠缀玉，不得金璞之宝矣。鼓气以势壮为美，势不可以不息，不息则流宕而忘反，亦犹丝竹繁奏，必有希声窈眇”。[⑤]

李德裕《文箴》言：“文之为物，自然灵气，恍惚而来，不而至。”

---

① （唐）李商隐：《容州经略史元结文集后序》，（清）董诰辑《全唐文》。

② （唐）韩愈：《进学解》，（清）董诰辑《全唐文》卷558，第5646页。

③ （唐）权德舆：《醉说》，（清）董诰辑《全唐文》卷495，第5052页。

④ （唐）韩愈：《答李翊书》，（清）董诰辑《全唐文》卷552，第5588页。

⑤ （唐）李德裕：《文章论》，（清）董诰辑《全唐文》卷790，第7280页。

这前后的逻辑是能够关联起来的。唐人也确实欣赏风神气象。比如说，梁肃评李翱文："叙治乱则明白坦荡，纾徐条畅，端如贯珠之可观也；陈道义则游泳性情，探微豁冥，涣乎春冰之将泮也。"[①] 皇甫湜评韩愈文："如长江秋注，千里一道，冲飚激浪，翰流不滞。"[②] 指古文有由自然性情流泻抒发而形成的气势。一般说来，长于此者往往短于思理的精密，长于论理者又往往缺乏拨动人心的言辞力量，唐之古文却没有，正如石介在《上赵先生书》中总结："唐之文章所以坦然明白，揭于日月，浑浑灏灏，浸如江海。"这就是它们在文学史中的可贵之处。

皇甫湜反驳有人批评古文中用奇字、险字来博得新异之风，而用"自然"观论之。其《与李生第一书》："夫意新则异于常，异于常则怪矣；词高则出于众，出于众则奇矣。虎豹之文不得不炳于犬羊，鸾凤之音不得不锵于乌鸦；金玉之光不得不烩于瓦石，非有意先之也，乃自然也。"把文字的怪奇解释为"意新""词高"，是超常出众的表现，如同自然界的虎豹之文、鸾凤之音、金玉之光等有珍奇寻常之别。所以说，高于俗众的怪奇本就是文坛中必生的自然现象，故"固当以出拔为意"，表明创作自起始时就应有不同凡响之志。文求新奇的观念是无可厚非的，韩愈也说过"唯陈言之务去"至"汩汩然来矣"的通畅，最后达到"浩乎其沛然"的喷薄而出，从积累到爆发是不需要外力控制的。但皇甫湜发挥过了头，文奇而理正的难处正在于，文易奇而理难正，"彼巧在文，摘奇擎新，辖字束句，稽程合度，磨韵调声，绝浊流清，雕枝镂英，花斗巢明。至有破经碎史，稽古倒置，大类于诽，观者启齿"。[③] 也就是裴度说的"以文字为意"，力道用到了相反方向。[④] 真正的经典之文是自然形成的，"虽大弥开地，细入间，而奇言怪语未已，或有意随文而可见，事随意而可行，此所谓文可文，非常文也，其可文而文之，何常之有？"[⑤] 文采随着表达的需要自然形成，但如果为文而文，便是倒置眉目、反易冠带一般的奇言怪语。

中唐古文家的"自然"观念因循守旧，新瓶装旧酒，创新仅在借助

---

① （唐）梁肃：《补阙李君前集序》，（清）董诰辑《全唐文》卷518，第5216页。
② （唐）皇甫湜：《谕业》，（清）董诰辑《全唐文》卷687，第7035页。
③ （唐）孙樵：《乞巧对》，（清）董诰辑《全唐文》卷795，第8332页。
④ 曹胜高：《"文字为意"与唐宋诗文的自省》，《大连理工大学学报》2011年第4期。
⑤ （唐）裴度：《寄李翱书》，（清）董诰辑《全唐文》卷538，第5461—5462页。

了复兴“文统”的大旗，仍旧没有提出具体的策略，将其中的理路逐一辨析明白。自然等同于师法自然，即“不师今，不师古，不师难，不师易，不师多，不师少。惟师是尔”。[①] 这其中本就有说不清道不明、难以言传的微妙。中唐将古文推上了文坛的高台，多少有些意气用事的味道，却鲜有文法上的反思。新的阶段要待欧阳修、三苏等北宋古文家登上历史舞台，起落转折间力倡新变。

三 “文理自然”与文法的自觉

文学史常用唐诗重风神、宋诗重理致为唐宋文化类型的分野，实则古文中亦有之。见周必大《皇朝文鉴序》言：“虽体制互兴，源流间出，而气全理正，其归则同。嗟乎！此非唐之文也，非汉之文也，实我宋之文，不甚盛哉?”明显有对唐文、宋文不同的认知。再有，王若虚《滹南诗话》云：“宋文视汉唐百体皆异，其开廓横放，自一代之变。”又云：“散文至宋始是真文字，诗则反是矣。”称赞宋古文为“真文字”，取韩柳之长，去深僻词涩言苦之短，方确立了流丽稳妥、新颖自然的风尚。我们以唐宋八大家、宋居其六为明证，吕留良评：“退之如崇山大海，孕育灵怪；子厚如幽严怪壑，鸟叫猿啼。……东坡如长江大河，或疏为清渠，蓄为池藻；永叔如秋山平远、子由如晴丝袅空。”[②] 古文虽派别林立，却皆以平易流畅为共同特征。

宋古文之所以能独立一家，与其文论中的理性思考是休戚相关的。韩、柳、皇甫等人从“文统”的高度确立了古文的价值地位，北宋初年的田锡、柳开、穆修、石介，却还在这个圈子里兜兜转转，从自然之道的高度比拟古文的表现内容和表达方式，有说古文是出于天造者，有说古文发乎性情者，总之，它是不由人力掌控的自然的鬼斧神工的再现，是师法自然的结果。这一点，自始至终地贯穿在宋代文坛的讨论中心，被称为道学之儒，但他们在古文创作上，几乎没有任何可喜可贺的突破。真正能更上一层楼的，则是有着大量实践创作的文学家，也可称为文章之士。当他们把朝向“自然”的视线从天地之道的角度移开，关注过程中的“自

① （北宋）王禹偁：《答张扶书》，曾枣庄、刘琳主编《全宋文》第七册卷150，上海辞书出版社2006年版，第396页。

② （清）魏禧：《日录论文》，上海书店1914年版。

然”，即创作主体的状态，随着和前文所言的“真文字”以及以与平易流畅为共同艺术特征间的关联，“自然”在文论中方有了新的主张。

一马当先者，是为欧阳修。其《与渑池徐宰〈无党〉六通·五》中言：“所寄近著尤佳，论议正宜如此。然著撰苟多，他日更自精择，少去其繁，则峻洁矣。然不必勉强，勉强简节之，则不流畅，须待自然之至，如其当宜在心也。”[①] 这句话包含两层含义。第一，重议论的古文要能简练而有法度，气足而不嚣张，就像苏洵对他的评语：“执事之文，纡余委备，往复百折，而条达疏畅，无所间断。气尽语极，而容与闲易，无艰难劳苦之态。”[②] 第二，这样简达明洁的文风，不可刻意求，只可心中得。南宋张镃中《仕学规范·作文》引曾巩《与王介甫书》：“欧公更欲足下少开廓，其文勿用造语及模拟前人，欧云孟、韩文虽高，不必似之也，取其自然而。”[③] 里面涉及欧阳修对中唐古文的认知，不是单纯模仿韩孟的文采辞句，是务求理得语顺，不工自工，在不经意间的师心独造。可以说，欧阳修的论述略显简单，也没有什么振聋发聩的见解，但若将其移回他所在的时代背景，它的救弊意义不言而喻。当时，欧阳修位处文坛盟主的位置，在各家都找不到古文健康的前进方向时，将“简而有法”与“自然之至”相结合，“由是天下之文一变而古，其深有功于道欤！”[④]

苏洵则用“自然”阐明“天下之至文”的主张，以风水相激，无意相求，以不期而遇而形成的自然成文拟之。见《仲兄字文甫说》：“今夫玉，非不温然美矣，而不得以为文；刻镂组绣，非不文矣，而不可与论乎自然。故夫天下之无营而文生之者，唯水与风而已。”[⑤] 全文以水比喻平日积累，以风比喻刹时的灵感，满而上浮的水有待于风的鼓动，才能形成千姿百态的波纹，创作也是如此，“无意乎相求，不期而相遭，而文生

---

① （北宋）欧阳修：《与渑池徐宰〈无党〉六通·五》，曾枣庄、刘琳主编《全宋文》第三十三册卷711，上海辞书出版社2006年版，第345页。

② （北宋）苏洵：《上欧阳内翰第一书》，曾枣庄、刘琳主编《全宋文》第四十三册卷919，第25页。

③ 今本曾巩《与王介甫书》中不见此句。

④ （北宋）范仲淹：《尹师鲁河南集序》，曾枣庄、刘琳主编《全宋文》第十八册卷385，第392页。

⑤ （北宋）苏洵：《仲兄字文甫说》，曾枣庄、刘琳主编《全宋文》第四十三册卷926，第162页。

焉。……故曰：此为天下之至文也”。这样自然成文，具有自发性、偶然性，然而又具有必然性、规律性，所以是“不能不为文”也。苏轼也有类似的言谈：“昔之为文者，非能为之为工，乃不能不为之为工也。山川之有云雾，草木之有华实，充满勃郁，而见于外，夫虽欲无有，其可得耶?”① 自然之文是得于心而应于手的产物，一并融入大自然的怀抱，物我两忘，浑化无迹。那么，怎样才能到达这样的境界？苏氏父子的意见是“不能不为之文”，反对为文而文，以文为戏，轻率下笔，固然写不出好文章；被动写作，即使临文以敬，遣辞经营，也可能产生积极的效果，可惜与“自然”无缘。相比较而言，只有无心为文，才能意到笔随，与物俯仰。

苏轼的《与谢民师推官书》：“所示书教及诗赋杂文，观之熟矣。大略如行云流水，初无定质，但常行于所当行，常止与所不可不止，文理自然，姿态横生。”② 另在《自评文》中说：“吾文如万斛泉源，不择地皆可出。在平地，滔滔汩汩，虽一日千里无难。及其与山石曲折，随物赋形，而不可知也。所可知者，常行于所当行，常止于不可不止，如是而已矣!”③ 如果说，“天下之至文”讲的多是创作前的入境，而“文理自然”则侧重创作中，是苏轼对自己创作体验的精当概括：一下笔就能文如泉涌，信笔抒意，姿态横生，既不忸怩作态，也不故作高深，完全无斧凿之痕。此外，他教诲侄儿写作的尺牍也极富意味：“凡文字，少小时须令气象峥嵘，采色绚烂，渐老渐熟乃造平淡，其实不是平淡，是绚烂之极也。”④ 乃是出自肺腑的真切体验。似平淡而实为绚烂之极，这与“文理自然”是相似的美学风貌，是超越表象的繁饰、令人于自然平淡中产生无尽感悟的文字气象。

“文理”可以从两个方面理解。一是古文内容表达出来的“理”。古文历来重理致，孙何《评唐贤论议》言：“文之要，莫先乎理。文必理而方工，惟论议为最。”⑤ 学文之端在于明理，文是寓理的工具。理胜者，文不期工而自工；理拙者，虽巧为粉饰，仍漏洞百出。此处的“理”是

---

① （北宋）苏轼：《南行前集叙》，曾枣庄、刘琳主编《全宋文》第八十九册卷1932，第189页。

② （北宋）苏轼：《与谢民师推官书》，曾枣庄、刘琳主编《全宋文》第八十七册卷1892，第336页。

③ （北宋）苏轼：《自评文》，曾枣庄、刘琳主编《全宋文》第八十九册卷1933，第221页。

④ （宋）苏轼：《与二郎侄》，曾枣庄、刘琳主编《全宋文》第八十九册卷1929，第147页。

⑤ （北宋）孙何：《评唐贤论议》，曾枣庄、刘琳主编《全宋文》第九册卷186，第206页。

宽泛的范围，里面包括物理、世理、情理等，若能在文章中如实地把它们表述出来，就符合文理；若能够像四两拨千斤那样，成功地把它们转变为文理，那就是“文理自然”。曾巩“较质而近理”，以议论见长，立论警策，说理曲折尽意，有一波三折之妙，而文辞和缓纡徐，从容不迫，与欧阳修的文风相近。如《上欧阳舍人书》《上蔡学士书》《赠黎安二生序》《墨池记》等文，笔锋皆力透纸背，“落笔前言，指事析理，命物托论，证据古今，出入经史，俊壮豪健，如走弹丸，如建瓴水，疏畅条达，无间断，无艰难辛苦之态”。①

二是古文文辞本身的“理”，指文辞的理路、肌理。后人有言：“文到高妙处，只是理明。理明者，不着妆点色相，亦不用空活机锋，自然神义俱得。”② 这与欧阳修的“简而有法”一脉相承，要求达到内涵渊宏与文辞简约，反对“不求经术，而摭小说以为新，不思理道而专雕锼以为丽，句千言万，莫辨首尾”。③ 所以说，文之理的第一层是主心骨，第二层才是文的经络血脉，否则千言万语也只能是一盘散沙。苏轼曾说子由“词理精确不及吾”，苏辙则答曰“余文但稳耳”。由此可见，文辞意义上的“文理自然”更强调内深外简，“物固是有理，患不知之，知之患不能达之于口于手。所谓文者，能达是而已”。④ 苏轼在评价欧阳修时也表达出此意：“其言简而明，信而通，引物连类，折之于至理，以服人心。”⑤ 等同于《与谢民师推官书》中谈及的“辞达而已矣”，又正好与他以“自然”论文相吻合了。

用言辞把文理表述清楚，难免要在行文方法上下功夫，而这样又难免不合“自然”。其实，这自始至终都是文论中的难点。行文虽有理，其妙不外乎自然合节；行文虽可组织，却须动合自然，勿露镶嵌之气。归根到底，这种境界只有在“无法之法”的情况下才能达到。今日，我们之所

---

① （清）孙觌：《鸿庆居士集》卷 31，《文渊阁四库全书》本。

② （清）吕留良撰：《吕晚村先生论文汇抄》，王水照编《历代文活》第四册，复旦大学出版社 2007 年版，第 3360 页。

③ （北宋）李觏：《上宋舍人书》，曾枣庄、刘琳主编《全宋文》第四十一册卷 893，第 345 页。

④ （北宋）苏轼：《答虔粹俞括》，曾枣庄、刘琳主编《全宋文》第八十八册卷 1918，第 370 页。

⑤ （北宋）苏轼：《六一居士集叙》，曾枣庄、刘琳主编《全宋文》第八十九册卷 893，第 345 页。

以觉得唐宋古文难能可贵，原因在于，他们是认识到了自然为文的重要性，其中含有文统的自然、文理的自然、文辞的自然、文义的自然，自觉地规范了古文的创作。虽然没有确立文法，强调作文需有哪些字词、章句的法度绳墨，但文法诸多的原则、因素早已蕴含其中，见黄庭坚所言：“取明于己者而论古人，语约而意深。文章之法度，盖当如此。”有此基础，后来文论认为唐宋文“有法而可窥，然而文之必有法，出乎自然而不可易者，则不容异也”，[①] 也就不足为奇了。

① （明）唐顺之：《董中峰侍郎文集序》，引自《荆川先生文集》，《四部丛刊初编·集部》本，商务印书馆1936年版。

结　语

一

中古文论中“清”的源头是先秦儒道哲学、两汉人物品鉴，直至魏晋又借助九品中正制与门阀制度，吸收融汇了来自各方面的因子，在理论上分别由曹丕、二陆、钟嵘等将其引入诗文批评领域。然后在实践中波及更广，尤其是东晋后的绝大部分作家，都曾在各方面对“清”进行了空前的美感接受。“清”这种文学观念正体现着由汉晋到南北朝及隋，从古体诗多尚浑灏、到近体诗更近清音朗畅之审美风尚的一种转变。由“清”体现出来的不同的文学现象会受到哲学思想、社会观念的影响，甚至在不同士人群体中对“清”的取舍态度也有不小的差异。以“清”为文学观念的核心，有对其在不同层面上进行的讨论，这个过程更是漫长，几乎贯穿了整个中古文学史。

在秦汉的宇宙论中，无论是自然之天或是义理之天，“清浊”迅速分野，随之在天人合一的构思下，“清浊”由论天延及到了论人。这在汉晋曾引起热烈争论，以品鉴士人为目的，既是哲学中的思考，也是参与政治的现实需要，最后得出的结论为：以人的才性为内在核心，以人展现出的外在种种为表现，人之“清”是可察可辨的。不过，分析仍以感悟式的点评居多，系统的归纳则很少见。

当“清”义成为较稳定的文学观念，其在思想上首先是儒家清和、道家清虚与佛教清空的折射，综合成素朴干净、平和淡远，无涉于可以雕造的艺术风格与境界。这样借助三家思想整合并提升文论的过程，在中古时是明显的新趋势，值得我们注意。在创作技巧上，“清”则是对繁缛文风到了极致的太康文学的理性反拨，从此开始标举清省与清新，使得诗文有了内省的约束，再不是没有边际的绮靡，而有了返璞归真的平淡自如。

以陶、谢、阴、何等为代表，虽风格各异，但在长时间内沉淀形成了对省净简约、清远恬淡的美感认同，正为中国文学乃至艺术树立了审美的至高理想。更重要的是，这种审美理想与人生理想也是联为一体的。所以，我们对“清”的研究不仅停留在文学或哲学思想的层面，更是赋予“文学即人学”的意义，对“清”的追求是人心深处的自然流露、德行修养的外在表现。

二

对“隐秀”之义的辨析，与诗中论情景二元的关系密不可分。所谓诗之“隐”，乃为有隐之情；诗之“秀”，乃出有秀之景，孤不自成，两不相背。中古诗歌虽渐失《诗经》《古诗十九首》的浑然天成，但其开始有意识地去寻求诗中情景的浑融，借助对外在景象的感觉描写，抒发内在的情思体验，无论是以情化景，还是以景化情，皆以情为诗之神韵，景为诗之肌理。这一点正奠定了诗美的发展方向，定性为诗学中的审美共识。

若泛而言之，“情”包含言志、缘情、理感等，对它们的表达，或选用“比”之法，或择由“兴”而发，直抒胸臆者甚为少见。“比”为明喻，始于屈宋的寓情草木，托意男女，不过当最初隐藏的象征义固定成为了因循模式时，由此获取的“隐”义顿失大部分的艺术感染力，故刘勰论“比显而兴隐”。而多用“兴”的暗喻，别有生命力的感发，才更具“情在词外”的曲折性。若再能将两者兼用之，那便是钟嵘强调的“文已尽而意有余”、梅尧臣格外赞赏的“含不尽之意见于言外”了。

诗中之景要借助“象”的表达。刘勰用“秀”衡量“象”的标准，一为精当，二为精炼，须是极妆点熔裁之工，而又不着人工痕迹，其雕刻如天成，人工若自然。这是诗人对推进诗艺所做出的主观努力。“秀象”多由直寻而出，或体虚而求象之妙，或征实而得象之真，最突出的进步，即是对惯常描绘的景物有非常敏感且细微的把握。这就使得诗的外在表现力大为拓展，在此基础上，方渐次发展出“如蓝田日暖，良玉生烟，可望而不可置于眉睫之前”的象外之象，景外之景。

论“隐秀”为诗歌审美的最高理想，这只是一种笼统的概括，“隐”“秀”如何完美交融，才是真正值得我们探讨的。情之“隐”要依靠“秀象”，作家执着在表达情感时，必要能从众多客观物象中提炼出同主观情感契合的“秀象”，诉诸在诗中，那本就难以说清道明的情感才能通过

“秀象”的描述形象地表现出来。但“秀象”毕竟是较零散的，唯有当它们以意合，并能似“圆美流转如弹丸”，也就愈来愈接近“透彻玲珑，不可凑泊，如空中之音，相中之色，水中之月，镜中之象，言有尽而意无穷”的唐音。

诗中追求隐秀之美，达成圆融意境，这是创作的巅峰，而鉴赏中对其的感悟，还具有更高层面的意义。诗中有“隐秀”，其实是赋予了无限阐释的可能性，阅读者在涵咏时，既可沿“秀”得“隐”，揣测作者的情感，也能由意境而发，展开自由联想，对其意愈想穷尽，便愈难以穷尽。这就使诗意在感觉的同构、心绪的共振与情感的共鸣中形成了无穷循环，而这正是诗性之美的本质所在。

三

艺术美以自然为尚，乃在艺术从自然而出，感于天地万物得来。人自身所有的七情六欲本是一种自然的心灵冲动，并不需要后天的锻炼，在任何的自然环境或社会环境中所出现的感物反映，即人的感情与天地万物交通，心物共振，皆属自然而然。关于这一点理论，在中古前的文论如《乐记》《诗大序》等中已有表述，中古文论的贡献是深化了旧有的观点，从其哲学内核中解读出多种内容，并敦促具体创作中的实践。

自然观在诗中外化于形，即以深爱自然之心去亲近自然，描摹自然，以晋宋山水诗的兴起为代表。山水先为再现，次为移情，再为表现。所谓“再现”，指的是作家认可客观的山水存在，乃是自然精神的最佳代言，故此在题材选择上青睐于此，又以“情必极貌以写物”的形似手法写之；所谓“移情”，指的是在对山水物象的感觉结构中，实现自我感觉，以山水为我；所谓“再现”，则指的是我之山水，山水之实与我情之虚结合，其关键为物无隐貌、神无遁心。这三个阶段的递变，皆有对如何在山水描写中完美融通物我之情的强调。我们可以从谢朓对谢灵运的继承与变革中，看清中古文学为之做出的努力。作家须能将内心与外境相接，以物我交感的自然冲动为基础，方能心境相得，见相交融，创造出既是高度心灵化，又为高度客观化的艺术形象，臻于两全之境。

自然观在诗中内化，是追求创作过程的自然之势。从产生冲动到构思想象，再到展开表现，直至宣之成文，多依靠天工，即便有思力，也是顺势用之，不可强求。中古文学以陶渊明、谢灵运为两大高峰，前者之自然在于回归的意义，从心悟中得出，在“万物与我一体”中领会自然精神，他的诗文与他的人生，是合为一体的；后者之自然在于获得的意义，从神思中得出，诗文中的物我皆经过了思维的加工，但这种加工是先有长期的积学、酌理、研阅、绎辞，又临机由情变所孕，自然从胸臆中流出。当李白据此继续发展，以不知何起，不知何终的天机为自然，唐音之自然遂立此为标格；而对陶渊明自然精神的接受，则成为宋调之自然的另一种范式。

自然也是古文理论的重要组成部分。在泛文论大行其道时，自然为文的含义曾经过几个阶段的界定，皆影响深远。从自然处先体现为文论的折中原则，不偏不倚、不蔓不枝，这既是中和精神在文论中的发扬，也继续稳固了中国文学文质彬彬的特质。而以自然为文，在唐型文化与宋型文化中区别甚明，唐以斯文为道，道统自然；宋则以文理自然，讲究文法。前者是形而上的思想，后者是形而下的法度，实是法度更易实际操作。宋之后的古文趋于平易畅达，自然通俗，开始广为普通大众所接受，自然在其中的导向性作用不容忽视。

四

本书从自然、隐秀、清浊三个角度对中古文论进行了较为系统的研究，以文学观念为中心，用以点带面的这种论述方式，既有利于对中古文论中许多细节问题的突破，也有助于深化文论的系统研究，更能使我们从多侧面、多角度审视中古文学的发展历程。

其一，对文学观念的整体理解，对相关命题的分析都是要联系其整个时代的宏观背景，既不至于使研究方向偏离，又能从中择取足够多的材料，有力地印证我们的观点。这就需要打通文论与哲学间的通道，才能有更深刻的理解、更合理的分析。反过来，用特定的文学观念来疏通哲学，也能为哲学体系内注目于儒、释、道的冲突与互补，提供不少新的思路。

其二，自然、隐秀、清浊都是基础的文学观念，它们多能从始至终地贯穿在整个古代文论体系中，活跃于各个时代、各种文体间，并具有强大的延展和衍生能力。有关“清”有不下百种的命题，其中有些意义非常接近，其如何从本义中引申出来？还有些命题看似是有些相悖的，那它们具有的反作用力又在何时形成？众多命题间的关联，还有的是互为指陈、包容和说明，我们又应如何剖析，才不至于混淆？我们对其所进行的细致分析，不仅仅是整合这些看似零乱且又分散的多层意义，也是试图从中找寻中国传统文论的致思方式。

其三，通过对自然、隐秀、清浊的研究，可以得出很多有价值的既定结论。中国传统文论素来重视演绎而非归纳，尤其是在这些文学观念被提出后，后世多只能在其原点上继续推演，却难以再提炼更高一层，对其进行升华。所以，我们对涉及的相关问题进行讨论，同样也是演绎性质居多，若能向前推进，则需有所创新，而这种创新也必须要在有理有据的范围内进行，避免出现天马行空般的主观推想。

其四，中古文论史与文学史是不可分割的。我们对文论史的研究，实际是出入两者之间，以文学史辅弼文论史，以文论史提升文学史。对于相似的文学观念，当不同作家具有接近的审美倾向时，说明了创作对理论的主观接受，如中古士人对“自然”与“清”的偏爱；而其个体的差异性更说明了理论的活力所在，如有以形似为自然者，也有以神似为自然者；再如，齐梁复古、折中、新变派对“隐”的认识角度不同等。而对于具有创造精神的作家来讲，其既能在沿袭旧有的文学观念中提出新的要求，又能在面对前人的经验时最大限度的超越它们，别开生面，以自家之独有风格出现在文学史的链条中，从而反映出文论的多元走向。针对于此，我们要具体问题具体分析，在每一步都给予实事求是的评价，然后才能较为客观地讨论一个时代。从这个角度来说，对中古文学观念的研究，只是树立起了坚实的骨骼，对其皮肤肌理的添加，则要在文学史的层面上进行。从这个意义上讲，本论题的研究可以继续延伸，在未来，我们还有许多可继续为之努力的方向。

参考文献

一　古籍文献类

[1]（清）阮元校刻：《十三经注疏》，中华书局 1980 年版。

[2]（战国）吕不韦撰，许维遹集释：《吕氏春秋集释》，中华书局 2009 年版。

[3]（西汉）刘安撰，何宁集释：《淮南子集释》，中华书局 1998 年版。

[4]（西汉）董仲舒著，（清）苏舆义证，钟哲点校：《春秋繁露义证》，中华书局 1992 年版。

[5]（东汉）班固撰，（唐）颜师古注：《汉书》，中华书局 1959 年版。

[6]（东汉）王充著，黄晖校释，刘盼遂集解：《论衡集解》，中华书局 1990 年版。

[7]（三国・魏）刘劭著：《人物志》，文学古籍刊行社 1955 年版。

[8]（三国・魏）孔融等著，俞绍初辑校：《建安七子集》，中华书局 1989 年版。

[9]（三国・魏）王弼著，楼宇烈校释：《王弼集校释》，中华书局 1980 年版。

[10]（三国・魏）曹丕著，魏宏灿校注：《曹丕集校注》，安徽大学出版社 2009 年版。

[11]（三国・魏）曹植著，赵幼文校注：《曹植集校注》，人民文学出版社 1984 年版。

[12]（三国・魏）阮籍著，陈伯君校注：《阮籍集校注》，中华书局 1987 年版。

[13]（三国・魏）嵇康著，戴明扬校注：《嵇康集校注》，人民文学出版社 1962 年版。

[14]（西晋）陆机著，张少康集释：《文赋集释》，人民文学出版社 2002 年版。

[15]（西晋）陆机著，刘运好校注：《陆士衡文集校注》，凤凰出版社 2007 年版。

[16]（西晋）陆云著，刘运好校注：《陆士龙文集校注》，凤凰出版社 2010 年版。

[17]（西晋）陈寿撰，（南朝・宋）裴松之注：《三国志》，中华书局 1959 年版。

[18]（西晋）郭象注，（清）郭庆藩、王孝鱼点校：《庄子集释》，中华书局 1961 年版。

[19]（东晋）葛洪著，王明校释：《抱朴子内篇校释》，中华书局 1980 年版。

[20]（东晋）葛洪著，杨明照校笺：《抱朴子外篇校笺》，中华书局 1997 年版。

[21]（东晋）张湛注，杨伯峻集释：《列子集释》，中华书局 1979 年版。

[22]（东晋）陶渊明著，袁行霈笺注：《陶渊明集笺注》，中华书局 2003 年版。

[23]（南朝・宋）刘义庆撰，（南朝・梁）刘孝标注，余嘉锡笺疏，周祖谟、余淑宜整理：《世说新语笺疏》，中华书局 1983 年版。

[24]（南朝・宋）范晔撰，（唐）李贤注：《后汉书》，中华书局 1965 年版。

[25]（南朝・宋）鲍照著，钱仲联集注：《鲍参军集注》，上海古籍出版社 1980 年版。

[26]（南朝・宋）谢灵运著，顾绍柏校注：《谢灵运集校注》，中州古籍出版社 1987 年版。

[27]（南朝・齐）谢朓著，曹融南校注：《谢宣城集校注》，上海古籍出版社 1991 年版。

[28]（南朝・梁）释僧祐撰：《弘明集》，四部丛刊本。

[29]（南朝・梁）沈约撰：《宋书》，中华书局 1974 年版。

[30]（南朝・梁）萧统编，（唐）李善注：《文选》，中华书局 1977 年版。

[31]（南朝・梁）萧绎撰，许逸民校笺：《金楼子校笺》，中华书局 2011

年版。

[32]（南朝·梁）萧子显撰：《南齐书》，中华书局1972年版。

[33]（南朝·梁）陶弘景著，王京州校注：《陶弘景集校注》，上海古籍出版社2009年版。

[34]（南朝·梁）江淹著，（明）胡之骥注：《江文通集汇注》，中华书局1984年版。

[35]（南朝·梁）钟嵘著，曹旭集注：《诗品笺注》，人民文学出版社2009年版。

[36]（南朝·梁）刘勰著，范文澜注：《文心雕龙注》，人民文学出版社1958年版。

[37]（南朝·梁）刘勰著，詹锳义证：《文心雕龙义证》，上海古籍出版社1989年版。

[38]（南朝·梁）释慧皎撰，汤用彤校注，汤一玄整理：《高僧传》，中华书局1992年版。

[39]（南朝·梁）何逊著，李伯齐校注：《何逊集校注》，中华书局2010年版。

[40]（南朝·陈）徐陵著，许逸民校笺：《徐陵集校笺》，中华书局2008年版。

[41]（南朝·陈）徐陵编，（清）吴兆宜注：《玉台新咏笺注》，中华书局1985年版。

[42]（北朝）颜之推著，王利器集解：《颜氏家训集解》，中华书局1993年版。

[43]（北朝·北周）庾信著，（清）倪璠注：《庾子山集注》，中华书局1980年版。

[44]（唐）房玄龄撰：《晋书》，中华书局1974年版。

[45]（唐）姚思廉撰：《梁书》，中华书局1973年版。

[46]（唐）姚思廉撰：《陈书》，中华书局1972年版。

[47]（唐）李延寿撰：《南史》，中华书局1975年版。

[48]（唐）魏徵撰：《隋书》，中华书局1973年版。

[49]（唐）释道宣撰：《广弘明集》四部备要本。

[50]（唐）欧阳询撰，汪绍楹校：《艺文类聚》，上海古籍出版社1982年版。

[51]（唐）陈子昂著，徐鹏校注：《陈子昂集》，中华书局1960年版。
[52]（唐）张九龄著，熊飞校注：《张九龄集校注》，中华书局2008年版。
[53]（唐）王维著，（清）赵殿成笺注：《王右丞集笺注》，上海古籍出版社1998年版。
[54]（唐）孟浩然著，佟培基笺注：《孟浩然诗集笺注》，上海古籍出版社2000年版。
[55]（唐）李白著，瞿蜕园、朱金城校注：《李白集校注》，上海古籍出版社1980年版。
[56]（唐）杜甫著：《杜工部诗集》，中华书局1957年版。
[57]（唐）皎然撰，李壮鹰校注：《诗式校注》，人民文学出版社2003年版。
[58]（唐）殷璠撰：《河岳英灵集》，北京图书馆出版社2002年版。
[59]（唐）白居易著，朱金城笺：《白居易集笺校》，上海古籍出版社1988年版。
[60]（唐）司空图著，郭绍虞集解：《诗品集解》，人民出版社1963年版。
[61]（唐）张彦远著，俞剑华注释：《历代名画记》，人民美术出版社1963年版。
[62]（五代）刘昫撰：《旧唐书》，中华书局1975年版。
[63]（北宋）欧阳修撰：《新唐书》，中华书局1975年版。
[64]（北宋）郭茂倩撰：《乐府诗集》，中华书局1979年版。
[65]（南宋）朱熹撰：《四书章句集注》，中华书局1983年版。
[66]（南宋）严羽著，郭绍虞校释：《沧浪诗话校释》，人民文学出版社1983年版。
[67]（元）辛文房撰，傅璇琮校笺：《唐才子传校笺》，中华书局1987年版。
[68]（明）胡应麟撰：《诗薮》，上海古籍出版社1979年版。
[69]（明）胡震亨撰：《唐音癸签》，上海古籍出版社1981年版。
[70]（明）许学夷撰，杜维沫校点：《诗源辩体》，人民文学出版社1987年版。
[71]（明）王世贞撰，罗仲鼎校注：《艺苑卮言校注》，齐鲁书社1992

年版。

[72] （明）张溥著，殷孟伦注：《汉魏六朝百三家集题辞注》，中华书局 2007 年版。

[73] （明）张溥撰：《汉魏六朝百三家集》，江苏古籍出版社 2002 年版。

[74] （明）王夫之撰，李中华、李利民校点：《古诗评选》，上海古籍出版社 2011 年版。

[75] （清）王夫之撰，戴鸿森笺注：《姜斋诗话笺注》，人民文学出版社 1981 年版。

[76] （清）沈德潜撰：《古诗源》，中华书局 1963 年版。

[77] （清）沈德潜撰，霍松林校注：《说诗晬语》，人民文学出版社 1979 年版。

[78] （清）方东树撰，汪绍楹笺注：《昭昧詹言》，人民文学出版社 1961 年版。

[79] （清）吴淇撰，汪俊、黄进德点校：《六朝选诗定论》，广陵书社 2009 年版。

[80] （清）陈祚明撰，李金松点校：《采菽堂古诗选》，上海古籍出版社 2008 年版。

[81] （清）严可均辑：《全上古三代秦汉三国六朝文》，商务印书馆 1999 年版。

[82] （清）何文焕撰：《历代诗话》，中华书局 1981 年版。

[83] （清）朱铭盘撰：《南朝会要》，上海古籍出版社 1984 年版。

[84] （清）许梿撰，（清）黎经诰笺注：《六朝文絜笺注》，中华书局 1962 年版。

[85] （清）刘熙载撰，袁津琥校释：《艺概注稿》，中华书局 2009 年版。

[86] （清）彭定求撰：《全唐诗》，上海古籍出版社 1986 年版。

[87] （清）董诰撰：《全唐文》，中华书局 1983 年版。

[88] （清）叶燮撰，霍松林校注：《原诗》，人民文学出版社 1979 年版。

[89] 北京大学中文系文学史教研室：《陶渊明资料汇编》，中华书局 1962 年版。

[90] 崔尔平：《历代书法论文选续编》，上海书画出版社 1993 年版。

[91] 陈友琴：《古典文学研究资料汇编·白居易卷》，中华书局 1962 年版。

[92] 丁福保:《历代诗话续编》，中华书局1983年版。
[93] 丁福保:《清诗话》，上海古籍出版社1963年版。
[94] 傅璇琮:《唐人选唐诗新编》，陕西人民教育出版社1996年版。
[95] 郭绍虞，富寿荪校点:《清诗话续编》，上海古籍出版社1993年版。
[96] 郭绍虞:《宋诗话辑佚》，中华书局1979年版。
[97] 郭绍虞:《中国历代文论选》，上海古籍出版社1979年版。
[98] 河北师范学院中文系古典文学教研组编:《三曹资料汇编》，中华书局1980年版。
[99] 洪本健:《古典文学研究资料汇编·欧阳修卷》，中华书局1995年版。
[100] 金涛声、朱文彩:《李白资料汇编》，中华书局2007年版。
[101] 逯钦立:《先秦汉魏晋南北朝诗》，中华书局1993年版。
[102] 上海古籍出版社编辑组:《汉魏六朝笔记小说大观》，上海古籍出版社1999年版。
[103] 上海书画出版社编辑组:《历代书法论文选》，上海书画出版社1979年版。
[104] 孙琴安:《唐五律诗精评》，上海社会科学院出版社1991年版。
[105] 孙琴安:《唐七律诗精评》，上海社会科学院出版社1989年版。
[106] 王水照:《历代文话》，复旦大学出版社2007年版。
[107] 华文轩:《古典文学研究资料汇编·杜甫卷》，中华书局1964年版。
[108] 吴文治:《古典文学研究资料汇编·柳宗元卷》，中华书局1964年版。
[109] 吴文治:《宋诗话全编》，江苏古籍出版社1998年版。
[110] 徐中玉:《中国古代文艺理论专题资料丛刊·文气风骨编》，中国社会科学出版社1997年版。
[111] 徐中玉:《中国古代文艺理论专题资料丛刊·艺术辩证法编》，中国社会科学出版社1993年版。
[112] 俞剑华:《中国古代画论类编》，人民美术出版社2000年版。
[113] 钟仕伦:《南北朝诗话校释》，中华书局2007年版。
[114] [日] 遍照金刚撰，卢盛江校释:《文镜秘府论汇校汇考》，中华书局2006年版。

二 著述类

[1] 蔡钟翔：《中国文学理论史》，北京出版社 1987 年版。
[2] 曹道衡：《南北朝文学编年史》，人民文学出版社 2000 年版。
[3] 曹道衡：《南朝文学与北朝文学研究》，江苏古籍出版社 1998 年版。
[4] 曹胜高：《从汉风到唐音：中古文学演进论稿》，中国社会科学出版社 2007 年版。
[5] 曹胜高：《中国文学的代际》，商务印书馆 2013 年版。
[6] 曹顺庆：《中国古代文论话语》，巴蜀书社 2001 年版。
[7] 曹旭：《诗品研究》，上海古籍出版社 1998 年版。
[8] 陈传席：《中国绘画美学史》，人民美术出版社 2000 年版。
[9] 陈道贵：《东晋诗歌论稿》，安徽教育出版社 2002 年版。
[10] 陈良运：《中国诗学批评史》，江西人民出版社 2001 年版。
[11] 陈良运：《中国诗学体系论》，中国社会科学出版社 1992 年版。
[12] 陈中凡：《中国文学批评史》，中华书局 1927 年版。
[13] 谌兆麟：《中国古代文艺理论体系初探》，湖南大学出版社 1997 年版。
[14] 程章灿：《魏晋南北朝赋史》，江苏古籍出版社 1992 年版。
[15] 邓仕梁：《两晋诗论》，香港中文大学出版社 1972 年版。
[16] 丁福林：《鲍照研究》，凤凰出版社 2009 年版。
[17] 杜晓勤：《初盛唐诗歌的文化阐释》，东方出版社 1997 年版。
[18] 杜晓勤：《齐梁诗歌向盛唐诗歌的嬗变》，北京大学出版社 2000 年版。
[19] 范子烨：《中古文人生活研究》，山东教育出版社 2001 年版。
[20] 方立天：《中国佛教哲学要义》，中国人民大学出版社 2005 年版。
[21] 方孝岳：《中国文学批评》，生活·读书·新知三联书店 1986 年版。
[22] 冯友兰：《中国哲学史》，华东师范大学出版社 2000 年版。
[23] 傅刚：《昭明文选研究》，中国社会科学出版社 2000 年版。
[24] 葛路：《中国绘画美学范畴体系》，北京大学出版社 2009 年版。
[25] 葛晓音：《汉唐文学的嬗变》，北京大学出版社 1990 年版。
[26] 葛晓音：《诗国高潮与盛唐文化》，北京大学出版社 1998 年版。
[27] 葛兆光：《中国思想史》，复旦大学出版社 2001 年版。

[28] 郭绍虞:《中国文学批评史》，百花文艺出版社 2008 年版。
[29] 郭英德:《中国古典文学研究史》，中华书局 2000 年版。
[30] 韩经太:《中国诗学与传统文化精神》，四川人民出版社 1990 年版。
[31] 黄节:《汉魏乐府风笺》，人民文学出版社 1958 年版。
[32] 黄节:《汉魏六朝乐府文学史》，人民文学出版社 1984 年版。
[33] 黄侃:《文心雕龙札记》，中华书局 1962 年版。
[34] 黄霖:《中国古代文学理论体系研究》，复旦大学出版社 2000 年版。
[35] 黄药眠:《中西比较诗学体系》，人民文学出版社 1991 年版。
[36] 季广茂:《隐喻理论与文学传统》，北京师范大学出版社 2002 年版。
[37] 贾奋然:《六朝文体批评研究》，北京大学出版社 2005 年版。
[38] 姜剑云:《太康文学研究》，中华书局 2003 年版。
[39] 蒋述卓:《二十世纪中国古代文论学术研究史》，北京大学出版社 2005 年版。
[40] 蒋述卓:《佛经转译与中古文学思潮》，江西人民出版社 1990 年版。
[41] 蒋寅:《古典诗学的现代诠释》，中国社会科学出版社 2003 年版。
[42] 蒋寅:《大历诗人研究》，北京大学出版社 2007 年版。
[43] 劳思光:《新编中国哲学史》，广西师范大学出版社 2005 年版。
[44] 李剑锋:《元前陶渊明接受史》，齐鲁书社 2002 年版。
[45] 李泽厚、刘纲纪:《中国美学史》，安徽文艺出版社 1999 年版。
[46] 李泽厚:《美学三书》，天津社会科学院出版社 2003 年版。
[47] 林庚:《中国文学史》，清华大学出版社 2009 年版。
[48] 林文月:《山水与古典》，纯文学出版社 1984 年版。
[49] 刘大杰:《魏晋思想论》，岳麓书社 2010 年版。
[50] 刘大杰:《中国文学发展史》，百花文艺出版社 2007 年版。
[51] 刘麟生:《中国文学八论》，中国书店 1985 年版。
[52] 刘宁:《唐宋之际诗歌演变研究》，北京师范大学出版社 2002 年版。
[53] 刘汝霖:《汉晋学术编年》，华东师范大学出版社 2010 年版。
[54] 刘师培:《中国中古文学史讲义》，凤凰出版社 2011 年版。
[55] 刘永济:《十四朝文学要略》，中华书局 2007 年版。
[56] 刘永济:《文学论》，商务印书馆 1934 年版。
[57] 刘跃进:《门阀制度与永明文学》，生活·读书·新知三联书店 1996 年版。

[58] 刘跃进:《玉台新咏研究》,中华书局 2000 年版。
[59] 陆侃如:《中古文学系年》,人民文学出版社 1985 年版。
[60] 罗根泽:《乐府文学史》,东方出版社 1996 年版。
[61] 罗根泽:《中国文学批评史》,上海古籍出版社 1984 年版。
[62] 罗宗强:《玄学与魏晋士人心态》,天津教育出版社 2005 年版。
[63] 毛汉光:《中国中古社会史论》,上海书店出版社 2002 年版。
[64] 茆家培、李子龙:《谢朓与李白研究》,人民文学出版社 1995 年版。
[65] 梅家玲:《汉魏六朝文学新论:拟代与赠答篇》,北京大学出版社 2004 年版。
[66] 缪钺:《诗词散论》,上海古籍出版社 1982 年版。
[67] 穆克宏:《魏晋南北朝文学史料述略》,中华书局 1997 年版。
[68] 彭庆生:《初唐诗歌系年考》,北京大学出版社 2012 年版。
[69] 彭玉石:《诗文评的体性》,北京大学出版社 2012 年版。
[70] 祁志祥:《中国古代文学原理》,学林出版社 1993 年版。
[71] 钱基博:《中国文学史》,中华书局 1993 年版。
[72] 钱志熙:《魏晋诗歌艺术原论》,北京大学出版社 1993 年版。
[73] 钱锺书:《管锥篇》,中华书局 1986 年版。
[74] 钱锺书:《七缀集》,上海古籍出版社 1985 年版。
[75] 钱锺书:《谈艺录》,中华书局 1996 年版。
[76] 容肇祖:《魏晋的自然主义》,东方出版社 1996 年版。
[77] 尚定:《走向盛唐》,中国社会科学出版社 1994 年版。
[78] 孙昌武:《禅思与诗情》,中华书局 2006 年版。
[79] 孙耀煜:《中国古代文学原理》,江苏教育出版社 1996 年版。
[80] 汤一介:《郭象与魏晋玄学》,北京大学出版社 2009 年版。
[81] 汤用彤:《汉魏两晋南北朝佛教史》,武汉大学出版社 2008 年版。
[82] 汤用彤:《魏晋玄学论稿》,上海古籍出版社 2001 年版。
[83] 唐君毅:《中国哲学原论》,中国社会科学出版社 2005 年版。
[84] 田余庆:《东晋门阀政治》,北京大学出版社 1991 年版。
[85] 涂光社:《中国古代美学范畴发生论》,人民教育出版社 1999 年版。
[86] 屠友祥:《言境释四章》,上海古籍出版社 2004 年版。
[87] 汪涌豪:《中国文学批评范畴及体系》,复旦大学出版社 2007 年版。
[88] 王葆玹:《正始玄学》,齐鲁书社 1987 年版。

[89] 王长华：《诗论与子论》，学苑出版社 2001 年版。
[90] 王德明：《中国古代诗歌句法理论的发展》，广西师范大学出版社 2000 年版。
[91] 王国瓔：《中国山水诗研究》，中华书局 2007 年版。
[92] 王昆吾：《隋唐五代燕乐杂言歌辞研究》，中华书局 1993 年版。
[93] 王鹏廷：《建安七子研究》，北京大学出版社 2004 年版。
[94] 王世襄：《中国画论研究》，广西师范大学出版社 2010 年版。
[95] 王水照：《宋代文学通论》，河南大学出版社 1997 年版。
[96] 王瑶：《中古文学史论》，北京大学出版社 1986 年版。
[97] 王元化：《文心雕龙创作论》，上海古籍出版社 1979 年版。
[98] 王运熙：《中国古代文论管窥》，上海古籍出版社 2006 年版。
[99] 王钟陵：《中国中古诗歌史》，人民出版社 2005 年版。
[100] 温公颐：《中国中古逻辑史》，上海人民出版社 1989 年版。
[101] 闻一多：《唐诗杂论》，中华书局 2009 年版。
[102] 吴承学：《中国古代文体形态研究》，中山大学出版社 2002 年版。
[103] 吴调公：《中国古典文论与审美鉴赏》，齐鲁书社 1985 年版。
[104] 吴先宁：《北朝文化特质与文学进程》，东方出版社 1997 年版。
[105] 萧涤非：《汉魏六朝乐府文学史》，人民文学出版社 1984 年版。
[106] 谢无量：《中国大文学史》，中华书局 1924 年版。
[107] 徐复观：《中国文学精神》，上海书店出版社 2006 年版。
[108] 徐复观：《中国艺术精神》，华东师范大学出版社 2001 年版。
[109] 徐公持：《魏晋文学史》，人民文学出版社 1991 年版。
[110] 许抗生：《三国两晋玄佛道简论》，齐鲁书社 1991 年版。
[111] 阎采平：《齐梁诗歌研究》，北京大学出版社 1994 年版。
[112] 杨曾宪：《审美价值系统》，人民文学出版社 1998 年版。
[113] 叶嘉莹：《迦陵论诗丛稿》，中华书局 1984 年版。
[114] 叶朗：《中国美学史大纲》，上海人民出版社 1999 年版。
[115] 余敦康：《魏晋玄学史》，北京大学出版社 2004 年版。
[116] 余虹：《中国文论与西方诗学》，生活·读书·新知三联书店 1999 年版。
[117] 袁济喜：《六朝美学》，北京大学出版社 1999 年版。
[118] 袁行霈、孟二冬、丁放：《中国诗学通论》，安徽教育出版社 1994

年版。

[119] 袁行霈:《陶渊明研究》,北京大学出版社 2009 年版。

[120] 袁行霈:《陶渊明影像:文学史与绘画史交叉研究》,中华书局 2009 年版。

[121] 袁行霈:《中国诗歌艺术研究》,北京大学出版社 2009 年版。

[122] 曾毅:《中国文学史》,泰东书局 1924 年版。

[123] 曾祖荫:《中国古代美学范畴》,文津出版社 1987 年版。

[124] 詹福瑞:《中古文学理论范畴》,中华书局 2005 年版。

[125] 张伯伟:《禅与诗学》,人民文学出版社 2008 年版。

[126] 张伯伟:《中国古代文学批评方法研究》,中华书局 2002 年版。

[127] 张岱年:《中国古典哲学概念范畴要论》,中国社会科学出版社 1989 年版。

[128] 张可礼:《东晋文艺系年》,山东教育出版社 1992 年版。

[129] 张可礼:《东晋文艺综合研究》,山东大学出版社 2001 年版。

[130] 张立文:《中国哲学逻辑论》,中国社会科学出版社 2002 年版。

[131] 张少康:《中国古代文学创作论》,北京大学出版社 1993 年版。

[132] 赵沛霖:《兴的源起:历史的积淀与诗歌艺术》,中国社会科学出版社 1987 年版。

[133] 郑午昌:《中国画学全史》,上海古籍出版社 2001 年版。

[134] 周建江:南北朝隋诗文纪事》,中州古籍出版社 2001 年版。

[135] 周裕锴:《宋代文学通论》,巴蜀书社 1997 年版。

[136] 朱东润:《诗论》,上海古籍出版社 2005 年版。

[137] 朱东润:《中国文学批评史大纲》,上海古籍出版社 2001 年版。

[138] 朱良志:《中国艺术的生命精神》,安徽教育出版社 2006 年版。

[139] 宗白华:《艺境》,北京大学出版社 1997 年版。

[140] [德] 海德格尔:《人诗意的安居》,郜元宝、张汝伦译,上海远东出版社 1995 年版。

[141] [法] 程抱一:《中国诗画语言研究》,涂卫群译,江苏人民出版社 2006 年版。

[142] [荷兰] 许理和:《佛教征服中国》,李四龙、裴勇译,江苏人民出版社 2003 年版。

[143] [美] 包弼德:《斯文:唐宋思想的转型》,刘宁译,江苏人民出

版社 2001 年版。

[144] [美] 田晓菲：《烽火与流星：萧梁王朝的文学与文化》，中华书局 2010 年版。

[145] [美] 韦勒克、沃伦、刘象愚等译，生活·读书·新知三联书店 1984 年版。

[146] [美] 叶维廉：《中国诗学》，生活·读书·新知三联书店 2004 年版。

[147] [美] 宇文所安：《初唐诗》，贾晋华译，生活·读书·新知三联书店 2004 年版。

[148] [美] 宇文所安：《中国文论：英译与评论》，王柏华、陶庆梅，上海社会科学院出版社 2003 年版。

[149] [日] 吉川衷夫：《六朝精神史研究》，王启发译，江苏人民出版社 2010 年版。

[150] [日] 铃木虎雄：《中国诗论史》，许总译，广西人民出版社 1989 年版。

[151] [日] 浅见洋二：《距离与想象：中国诗学的唐宋转型》，金程宇译，上海古籍出版社 2005 年版。

[152] [日] 佐藤利行：《西晋文学研究》，檀晶译，中国社会科学出版社 2004 年版。

后　记

12 年之前，我如愿考上大学，进入中文系读书；12 年之后，我仍身在中文系，不同的是我的身份从学生变成了教师。也时常想，人的命运真不是自己能决定的，凡事皆有因果，只期望我与中文系的缘分能再长久一些。

这本小书的写作颇具波折。我在读硕士期间，选修的专业是先秦两汉文献学；后来读博士时，业师曹胜高先生嘱咐我选修魏晋南北朝隋唐五代文学。最初心底里有暗暗抵触的小情绪，在先生与我深谈了一次后便释然了。先生说，既然有志于做学问，那就要挖出一股活水，不能做成死水微澜的深潭。魏晋南北朝文学中有很多悬而未决的问题，这做起来既有挑战，又会有趣，一定是个不错的选择。

最初的想法是从艺术史切入，从绘画、音乐等角度来观照中古文学的发展演变。可是很快就发现了短板所在，绘画与音乐都需要实践，我顶多算略知皮毛，与其临阵磨枪，莫不如直接做中古文论的研究，还尚可行。在心志已定之后，我开始摸着石头过河，在阅读文献的基础上逐步梳理思路，专门的中古文论的文献量并不大，但相关文献就如同江海里的水，永远不能穷尽，一一翻阅之，让我获得了体会新鲜感的快乐。

伴随着这些新鲜感接踵而至的，是一连串的问号，这个命题为何如此？那种观念如何审视？大到论文的逻辑，小到字句的考证，似乎有永远也解决不完的麻烦和问题。让我感动的是，我遇到的任何不顺和困难，在先生那里，都得到了耐心且有启发性的解答。甚至有时候可能还会因理解层次上和差异，先生要不厌其烦地解说三五遍，直到我完全消化为止。现在想来，如果这篇论文是件精致的衣衫，那先生在它的身上，是倾注了多少穿针引线的功夫。

限于学力和时间，我在攻读博士期间并没有把所有想写的内容都写好。毕业后，我独身一人负笈向南，暂时在河南商丘落脚。中原大地，水土丰厚，人性温良，可咏怀的古迹更是甚多，虽然经常回忆过去，但也算习惯。慢慢地，我渐渐让自己从先生保护下的未谙世事的学生，努力向一名青年教师转变。把之前没有想清楚的疑问，多做思考；把之前没有写透彻的问题，再度成文。既然已走上了研究治学的道路，青年学者我不敢自谈，但也绝不敢忘记先生的教诲，仍会坚持以读书治学为主业。

为了扎下更稳的学术根基，我又拜入赵轶峰先生的门下，在东北师范大学历史与文化学院做博士后的研究工作，选题方向为春秋战国时期的公共价值观研究。两位先生的共同设想是，我既已做中国文学思想史，那就要对历史有更深入的认识，春秋战国是中国思想的第一次碰撞期，后世多受益于此，若想懂其流，必先知其源。历史研究自有其严谨的理路，学文学出身的我若要精进，其难可知。但两位先生一直都对我抱以极大的包容心，鼓励我不要松劲。可能我曾跌倒，先生们让我自己学着站起来；可能我曾骄傲自满，先生们便提示我，一定要铭记低下头去读书明理，才能有底气抬起头做人做事的信念。

我会带着先生们帮我校正的做学问的规范，帮我擦亮看问题的眼睛，沿着先生们帮我推开的通向远方的门，努力前行。

感谢所有关心我、帮助我的朋友，无论我在哪里，我都能感受到你们带给我的暖意。那些深夜里拨通的电话，是我们彼此心底的情深意长。

感谢我的父母，我已离家多年，自觉孝道有亏，但父母双亲仍是我心中最坚不可摧的力量。

话写至此，突然想到今日正是九九重阳节，可惜身在豫东平原的我，登高望远恐怕是不可能了，还是泡一壶菊花茶，择一本古书，和古人谈谈心吧。

2015 年 10 月 21 日于河南商丘